Andrew Taylor

Die vier letzten Dinge

ROMAN

Aus dem Englischen
von Renate Orth-Guttmann

Paul Zsolnay Verlag

Die Originalausgabe erschien erstmals 1997
unter dem Titel *The Four Last Things*
bei HarperCollins in London.

1 2 3 4 5 04 03 02 01 00

ISBN 3-552-04987-8

Satz: Satz für Satz. Barbara Reischmann, Leutkirch
Druck und Bindung: Franz Spiegel Buch GmbH, Ulm
Printed in Germany

Für Caroline

»... Ich glaube auch nicht, das ich gehörig von dem Tode denke, wen ich einen Hirnschädel betrachte, oder ein Todtengerippe betrachte ... Ich habe dannenhero den gewöhnlichen Denkspruch: Gedenke ans Sterben dergestalt erweitert, das er nun eher die Eigenschaft eines christlichen Denkspruchs hat: Gedenke an die vier letzten Dinge, an die vier Dinge, denen Niemand entgehen kan, an den Tod, das Gerichte, den Himmel, die Hölle.«

SIR THOMAS BROWNE, *Religio Medici* (1642), Erster Teil, Abschnitt 45 (zitiert nach der Übersetzung von Georg Venzky, Prenzlau und Leipzig 1746)

PROLOG

»Kurz, wir sind alle Misgeburten, d. i. ein Geschöpf, das aus einem Menschen und Vieh zusammengesetzt ist ...«
Religio Medici I, 55

Eddie glaubte an den Weihnachtsmann. Schon von jeher. Sein Kinderglauben war naiv und unreflektiert gewesen, er hatte länger daran festgehalten als seine Altersgenossen und sich nur ungern von ihm getrennt. An seine Stelle war eine andere Überzeugung, ein anderer Weihnachtsmann getreten, der weniger scharf konturiert war als der erste und deshalb auch weniger angreifbar.

Bei seinem neuen Weihnachtsmann handelte es sich um eine private Gottheit, eine Quelle kleiner Wunder und unerwarteter Freuden. Und diesem Weihnachtsmann – wem sonst? – verdankte er Lucy Appleyard.

Lucy stand im Garten hinter Carla Vaughans Haus. Eddie war auf dem Weg im Schatten, Lucy aber neben einem erleuchteten Fenster, ein Irrtum war ausgeschlossen. Es regnete, und in ihrem dunklen Haar hingen Wassertropfen, die wie Perlen glänzten. Es war, als warte sie auf ihn. Ein vorgezogenes Geschenk, dachte er, in Weihnachtspapier eingewickelt. Er ging näher heran und blieb vor dem Tor stehen.

»Hallo«, sagte er sanft und leise. »Hallo, Lucy.«

Sie antwortete nicht und hatte offenbar auch nicht registriert, daß er sie beim Namen genannt hatte. Geradezu erschreckend, diese Selbstsicherheit. Er war nie so gewesen und würde nie so sein. Einen langen Moment schauten sie sich unverwandt an. Eddie sah, daß sie den Mantel anhatte, den sie meist für draußen trug, etwas Grüngestepptes mit Kapuze. Er war ihr zu lang, sie wirkte darin jünger, als sie war. Die Hände, die unter den Manschetten fast verschwanden, hatte sie ineinandergelegt. Er hatte den Eindruck, daß sie etwas festhielt. An den Füßen trug sie die roten Cowboystiefel. Die Hintertür war zu. Im Haus brannte Licht, aber man sah keine Bewegung. Eddie war ihr noch nie so nah gewesen. Wenn er sich vorbeugte und die Hand ausstreckte, konnte er sie anfassen.

»Bald ist Weihnachten«, sagte er. »Nur noch dreieinhalb Wochen.«

Lucy warf den Kopf zurück. Vier Jahre, und schon groß im Kokettieren.

»Hast du dem Weihnachtsmann geschrieben, was du dir wünschst?«

Sie sah ihn groß an, dann nickte sie.

»Und was willst du von ihm haben?«

»Viele Sachen.« Sie sprach gut für ihr Alter, die Artikulation war klar, die Stimme schön moduliert. Sie sah zu dem erleuchteten Fenster zurück. Jetzt erkannte er, was sie in der Hand hatte. Eine Geldbörse, die der Größe nach kaum ihr gehören konnte. Sie wandte sich wieder zu ihm um.

»Wer bist du?«

Eddie strich sich über den Bart. »Ich arbeite für den Weihnachtsmann.« Es gab eine lange Pause, und er überlegte, ob er zu weit gegangen war. »Was meinst du wohl, wie er in all diese Häuser kommen soll?« Er deutete über die Häuserzeile hin, auf die lange Reihe der Dächer und Kamine, Gartenschuppen und Satellitenschüsseln. Zwei Häuserzeilen waren hier Rücken an Rücken gebaut, und Eddie stand auf dem Weg, der zwischen den zwei Reihen handtuchschmaler Gärten verlief.

Lucys Blick folgte seiner Handbewegung, wobei sie wie

eine kleine Ballerina mit einem Fuß auf den Zehenspitzen balancierte. Sie zuckte die Schultern.

»Überleg doch mal. Millionen von Häusern in ganz London, in der ganzen Welt.« Er sah, daß ihre Gedanken arbeiteten, die Augen wurden immer größer. »Mit Schornsteinen ist nicht mehr viel zu machen, heutzutage hat doch kaum jemand mehr ein richtiges Kaminfeuer. Aber er hat andere Möglichkeiten, rein- und rauszukommen. Mehr kann ich dazu nicht sagen. Es ist ein Geheimnis.«

»Ein Geheimnis«, wiederholte sie.

»In den Wochen vor Weihnachten schickt er mich und ein paar andere los, damit wir auskundschaften, wo es Probleme gibt, wie man am besten reinkommt.«

Sie nickte. Ein intelligentes Kind, dachte er: Sie hatte sich schon in die Probleme des Weihnachtsmannes und seine Aktivitäten hineingedacht. Er erinnerte sich an seine eigenen Versuche, mit dem Thema umzugehen. Wie schaffte es ein beleibter Herr mit einem großen Sack auf dem Rücken, am Weihnachtsabend in all diese Häuser zu kommen? Wie kriegte er das ganze Spielzeug in den Sack? Warum sahen die Eltern ihn nicht? Die Schwierigkeiten ließen sich nur lösen, wenn man ihm magische oder zumindest übernatürliche Kräfte zuschrieb. So weit war Lucy noch nicht. Sie mochte sich ihre Gedanken machen, aber noch fehlten ihr die Voraussetzungen, ihre Zweifel bis zum logischen Abschluß weiterzuführen. Sie war noch im Glaubensalter. Mit einem Tatbestand konfrontiert, den sie nicht verstand, ging sie automatisch davon aus, das Nichtverstehen müsse an ihr liegen.

Eddies Haut prickelte. All seine Sinne waren hellwach und nicht nur auf Lucy, sondern auch auf die umliegenden Häuser und Gärten konzentriert. Es war früher Abend; in dieser Jahreszeit, an der Grenze vom Herbst zum Winter, wurde es früh dunkel. Es war ein rauher Tag gewesen, düster und feucht. Er hatte, seit er in den Weg eingebogen war, keine Menschenseele gesehen.

In der Ferne rauschte der Verkehr vorbei. Über dem leisen, beharrlichen Dröhnen, das Discobässen glich, erhob sich fernes Sirenengeheul, vermutlich auf der Harrow Road, aber hier war alles ruhig. London war voll von diesen überraschenden Inseln der Stille. Die Straßenbeleuchtung ging an, und der Himmel über den Dächern leuchtete nun in fahlem Gelb.

»Willst du raus?« Eddie begriff sofort, daß er das Falsche gesagt hatte. Wieder sah Lucy zum Haus hin, als wollte sie die Entfernung zwischen sich und der Hintertür abschätzen. Und gleich darauf begriff er noch etwas: Vielleicht galt ihre Angst nicht ihm, sondern einer aufgebrachten Respektsperson hinter der Tür.

»Schöner Abend zum Spazierengehen«, platzte er heraus. Die Bemerkung schien, so blöd sie klang, Lucy zu beruhigen. Sie wandte sich wieder ihm zu und sah ihn forschend an.

Er legte die Arme auf das Gartentor. »Du willst also raus?« Eine höfliche Frage, wie sie ein Erwachsener einem anderen stellen würde.

Wieder warf sie den Kopf zurück, doch diesmal wirkte die Bewegung eher herausfordernd. »Ich geh zu Woolworth.«

»Was willst du kaufen?«

»Eine Trick... eine Trick...« Sie kam nicht auf das Wort, fand aber schnell Ersatz. »Einen Zauberkasten. Damit ich Kunststücke machen kann. Ich hab meine Geldbörse dabei.« Sie streckte ihm das handfeste Rechteck hin, das für eine Handtasche, nicht eine Kleidertasche gemacht und nicht für ein Kind, sondern für einen Erwachsenen gedacht war.

Eddie holte tief Luft. Plötzlich machte ihm das Atmen Mühe. Immer kam ein Punkt, an dem man die Grenze zwischen dem gerade noch Erlaubten und dem Verbotenen überschritt. Angel legte größten Wert auf sorgfältige Vorbereitung, auf strikte Befolgung eines Plans, weil dann, wie sie sagte, niemand zu Schaden kam. Alles, was nach Improvisation aussah, war ihr verhaßt. Bei dem Gedanken an ihre Reaktion blieb ihm fast das Herz stehen.

Aber wie konnte er sich so eine Chance entgehen lassen? Lucy bot sich ihm geradezu an, war gleichsam sein Weihnachtsgeschenk. Konnte man sich ein schöneres vorstellen? Aber wenn nun jemand sie sah? Er hatte Angst, und in die Angst mischte sich Begehren.

»Ist es weit?« fragte Lucy. »Woolworth, meine ich.«

»Nicht sehr. Willst du jetzt hin?«

»Vielleicht.« Wieder sah sie zum Haus zurück. »Das Tor ist zu. Es hat einen Riegel.«

Das Tor war etwa einen Meter zwanzig hoch. Eddie langte mit der Hand hin und tastete nach dem Riegel. Er mußte ein paarmal ruckeln, ehe er sich bewegte, für ein Kind in Lucys Alter saß er – selbst wenn sie ihn zu fassen bekommen hätte – zu fest. Dann endlich ein metallisches Klicken – es war geschafft. Er verspannte sich in Erwartung aufspringender Türen, an den Fenstern auftauchender Gesichter, bellender Hunde, zorniger Fragen. Lucy stand ganz still da, auch sie wartete wohl. Die gemeinsame Spannung machte sie zu Kameraden.

Eddie gab dem Tor einen Stoß. Es schwang mit einem Knarren, das wie ein langgezogener Seufzer war, nach innen. Lucy trat zurück. Ihr Gesicht war blaß, konzentriert, undeutbar.

»Kommst du?« Eddie wandte sich halb ab, auf gar keinen Fall durfte er jetzt bedrohlich wirken. »Ich nehme dich in meinem Van mit, wenn du willst. In ein paar Minuten sind wir wieder da.«

Lucy sah wieder zum Haus hin.

»Wegen Carla brauchst du dir keine Sorgen zu machen. Bis sie was merkt, bist du wieder zurück.«

»Kennst du Carla?«

»Aber ja.« Hier hatte Eddie schon eher festen Boden unter den Füßen. »Ich hab dir doch gesagt, daß ich für den Weihnachtsmann arbeite. Er weiß alles. Ich hab dich gestern mit ihr in der Bücherei gesehen, weißt du noch? Ich hab dir zugeblinzelt.«

Lucys Schweigen hatte sich verändert, war voller Neugier, vielleicht Erleichterung.

»Und am Sonntag hab ich dich in St. George gesehen. Deine Mama heißt Sally, und dein Papa heißt Michael.«

»Die kennst du auch?«

»Der Weihnachtsmann kennt alle.«

Sie zauderte noch immer. »Carla wird böse sein.«

»Unsinn. Sie wird weder dir noch mir böse sein, wenn sie dieses Jahr Weihnachtsgeschenke haben will.«

»Carla wünscht sich zu Weihnachten den Hauptgewinn im Lotto, ich hab sie gefragt.«

Eddie machte einen Schritt, blieb stehen, drehte sich um und streckte Lucy die Hand hin. Ohne noch einmal zurückzusehen, schob sie sich durch das geöffnete Tor und legte ihre Hand in die seine.

EINS

»Wer mus nicht mit der erbärmlichen Absicht solcher Leute, die selbst an sich Hand anlegen und sich umbringen, Mitleiden haben? Der Teufel täte desgleichen, wen es in seiner Macht wäre.«

Religio Medici I, 51

I

»Gott wandelt sich nicht«, sagte Diakonin Sally Appleyard. »Aber wir wandeln uns.«

Sie hielt inne und sah in die Kirche hinunter. Nicht, daß sie steckengeblieben wäre oder Angst gehabt hätte: Es war die Zeit selbst, die unvermittelt gelähmt war. Da die Zeit nicht von der Stelle kam, war alle Zeit gegenwärtig.

Schon als Kind hatte sie diese Attacken gehabt, allerdings waren sie, seit sie das Jugendalter hinter sich gelassen hatte, seltener geworden; oft kamen sie kurz vor Beginn einer emotionalen Erschütterung. Gekennzeichnet waren sie durch ein traumgleiches Gefühl des Unvermeidlichen – vergleichbar, vermutete Sally, den Vorboten eines epileptischen Anfalls. Nicht ausgeschlossen, daß es eine spirituelle Gabe war, die Sally allerdings eher als lästig empfand und in der sie keinen konkreten Nutzen zu entdecken vermochte.

Ihre Nervosität war verflogen. Typischerweise herrschte tiefe Stille. Niemand hustete, die Babys schliefen, und die Kinder verhielten sich ruhig. Selbst der Verkehrslärm war verhallt. Die Augustsonne fiel in einem erstarrten Wasserfall aus Licht durch die Fenster des Südschiffes und die Südfenster der Empore. Sie wußte mit absoluter Sicherheit, daß etwas Schreckliches geschehen würde.

Die beiden Menschen, die Sally am meisten auf dieser Welt liebte, saßen in der zweiten Reihe von vorn, fast unmittelbar unter ihr. Lucy saß auf Michaels Schoß und sah mit gekrauster Stirn zu ihrer Mutter hoch. Neben ihr lagen ein Buch und eine kleine Stoffpuppe, die Jimmy hieß. Michaels Kopf erhob sich knapp über dem von Lucy. Wenn man sie so nah beieinander sah, konnte man an der Verwandtschaft nicht zweifeln: Die Ähnlichkeit war deutlich zu sehen und widersetzte sich jeder Analyse. Michael hatte die Arme fest um Lucy gelegt. Er sah an der Kanzel und dem Seitenaltar vorbei hoch zum Chor und zum früheren Hochaltar. Er hat ein trauriges Gesicht, dachte sie. Warum merke ich das erst jetzt?

Derek konnte sie nicht sehen, ohne den Kopf zu wenden. Aber sie wußte, daß er sie aus seinen hellblauen, von langen sandfarbenen Wimpern umrahmten Augen ansah. Derek beunruhigte sie, weil sie ihn nicht mochte. Derek war der Hauptpfarrer der Gemeinde, ein dünner, beneidenswert beredter Mann mit leuchtend rosafarbener Kopfhaut und fast weißblondem Haar.

Die meisten anderen Gesichter waren ihr fremd. Bestimmt überlegen sie jetzt, warum ich so dastehe, dachte Sally, obgleich sie aus Erfahrung wußte, daß diese Momente außerhalb der Zeit stattfanden. In gewissem Sinne waren alle anderen eingeschlafen, nur sie war wach.

Der Druck verstärkte sich. Sie hätte nicht sagen können, ob es ein Druck von innen oder von außen war, aber das spielte auch keine Rolle. Sie schwitzte, und die ordentlich ausgedruckten Notizen für ihre Predigt blieben an ihren feuchten Fingern kleben.

Wie immer in solchen Momenten schlug ihr das Gewissen. Sie sah auf ihren Mann und ihre Tochter herunter und dachte: Wäre ich stark genug im Geiste, müßte ich dem ein Ende machen oder es zu etwas Konstruktivem nutzen können. Verzweiflung schwemmte über sie weg.

»Dein Wille geschehe«, sagte sie oder meinte sie zu sagen. »Nicht der meine.«

Als wären diese Worte ein Signal, kam die Zeit wieder in Bewegung. Ziemlich weit hinten in der Kirche erhob sich eine Frau. Sally Appleyard wappnete sich. Jetzt, da das kam, was sich angekündigt hatte, ging es ihr besser. Alles war besser als das Warten.

Sie sah das Kirchenschiff hinunter. Die Frau, in den Sechzigern oder Siebzigern, war klein und schmal, sie trug einen schmuddeligen beigefarbenen Regenmantel, der ihr zu groß war, und drückte eine Plastiktüte an die Brust, als sei es ein Baby. Auf dem Kopf hatte sie eine schwarze Baskenmütze, die sie bis über die Ohren heruntergezogen hatte. Unter dem Rand der Mütze sah ein fransiger fettiggrauer Pony hervor. Es war ein warmer Tag, aber die Frau sah verhutzelt, grau und verfroren aus.

»Teufelin! Gotteslästerin! Abtrünnige!« Die Frau blickte unverwandt Sally an, und selbst auf diese Entfernung erkannte man den Speichel, der aus ihrem Mund sprühte. Eine gebildete Stimme, leise und eintönig. »Gottlose Metze. Hure von Babylon. Tochter Satans. Gott verdamme dich und die Deinen.«

Sally schwieg. Sie sah die Frau groß an und versuchte, für sie zu beten. Selbst diejenigen, die nicht an Gott glaubten, gaben gern ihm die Schuld an den Unzulänglichkeiten ihres Lebens. Gott war schwer zu finden; da waren seine Statthalter ein willkommener Ersatz.

Die Lippen der Frau bewegten sich noch immer. Sally versuchte, sich dem Strom zunehmend obszöner Verwünschungen zu verschließen. Immer mehr Kirchenbesucher, auch Kinder, drehten sich nach der Frau um. Es war nicht recht, daß Kinder so etwas zu hören bekamen.

Sie merkte, daß Michael aufstand, Lucy an Dereks Frau weiterreichte, die in der Bank vor ihm saß, und in den Gang hinaustrat. Sie merkte auch, daß Stella durch das Kirchenschiff nach Westen auf die Frau im Regenmantel zuging. Stella war im Kirchenvorstand, eine hochgewachsene, würdevolle Schwarze, die es nie eilig zu haben schien.

Alles, was Sally sah, selbst Lucy und Michael, erschien ihr nicht nur physisch fern, sondern auch weniger wichtig und prägte sich ihr nicht tiefer ein als die flackernden Bilder auf einem Fernsehschirm mit ausgeschaltetem Ton. Sie war ganz auf die Frau in Baskenmütze und Regenmantel konzentriert, nicht auf ihr Äußeres oder ihre Worte, sondern auf die tiefere Wirklichkeit dahinter. Mit aller Macht versuchte Sally zu ihr vorzudringen. Vor ihren Augen stand das Bild einer steinernen Mauer mit einer Stacheldrahtkrone.

Jetzt waren Michael und Stella bei der Frau angekommen. Wie ein braves Kind die Hand nach den Eltern ausstreckt, so streckte sie die Arme nach ihnen aus, gab eine Hand Michael, die andere Stella. Endlich machte sie den Mund zu, aber ihr Blick hielt noch immer Sally fest. Sekundenlang boten Michael, Stella und die Frau ein Bild, das ihr merkwürdig bekannt vorkam. Es mochte eine Szene aus einem Renaissancegemälde sein, auf dem eine Märtyrerin sich klaglos zum Scheiterhaufen schleppen ließ und vorbei an dem unsichtbaren Gesicht des Künstlers, der dort stand, wo sich ihr Ankläger befinden mußte, zu dem ebenso unsichtbaren himmlischen Glanz dahinter blickte.

Das Bild zerstörte sich selbst. Stella griff mit der freien Hand nach der Plastiktüte. Sie und Michael zerrten die Frau aus der Kirchenbank und gingen mit ihr zum Westportal. Ihre Schuhe klapperten auf den bunten viktorianischen Bodenfliesen und hallten auf den Zentralheizungsrosten. Die Frau leistete keinen Widerstand, aber sie drehte und wand sich so lange, bis sie sich seitlich vorwärts bewegte, so daß sie den Kopf wenden konnte und Sally im Blick behielt.

Die schwere Eichentür öffnete sich. Verkehrslärm schwappte in den Kirchenraum. Sally sah flüchtig besonnte Gebäude, schwarze Geländer, blauen Himmel. Die Tür schloß sich mit einem dumpfen, grollenden Dröhnen. Sekundenlang klang es nicht nach einer zufallenden Tür, sondern nach dem Schwirren großer Flügel.

Sally holte tief Luft. Beim Ausatmen trat ihr ein neues Bild vor die Augen: ein gestrenger Engel, glitzernd und bis in alle Einzelheiten scharf durchgezeichnet, der die Flügel spannte, die Flügel spielen ließ. Sie verdrängte das Bild.

»Gott wandelt sich nicht«, wiederholte sie verbissen. »Aber wir wandeln uns.«

2

Hinterher sagte Derek: »Heutzutage brauchen wir keine Kirchenvorsteher, sondern Rausschmeißer.«

Sally wandte sich um und sah zu, wie er sich im Spiegel der Sakristei das dünner werdende Haar kämmte. »Im Ernst?«

»Wir wären nicht die ersten.« Sein Spiegelbild lächelte ihr seelsorgerlich-gütig zu. »Natürlich meine ich das nicht so. Aber an diese Unterbrechungen wirst du dich gewöhnen müssen. In Kensal Vale haben wir eine sehr gemischte Gesellschaft. Es ist kein gemütlicher kleiner Vorort.«

Der Hieb galt Sallys letzter Gemeinde, einer vorwiegend von Mittelstand bewohnten Enklave in der Diözese St. Albans. Derek sonnte sich geradezu in den statistischen Zahlen, an denen sich die Heimsuchungen von Kensal Vale ablesen ließen.

»Sie braucht Hilfe«, sagte Sally.

»Mag sein. Ich vermute, daß sie so was schon öfter gemacht hat, uns liegen ähnliche Berichte aus anderen Teilen der Diözese vor. Eine von denen mit dem Tick, daß Frauen nicht auf die Kanzel gehören.« Er steckte den Kamm ein und wandte sich zu Sally um. »Von denen gibt es leider mehr als genug. Wir sollten versuchen, das – oder vielmehr die – mit einem Lächeln zu ertragen. Es gibt hier nämlich weit schlimmere Ärgernisse als verdrehte alte Damen: Betrunkene, Drogensüchtige, Verrückte in allen Sorten und Größen.« Die Zähne, die er zeigte, wenn er lächelte, waren so makellos, daß man versucht war, sie für falsch zu halten. »Das mit den Rausschmeißern wäre eben doch keine so dumme Idee.«

Sally hätte am liebsten gesagt, daß es jammerschade sei, wenn sich nichts Konstruktiveres zustande bringen ließe, verschluckte aber die Bemerkung. Sie war verfrüht. Schließlich hatte sie gerade erst als Seelsorgerin in St. George, Kensal Vale, angefangen. Planstellen für Diakoninnen waren rar, und sie wäre sehr schlecht beraten, Derek gegen sich aufzubringen, noch ehe sie ihren ersten Sonntag hinter sich hatte. Außerdem war ihr Urteil möglicherweise ungerecht.

Sie prüfte ihr Aussehen im Spiegel. Noch immer fühlte sich der Priesterkragen unnatürlich an. Wie lange hatte sie sich das gewünscht, wofür der Kragen stand! Jetzt kamen ihr Zweifel.

Derek war zu erfahren in der Menschenführung, um Abneigung unnötig gären zu lassen. »Deine Predigt hat mir gefallen. Ein schöner Auftakt für deine Arbeit hier. Was meinst du, sollte man vielleicht die Parallelen zwischen dem Feminismus und der Antisklavereibewegung etwas deutlicher herausarbeiten?«

Minuten später folgte ihm Sally durch die Kirche zum Gemeindesaal in der früheren Marienkapelle. Daß die Gemeinde den Umbau letztes Jahr hatte verwirklichen können, war vor allem Dereks Talent für unermüdliche Spendenwerbung zu verdanken. Etwa dreißig Leute waren nach dem Gottesdienst dageblieben, um wäßrigen grauen Kaffee zu trinken und ihre neue Seelsorgerin kennenzulernen.

Lucy sah ihre Mutter zuerst. Sie lief quer durch den Raum auf sie zu und klammerte sich an Sallys Schenkel.

»Ich wollte zu dir«, flüsterte Lucy vorwurfsvoll. Sie hatte ihre Puppe an die Nase gedrückt, ein untrügliches Zeichen für Müdigkeit oder Anspannung. »Ich wollte zu dir. Die blöde alte Frau hat mir nicht gefallen.«

Sally tätschelte Lucy den Rücken. »Ich bin ja da, Schätzchen. Ich bin ja da.«

Stella kam, Michael im Schlepptau, auf sie zu. Sie war um die Vierzig und eine gute Frau, wie Sally vermutete, aber sie gehörte zu jenen Menschen, die Gewißheiten feilbieten, Gefallen am Klang ihrer Stimme finden und das Ansehen genießen, das sie dank ihres Amtes in der Gemeinde haben. Michael wirkte wie betäubt.

»Wir haben gerade über Sie gesprochen«, verkündete Stella so stolz, als könnten sich alle Beteiligten diesen Umstand als Verdienst anrechnen. »Großartige Predigt.« Sie bohrte Michael einen langen Zeigefinger zwischen die Rippen. »Nach dieser Leistung übernehmen hoffentlich Sie das Sonntagsessen.«

Sally nahm den Kaffee, den Michael ihr reichte. »Wo ist die alte Frau abgeblieben?« fragte sie. »Habt ihr rausbekommen, wo sie wohnt?«

Stella schüttelte den Kopf. »Sie hat nur immer gesagt, wir sollten weggehen und sie in Ruhe lassen.«

»Was genaugenommen ein Witz war«, sagte Michael zu seinem Kaffeebecher.

»Und dann kam ein Bus«, fuhr Stella fort, »sie ist aufgesprungen, und weg war sie. Ohne sie in den Schwitzkasten zu nehmen, konnten wir nicht viel tun.«

»Sie kommt also nicht regelmäßig hierher zum Gottesdienst?«

»Ich habe sie noch nie gesehen. Nehmen Sie sich's nicht zu Herzen. Geht nicht gegen Sie persönlich«

Lucy zerrte an Sallys Arm, und Kaffee schwappte in die Untertasse. »Sie gehört ins Gefängnis. Sie ist eine Hexe.«

»Sie hat nichts Böses getan«, sagte Sally. »Sie ist nur unglücklich. Man schickt doch niemanden ins Gefängnis, nur weil er unglücklich ist.«

»Unglücklich? Warum?«

»Unglücklich?« Derek Cutter war neben Stella aufgetaucht und fuhr Lucy durchs Haar. »Eine junge Dame wie du dürfte nicht unglücklich sein. Das ist streng verboten.«

Puterrot und verschreckt zog sich Lucy hinter ihre Mutter zurück.

»Sally hat mir erzählt, daß das hier früher die Marienkapelle war«, sagte Michael, um Derek von seiner Tochter abzulenken. »Wie sich die Zeiten ändern.«

»Wir können uns glücklich schätzen, daß wir den Raum einer so nutzbringenden Verwendung zuführen konnten. Und auch noch dem Geist des Raumes gemäß.« Derek winkte einen kleinen Mann mittleren Alters mit wachen Augen und schütteren Cherubslocken heran. »Sally, ich möchte dich mit Frank Howell bekannt machen. Frank, das sind Sally Appleyard, unsere neue Seelsorgerin, und ihr Mann Michael.«

»Detective Sergeant Appleyard?« Howell hatte rotgeränderte Augen.

Michael nickte.

»Im Lokalblättchen steht ein Artikel über Ihre verehrte Gattin, da wurde es erwähnt.«

Derek hüstelte. »Wir sind wohl alle mit einem gerüttelten Maß an Neugier geschlagen, jeder auf seine Art. Frank ist Journalist. Freiberuflich.«

Howell schüttelte Stella die Hand. »Da hab ich später mal jede Menge abzubüßen, was?«

»Frank hat mir übrigens gerade erzählt, daß er sich überlegt, ein Feature über St. George zu schreiben. ›Die Arbeitsweise der Church of England im heutigen London.‹« Dereks Nase zuckte. »Alter Wein in neuen Schläuchen gewissermaßen.«

»Im Grunde ist das schon erstaunlich.« Howell lächelte breit. »Da leben wir nun in einer zunehmend gottlosen Gesellschaft, aber der berühmt-berüchtigte Mann auf der Straße kann von der guten alten Church of England gar nicht genug bekommen.«

»Ich weiß nicht, ob ich dir da recht geben kann, Frank.« Derek bleckte die Zähne zu einem versöhnlichen Lächeln. »Manchmal habe ich den Eindruck, daß wir nicht so gottlos sind, wie das in unseren Kreisen zuweilen gern dargestellt wird. Die Besucherzahlen sind gestiegen, ich suche dir gern die Daten heraus. Durch die Evangelischen, das muß ihnen der Neid lassen, hat sich das Blatt gewendet. Wir hier in St. George versuchen, allen etwas zu bieten, haben eine breite, konfessionell nicht festgelegte Sichtweise. Wir betrachten uns als –«

»Ihr macht gute Arbeit, das ist wahr.« Howell sah noch immer Sally an. »Nur – Geschichten, in denen es menschelt, verkaufen sich eben immer noch am besten. Was zählt, ist der Mensch, stimmt's? Vielleicht können wir uns darüber gelegentlich mal unterhalten.« Er ließ den Blick über den kleinen Kreis der Gesichter gehen. »Alle miteinander, meine ich.«

»Nur zu gern«, antwortete Derek für die anderen. »Ich –«

»Bestens. Ich rufe an und mache was aus.« Howell sah auf die Uhr. »Himmel – so spät schon? Ihr Lieben, ich muß euch lassen.«

Derek sah ihm nach. »Frank hat uns beim Umbau der Marienkapelle sehr unterstützt«, sagte er halblaut zu Sally und tätschelte ihren Arm. »Er hat einen Artikel über die Eröffnungsfeier geschrieben. Zu der ist nämlich der Bischof gekommen.« Plötzlich stellte er sich auf die Zehenspitzen und winkte lebhaft zu seiner Frau hinüber. »Da ist Margaret, sie wollte kurz mit dir sprechen, Sally. Möglicherweise hat sie eine Tagesmutter für dich gefunden. Gehört nicht zur Gemeinde, ist aber eine sehr liebe Frau. Hundertprozentig zuverlässig. Sie heißt Carla Vaughan.«

3

Auf der Rückfahrt in die Hercules Road führten Michael und Sally vorn im Wagen eine geflüsterte Debatte, während Lucy, auf der Rückbank angeschnallt, »Puff der Zauberdrache« vom Band mitsang. Es war nicht so sehr eine Debatte als ein ausgewachsener Streit, wenn auch mit Glacéhandschuhen.

»Fahren wir nicht ziemlich schnell?« fragte Sally.

»Ich habe nicht damit gerechnet, daß es so spät werden würde.«

»Ich auch nicht. Der Gottesdienst hat länger gedauert, als ich dachte, und –«

»Es ist wegen des Essens. Ich habe den Backofen ziemlich hoch gestellt.«

Sally dachte daran, wie oft das Essen ungenießbar gewesen war, weil Michael sich aus beruflichen Gründen verspätet hatte. Sie zählte bis fünf, um nicht aus der Rolle zu fallen.

»Diese Carla, Sally, die Tagesmutter –«

»Ja?«

»Mir wär's lieber, wenn wir ein bißchen mehr über sie wüßten.«

»Sie scheint in Ordnung zu sein. Außerdem sehe ich sie mir natürlich an, ehe wir uns entscheiden.«

»Ich wünschte –«

»Was?«

Er gab Gas, als die Ampel schon umsprang. »Ich wünschte, wir kämen ohne sie aus.«

»Das hatten wir doch alles schon mal.«

»Ich bin wohl bei dir von einer flexibleren Arbeitszeit ausgegangen.«

»Dann bist du von was Falschem ausgegangen. Tut mir leid.«

Sie hatte ihn offenkundig nicht nur mit ihren Worten,

sondern auch mit ihrem Ton getroffen. »Und was wird mit Lucy?«

»Sie ist auch deine Tochter.« Sally begann, bis zehn zu zählen.

»Ich weiß. Und ich weiß auch, daß wir uns von Anfang an darüber einig waren, daß wir beide arbeiten wollen. Aber ...«

Bei acht war es mit Sallys Fassung endgültig vorbei. »Dir wär's lieber, wenn ich was Vernünftiges geworden wäre, Lehrerin zum Beispiel, stimmt's? Ein sicherer Job, der dich nicht in Verlegenheit bringt. Einer, bei dem man sich Kinder leisten kann. Und am allerliebsten wäre dir natürlich eine, die nur Ehefrau und Mutter ist.«

»Ein Kind braucht die Eltern, mehr sage ich ja gar nicht.«

»Dieses Kind hat zwei Eltern. Wenn du so in Sorge bist –«

»Und was wird, wenn sie mal älter ist? Soll sie als Schlüsselkind herumlaufen?«

»Ich habe meine Arbeit, und du hast deine. Andere Leute kriegen das auch hin.«

»Meinst du?«

Sally sah kurz in den Spiegel der Sonnenblende. Lucy sang noch immer, unter fröhlicher Mißachtung der Melodie, aber sie hatte sich Jimmy an die Wange gelegt; sie spürte, daß ihre Eltern sich stritten.

»Hör zu, Michael. Das geistliche Amt ist eine Berufung. Darüber kann ich mich nicht einfach hinwegsetzen.«

Ihr Mann antwortete nicht und nährte damit ihre schlimmsten Befürchtungen. Er nutzte das Schweigen als Waffe.

»Außerdem haben wir das alles vor der Heirat besprochen. Ich weiß, daß wir uns in der Realität schwerer als erwartet tun. Aber wir waren uns einig. Du erinnerst dich?«

Er faßte das Lenkrad fester. »Das war etwas anderes. Da hatten wir Lucy noch nicht. Jetzt bist du ständig müde.«

Unter anderem zu müde zum Sex: Noch ein Grund für

Gewissensbisse. Zuerst hatten sie sich einen Witz daraus gemacht, aber selbst die besten Witze wurden einmal schal.

»Darum geht es nicht.«

»Natürlich geht es darum, Liebes«, sagte er. »Du nimmst dir einfach immer zuviel vor.«

Wieder eine Pause. Auf »Puff der Zauberdrache« folgte »Der kleine Au-Au-Autobus«. Lucy trat Aufmerksamkeit heischend im Takt gegen die Lehne von Sallys Sitz. Eigentlich wäre Sallys erster Gottesdienst in St. George ein Grund zum Feiern gewesen. Jetzt fragte sie sich, ob sie für das Amt überhaupt geeignet war.

»Dir wär's lieber, wenn ich nicht ordiniert wäre«, sagte Sally und sprach damit nicht so sehr die Tatsache an sich aus, sondern ihre eigenen Ängste. »Insgeheim findest du Frauen im geistlichen Stand unnatürlich.«

»Das habe ich nie gesagt.«

»Brauchst du auch nicht. Du bist genau wie Onkel David. Los, gib's zu.«

Er sah stur geradeaus und fuhr schneller als erlaubt. Es war ein Fehler gewesen, Onkel David ins Spiel zu bringen. Es war immer ein Fehler, Onkel David ins Spiel zu bringen.

»Komm schon.« Sally hätte ihn am liebsten geschüttelt. »Sag was.«

Den Rest der Fahrt legten sie schweigend zurück. Um die Zeit zu nutzen, versuchte Sally, für die alte Frau zu beten, die sie verflucht hatte. Ihr war, als fielen ihre Gebete in ein schwarzes Loch.

»Dein Wille geschehe«, sagte sie immer wieder in das Schweigen hinein, das in ihrem Innern herrschte, aber die Worte waren nur sinnentleerte Laute. Es war, wie wenn man telefonierte und nicht wußte, ob der Teilnehmer am anderen Ende zuhörte oder überhaupt da war. Sie versuchte sich einzureden, daß daran nur die derzeitige Belastung schuld war. Bald würde der Streß nachlassen, und dann würde sie auch wieder eine normale telefonische Verbindung bekommen. Es wäre kindisch, anzunehmen, das Problem sei dadurch entstanden, daß eine alte Frau sie verflucht hatte.

»Scheiße«, sagte Michael, als sie in die Hercules Road einbogen. Irgend jemand hatte ihnen den Parkplatz weggeschnappt.

»Ist doch nicht schlimm«, sagte Sally und hoffte, daß Lucy nichts gehört hatte. »Ein Stück weiter oben ist noch einer.«

Michael parkte den Rover rückwärts ein und schrammte mit dem Hinterrad am Bordstein entlang. Mit klimpernden Schlüsseln wartete er auf dem Gehsteig, bis Sally ihre Tochter und deren Habseligkeiten herausgezogen hatte.

»Was gibt's zu Mittag?« fragte Lucy. »Ich hab Hunger.«

»Frag deinen Vater.«

»Eintopf. Lamm mit grünen Bohnen.« Michael kochte vorzugsweise das, was er selber gern aß.

»Iihh! Krieg ich statt dessen Fischstäbchen?«

Die Wohnung befand sich in einem nüchternen Zweckbau aus den dreißiger Jahren. Michael hatte sie vor der Heirat gekauft. Sie bot für eine Person reichlich Raum, war ein behagliches Heim für zwei und gerade noch groß genug, um ein kleines Kind unterzubringen. Als Sally die Haustür aufmachte, begrüßte sie der Geruch nach Angebranntem.

»Scheiße hoch drei«, sagte Michael.

4

Vor Lucys Geburt waren Sally und Michael Appleyard fest entschlossen gewesen, durch Kinder ihr Leben nicht aus dem Gleis bringen zu lassen. Sie hatten miterlebt, wie sich das Leben von Freunden verändert, und zwar meist zum Schlechteren verändert hatte, wenn erst einmal Kinder da waren. In diese Falle würden sie nicht gehen, so viel stand fest.

Kennengelernt hatten sie sich durch Michaels berufliche Tätigkeit, knapp sechs Jahre, ehe Sally die Pfarrstelle in Kensal Vale angeboten worden war. Michael hatte den Besitzer einer Autowerkstatt verhaftet, der sich auf den Verkauf gestohlener Wagen spezialisiert hatte. Sally, die vor kurzem zur Diakonin geweiht worden war, kannte von der Kirche her dessen Frau, die sich hilfesuchend an sie gewandt hatte, weil sie allein nicht zurechtkam. Die Sache war – so zumindest hatte es sich am Telefon angehört – derart dringend, daß Sally gekommen war, wie sie war, in Arbeitsklamotten, kaum zurechtgemacht und ohne Priesterkragen.

»Es ist ein Irrtum«, jammerte die Frau, der die Tränen über das sorgfältig geschminkte Gesicht liefen. »Ein schrecklicher Irrtum. Oder jemand hat ihn da reingeritten. Warum will die Polizei das nicht begreifen?«

Während die Frau abwechselnd weinte und wütete, durchsuchte Michael mit einem Kollegen das Haus. Sally kümmerte sich um die Kinder, sprach mit dem Anwalt und hielt der Frau die Hand, als die Kriminalbeamten ihr Fragen stellten, die sie nicht beantworten konnte oder wollte. An diesem Tag konstatierte Sally nur flüchtig, daß Michael eine schwierige Aufgabe sensibler anging, als sie erwartet hatte, nahm ihn aber ansonsten nicht weiter zur Kenntnis.

Drei Tage später stand Michael abends aus heiterem Himmel vor Sallys Wohnungstür. Diesmal trug sie ihren Priesterkragen. Vorgeblich wollte er sich erkundigen, ob sie wisse, wo die Frau zu erreichen war, die sich inzwischen aus dem Staub gemacht hatte. Spontan bat sie ihn herein und bot ihm einen Kaffee an. Bei dieser zweiten Begegnung besah sie sich den Privatmann Michael Appleyard, und alles in allem gefiel ihr das, was sie sah: ein schmales Gesicht mit dunklen Augen und hellem Teint, bräunliches Haar, das wohl früher einmal blond gewesen war. Mittelgroß, breite Schultern, schmale Hüften. Als sie mit dem Kaffee ins Wohnzimmer kam, stand er vor dem Bücherschrank. Er äußerte sich nicht direkt zu seinem Inhalt und auch nicht zu dem Kruzifix, das darüber an der Wand hing.

»Wann sind Sie ordiniert worden?«

»Erst vor ein paar Wochen.«

»In der Church of England?«

Sie nickte und konzentrierte sich aufs Kaffee-Einschenken.

»Dann sind Sie Diakonin?«

»Ja. Und weiter werde ich wohl auch kaum kommen, es sei denn, daß die Synode sich zugunsten von Frauen im Priesteramt entscheidet.«

»Eine Diakonin darf alles machen, was auch der Pfarrer macht, bis auf die Kommunion, stimmt das so?«

»Mehr oder weniger. Sind Sie ...«

»Praktizierender Christ? Bedaure – bei mir ist das mehr Theorie als Praxis. Mein Taufpate ist Priester.«

»Wo?«

»Er lebt jetzt in Cambridge. Er ist im Ruhestand. Vorher hat er an einer theologischen Hochschule in den Staaten gelehrt.« Michael trank einen Schluck Kaffee. »Ich bezweifle, ob Onkel David mit der Ordination von Frauen einverstanden wäre.«

»Viele ältere Priester haben ihre Probleme damit. Jüngere übrigens auch. Es ist nicht leicht für sie.«

Danach sprachen sie von anderen Dingen. Schon im Gehen, machte er unter der Tür halt und lud sie zum Abendessen ein. Die Einladung überraschte sie ebensosehr, wie sie (das gab er später zu) ihn selbst überrascht hatte. Sie lehnte ab, aber er redete auf sie ein, bis sie ja sagte, nur um ihn loszuwerden.

Michael führte sie in ein chinesisches Restaurant in Swiss Cottage. Fast den ganzen Abend lang ermunterte er sie, über sich zu sprechen; die Fragen, die sie ihm stellte, schmetterte er ab oder beantwortete sie kurz und knapp. Sie erzählte ihm, daß sie ihre Stelle als Berufsberaterin aufgegeben hatte, um Theologie zu studieren. Nach der Ordination standen die Chancen, in absehbarer Zeit eine Pfarrstelle zu bekommen, nicht gut, zumal ihr Vater krank war und sie deshalb nicht zu weit wegziehen wollte.

»Außerdem haben viele Diözesen mit Diakoninnen nichts am Hut.«

Michael schob ihr die Platte mit der Pekingente hin. »Wenn Sie Diakonin – oder Pastorin – sind, steht das für Sie wohl an erster Stelle? Es dürfte für Sie das Wichtigste im Leben sein, Ihre vornehmste Pflicht sozusagen.«

»Selbstverständlich.«

»Und was ist mit Menschen? Ich weiß, daß Sie nicht verheiratet sind, aber haben Sie einen Freund? Und was ist mit Kindern? Oder wäre Gott wichtiger?«

»Sind Sie immer so?«

»Wie denn?«

»So penetrant.«

»Normalerweise bin ich überhaupt nicht so.«

Sie beugte sich über ihren Teller, so daß das dichte Haar wie ein Vorhang über ihr Gesicht fiel. Damals hatte sie es lang getragen und war sehr stolz darauf gewesen.

»Sie haben doch nicht etwa ein Keuschheitsgelübde abgelegt?« fragte er.

»Mit Ihnen hat das überhaupt nichts zu tun.«

»Hat es doch.«

»Die Antwort ist nein. Aber es hat trotzdem nichts mit Ihnen zu tun.«

Ein Vierteljahr später waren sie verheiratet.

5

Es wäre albern, sagte sich Sally, dem bösartigen Gefasel einer unglücklichen Frau irgendwelche Bedeutung beizumessen. Darin ein böses Omen zu sehen war reiner Aberglaube. Dennoch mußte Sally in den Wochen, die ihrem ersten Gottesdienst in St. George folgten, oft an die zornige Alte denken. Die Erinnerung an das, was sie gesagt hatte, war wie ein verlaufender Fleck. Soviel sie auch reiben mochte, er ging nicht raus.

Gott verdamme dich und die Deinen.

Als man Sally die Pfarrstelle in Kensal Vale angeboten hatte, war das für sie fast zu schön, um wahr zu sein, war wie ein erhörtes Gebet. Sie kannte zwar Derek Cutter, den Pfarrer von St. George, nicht persönlich, wußte aber, daß er in hohem Ansehen stand. Er galt als begabter und hochmotivierter Gemeindepfarrer, der eine demoralisierte Herde neu belebt und im ganzen Bezirk viel Gutes bewirkt hatte.

Auch der Zeitpunkt schien günstig. Im Winter war Sallys Vater gestorben, was ihr nicht nur Kummer gemacht, sondern auch ein unerwartetes Gefühl der Befreiung geschenkt hatte. Lucy konnte mit der Schule anfangen und Sally endlich guten Gewissens eine Ganztagsstelle antreten. Auch die Lage von Kensal Vale war gut. Von der Hercules Road bis zum Pfarrhaus von St. George brauchte sie zu Fuß vierzig Minuten und mit dem Auto – je nach Verkehr – sehr viel weniger. Da gab es nur ein Haar in der Suppe: Michaels merklichen Mangel an Begeisterung.

»Was wird mit Lucy?« hatte er betont beiläufig gefragt, als sie ihm von dem Angebot erzählte. »Sie ist schließlich nicht die ganze Zeit in der Schule.«

»Wir nehmen uns eine Tagesmutter. Das wird ihr sogar guttun. Sie braucht mehr Anregung, als sie zu Hause bekommt.«

»Vielleicht hast du recht.«

»Das haben wir doch alles schon besprochen, Schatz.« Nicht einmal, dachte Sally, sondern immer wieder. »Ich hatte nie vor, eine Mutter zu sein, die den ganzen Tag zu Hause ist und Bettwäsche bügelt.«

»Natürlich nicht. Das mit Lucy läßt sich bestimmt regeln. Aber glaubst du wirklich, daß Kensal Vale das Richtige für dich ist?«

»Genau so eine Gemeinde habe ich mir immer gewünscht.«

»Warum?«

»Wahrscheinlich, weil es eine Herausforderung ist und mich deshalb mehr befriedigt. Außerdem möchte ich gern beweisen, daß ich es schaffe. Daß eine Frau es schafft.« Sie funkelte ihn an. »Auch ich brauche nämlich Anregung, ich war viel zu lange ohne echte Aufgaben.«

»Hast du dir das wirklich genau überlegt? Ganz ungefährlich ist Kensal Vale heutzutage nicht, würde ich sagen, besonders für eine Frau.«

»Ich komme schon zurecht«, hatte Sally ihn angefahren. »Ich bin ja schließlich nicht ganz blöd.« Als sie sah, wie schmal seine Lippen geworden waren, fuhr sie friedlicher fort: »Und im übrigen wachsen solche Stellen nicht auf den Bäumen. Wenn ich jetzt ablehne, bekomme ich womöglich auf Jahre hinaus kein neues Angebot. Und ich brauche Erfahrung, ehe ich die Priesterweihe empfangen kann.«

Er tat ihr Argument mit einem Achselzucken ab und brachte die Sprache auf praktische Einzelheiten. Er war nicht bereit, ihren Schritt zu billigen, leistete aber zumindest keinen aktiven Widerstand.

Als der Sommer verging und sich dem Herbst zuneigte, fragte sich Sally, ob Michael nicht vielleicht recht gehabt hatte. Sie schlief schlecht und träumte unerfreulich lebhaft. Die Arbeit war nicht leicht, und dazu kam, daß ihr offenbar die gewohnte Spannkraft abhanden gekommen war. In der ersten Woche wollte ein sterbendes Gemeindemitglied nichts mit ihr zu tun haben, weil sie eine Frau war, ein gutgekleideter Mann in mittleren Jahren spuckte sie auf der Straße an, und eine Bande mit Messern bewaffneter kleiner Jungen stahl ihr die Handtasche. Ähnliches hatte sich auch vorher schon ereignet, bisher aber hatte sie es relativ mühelos weggesteckt und abgehakt. Die neuesten Zwischenfälle lagen ihr schwer auf der Seele. Sie wurde die Bilder nicht los: das bleiche Gesicht auf dem Kissen, das den Trost ablehnte, den zu spenden sie gekommen war; der zähe Speichel, der auf ihrem Taschentuch glänzte; und vor allem die Kinder, manche höchstens fünf Jahre älter als Lucy, die sie bei ihrem monströsen Spiel messerschwingend und grimassenschneidend umzingelten.

Auch zu Hause lief nichts so, wie es sollte. Michael hatte sich seit dem Streit auf der Rückfahrt von der Kirche und der Entdeckung, daß sich das Sonntagsmahl in ein Brandopfer verwandelt hatte, immer mehr in sich selbst zurückgezogen. Es kam nicht zum offenen Streit, aber immer öfter schwiegen sie sich an. Womöglich, dachte Sally, hat es gar nichts mit mir zu tun, vielleicht hat er Schwierigkeiten im Dienst.

»Alles bestens«, antwortete er, als sie ihn direkt danach fragte, und sie hörte förmlich die Zugbrücke hochgehen und das Fallgitter herunterrasseln.

Sally ließ nicht locker. »Hast du Oliver in letzter Zeit mal gesehen?«

»Nein. Nicht mehr, seit er befördert worden ist.«

»Befördert? Wie schön. Wann war denn das?«

»Vor ein paar Wochen.«

Warum hatte Michael ihr das nicht erzählt? Oliver Rickford war sein Trauzeuge und wie Michael an der Polizeiakademie in Hendon einer der Besten gewesen. Seit dem gemeinsamen Streifendienst als junge Polizisten hatten sie nicht mehr zusammengearbeitet, waren aber nach wie vor in Verbindung.

»Warum haben sie ihn zum Inspektor befördert und dich nicht?«

»Er sagt in Ausschußsitzungen das Richtige.« Michael sah sie an. »Außerdem ist er ein guter Polizist.«

»Wir müssen ihn und Sharon mal zum Abendessen einladen. Das muß doch gefeiert werden.« Sally mochte Sharon nicht. »Dienstage sind immer günstig für mich.«

Michael brummelte vor sich hin und wandte sich wieder seiner Zeitung zu.

»Die Cutters sollten wir wohl auch mal bitten.«

»O Gott.« Jetzt sah er doch auf. »Muß das sein?«

Ihre Blicke begegneten sich, und einen Augenblick waren sie in der gemeinsamen Ablehnung der Cutters vereint. Auch diese Abneigung gehörte zu dem Bündel von Sallys Problemen. Im Lauf der Wochen hatte sie gemerkt, daß Derek Cutter sie bei der Gemeindearbeit am liebsten nur am Rande beteiligte. Er vermittelte ihr das Gefühl, daß die Stola der Diakonin etwas Ähnliches wie das L-Schild am Auto für den Fahrneuling war. Sie hatte den Verdacht, daß er insgeheim Frauen im Priesteramt ebensowenig schätzte wie Michaels Onkel David. Zumindest aber machte David Byfield aus seiner Ablehnung kein Hehl, während Derek Cutter die seine sorgfältig kaschierte. Bei Sallys Berufung in seine Gemeinde hatte er sich wohl von Nützlichkeitserwägungen leiten lassen. Der Archidiakon war ein entschiedener Fürsprecher der Frauenordination, und für Derek konnte es nur günstig sein, sich mit seinem unmittelbaren Vorgesetzten gutzustellen. Es war ihm sehr wichtig, mit den meisten Leuten auf gutem Fuß zu stehen.

»Das ist aber mal eine Freude«, sagte Derek, wenn er nach einem Gottesdienst, bei einer Sitzung oder vor einer Haustür einem Gemeindemitglied gegenüberstand. »Sie sehen ja aus wie das blühende Leben.« Wenn irgend möglich betatschte er sie dann noch, jung oder alt, Mann oder Frau. Er liebte Körperkontakte.

»Es ist nicht genug, einander zu lieben«, schrieb er im Gemeindeblättchen. »Wir müssen es auch zeigen. Wir müssen unser Herz auf der Zunge tragen, wie Kinder es tun.«

Derek liebte Kinder, richtete den Blick allerdings meist entschlossen nur auf die Sonnenseite der Kindheit, was darauf hinauslief, daß sein liebevolles Interesse sich auf Kinder unter sieben Jahren beschränkte. In Kensal Vale wuchsen Kinder schnell heran, und die Jugendkriminalität war relativ hoch. Auf dem Foto im Gemeindesaal sah er milde lächelnd auf ein fotogenes Baby herunter, das er im Arm hielt. In der Predigt, die er an Sallys zweitem Sonntag in St. George hielt, zitierte er einen Text, den er offenbar besonders liebte. »›Lasset die Kindlein zu mir kommen‹, sagte Jesus zu seinen Jüngern, ›und wehret ihnen nicht, denn ihrer ist das Himmelreich.‹ Markus 10, 14.«

Ein Pfarrer, dachte Sally, müßte eigentlich mehr aufzuweisen haben als den Hang, Leute zu betatschen, eine sentimentale Zuneigung zu kleinen Kindern und bestimmte weltliche Fertigkeiten, die ihm in der PR-Branche oder in der Kommunalverwaltung ein ansehnliches Gehalt eingebracht hätten.

Dabei wußte sie natürlich genau, daß sie ungerecht war. In der Verwaltung war er unübertroffen. Die Finanzen der Gemeinde waren in Ordnung. Die Kirche genoß Ansehen im Bezirk und konnte sich auf einen disziplinierten Kern von über hundert Seelen stützen. Als Gemeinde wirkte St. George geschlossen und vorwärtsgewandt, was vor allem Derek zu verdanken war. Und ein wenig auch seiner Frau. Die Cutters waren, wie Derek gern bemerkte, ein Team.

Margaret Cutter war eine füllige Person, deren Sachen an ihr wie festgezurrt saßen und deren graues Haar ihren Kopf krönte wie ein Stahlwollekissen. Ihre Hilfsbereitschaft war von der Art, die sich ausschließlich in Aktivitäten – vorzugsweise körperlicher Art – äußert. An dem Dienstag, der Sallys erstem Gottesdienst in St. George folgte, lud sie Sally auf einen Kaffee ins Pfarrhaus ein. Sie saßen in einem kleinen, überheizten Wohnzimmer, in dem am meisten die vergitterten Fenster und der riesige Fotokopierer hinter dem Sofa ins Auge fielen. Auf dem Fernseher standen ein Spielzeugkaninchen mit rosa Kuschelfell und ein Hochzeitsfoto von Derek und Margaret. Sally fand, daß sie älter als ihr Mann aussah.

»Einfach mal ein kleines Frauentreffen«, sagte Margaret und bot Sally auf einem Teller altbackene Kekse an. »Ist doch immer nett, so ein Schwatz.« Der Schwatz wandelte sich sehr bald zum Monolog. »Das eigentliche Problem sind die Frauen. Du glaubst ja nicht, wie sie sich Derek an den Hals werfen.« Das klang fast zutraulich, aber die dunklen Augen huschten über Sally hin, als wollten sie für ein Totenhemd Maß nehmen. »Er merkt das natürlich gar nicht. Typisch Mann. Wenn's um Frauen geht, sind sie wie vernagelt. Deshalb brauchen sie uns Mädels. Zum Aufpassen.« An dieser Stelle legte sie eine Pause ein, die Sally reichlich Zeit gab, einigermaßen verblüfft zu erkennen, daß Margaret sie hatte warnen wollen. Derek, so lautete die Botschaft, war als potentielles Objekt der Begierde tabu. »Als wir geheiratet haben, wußte ich, daß ich mir damit einen Vollzeitjob einhandeln würde. Ich war Hauswirtschaftslehrerin, und sie haben mich angefleht, ich sollte doch bleiben, aber ich hab gesagt: ›Nein, Mädels, nichts, was ich lieber täte, aber jetzt muß ich an Derek denken.‹ So ist das eben mit der Ehe, in guten wie in schlechten Tagen, sie hat höchste Priorität, sonst kann man es genausogut gleich bleibenlassen.« Sie streichelte liebevoll ihren Unterarm. »Für dich ist es bestimmt sehr schwer, wo ihr beide arbeitet und auch an die Kleine denken müßt. Aber eure Lucy hat sich wohl inzwischen dran gewöhnt, was? So ein süßes Mädelchen. In mancher Hinsicht ist es ein Segen, daß Derek und ich keine Kinder haben. Ganz ehrlich, ich glaube, wir hätten nicht die

Zeit gehabt, ihnen das an Liebe und Zuwendung zu schenken, was sie brauchen. Wobei mir einfällt, daß ich dir ja Carla Vaughans Nummer geben wollte. Die Frau ist nicht jedermanns Geschmack, aber Derek mag sie. Derek sieht eben in allen Menschen nur das Beste. Carla ist alleinerziehend, sagte ich das schon? Zwei kleine Kinder von verschiedenen Vätern, und mit beiden nicht verheiratet, soviel ich weiß. Aber wie sagt Derek immer? Wer unter euch ohne Sünde ist, der werfe den ersten Stein. Hat er dir erzählt, daß sie das Geld am liebsten in bar nimmt?«

Am nächsten Tag, einem Mittwoch, ging Sally mit Lucy zu Carla, die in einem kleinen Reihenhaus fast genau auf der Mitte zwischen St. George und der Hercules Road wohnte. Carla, halb westindischer, halb irischer Herkunft, hatte einen üppigen roten Lockenschopf und eine Frisur, die aussah wie eine Barockperücke. Im Haus wimmelte es von kleinen Kindern, und der Lärm war umwerfend. Carla war barfuß, sie trug ein grünes Turnhemd und enge Hosen, unter denen sich kräftige Beine und ein breites Hinterteil abzeichneten, so daß der Phantasie nicht mehr viel zu tun blieb.

Carla fegte einen Stapel Zeitschriften von einem Stuhl. »Möchten Sie eine Cola oder sonst was? Und was ist mit dir, Lucy?«

Lucy schüttelte heftig den Kopf. Sie hielt sich dicht neben ihrer Mutter und sah mit großen Augen auf die anderen Kinder, die sich nicht um sie kümmerten. Carla holte zwei Dosen aus dem Kühlschrank und drückte Sally eine davon in die Hand.

»Spart das Abwaschen. Stört Sie doch nicht, oder?« Sie guckte mit unverhohlener Neugier den Priesterkragen an. »Wie soll ich Sie übrigens nennen? Hochwürden oder wie?«

»Sally bitte. Was für ein schöner großer Raum.«

»Hat mir einer von meinen Kerls gemacht, der war Maurer. Ich hab gesagt, er soll so viele Wände wie möglich wegnehmen, ohne daß die Bude einfällt. Und als er fertig war, hab ich ihm den Laufpaß gegeben. Mir können die Männer gestohlen bleiben. Wenn Sie mich fragen, sind wir ohne sie besser dran.« Sie beugte sich vor und senkte die Stimme ein wenig. »Sex? Geschenkt! Bloß als Heimwerker sind sie manchmal gut zu gebrauchen.«

Sally sah sich um und tat, als bewunderte sie die Einrichtung. Auf den meisten Ablageflächen lagen Wäschestapel, Pakete mit Wegwerfwindeln, Spielsachen, Bücher, leere Bonbontüten und Videobänder. Die Hintertür stand offen, dahinter war ein besonnter Garten mit einer kleinen Schaukel und einer Sandkiste zu erkennen. Wenn man von der Unordnung absah, machte das Haus einen sauberen Eindruck, und die Kinder schienen glücklich und zufrieden zu sein, fand Sally und hoffte, daß das nicht nur Wunschdenken war.

Während sie mit Carla die Einzelheiten besprach, heuchelte Lucy Interesse an dem großen Fernseher, der in der Nische eines ehemaligen Kamins vor sich hin raunte und flimmerte. Sie tat, als sei sie völlig gefesselt von einer Fortsetzung der Serie »Thomas, die Ticktackeisenbahn«, die sie sonst entschieden ablehnte.

»Lassen Sie die Kleine doch einfach ein, zwei Stunden hier. Auf Probe sozusagen.«

Sally nickte, obgleich ihr bei dem Gedanken himmelangst wurde. Lucy hängte sich an ihren Arm.

»Am besten gehen Sie gleich.« Carla machte Lucy mit einer Hand von ihrer Mutter los und gab mit der anderen Sally einen sanften Stoß. »Hast du schon mal Pfefferkuchenroboter mit Schokoladenaugen gemacht?« fragte sie Lucy.

Die unterbrach ihr Geheul, um ein gepreßtes »Nein« herauszubringen.

»Na siehst du. Ich auch nicht. Und wenn du mir nicht hilfst, die Schokolade zu suchen, kriegen wir auch keine zustande.«

Sally schlich sich schleunigst aus dem Haus. Es war ihr schrecklich, Lucy einer Fremden anzuvertrauen. Aber das Gewissen würde ihr schlagen, wie immer sie sich entschied. Wenn man eine Liste der zehn wichtigsten Attribute moderner Mutterschaft aufstellte, belegte das schlechte Gewissen gewiß mühelos einen der ersten drei Plätze.

6

Sally Appleyard hätte nicht sagen können, wann ihr der Verdacht kam, daß sie beobachtet wurde. Zuerst war da die Angst, die sich – getarnt als ein vages Unbehagen – heimlich, still und leise in ihr Leben schlich. Ihre Träume waren jetzt voll von schwindelnden Stürzen, von Türen, die sich langsam öffneten, Schritten, die auf leeren Straßen hallten.

Sie verband – zu Recht oder zu Unrecht – den emotionalen Witterungsumschwung mit dem Erscheinen von Frank Howells Feature im *Evening Standard* Mitte September. Auf seine sehr spezifische Art hatte der Cherub mit den schütteren Locken St. George alle Ehre gemacht. Hier fand man, wie Sally interessiert zur Kenntnis nahm, die Church of England noch echt und unverfälscht. Zur Auflockerung gehörten zu dem Artikel auch zwei Fotos, eins von Derek mit Priesterkragen, Jeansjacke und einem afrokaribischen Kleinkind, und eins von Sally. Im Text schilderte Howell den Zwischenfall bei Sallys erstem Gottesdienst.

»Bedauerlich, daß er sich ausgerechnet St. George ausgesucht hat«, bemerkte Michael nach der Lektüre des Artikels.

»Warum?«

»Weil jetzt alle Spinner wissen, daß du dort amtierst.«

Sie lachte ihn aus, wurde aber den Satz nicht mehr los. An rationalen Erklärungen für ihren Zustand mangelte es nicht. Sie war abgespannt und hatte den Kopf voller Sorgen. Es lag besonders für eine Frau nahe, ein Gefühl des Unbehagens mit dem Gefühl des Beobachtetwerdens gleichzusetzen. Sie wußte, daß manche Gegenden ihres Bezirks für einzelne, leidlich gut aussehende Frauen nicht ungefährlich waren. Gewisse Exemplare vom Typ männliches Raubtier mochten ihren Beruf als zusätzlichen Anreiz sehen. Vielleicht hatte Michael ihr den Gedanken unfreiwillig suggeriert. Außerdem stand sie in gewisser Weise ja tatsächlich unter Beobachtung. Sie war in Kensal nach wie vor die Neue. Die Frau mit dem Priesterkragen war eine Erscheinung, die man anstarren, auf die man zeigen, die man auslachen oder auch schmähen konnte. *Teufelin. Gotteslästerin. Abtrünnige. Gottlose Metze. Hure von Babylon. Tochter Satans.*

Ende des Monats kam sie an einem Abend später als erwartet heim. Michael stand am Fenster und sah auf die Straße hinaus.

»Wo zum Teufel warst du denn?« fragte er, als er ihr die Tür aufmachte. »Weißt du, wie spät es ist?«

»Entschuldige«, sagte sie kurz angebunden, in Gedanken noch in dem Zimmer, das sie gerade verlassen hatte, bei dem Bett, den Menschen, den Gerüchen, dem plappernden Fernseher und dem Blick aus einem hohen Fenster auf Willesden Junction unter einem apokalyptisch schwarzen westlichen Himmel. »Ich war bei einem Sterbenden, die Leute hatten kein Telefon.«

»Dann hättest du jemanden zum Telefonieren schicken müssen. Ich hab bei den Cutters angerufen, die Krankenhäuser abtelefoniert, die Polizei verständigt – «

In seinem Gesicht zuckte es. Sie legte die Arme um ihn. Unter der offenen Tür klammerten sie sich aneinander. Michael streichelte ihren Rücken, ihre Schenkel, legte den Mund auf ihre Lippen.

Sie bog den Kopf weg. »Michael – «

»Still.«

Er küßte sie wieder, und diesmal merkte sie, daß ihr Körper reagierte. Sie versuchte, die Erinnerung an das Zimmer mit dem hohen Fenster zu verdrängen. Michael schob eine Hand in ihre Jeans, und sie beugte sich ein bißchen nach hinten, damit er sich den Knopf am Hosenbund greifen konnte.

»Mummy!« rief Lucy. »Ich hab Durst.«

»Ach je.« Michael zog sich zurück und schnitt ein Gesicht. »Geh du zu ihr, Schatz, ich hole was zu trinken.«

Am nächsten Tag kam er mit einem Überfallmelder und einem Mobiltelefon nach Hause.

»Bist du sicher, daß ich diesen Krempel brauche?«

»Ich brauche die Gewißheit, daß du so was hast.«

»Aber die Kosten. Wir –«

»Scheiß auf die Kosten, Sal.«

Sie lächelte. »Ich kann nicht gut mit technischen Spielereien umgehen.«

»Mit denen hier kommst du bestimmt zurecht.«

Sie griff nach seiner Hand. »Lieb von dir.«

Überfallmelder und Handy halfen zumindest eine gewisse Zeit. Auch daß Carla sie jetzt jederzeit erreichen konnte, war beruhigend. Doch die Angst, inzwischen ein vertrauter Quälgeist, kehrte zurück. Das Gefühl, beobachtet zu werden, gehörte ebenso dazu wie die Empfindung, daß es sich um einen beharrlichen, intelligenten und böswilligen Beobachter, um eine geplante und zielgerichtete Beobachtung handelte.

Allerdings gab es nichts – oder nur sehr wenig –, woran sie diese Gefühle hätte festmachen können. Die Beweise waren dürftig, waren so gut wie ungreifbar und ließen sich auch völlig harmlos erklären: ein heller Van, der an einem Nachmittag ihrem Wagen dreimal um die Ecke gefolgt war; eine Gestalt in langem Regenmantel, die spätabends die Hercules Road hinunterging und zu den Wohnungsfenstern hochsah; warmer Atem in ihrem Nacken in einer Menge, die sich durch den Gang eines Supermarktes schob; Lucys

Behauptung, ein Mann habe ihr zugezwinkert, als sie mit Carla und den anderen Kindern in der Bücherei gewesen war. Was blieb, war das Frösteln im Nacken, das Sally manchmal verspürte, das Gefühl, daß ihr möglicherweise jemand folgte.

Dazu kam, daß Sally ihren Instinkten nicht traute. Sie konnte nicht sicher sein, ob die Angst eine Reaktion auf eine Einwirkung von außen war oder nur das Symptom einer seelischen Belastung. Neu war das nicht: Schon als Halbwüchsige hatte sie sich dazu erzogen, sich nur mit Vorsicht auf ihre Intuitionen einzulassen, einmal, weil sie ihr unverständlich waren, und zum zweiten, weil sie wußte, daß sie sie in die Irre führen konnten. Für Sally gehörten sie in die gleiche Kategorie wie die verstörend lebhaften Träume und jene Momente, in denen die Zeit stillzustehen schien. Sie waren faszinierend und beunruhigend, aber es bestand kein Grund zu der Annahme, daß sie etwas anderes waren als unberechenbare Ausbrüche bioelektrischer Aktivität.

Skepsis war jetzt besonders angebracht: Der starke Druck, unter dem sie stand, konnte durchaus ein gewisses Maß an Paranoia auslösen. Im Grunde war es eine Frage der Verhältnismäßigkeit. Einen Überfallmelder bei sich zu haben war als Vorsichtsmaßnahme zur Abwendung einer echten Gefahr durchaus vernünftig. So zu tun, als sei sie ein potentielles Ziel von Terroristen, war es keineswegs.

7

Im November wehte welkes Laub über die Gehsteige, ausgebrannte Feuerwerkskörper lagen im Rinnstein, und nach Auspuffgasen und verrottendem Gemüse stinkende Nebelschwaden verhüllten die Umrisse der Gebäude. Im November kam Onkel David zum Essen.

Der »Onkel« war ein Höflichkeitstitel. David Byfield, Michaels Taufpate, war ein Freund seiner Eltern gewesen, und die Verbindung zu Michael hatte deren Tod und das stetige Abnehmen des Glaubenseifers bei seinem Patensohn überdauert. Als Anglokatholik wurde er von Glaubensgenossen oft als »Vater Byfield« angeredet. Das November-Essen in London war zu einer ständigen Einrichtung geworden. Im Mai fuhren die Appleyards dann nach Cambridge, wo Onkel David sich mit einem Mahl von kaum zu überbietender Förmlichkeit in den University Arms revanchierte.

So schlimm wie an diesem Samstag war es noch nie gewesen. Es fing schon schlecht an – mit einem Hilferuf von Derek, der wegen Zahnbeschwerden ausgefallen war und Sally bat, ihn bei einer Trauung zu vertreten. Sally mußte Herd und Lucy Michael überlassen. Weder der Gottesdienst noch ihr obligatorischer Auftritt beim Hochzeitsempfang waren ihrem Selbstbewußtsein förderlich. Das Brautpaar war vergrätzt, weil Derek nicht gekommen war, und die Mutter des Bräutigams fragte, ob das glückliche Paar sich nun noch von einem richtigen Pfarrer trauen lassen müßte.

Als Sally in die Hercules Road zurückkam, war das Essen vorbei, in der Spüle stapelte sich schmutziges Geschirr, die ganze Wohnung stank nach Davids Zigaretten, und Lucy heulte. Den Blick von ihrem Priesterkragen abwendend, stand David Byfield auf, um ihr die Hand zu geben. Diesen Moment nutzte Lucy, um zu verkünden, Daddy sei ein Arschloch; das interessante neue Wort hatte sie gerade erst bei Carla aufgeschnappt. Michael gab ihr einen Klaps aufs Bein, und Lucys Schluchzer steigerten sich zu Schmerzgeheul.

»Setz du dich hin«, sagte Michael zu Sally. »Ich kümmere mich um sie.« Er schleppte Lucy in ihr Zimmer ab.

David Byfield ließ sich langsam in seinen Sessel zurücksinken. Er war groß und hager, hatte stark vortretende Wangenknochen und wegen seiner arthritischen Hüfte einen leicht hinkenden Gang. Als junger Mann, dachte Sally, muß er ausgesprochen gut ausgesehen haben. Jetzt war er um die Siebzig, und nach einem Leben kompromißloser Selbstdisziplin wirkten seine Züge streng, fast raubvogelhaft. Die Haut sah empfindlich aus und irgendwie dünner als bei anderen Leuten.

»Es tut mir furchtbar leid, daß ich zum Essen nicht hiersein konnte«, sagte Sally und versuchte, vor den fernen Jammerlauten die Ohren zu verschließen. »Eine unvorhergesehene Trauung.«

David neigte den Kopf zum Zeichen, daß er die Erklärung zur Kenntnis genommen hatte.

»Der Pfarrer mußte in die Notaufnahme. Ein Abszeß, wie sich herausgestellt hat.« Warum plapperte sie eigentlich so unangemessen munter drauflos? »Hat Lucy sehr genervt?«

»Sie ist ein lebhaftes Kind. Das ist normal.«

»Es ist ein schwieriges Alter«, sagte Sally ins Blaue hinein. Jedes Alter war schwierig. »Sie macht gern Theater, wenn ich nicht da bin.«

Die Antwort war ein weiteres gemessenes Nicken und ein Zucken der Lippen, das möglicherweise eine Mißbilligung arbeitender Mütter signalisierte.

»Ich hoffe, Michael hat dich gut beköstigt?«

»Danke, ja. Hattest du Zeit zum Essen?«

»Noch nicht. Es eilt nicht. Rauch doch bitte, wenn du willst.«

Er sah sie groß an, als liege ihm diese Absicht völlig fern.

»Wie kommt der heilige Thomas voran?«

»Das Buch, meinst du?« Ein deutlicher Tadel für ihre schnoddrige Ausdrucksweise. »Langsam.«

»Thomas von Aquin muß ein sehr interessantes Thema sein.«

»In der Tat.«

»Irgendwo habe ich gelesen, daß seine Kommilitonen ihn den tumben Ochsen von Sizilien nannten«, sagte Sally fast verzweifelt. »Hast du schon einen Titel?«

»Der engelgleiche Doktor.«

In aller Stille packte Sally die Wut. Eben noch hatte sie sich fest im Griff gehabt, jetzt waren alle guten Vorsätze vergessen. »Jetzt sag mal ehrlich, glaubst du, daß ein Mann, den das Wesen der Engel faszinierte, uns heute noch etwas Nützliches zu sagen hat?«

»Ich glaube, daß der heilige Thomas denen, die bereit sind zuzuhören, immer etwas Nützliches zu sagen hat.«

Weil sie nicht wußte, ob sie sich genügend unter Kontrolle halten könnte, schenkte sich Sally aus der geöffneten Flasche auf dem Tisch ein Glas Rotwein ein und streckte die Flasche dann David hin.

»Nein, danke.«

Einen Augenblick lauschten sie dem Verkehr auf der Hercules Road und Lucys jetzt nicht mehr ganz so lautstarkem Weinen.

Das Telefon läutete. Erleichtert hob Sally ab.

»Sally? Hier Oliver. Ist Michael da?«

»Ich hole ihn.«

Michael saß auf Lucys Bett und wiegte die Tochter sanft auf dem Schoß. Sie hatte die Augen geschlossen und die Finger im Mund. Es war ein sehr friedliches Bild. Er sah über Lucys Gesicht weg Sally an.

»Oliver.«

Sekundenlang war sein Gesichtsausdruck so starr, als habe ein klickender Kameraverschluß ihn eingefangen. »Ich gehe ins Schlafzimmer.«

Lucy wimmerte leise, als Michael sie ihrer Mutter übergab. Im Wohnzimmer rollte sie sich an einem Ende des Sofas zusammen und sah sehnsuchtsvoll auf den leeren Fernsehschirm. Sally griff nach dem Telefonhörer. ». . . beschwert«, hörte sie Oliver sagen. »Du weißt, was das . . .« Sie legte auf.

»Ein Kollege von Michael. Offenbar etwas Dienstliches.«

»Ich muß sowieso langsam los.« David schob sich auf dem Sesselsitz nach vorn.

»Das hat doch keine Eile. Trink noch einen Tee. Außerdem ist ja noch gar nicht gesagt, daß Michael wegmuß.«

Verzweifelt nach einem neutralen Gesprächsthema fahndend, fuhr sie fort. »Das war Oliver Rickford, vielleicht erinnerst du dich noch an ihn. Er war Michaels Trauzeuge.«

»Ich erinnere mich.«

Wieder trat eine Pause ein. Das Thema hatte sich als keineswegs neutral erwiesen; es erinnerte sie beide daran, daß David es abgelehnt hatte, die Trauung vorzunehmen. Laut Michael hatte er es für unangebracht gehalten, weil er aus theologischen Gründen Sallys Ordination nicht anerkannte. Er war aber in die Kirche gekommen und hatte als asketisch-unfestlicher Gast den Empfang beehrt. Sein Hochzeitsgeschenk war eine kleine silberne Uhr gewesen, die seinen Schwiegereltern gehört hatte. Die Uhr ging nicht, aber Michael hatte darauf bestanden, sie auf den Kaminsims zu stellen. Sally sah hin. Die Zeiger standen in alle Ewigkeit auf zehn Minuten vor drei.

Michael kam herein. Sie sah ihm an, daß er das Haus verlassen würde, und sie wußte auch, daß etwas nicht in Ordnung war. Lucy fing an zu weinen, und David sagte, er müsse wirklich gehen, ehe es dunkel werde.

8

Der letzte Freitag im November begann mit einem Streit am Frühstückstisch über die Frage, wer Lucy zu Carla bringen sollte. Da die Schule wegen einer innerbetrieblichen Weiterbildung geschlossen war, sollte Lucy den ganzen Tag bei ihrer Betreuerin verbringen.

»Kannst du sie nicht ausnahmsweise mal hinbringen, Michael? Ich habe Stella versprochen, sie heute vormittag ins Krankenhaus zu fahren.«

»Warum hast du das nicht eher gesagt?«

»Hab ich doch. Gestern abend.«

»Kann mich nicht erinnern. Ist Stella denn krank?«

»Sie versuchen, bei ihrer Tochter die Wehen einzuleiten. Es ist ihr erstes Kind, sie ist zwei Wochen überfällig.«

»Ob Stella eine halbe Stunde früher oder später hinkommt, ist doch wohl nicht so wichtig.«

»Es dürfte später werden, ich komme genau in den Berufsverkehr.«

»Tut mir leid, es geht auf keinen Fall.«

»Warum nicht? Normalerweise kannst du doch –«

Michael stieß die Müslischale so nachdrücklich beiseite, daß sein Tee aus der Tasse schwappte. »Heute ist kein normaler Tag«, sagte er laut und schroff. »Ich habe um Viertel nach neun eine Sitzung, von der ich mich nicht absetzen kann.«

Sally machte den Mund auf, warf zufällig einen Blick auf Lucy und machte ihn wieder zu. Ihre Tochter beobachtete sie wie gebannt.

»Na gut, dann sage ich Stella Bescheid.«

Sie ging aus dem Zimmer. Nachdem sie telefoniert hatte, machte sie die Betten; sie konnte es nicht riskieren, in dieser Verfassung wieder die Küche zu betreten. Sie hörte, wie Michael ohne Abschied die Wohnung verließ. Sonst gab er ihr immer einen Kuß. Sie wußte, daß allzu viele ihrer Gespräche in letzter Zeit im Streit endeten, und war sehr unglücklich darüber, aber nicht mal zum Streiten blieb neuerdings genug Zeit.

Auf dem Weg zu Carla sorgte Sally sich um Michael und versuchte gleichzeitig, sich aufs Fahren zu konzentrieren, während Lucy unermüdlich auf sie einredete. Sie bediente sich dabei einer Doppelstrategie. Einerseits betonte sie, wie ungern sie heute zu Carla ginge, wieviel lieber sie zu Hause bei Mummy bliebe, andererseits ließ sie keinen Zweifel daran, daß ihr künftiges Glück davon abhing, ob Sally ihr den Zauberkasten kaufte, den sie in der Fernsehwerbung gesehen hatte. Es war eine nicht gerade subtile, aber gnadenlos gezielte und bei aller Schlichtheit hochprofessionelle Darbietung. Nur den Zeitpunkt hatte Lucy falsch gewählt.

»Jetzt sei bitte endlich ruhig, Lucy«, zischte Sally über die Schulter. »Ich werde nicht mit dir zu Woolworth gehen, und wir werden kein Geld für einen Zauberkasten rauswerfen. Weder heute noch zu Weihnachten. Das lohnt sich einfach nicht für so überteuerten Schund.«

Lucy versuchte es mit Tränen des Kummers und als das nichts half, mit Tränen der Wut. Ausnahmsweise entfuhr Sally ein Seufzer der Erleichterung, als sie ihre Tochter bei Carla abgeben konnte.

Doch der Tag trübte sich zunehmend mehr ein. Auf der Strecke zum Krankenhaus wurde gebaut, deshalb brauchte Sally für die Fahrt mit Stella viel länger, als sie gedacht hatte. Stella, die sich um ihre Tochter sorgte, ließ ihren Ärger über die Verzögerung an Sally aus, hätte sie aber, als sie glücklich angekommen waren, gern noch länger bei sich behalten.

Durch den Abstecher zum Krankenhaus kam Sally zu spät zu der monatlichen Sitzung des Finanzausschusses, die um elf angefangen hatte. Als sie eintraf, hatte Derek ihre Abwesenheit genutzt, um einen Antrag zum Kauf einer neuen Discoanlage für den Gemeindesaal durchzupeitschen, eine nach Sallys Ansicht unnötig kostspielige Anschaffung. Ungeachtet seines Sieges war Derek mißmutig, weil in der Nacht ein Satz an die Haustür der Pfarrei gesprüht worden war: GIBT ES EIN LEBEN VOR DEM TOD?

»Ausgesprochen ärgerlich«, sagte er nach der Sitzung zu Sally. »So kindisch.«

»Wenigstens nicht obszön.«

»Hätten sie nicht statt dessen mit mir reden können?«

»Es gibt da theologische Bezüge«, sagte Sally. »Die könntest du in eine Predigt einarbeiten.«

»Sehr komisch.«

Er sah sie finster an. Einen Moment – aber wirklich nur

einen Moment – war er ihr fast sympathisch. Sie ging zu ihrem Wagen, der auf dem Parkplatz der Pfarrei stand. In diesem Moment merkte sie, daß sie ihr Scheckbuch und einen Packen Rechnungen zu Hause vergessen hatte. Die Rechnungen waren längst überfällig, außerdem wollte sie zum Wochenende Geld abheben. Sie verzichtete auf das Mittagessen und fuhr zurück zur Hercules Road, wo sie zu ihrer Verblüffung Michael an seinem Schreibtisch im Wohnzimmer vorfand, wie er in einer Schublade kramte. Auf der Schreibtischplatte stand eine Dose Bier.

»Was machst du denn da?«

Er blickte kurz auf, und sie sah sofort, daß der Frühstücksstreit weder vergeben noch vergessen war. »Ich muß was nachsehen. Wenn du nichts dagegen hast.«

Sally nickte so kurz angebunden, wie er gesprochen hatte. Schweigend holte sie das Scheckbuch und die Rechnungen. Im Hinausgehen zwang sie sich, »Auf Wiedersehen« zu rufen. Als sie schon am Wagen war, merkte sie, daß sie das Handy vergessen hatte. Sie mochte nicht kehrtmachen, um es zu holen, denn dann hätte sie noch einmal mit Michael zusammentreffen müssen.

Ihr war recht elend, als sie nach Kensal Vale zurückfuhr. Nicht nur, weil Michael seinen Groll tagelang hegen und pflegen konnte; ihre Sorge war, daß dieser Groll womöglich ein Symptom für etwas Schlimmeres war. Vielleicht wollte er sie verlassen und sammelte gerade Kraft, um es ihr beizubringen. Im Grunde gab es nicht viel, was ihn gehalten hätte. Ihr Zusammenleben bestand nur noch aus einem ständigen Einerlei lästiger Pflichten, die ein komplizierter, unerbittlich strikter Zeitplan regelte. Bei dem Gedanken an ein Leben ohne Michael drehte sich Sally buchstäblich der Magen um.

Für den Nachmittag stand zuerst der Besuch in einem Pflegeheim an, aber als sie zum Pfarrhaus zurückkam (GIBT ES EIN LEBEN VOR DEM TOD?), fand sie dort eine Nachricht in Dereks sauberer schräggeneigter Schrift vor.

Habe versucht, Dich übers Handy zu erreichen. Bin auf dem Weg zum Archidiakon. Margaret nachm. Jugendgruppe. Bitte Polizei K. V. Sergeant Hatherly anrufen betr. Selbstmordversuch. Farbe offenbar untilgbar.

Sie griff nach dem Telefon und wählte die Nummer des Polizeireviers Kensal Vale, wo man sie sofort mit Sergeant Hatherly verband.

»Eine alte Frau, die letzte Nacht versucht hat, sich umzubringen. Liegt inzwischen im Krankenhaus. Noch im Koma, soviel ich weiß. Ich glaube, sie gehört zu Ihrer Herde, deshalb wollte ich Bescheid sagen.«

»Wie heißt sie denn?«

»Audrey Oliphant.«

»Der Name ist mir kein Begriff.«

»Aber die Frau scheint Sie zu kennen, Hochwürden«, sagte Hatherly ein bißchen unbeholfen. Wie so viele Leute in kirchlichen wie auch nichtkirchlichen Kreisen wußte er nicht recht, wie er eine Frau anreden sollte, die dem geistlichen Stand angehörte. »Sie hat ein möbliertes Zimmer in der Belmont Road 29. Kennen Sie das Haus? Lebt von der Fürsorge, sagt die Hauswirtin. Sehr fromm. Das ganze Zimmer voller Bibeln und Kruzifixe.«

»Wie kommen Sie darauf, daß sie zu unserer Herde gehört?«

»Sie hatte eins von Ihren Blättchen. Außerdem hab ich bei den Katholiken schon nachgefragt, bei denen kennt sie keiner.«

Sally holte sich einen Notizblock heran und notierte die Einzelheiten.

»Offenbar eine Überdosis. Wahrscheinlich Schlaftabletten. Die Hauswirtin sagt, daß sie nicht alle Tassen im Schrank hat. Wenn ich es richtig verstanden habe, war sie früher in einem Heim, jetzt hat das Gemeinwesen sie am Hals. Arme alte Frau. Und armes Gemeinwesen.«

»Ich erkundige mich mal im Krankenhaus, ob man sie besuchen kann. Vielleicht fahre ich in der Belmont Road vorbei und frage, ob sie irgendwas von dort braucht.«

»Die Hauswirtin ist eine Mrs. Gunter. Wenn Sie wollen, sage ich Bescheid, daß Sie kommen. Wahrscheinlich ist sie heilfroh, wenn jemand ihr die Verantwortung abnimmt.«

Da können wir uns die Hand reichen, dachte Sally.

9

»Ich hab gleich gewußt, daß ich mit der noch mal Ärger kriege«, sagte Mrs. Gunter über die Schulter. »Leute wie Audrey kommen einfach mit der Realität nicht zurecht.« Keuchend blieb sie auf dem Treppenabsatz stehen und sah Sally aus hellen, blutunterlaufenen Augen an. »Bekloppt ist bekloppt, da kann einer sagen, was er will. Solche Leute kann man nicht frei rumlaufen lassen, die brauchen Aufsicht.«

Langsam gingen sie die letzte Treppe hoch. In einem Zimmer unter ihnen spielte jemand Rockmusik. Es roch nach Küchendünsten und nach Zigaretten. Vor einer der drei Türen blieb Mrs. Gunter stehen und fummelte an ihrem Schlüsselring herum.

»Heut früh hab ich die Frau vom Sozialamt angerufen. Tut mir leid, hab ich gesagt, ich kann sie nicht wieder nehmen, das geht einfach nicht. Von mir kriegt sie ein Zimmer und ihr Frühstück, dafür werde ich bezahlt, aber für Wunder bin ich nicht zuständig.« Mrs. Gunter warf Sally einen feindseligen Blick zu. »Die überlaß ich Ihnen.«

Sie schloß auf und öffnete die Tür. Das Zimmer war klein und schmal und hatte eine Dachschräge. Das erste, was Sally auffiel, war der Hausaltar. Auf der Kommode lag eine weiße Decke, darauf stand, flankiert von zwei Messingleuchtern, ein etwa zwanzig Zentimeter hohes, hölzernes Kruzifix auf einem gestuften Sockel. Die Christusfigur war aus Fischbein oder Elfenbein.

»Wenn man ihr auf der Treppe begegnete, hat sie ständig vor sich hin gebrabbelt«, sagte Mrs. Gunter. »Angehört hat sich's wie Beten.«

Das Schiebefenster, das nach hinten hinausging, stand oben fünfzehn Zentimeter breit offen. Die Luft war frisch, feucht und sehr kalt. Das schmale Bett war nicht gemacht. Sally betrachtete die überraschend kleine Delle, die Audrey Oliphant hinterlassen hatte. Ein tragbarer Fernseher war – nicht angeschlossen und mit dem Schirm zur Wand – auf dem Boden neben dem Kleiderschrank abgestellt. Vor dem Fenster standen ein Tisch und ein Stuhl, an der Wand auf der anderen Seite des Schranks war ein blitzblankes Waschbecken.

»Sie hat einen Brief hinterlassen.« Mrs. Gunter verzog angewidert die Lippen. »Es täte ihr leid, daß sie solche Scherereien macht, hat sie geschrieben, und daß sie hofft, Gott würde ihr vergeben.«

»Wie haben Sie die Frau gefunden?«

»Sie ist nicht zum Frühstück gekommen. Ich wußte, daß sie nicht aus dem Haus gegangen war. Außerdem wär's Zeit zum Bettwäschewechsel gewesen. Und ich wollte noch ein Wörtchen wegen des Badezimmers mit ihr reden, so hinterläßt man das einfach nicht.«

Im Kleiderschrank fand sich ein Koffer aus Leinen und Leder mit schadhaftem Schloß. Beim Packen ließ Mrs. Gunter den Strom der Klagen munter weiterfließen, während sie geschickt verschossene Nachthemden zusammenlegte und die Knitterfalten in einem Tweedrock glättete.

»Sie hat keine Zahnpasta mehr, die dumme Person. Ich hab unten eine Tube mit einem Rest, die kann sie haben, ich wollte sie schon wegwerfen.«

»Wissen Sie, in welche Kirche sie gegangen ist?«

»Ich weiß nicht mal, ob sie überhaupt zur Kirche gegangen ist. Regelmäßig war sie jedenfalls nirgendwo. Wenn Sie mich fragen, war das hier ihre Kirche.«

Sally wandte sich den Büchern auf dem Nachttisch zu, dem einzigen Lesestoff, der im Zimmer zu sehen war. Alle drei waren klein und abgegriffen. Sally betrachtete sie flüchtig und legte sie dann in den Koffer. Die englische Bibelübersetzung von 1611. Das Gebetbuch der Anglikanischen Kirche mit der Widmung: »Für Audrey zu ihrer Erstkommunion, 20. März 1937, mit lieben Wünschen von Mutter.«

Das dritte Buch war die *Religio Medici* von Sir Thomas Browne, eine kleinformatige Ausgabe in verblaßtem blauem Leineneinband. Sally schlug die Seite auf, die durch ein Lesezeichen gekennzeichnet war. Ein Satz war am Rand dünn mit Bleistift angestrichen: »Im Herzen des Menschen tummeln sich die Teufel; ich selber fühle bisweilen eine ganze Hölle in mir, Luzifer hält in meiner Brust hof, die höllische Legion erhebt sich in meinem Inneren.«

Beim Lesen schlug Sallys Stimmung um. Der Übergang war unvermittelt und ruckartig wie bei einem falschen Schaltvorgang im Auto. Eben noch einsam und niedergedrückt, war sie jetzt am Rande der Verzweiflung. Welchen Sinn hatte das triste Leben dieser armen Frau gehabt? Welchen Sinn hatte es, daß Sally versuchte, ihr zu helfen?

Die Verzweiflung war ein vertrauter Widersacher, der allerdings heute machtvoller als gewöhnlich war. Daß er sich ganz überraschend auf sie zu stürzen pflegte, war eine der unbequemen Gegebenheiten, mit denen sie ebenso leben mußte wie mit den schweren Träumen und jenen absurden Augenblicken, in denen die Zeit stillzustehen schien. Auf der Fahrt zum Krankenhaus versuchte sie zu beten, aber die Stimmung ließ sich nicht abschütteln. Erste leise Anzeichen von Panik machten sich bemerkbar. Was, wenn die Stimmung diesmal zum Dauerzustand wurde?

In gewisser Beziehung funktionierte Sally weiter völlig normal. Sie parkte den Wagen und betrat das Krankenhaus.

Am Empfang wechselte sie ein paar Worte mit einer Physiotherapeutin, die manchmal zum Gottesdienst kam. Sie fuhr mit dem Aufzug in den siebenten Stock. Eine Stationsschwester saß vornübergebeugt an einem Schreibtisch im Stationszimmer, auf dem sich Akten stapelten. Sally klopfte an die Glasscheibe. Die Schwester guckte den Priesterkragen an und rieb sich die Augen. Sally fragte nach Audrey Oliphant.

»Da kommen Sie zu spät. Ist vor etwa vierzig Minuten gestorben.«

»Wie ist es passiert?«

Die Schwester zuckte die Schultern – eine Geste nicht so sehr der Gefühllosigkeit als der Resignation. »Ich schätze, das Herz hat nicht mehr mitgemacht. Wollen Sie sie sehen?«

Sie hatten Audrey Oliphant ein eigenes Zimmer am Ende des Ganges gegeben. Das Laken war bis zum Kopfende des Bettes hochgezogen; die Schwester schlug es zurück.

»Haben Sie die Frau gekannt?«

Sally sah mit großen Augen auf das tote Gesicht herunter: Haut und Knochen bar jeder Individualität, keine Möglichkeit mehr, Zorn oder Jammer zu artikulieren. »Ich habe sie einmal in der Kirche gesehen, aber ich wußte nicht, wie sie heißt.«

Auf dem Bett lag die Frau, die sie verflucht hatte.

10

Nur mit Mühe konnte Sally den Gedanken abschütteln, daß sie in gewisser Hinsicht an Audrey Oliphants Tod schuld war. Dadurch, daß die alte Frau jetzt einen Namen hatte, wurde alles nur noch schlimmer. Hätte Sally versucht, ihr auf die Spur zu kommen, wäre Audrey Oliphant jetzt vielleicht noch am Leben. Der Druck mußte ungeheuerlich gewesen sein, wenn eine Frau in diesem Alter und mit diesem Glaubenshintergrund sich das Leben nahm.

Vom Krankenhausvorplatz aus rief sie Mrs. Gunter an.

»Im Grunde ist es für alle Beteiligten die beste Lösung.«

Sally schwieg.

»Ist doch sinnlos, sich was vorzumachen, nicht?« Mrs. Gunter zog die Nase hoch. »Und jetzt muß ich wohl auch noch ihre Sachen zusammensuchen. Von einer, die in die Kirche geht, hätte man wohl ein bißchen mehr Rücksicht erwarten können.«

Sie würde Audrey Oliphants Koffer zurückbringen, sagte Sally.

»Eigentlich Zeitverschwendung. Audrey hat immer gesagt, daß sie keine Angehörigen hat. Nicht, daß die scharf auf ihr Zeug wären. Ist doch nichts wert. Am einfachsten wär's, alles gleich auf den Müll zu tun, nur würde da das Sozialamt verrückt spielen. Verrückt? Sind wir nicht alle verrückt?«

Im Lauf des Nachmittags wich die Verzweiflung ein wenig, aber sie lag auf der Lauer. Sally machte ihren Besuch im Pflegeheim. Sie schloß die Kirche auf und versuchte für Audrey Oliphant zu beten. Der Kirchenraum fühlte sich kalt und fremd an. Die richtigen Gedanken und Worte wollten sich nicht einstellen. Sie ertappte sich dabei, daß sie das Vaterunser in der früheren Form hersagte, die sie seit Kindertagen nicht mehr benutzt hatte. Die alte Frau hatte wahrscheinlich in dieser Form gebetet. »... und erlöse uns von dem Übel ...« Die Worte lagen ihr schwer und unverdaulich auf der Seele, so wie halbgegarter Auflauf einem im Magen liegt.

Als sie halb durch war, sah sie auf die Uhr; sie mußte sich beeilen, wenn sie nicht zu spät zu Clara kommen wollte. Den Rest spulte sie hastig ab, dann verließ sie die Kirche. Das Pfarrhaus war leer, aber sie hinterlegte eine Nachricht für Derek, der sich noch mit seinem Vorgesetzten vergnügte.

Inzwischen hatte es angefangen zu regnen. Die Tropfen schossen wie goldene Splitter durch den Hof der Straßenlaternen. Während der Fahrt überlegte Sally, ob Lucy wohl den Zauberkasten vergessen hatte. Vermutlich nicht. So klein sie war, sie konnte unangenehm hartnäckig sein.

Sally parkte in der zweiten Reihe vor Carlas Haus und rannte durch den Regen zur Haustür. Die Tür ging auf, noch ehe sie da war.

Auf der Schwelle stand Carla mit ausgestreckten Händen, zuckendem Gesicht, zu Schlitzen verengten Augen und tränenüberströmten dunklen Wangen. Das große Wohnzimmer hinter ihr war ein einziges Chaos, es wimmelte von Erwachsenen und Kindern, im Kamin flimmerte der Fernseher. Eine uniformierte Polizistin legte Carla eine Hand auf den Arm. Sie sagte etwas, aber Sally hörte nicht hin.

Auch Michael war da, er sagte wütend irgend etwas ins Telefon und schlug sich dabei, um das Gesagte zu unterstreichen, mit der freien Hand ans Bein. Er sah in Sallys Richtung, schien aber ihre Anwesenheit gar nicht zur Kenntnis zu nehmen, sondern blickte an ihr vorbei auf etwas Unausdenkliches.

ZWEI

»Ich bin von Natur schamhaftig, und hat weder der Umgang, noch das Alter, noch das Reisen meine Stirn hart noch schamlos machen können.«

Religio Medici I, 40

I

Eddie nannte sie Angel, und die Kinder hatten es ebenso gehalten. Er wußte, daß der Name ihr Freude machte, auch wenn er nicht wußte, warum. Lucy Appleyard weigerte sich, Angel überhaupt beim Namen zu nennen. Darin – wie in vielem anderen – war Lucy anders.

Sogar in der Art und Weise, wie Angel sie ausgesucht hatte, unterschied sich Lucy Philippa Appleyard von den anderen. Natürlich kam Eddie erst hinterher der Verdacht, daß Angel aus einem ganz bestimmten Grund Lucy hatte haben wollen. Wieder einmal war er manipuliert worden. Nun fragte sich nur: Wie sehr? Seit wann? Und warum?

Damals hatte alles nach einem Zufall ausgesehen. Eddie kaufte häufig den *Evening Standard*, auch wenn er ihn nicht immer las. (Angel las selten Zeitung, zum einen, weil Nachrichten als Selbstzweck sie kaum interessierten, und zum anderen, weil man schmutzige Hände davon bekam.) Frank Howells Artikel über St. George in Kensal Vale erschien an einem Freitag. Angel sah ihn per Zufall – wenn man so sagen will – am darauffolgenden Dienstag. Sie hatten das Abendessen hinter sich, und Eddie war beim Aufräumen. Angel wollte sich die Schuhe putzen, eine Aufgabe, die ihr – wie alles, was mit ihrem äußeren Menschen zu tun hatte – zu wichtig war, um an Eddie delegiert zu werden.

Sie breitete die Zeitung auf dem Küchentisch aus und holte Schuhputzzeug, zwei Paar Pumps, ein dunkelblaues und ein schwarzes, und ein Paar braune Ledersandalen. Sie trug die Schuhcreme auf den ersten Schuh auf. Dann hielt sie inne. Eddie, der wie stets jede ihrer Bewegungen verfolgte, sah, wie sie die Schuhe von der Zeitung schob und sich an den Tisch setzte. Er räumte das Besteck weg, und dank dieses Manövers gelang es ihm, einen Blick auf die Zeitung zu werfen. Er sah kurz das Foto eines hellhaarigen Mannes mit Priesterkragen und Jeansjacke, der in der linken Armbeuge ein schwarzes Baby hielt.

»Dem möcht ich nicht im Dunkeln begegnen«, sagte Eddie. »Sieht wie ein Frettchen aus.« Sich vorzustellen, daß *der* einem die Hose hochläuft, dachte er, sagte es aber nicht laut, weil er Angst hatte, Angel zu verärgern.

Sie sah auf. »Ein Pfarrer und ein Polizist.«

»Polizist ist er auch?«

»Er nicht. Sie haben eine Diakonin in der Gemeinde, und die ist mit einem Polizisten verheiratet.«

Angel beugte den glänzenden Kopf über die Zeitung. Eddie kramte in der Küche herum, wischte den Herd und die Arbeitsflächen ab. Angels Regungslosigkeit war ihm nicht geheuer.

Um das Schweigen zu brechen, sagte er. »Die sind heutzutage überhaupt nicht mehr wie Pfarrer, nicht? Diese Jacke! Zum Schreien.«

Angel sah ihn an. »Da steht, daß sie ein kleines Mädchen haben.«

Er horchte auf. »Das Frettchen?«

»Nein. Die Diakonin und der Polizist. Schau her, da ist ein Bild von der Frau.«

Sie hieß Sally Appleyard und hatte kurzes dunkles Haar und ein schmales Gesicht mit großen Augen.

»Diese Pfarrerinnen. Wenn du mich fragst, ist das unnatürlich.« Eddie zögerte. »Wenn Jesus gewollt hätte, daß Frauen ein Priesteramt kriegen, hätte er sich weibliche Apostel ausgesucht, nicht? Klingt doch vernünftig.«

»Findest du sie hübsch?«

»Nein.« Er runzelte die Stirn vor Anstrengung, die Formulierung zu finden, die Angel möglicherweise hören wollte. »Fad sieht sie aus, finde ich. Eine richtig graue Maus.«

»Genau. Sie läßt sich gehen. Eine von denen, die nicht auf sich halten.«

»Das kleine Mädchen. Steht da, wie alt sie ist?«

»Vier. Sie heißt Lucy.«

Angel machte sich wieder ans Schuheputzen. Später hörte er sie im Keller herumgehen, während er im Wohnzimmer vor dem Fernseher saß. Er war über ein Jahr nicht mehr unten gewesen. Die Erinnerungen raubten ihm die Ruhe. Er ging in die Küche und brühte Tee. Dabei las er noch einmal den Artikel über die Gemeinde St. George in Kensal Vale. Es überraschte ihn nicht, als ihn Angel am nächsten Morgen beim Frühstück von ihrer Entscheidung in Kenntnis setzte.

»Ist es nicht gefährlich?« Eddie deutete mit dem Löffel auf das Foto von Sally Appleyard. »Wenn ihr Mann bei der Kriminalpolizei ist, ziehen die alle Register.«

»Nicht gefährlicher als sonst, wenn wir es sorgfältig planen. Das hast du nie wirklich begriffen, nicht? Deshalb hast du, ehe wir uns kannten, immer Schiffbruch erlitten. Ein Plan ist wie eine Uhr. Wenn sie richtig konstruiert ist, muß sie funktionieren. Du brauchst sie nur aufzuziehen, und schon geht sie. Ticktack, ticktack.«

»Wie steht's mit unserem Geld?«

Sie schenkte ihm ein Lächeln wie eine Lehrerin, die einen

aufgeweckten Schüler belohnt. »Ich werde ein bißchen mehr machen müssen als sonst, um unseren Rückstellungsfonds aufzustocken. Wichtig ist, daß alles weiter seinen gewohnten Gang geht. Ich könnte Mrs. Hawley-Minton Bescheid sagen, daß ich um Weihnachten herum vielleicht ein bißchen Urlaub haben will.«

In den nächsten zwei Monaten, von Mitte September bis Mitte November, arbeitete Angel durchschnittlich vier Tage in der Woche, manchmal auch abends und nachts. Die Agentur von Mrs. Hawley-Minton war klein und teuer und lebte ausschließlich von Mund-zu-Mund-Propaganda. Die meisten Klienten waren ausländische Geschäftsleute oder im Ausland lebende Briten auf einem kurzem Heimatbesuch. Sie waren bereit, für zuverlässige, hochqualifizierte freiberufliche Kindermädchen mit besten Referenzen und einem Händchen für verwöhnte Kinder gutes Geld zu zahlen. Die Trinkgelder waren reichlich, in manchen Fällen sogar verschwenderisch hoch.

»Es ist eine Art Blutgeld«, so erklärte Angel es Eddie. »Nicht, daß die Eltern dankbar wären. Nein, sie haben ein schlechtes Gewissen. Weil sie nicht das tun, was ihre Pflicht wäre. Sie lassen ihre Kinder von Wildfremden aufziehen. Das ist nicht richtig. Liebe kann man nicht mit Geld kaufen.«

Es war eine geschäftige Zeit. An den Tagen, an denen sie für die Agentur arbeitete, fuhr Angel mit der U-Bahn von Belsize Park nach Westminster, Belgravia, Knightsbridge und Kensington. Sehr flott sah sie aus in ihrem marineblauen Outfit; das blonde Haar war im Nacken zusammengebunden, der Rocksaum wippte knapp unterhalb der Knie. Mrs. Hawley-Mintons Mädchen trugen keine Uniform – sie waren schließlich Damen und keine Dienstboten –, wurden aber ermuntert, sich dem diskret professionellen Stil des Hauses anzupassen. Inzwischen kümmerte Eddie sich ums Kochen, Putzen und die meisten Einkäufe.

In ihrer freien Zeit trafen sie Vorbereitungen. Zunächst bestand Angel darauf, den Keller neu zu tünchen, ein Aufwand, den Eddie für unnötig hielt.

»Wozu denn? Wir haben ihn doch erst vor eineinhalb Jahren gestrichen.«

»Ich möchte, daß alles nett und frisch aussieht.«

Den Außendienst teilten sie sich. Überflüssiges Wissen, pflegte Angel zu sagen, gibt es nicht. Wenn man alles an möglicherweise relevanten Informationen sammelte und versuchte, jede Eventualität zu berücksichtigen, konnte eigentlich nichts schiefgehen. Sie viertelten den breiten halbmondförmigen Ausschnitt Nordlondons zwischen Kentish Town im Osten und Willesden Junction im Westen und teilten sich das Gebiet. Die Wege legten sie mit dem Van, zu Fuß und mit öffentlichen Verkehrsmitteln zurück. Hinterher stellte Angel Prüfungsfragen.

»Nehmen wir an, du kommst in der Hauptverkehrszeit von Kensal Vale, auf der Kilburn High Road sind Bauarbeiten, und du willst nach Maida Vale hinunter: Wie fährst du am besten?«

Heikler war schon die Überwachung von Lucy und ihren Eltern. Angel legte Wert darauf, daß sie mit Rücksicht auf Michael Appleyards Beruf noch vorsichtiger zu Werke gingen als sonst. Nachdem sie den Tagesablauf der Appleyards geographisch eingekreist hatten, hatten sie es leichter. Wie die Mehrzahl aller Londoner hatten auch die Appleyards an Stand- und Zielorten nur so viel, wie man an den Fingern einer Hand abzählen konnte. Ihre Stadt war in Wahrheit ein unsichtbares Dorf.

Angel breitete die Karte auf dem Küchentisch aus. »Die vier günstigsten Möglichkeiten. St. George, die Wohnung in der Hercules Road, das Haus der Tagesmutter, die Stadtteilbücherei von Kensal Vale.«

»Was ist mit Geschäften?« fragte Eddie dazwischen. »Sie und ihre Mutter gehen oft die West End Lane runter, und seit wir angefangen haben, sind sie mindestens zweimal nach Brent Cross gefahren.«

Angel schüttelte den Kopf. »Ist mir nicht geheuer. Zu viele Videokameras, besonders im Einkaufszentrum Brent Cross. Denk nur an den kleinen Jamie. Jamie Bulger.«

In jenem Jahr ging ein feuchter Herbst unmerklich in einen Winter über, in dem schneidender Wind und gnadenloser Regen an der Tagesordnung waren. Die Fußgänger packten sich warm ein und eilten halb verkleidet über die Gehsteige. Bei ihren Erkundungsgängen trug Angel meist den langen Regenmantel mit Kapuze, oft mit der schwarzen Perücke und der Sonnenbrille.

»Wie ein Mönch siehst du darin aus«, sagte Eddie und lachte leise in sich hinein, als sie eines Abends ihr Aussehen im Dielenspiegel überprüfte. »Oder vielmehr wie eine Nonne.«

Sie schlug ihm leicht ins Gesicht. »Daß du so was nie wieder sagst, Eddie!«

Er rieb sich die kribbelnde Wange und entschuldigte sich, wie immer verzweifelt bemüht, ihre Verzeihung zu erlangen. Auch wenn er sich die größte Mühe gab – manchmal verärgerte er sie leider doch. Er verabscheute sich seiner Tölpelhaftigkeit wegen. Wenn Angel verärgert war, konnte das Leben sehr ungemütlich sein.

Eddie war es gar nicht recht, daß Angel abends allein ausging. Heutzutage war auf Londons Straßen niemand mehr sicher, und schöne Frauen waren besonders angreifbar. Im Oktober kam sie einmal gegen Mitternacht mit zerrissenem Mantel, hochrotem Gesicht und ohne Brille zurück. Ein Betrunkener habe sie in der Quex Road betatscht, erzählte sie.

»Es war widerlich. Mir ist richtig schlecht geworden.«

»Aber was ist passiert?« Eddie zog sie ins Wohnzimmer. Heute waren die Rollen vertauscht: Er kam sich vor wie der große Beschützer.

»Kein Problem.« Sie zog die rechte Hand aus der Tasche. Vor seinen Augen blitzte es silbrig auf.

»Was ist das?« Er sah genauer hin und runzelte die Stirn. »Ein *Skalpell*?«

»Ich hab ihm die Hand und das Gesicht zerschnitten, dann bin ich losgerannt. Wenn Menschen sich wie Tiere benehmen, muß man sie auch so behandeln.«

Ein andermal gingen sie zusammen zu St. George und besahen sich den schmuddeligen Backsteinbau mit dem gedrungenen Turm und den regennassen Schieferdächern. Angel drehte den Türknauf, aber die Kirche war abgeschlossen. Zu Eddies Verwunderung reagierte sie darauf fuchsteufelswild.

»Unerhört ist das. In meiner Jugend wurden die Kirchen nie abgeschlossen. Nicht tagsüber jedenfalls.«

»Bist du zur Kirche gegangen?« fragte Eddie, in dem sich plötzlich die Neugier regte. »Wir nicht.«

»Nein?« Angel zog die Augenbrauen hoch. »Komm, gehen wir.«

Mitte November entschied Angel, daß es am besten wäre, sich Lucy zu holen, wenn sie in der Obhut der Tagesmutter war. Laut Wählerliste hieß die Frau Carla Vaughan. Angel charakterisierte sie mit drei Worten: fett, faul und schwarz.

»Du glaubst also, es ist einfacher, wenn wir sie da holen?« fragte Eddie.

»Ja, natürlich. Diese Person hat viel zu viele Kinder angenommen, alle gleichzeitig kann sie unmöglich im Auge behalten.«

»In der Bücherei hat sie ihnen Bonbons gegeben. Ich wette, sie hat sie hinterher nicht zum Zähneputzen geschickt. Und sie haben einen furchtbaren Radau gemacht, sie hat die Kinder fast noch aufgehetzt.«

»Die Frau ist ein Schandfleck«, sagte Angel. »Zu Hause setzt sie die Kinder wahrscheinlich vor den Fernseher und stopft sie mit Schokolade voll, damit sie ruhig sind. Von beruflicher Qualifikation bestimmt keine Spur.«

»Bei uns wird Lucy es besser haben«, sagte Eddie.

»Keine Frage. So einer Frau kann man einfach keine Kinder anvertrauen.«

Am Nachmittag des 29. November, einem Freitag, waren ihre Vorbereitungen fast abgeschlossen. Und da agierte Eddie spontan. Wie so oft hatte er den Eindruck, daß er keine andere Wahl hatte. Das Gefühl seiner eigenen Hilflosigkeit überwog sogar die Angst vor dem, was Angel sagen und tun mochte, wenn sie merkte, was passiert war.

Die Umstände spielten ihm in die Hände, zwangen ihn zum Handeln. Kalt und dicht wie beweglicher Nebel war den größten Teil des Nachmittags Regen vom dunklen Himmel gefallen und hatte die Leute bewogen, wenn irgend möglich zu Hause zu bleiben. Auf Angels Drängen hin hatte sich Eddie auf den Weg gemacht, um in Carla Vaughans Gegend die Lage zu peilen.

Sich durch ein tristes Netzwerk von Nebenstraßen zwischen Kilburn und Kensal Vale zu quälen hätte eine recht fade Unternehmung sein können, wenn er sich nicht so davor gefürchtet hätte. In seiner Phantasie war diese Gegend fast ausschließlich mit Junkies, dunkelhäutigen Handtaschenräubern, außer Rand und Band geratenen Teenagercliquen und betrunkenen Iren mit ausgeprägten republikanischen Neigungen bevölkert.

Mit einer Kühnheit, die ihm zu einer heftigen Gänsehaut verhalf, parkte er den Wagen vor einem Pub, das *Rose of Connemara* hieß. Eine Straßenkarte in der Hand, suchte er sich seinen Weg durch die Straßen um Carlas Haus herum. Meist standen hier viktorianische Reihenhäuser mit Fenstern in Gehsteighöhe oder nur wenig darüber. In vielen brannte Licht. Sie boten ihm einen flüchtigen Blick auf behagliche Innenräume, zeigten ihm eine Reihe von Vignetten, die Leben illustrierten, mit denen er nichts zu schaffen hatte: eine Frau beim Bügeln, Kinder vor dem Fernseher, ein alter Mann, der im Sessel lag und schlief, ein schwarzes Paar, das blind für etwaige Zuschauer Becken an Becken miteinander tanzte. Er begegnete nur wenigen Fußgängern, und keiner machte Anstalten, ihn zu überfallen.

Wie er Lucy fand – nein, wie Lucy zu ihm fand –, schien ihm im Rückblick ein richtiges Wunder. Hätte er an Gott geglaubt, hätte er es als Zeichen einer göttlichen Vorsehung genommen, die ein gütiges Auge auf seine Angelegenheiten geworfen hatte. Er hatte gerade eine Gasse erforscht, die zwischen den hinteren Gärten von zwei Reihenhauszeilen entlanglief. Eins der Häuser zu seiner Rechten mußte das von Carla sein, und er hatte gewissenhaft die Gärten gezählt, um festzustellen, welches es war. Weit und breit war kein Mensch zu sehen, nur einmal warf sich ein Schäferhund knurrend gegen ein Gartentor, als Eddie vorbeiging.

Er erkannte Carlas Haus ohne Mühe. Die Fenster waren die gleichen wie nach vorn heraus – Kunststoffrahmen mit Rautenmusterscheiben, absolut untypisch für die Epoche, in der die Häuser entstanden waren, aber sehr typisch für die Gegend und die Hausbewohner.

Das kleine Wunder, sein Geschenk vom Weihnachtsmann, wartete auf ihn; Regentropfen glitzerten perlengleich in dem dunklen Haar.

»Lucy war schuld«, sagte Eddie später zu Angel. »Sie ist so kokett. Sie hat es sich selber zuzuschreiben.«

Als sie in der Rosington Road eintrafen, war Angel wütend. Solange Lucy dabei war, hielt sie sich zurück und sagte nur mit eisiger Stimme, Eddie möge bitte auf sein Zimmer gehen und dort warten, bis sie ihn rufe. Sie selbst ging mit Lucy in den Keller. Inzwischen hatte Lucy angefangen zu weinen, was Eddie noch mehr verstörte. Es machte ihn immer traurig, wenn Kinder unglücklich waren.

»Ich bin einfach zu weich«, sagte er vor sich hin. »Das ist mein Problem.«

Eddie setzte sich aufs Bett und drückte die gefalteten Hände auf den fülligen Bauch, als müsse er das, was darin säuerlich schmerzhaft wühlte, mit Gewalt zurückhalten. An der gegenüberliegenden Wand hing ein Bild, eine kolorierte Reproduktion in einem vergilbenden Plastikrahmen. Es zeigte ein kleines Mädchen in einem rosa Rüschenkleid. Es hatte eine rosa Schleife im dunklen Haar, einen Mund wie eine runzlige Kirsche und riesengroße Augen mit dunklen Wimpern. Das Bild hatte Eddies Mutter 1969 zu Weihnachten geschenkt bekommen.

Jetzt sah er das Mädchen durch einen feuchten Schleier, das Bild verschwamm und wellte sich. *O Gott. Warum hilfst du mir nicht? Mach, daß es aufhört.* Eddie wußte, daß es keinen Gott gab und deshalb auch keine Hoffnung auf Hilfe. Er dachte flüchtig an Lucys Eltern, den Polizisten und die Diakonin. Mochte der Gott dieser Frau sie trösten, das war schließlich sein Job. Im übrigen war nicht Eddie schuld am Kummer der Appleyards. Es war Angels Entscheidung gewesen, Lucy zu holen. Also war es ihre Schuld. Ihre und Lucys Schuld. Eddie war nur der Ausführende gewesen, der Angeschmierte, das Opfer.

Die Zeit verging. Eddie wäre gern in die Küche gegangen, um sich etwas zu trinken zu machen. Nein, lieber nicht, es hatte keinen Zweck, Angel noch mehr zu verärgern. Er hörte Wagen die Rosington Road hinauf- und hinunterfahren und Gesprächsfetzen von der Straße. Im Haus selbst war alles still. Der Keller war schalldicht, und Angel hatte die Gegensprechanlage nicht eingeschaltet.

»Lucy«, sagte er leise. »Lucy Philippa Appleyard.«

Eddie starrte das Bild des Mädchens an und strich sich über das weiche Bärtchen. Damals war er fünf gewesen. Hatte der Künstler das Glück gehabt, ein richtiges Modell zur Verfügung zu haben, jemanden wie Lucy? Er erinnerte sich, wie seine Mutter das Bild bedächtig ausgepackt und sich angesehen hatte; wie sie einen Tabakskrümel von den

Lippen gepflückt und in den Aschenbecher geschnippt hatte; wie sie über den Kaminvorleger zu seinem Vater hingesehen hatte, der ihr das Bild geschenkt hatte. Er wußte nur nicht mehr, ob sie ihr Urteil wirklich laut ausgesprochen oder ob er nur gemeint hatte, ihre Worte zu hören.

»Sehr hübsch, Stanley. Wenn man so was mag.«

2

Was hatte Eddies Vater gemocht? Von verschiedenen Leuten bekam man darauf verschiedene Antworten: Puppenhäuser bauen. Künstlerfotos machen. Menschen helfen, denen es schlechter ging als ihm. All diese Antworten entsprachen der Wahrheit.

Stanley Grace brachte den größten Teil seiner Zeit in der Zentrale einer Versicherungsgesellschaft zu, der Paladin Assurance. Die Firma gab es nicht mehr, sie war von einem größeren Konkurrenten in einer der feindlichen Übernahmen der späten achtziger Jahre geschluckt worden. In den Tagen ihrer Unabhängigkeit war die Paladin eine Firma gewesen, in der die Mitarbeiter wie in einem Mutterleib geborgen waren, weil man sich dort um alle Aspekte ihres Lebens kümmerte. Eddie erinnerte sich an Paladin-Urlaube, Paladin-Weihnachtskarten, Paladin-Bleistifte, Paladin-Wettbewerbe und den alljährlichen Paladin-Ball. Das Haus in der Rosington Road 29 hatte Stanley Grace im Jahre 1961 mit einer von der Paladin vermittelten Hypothek gekauft und prompt das Haus, seinen Inhalt, sich und seine Frau bei Paladin versichert.

Eddie hatte nie erfahren, was für eine Stellung sein Vater bei der Paladin gehabt hatte. Die Beziehung zwischen seinen Eltern war ähnlich geheimnisvoll. »Beziehung« war eigentlich ein irreführender Begriff, denn er implizierte ein Geben und Nehmen, eine Bewegung von einem zum anderen, eine Art des Zusammenlebens. Stanley und Thelma lebten nicht zusammen, sie lebten so wachsam nebeneinanderher wie Tiere verschiedener Gattungen, die durch höhere Gewalt genötigt sind, das gleiche Wasserloch zu benutzen.

Eddie erinnerte sich, daß er seine Mutter, als er sehr klein war, gefragt hatte, ob er ein Mensch sei.

»Ja, natürlich.«

»Und bist du auch ein Mensch?«

»Ja.«

»Und Daddy?«

»Himmel noch mal! Ja, natürlich. Und jetzt gib gefälligst Ruhe.«

Stanley war ein großer, schwerer Mann, ein Kerl wie ein Bär und sehr viel größer als seine Frau. Thelma war klein und hager, knapp einen Meter fünfzig groß, und bewegte sich wie ein verängstigter Vogel. Sie hatte einen langen zylindrischen Schädel, der aussah, als habe man die Gesichtszüge schnell noch nachträglich eingefügt. Ihre Sachen waren meist trist und mindestens eine Nummer zu groß für sie. Strickjacken und Röcke waren mit Zigarettenasche verschmiert (bis auf ihr letztes Lebensjahr rauchte sie genauso stark wie ihr Mann). Wenn Eddie später von Leuten in Sack und Asche las, mußte er immer an seine Mutter denken.

Sie war fast vierzig, als Eddie zur Welt kam, und Stanley war siebenundvierzig, so daß sie ihm eher wie Großeltern vorkamen. Die Grenzlinien ihres Lebens waren genau definiert und wurden eifersüchtig gehütet. Thelma hatte ihr Hauptquartier in der Küche, und im Wohnzimmer, Eßzimmer und in allen Räumen im Obergeschoß galt ihr Wort. Der Keller war Stanleys Reich. Er hatte an der Tür, die von der Diele aus in den Keller führte, ein Sicherheitsschloß anbringen lassen. Wäre die Kellertür immer offen, würde, wie er scherzend bemerkte, die kleine Frau sofort anfangen, da unten abzustauben und aufzuräumen, und dann würde er nichts mehr finden. Stanley besaß auch einen maßgeblichen Anteil an dem winzigen gepflasterten Areal, das die vordere Hausfront vom Gehsteig trennte, und an der Wildnis hinter dem Haus.

Gartenarbeit gehörte nicht zu Stanleys Liebhabereien, und solange er lebte, war der Garten hinter dem Haus verwuchert und geheimnisumwittert, besonders ganz hinten, wo vor Jahren Holunder-, Eschen- und Buddleia-Sämlinge Fuß gefaßt hatten und jetzt eine dichte Pflanzung bildeten. Über die Baumwipfel hinweg konnte man die oberen Stockwerke eines Blocks von Sozialwohnungen erkennen, der, wie Thelma sagte, das Niveau der Gegend beeinträchtigte. Nachts erinnerten die beleuchteten Fenster der Wohnungen Eddie an die Aufbauten eines Ozeandampfers. Er stellte sich gern vor, wie der Dampfer durch die dunkle See pflügte, während die Passagiere aßen, tranken und tanzten.

Als Kind hatte Eddie das Gewirr von Bäumen mit dem Klang ferner Züge assoziiert, der die Richtung änderte, wenn der Wind von Gospel Oak und Primrose Hill nach Kentish Town und Camden Road drehte. Hier vernahm er die eigenartigen, halb tierhaften Geräusche deutlicher als im Haus oder auf der Straße – das Hämmern von Metall auf Metall, den Luftzug und manchmal einen Schrei. Als er noch sehr klein war, hatte er fast daran geglaubt, daß die Geräusche nicht von Zügen kamen, sondern von Dinosauriern, die zwischen den Bäumen oder auf dem unbebauten Gelände jenseits des Zauns auf ihn lauerten.

Stanley hatte zwar mit Gartenarbeit nichts im Sinn, stand aber an Sommerabenden gern draußen und rauchte eine Zigarette. Den Kopf schiefgelegt, als lausche er dem Rumpeln der Züge, sah er zu den Bäumen hin, und manchmal wirkte sein blasses, trauriges Gesicht dann fast glücklich.

3

Damals, Ende der sechziger und Anfang der siebziger Jahre, war die Rosington Road voller Kinder. In den meisten Häusern, die inzwischen in Wohnungen für Singles oder Paare aufgeteilt waren, wohnten Familien. Es gab weniger Autos, die Kinder spielten auf der Straße und in den Gärten, und jeder kannte jeden. Manche Häuser waren seit dem Bau der Straße in den neunziger Jahren des vergangenen Jahrhunderts im Besitz der gleichen Familie.

Laut Thelma war das Haus Stanleys Wahl gewesen. Sie hätte lieber etwas Moderneres in einem hübschen grünen Vorort ohne Schwarze oder Sozialwohnungen gehabt. Ihr Mann aber erklärte, seine Freizeit sei zu kostbar, um sie mit unnützem Hin- und Herfahren zu vergeuden, er wollte die Stadt und die Zentrale der Paladin in gut erreichbarer Nähe haben. Es war eine Doppelhaushälfte aus verrußtem Londoner Backstein, die aus zwei Geschossen und einem Keller bestand. Das Gelände fiel nach hinten hin ab. Auch die anderen älteren Bauten in ihrer Straße waren Doppelhäuser, allerdings waren die Lücken zwischen jedem Paar und seinen Nachbarn sehr klein. Im Krieg waren in dieser Gegend Bomben gefallen, eine auch am Ende der Straße, dort hatte später der Stadtrat den Schutt abtragen lassen und damit freien Platz für Garagen und eine Zufahrtsstraße zu den neu entstandenen Wohnblocks für Helden des Zweiten Weltkriegs zwischen der Rosington Road und der Eisenbahn geschaffen.

Erwachsene Besucher kamen selten. »Ich kann es nicht ertragen, Leute im Haus zu haben«, sagte Thelma. »Sie machen zuviel Schmutz.«

Wenn seine Mutter ausging, lief sie, den Kopf von den Fenstern weggewandt und den Blick fest auf die Bordsteinkante geheftet, im Sturmschritt die Rosington Road entlang. Als Eddie noch kleiner war, zerrte sie ihn, die Finger in seinen Arm gekrampft, hinter sich her. »Los doch, los«, sagte sie mit einem Hauch von Panik in der Stimme, wenn er über Seitenstiche klagte. »Es gibt so viel zu tun.«

Ganz anders Stanley. Wenn er das Haus verließ, griff er sich nicht nur Schirm, Hut und Aktentasche, sondern schlüpfte in eine andere Rolle. Während er auf dem Weg zum Bahnhof die Rosington Road entlangschlenderte, wandelte er sich zu einem umgänglichen, ja geselligen Menschen. Sofern die Umstände es erlaubten, ging er langsam, die Brust herausgedrückt, die Füße nach außen gedreht, so daß sein Gang einem Watscheln verdächtig nahekam. Dabei drehte er das blasse, runde Gesicht hin und her und suchte nach Mitmenschen jeder Art, seien es Nachbarn oder Fremde, Erwachsene oder Kinder.

»Morgen, Morgen. Herrlicher Tag, sieht aus, als ob's hält.« Sogar bei Regen war er stets strahlender Laune, und dann war sein Eröffnungszug gewöhnlich: »Na, zumindest den Garten freut so ein Wetter.«

Im Büro galt Stanley als Menschenfreund, und viele Jahre lang war er Sekretär des Paladin-Hinterbliebenenausschusses, der den Witwen und Waisen früherer Mitarbeiter hin und wieder zu einer besonderen kleinen Freude verhalf. Er organisierte auch den jährlichen Ausflug nach Clacton-on-Sea und – ebenfalls einmal im Jahr – den einwöchigen Campingurlaub, bei dem er eine Kindergruppe auf »ein paar Lungen voll frischer Luft unter einer Zeltplane« begleitete, wie er es ausdrückte.

Eddie ging nie mit. »Das würde dir keinen Spaß machen«, sagte Thelma, als er einmal mitwollte. »Manche Kinder kommen aus sehr schlechten Verhältnissen. Letztes Jahr haben sie Nissen bei ihnen gefunden. Weißt du, was das ist? Kopfläuse. Abscheulich.« Seine Mutter hätte sich Eddie beim besten Willen nicht in einem Zelt vorstellen können, schon der Gedanke war abstrus, war so paradox wie eine

Ziege im Sommerkleid – oder Stanley und Thelma Grace als Ehepaar.

Seine Eltern hatten ein gemeinsames Schlafzimmer, aber ebensogut hätte eine gläserne Wand zwischen ihnen sein können. Warum waren sie dann nachts zusammengeblieben? Das Haus verfügte über ein sehr ordentliches Gästezimmer. Thelma und Stanley mußten sich auf vielfache Weise genervt haben: mit ihrem Schnarchen, seinen nächtlichen Gängen zum Klo, ihrer Gewohnheit, bis zum Morgengrauen zu lesen, seinem Aufstehen um sechs und dem gewichtigen Herumstapfen, mit dem er seine Sachen und den Inhalt seiner Taschen zusammensuchte. Einsamkeit? War das der Grund? Es schien eine sehr unzureichende Antwort auf eine so komplizierte Frage.

4

Zum Glück war Stanley gern mit sich allein. Meist hielt er sich, wenn er zu Hause war, im Keller auf.

Von der Diele aus kam man über die Treppe in einen großen Raum, die frühere Küche, von dem zwei Türen abgingen, eine in den früheren Kohlenkeller, die andere in eine feuchte Spülküche mit Bruchsteinboden. Von einer dritten Tür aus hatte man früher Zugang zum Garten gehabt, die aber hatte Stanley aus Sicherheitsgründen an ihrem Rahmen festgeschraubt.

Im Keller roch es nach Emailfarbe, Terpentin, Sägemehl, Fotochemikalien, Zigaretten und Feuchtigkeit. Stanley, der über viel praktisches Geschick verfügte, hatte sich eine Werkbank gebaut, die quer über die hintere Wand unter dem Fenster zum Garten hinaus verlief. Er klebte Korkplatten an die Wand, an die er eine stets wechselnde Kollektion von Fotos sowie einen Plan des jeweils in Arbeit befindlichen Puppenhauses pinnte. Frei stehendes Mobiliar war auf ein Mindestmaß beschränkt; es gab einen Hocker für die Werkbank, ein zweisitziges Sofa, auf dem er ausspannte, und einen schweren viktorianischen Lehnsessel mit geschnitzten Schnörkelbeinen. (Letzerer tauchte immer wieder auf Stanleys Fotos auf, meist mit ein oder zwei Personen besetzt.)

Schließlich gab es noch den in die Nische links vom Kaminvorsprung eingebauten hohen Schrank. Er hatte tiefe, breite Fächer und war vermutlich so alt wie das Haus. Stanley sicherte ihn mit einem riesigen Vorhängeschloß.

Zuerst war der Keller verbotenes Gebiet für Eddie (und auch später betrat er ihn nur, wenn er dazu aufgefordert wurde). Gewöhnlich war die Tür geschlossen, aber als Eddie einmal durch die Diele ging, sah er, daß sie halb offenstand. Er hockte sich hin und sah die Treppe hinunter. Stanley stand vor der Werkbank und prüfte ein Foto unter dem Vergrößerungsglas.

Dann drehte er sich um und sah seinen Sohn. »Hallo, Eddie. Ich glaube, Mummy ist in der Küche.« Er kam, das Vergrößerungsglas noch in der Hand, die Treppe hoch und lächelte breit, so daß die Wangen kugelig-rund wurden wie die einer Katze. »Jetzt geh. Sei ein braver Junge.«

Damals war Eddie fünf oder sechs. Er war kein mutiges Kind – ganz im Gegenteil –, aber der flüchtige Blick in den unbekannten Raum hatte seine Neugier geweckt. Er suchte nach einer Verzögerungstaktik. »Die Tür da, Daddy. Wozu ist das Vorhängeschloß?«

Das Lächeln wich nicht. »In dem Schrank habe ich gefährliche Sachen. Giftige fotografische Chemikalien. Sehr scharfe Werkzeuge.« Stanley beugte sich nieder und lächelte sein Katerlächeln ganz nah an Eddies Gesicht. »Nicht auszudenken, wenn es zu einem Unglück käme.«

5

Etwa im gleichen Alter belauschte er eine Szene, die ihn verstörte, obgleich er sie damals nicht verstand. Selbst als Erwachsener verstand er sie nur teilweise.

Es war eine warme Nacht in einem warmen Sommer. In dieser Jahreszeit ging Eddie nur ungern nach oben in sein Zimmer, weil er wußte, daß er länger als sonst zum Einschlafen brauchen würde. Rot und schweißnaß lag er im Bett, ein weiches Spielzeug, menschenähnlich, aber geschlechtslos, an sich gedrückt, das er Mrs. Wump nannte. Wie so oft in der Kindheit dehnte sich die Zeit endlos, bis es schien, als reiche sie an die Grenzen der Ewigkeit. Eddie streichelte sich und versuchte sich vorzustellen, er streichle jemand anders, eine Katze vielleicht oder einen Hund, denn in diesem Alter hätte er gern ein Haustier gehabt. Seine Handflächen glitten über die Rundung seiner Schenkel und zwischen seine Beine. Er verlor sich in einen Wachtraum, in dem Mrs. Wump und ein weicher, kuscheliger Hund mitspielten.

Auf der Straße wurde es ruhiger. Seine Eltern kamen nach oben. Wie gewöhnlich war seine Tür nur angelehnt, und wie gewöhnlich schauten weder Vater noch Mutter bei ihm herein. Er verfolgte ihre üblichen abendlichen Verrichtungen – das Ausziehen, den Gang ins Badezimmer, die Rückkehr ins Schlafzimmer. Minuten, vielleicht auch erst Stunden später wachte er jäh auf.

»Ah – ah –«

Sein Vater stöhnte; der langgezogene knarrende Seufzer ähnelte keinem anderen Laut, den Eddie je von ihm gehört hatte, war ein vielschichtiges Geräusch, das nicht aus einer Menschenkehle zu kommen schien und ein wenig an die Klänge erinnerte, die er mit den fernen Zügen in Verbindung brachte. Dann wurde es still. Das war schwerer zu ertragen als das Geräusch. Irgend etwas Schreckliches war passiert, und er fragte sich, ob womöglich er schuld daran sein konnte.

Ein Bett knarrte. Schritte schlurften über den Schlafzimmerboden. Auf dem Flur ging das Licht an. Dann hörte Eddie die Stimme seiner Mutter, die giftig und leise, aber durchaus vernehmlich durch die Dunkelheit drang: »Du verdammter Bock, du!«

6

Eddie mochte Lucy Appleyard unter anderem auch deshalb, weil sie ihn an Alison erinnerte. Die Ähnlichkeit war ihm zuerst in den kurzen Oktoberferien aufgefallen, als Carla mit Lucy und den anderen Kindern im Park gewesen war. Eddie war ihnen in einiger Entfernung gefolgt, und der Zufall wollte es, daß er Lucy auf einer der Schaukeln sah.

Alison war nur ein paar Monate jünger als Eddie, zur Zeit ihrer Bekanntschaft aber war sie kaum älter gewesen als Lucy jetzt. Von der Haarfarbe und den Gesichtszügen her unterschieden die beiden Mädchen sich erheblich, die Ähnlichkeit lag in ihren Bewegungen und in ihrem Lächeln.

Eddie wußte nicht einmal, wie Alison mit Nachnamen hieß. Er ging noch in die Vorschule am Ende der Rosington Road, als sie mit ihren Eltern und einem älteren Bruder, einem Rauhbein namens Simon, in das Nebenhaus zog, das die Familie für ein halbes Jahr gemietet hatte.

Der Vater baute Alison eine Schaukel, die er an einem Baum ganz hinten in ihrem Garten befestigte. Eines Tages entdeckte Eddie, als er in dem Dickicht am Ende seines Gartens spielte, eine Lücke im Zaun. Eine Latte hatte sich von den beiden Querstreben gelöst. Durch die Lücke konnte Eddie die Schaukel beobachten, während er selbst durch die

Bäume vor Blicken aus den hinteren Fenstern des Nachbarhauses geschützt war.

Alison hatte einen üppigen Schopf goldener Locken, feine, zarte Züge und sehr blaue Augen. Zumindest in seiner Erinnerung trug sie gewöhnlich ein kurzes rosa Kleidchen mit weitem Rock und Puffärmeln. Wenn die Schaukel immer schneller hin und her schwang, fuhr der Wind unter den Rock und hob ihn auf. Manchmal bauschte sich das Kleid so hoch, daß Eddie kurz einen Blick auf glatte Schenkel und weiße Höschen tun konnte. Sie war kleiner als Eddie, zierlich und verlockend weiblich. Er wußte noch, daß er damals gedacht hatte, daß er, wäre sie eine Puppe gewesen, gern mit ihr gespielt hätte. Heimlich natürlich, denn Puppenspiele waren nichts für Jungen.

Eddie fand es schön, Alison zu beobachten. Allmählich kam ihm der Verdacht, daß Alison es schön fand, beobachtet zu werden. Manchmal rückte sie sich auf der Schaukel so zurecht, daß sie die Zaunlücke im Auge behalten konnte. Sie sang vor sich hin und tat sehr betont so, als fühle sie sich unbeobachtet. Schon damals begriff Eddie nicht nur, daß ihre Ahnungslosigkeit nur gespielt war, sondern auch, daß er das merken sollte. Sie machte viel Aufhebens um ihren Rock, wartete meist, bis er sich ganz hochgeschoben hatte, um ihn dann umständlich wieder über die Knie zu ziehen und glattzustreichen.

Das Gedächtnis reduzierte die Vergangenheit. Die Abfolge der Ereignisse war geglättet, unwesentliche Szenen – und vielleicht auch ein paar wesentliche – eliminiert. Er wußte noch genau, wie der Zaun gerochen hatte: nach morschen, von der Sommersonne erwärmten Brettern, altem Holzschutzmittel, verrotteten Komposthaufen und fernen Gartenfeuern. Irgendwie hatten er und Alison sich angefreundet. Er erinnerte sich an die seidige Glätte ihrer Haut. Daß es etwas so Weiches gab, hatte er kaum fassen können. Es war wie ein Wunder.

Allein hätte Eddie nie den Durchbruch durch den hinteren Zaun gewagt. Es gab zwei Grundstücke hinter dem Garten der Familie Grace, die faszinierend und beängstigend zugleich waren, wenn auch aus unterschiedlichen Gründen: zur Rechten war die äußerste Ecke des Geländes, auf dem die Sozialhäuser standen, zur Linken das Areal, das bei Erwachsenen wie Kindern das Carver-Gelände hieß, nach der Firma, der es vor dem Zweiten Weltkrieg gehört hatte.

Eine nähere Erkundung der Sozialsiedlung war zu gefährlich. Das struppige Gras um die Wohnblocks herum war Auslauf für große Hunde und rowdyhafte Kinder. Bei Carver lauerten Gefahren anderer Art. Das Gelände war ein unregelmäßiges Viereck, das im Norden durch die Bahn und im Süden durch die Gärten der Rosington Road begrenzt wurde. Im Osten lag die Sozialsiedlung, die vom Carver-Gelände durch eine hohe, mit Glasscherben und Stacheldraht gekrönte Backsteinmauer getrennt war. Nach Westen stieß das Grundstück an die Hinterhöfe einer Ladenzeile, die rechtwinklig zur Bahn verlief. Das ganze Areal war ein Labyrinth aus Unkraut, morschen Backsteinmauern und rostigem Wellblech.

Carver war, so hatte der Vater es Eddie erklärt, eine Maschinenbaufirma gewesen, die für die Bahn arbeitete und bei einem Bombenangriff durch einen direkten Treffer zerstört worden war. Auf dem Spielplatz von Eddies Schule war die Meinung weit verbreitet, daß auf dem Carver-Gelände das Gespenst eines Jungen umging, der dort unter schrecklichen, wenn auch unklaren Umständen ums Leben gekommen war.

Als Eddie eines Morgens in den Garten kam, fand er Alison vor, die den Zaun inspizierte. Zu ihren Füßen lag ein angerostetes Beil mit breitem Blatt, das oben eine gerundete Auskragung hatte und das Eddie schon mal im Geräteschuppen der Nachbarn gesehen hatte. Sie sah zu ihm hoch.

»Hilf mal, das Loch ist fast groß genug.«

»Aber wenn uns jemand sieht ...«

»Uns sieht schon keiner. Mach jetzt.«

Gehorsam drückte er mit den Händen gegen den Zaun, während sie mit dem Beil hebelte, und versuchte dabei, nicht an Gespenster, Eltern, Polizisten und Rowdys aus der Sozialsiedlung zu denken. Die von unten her vermoderte Planke spaltete sich in der Mitte. Eddie schnappte hörbar nach Luft.

»Pst.« Alison brach einen langen Splitter ab. »Ich geh zuerst.«

»Sollen wir wirklich ...?«

»Du bist doch kein Baby mehr. Forscher kennen keine Angst.«

Sie zwängte sich mit dem Kopf voran durch die Lücke, Eddie folgte zögernd. Ein paar Meter hinter dem Zaun stand ein kleiner Backsteinschuppen mit fast intaktem Dach. Alison marschierte zielstrebig hin und stieß die Tür auf, der ein Scharnier fehlte.

»Das kann unser Haus sein. Ein Haus extra für uns.«

Sie ging voraus. Der Schuppen roch muffig und war voller Gerümpel. Rechter Hand war ein hohes Fenster, in dem fast kein Glas mehr war. Durch ein Loch im Dach sah man den Himmel. Eine Spinne krabbelte eilig über den rissigen Betonboden.

»Toll.«

»Und was willst du da drin?« fragte Eddie.

Sie drehte sich rasch um, so daß der Rock hochwirbelte, und lächelte ihn an.

»Spielen natürlich.«

Alison liebte Spiele. Sie brachte Eddie bei, wie man Tausend Stecknadeln macht, eine Technik, die sie von ihrem Bruder gelernt hatte, und veranstaltete mit ihm Kitzelkämpfe, deren besonderer Reiz darin lag, daß sie fast stumm geführt werden mußten, damit niemand etwas hörte. Verloren hatte derjenige – meist war es Eddie –, der kapitulierte oder als erster ein Geräusch von sich gab, das lauter als ein Flüstern war.

Dabei blieb es nicht. Alison kannte viel mehr Spiele als Eddie, obwohl sie jünger war. Gewöhnlich ergriff sie die Initiative. Auch das Pinkelspiel hatte sie vorgeschlagen.

»Das kennst du nicht?« Hinter den zu einem verwunderten O gerundeten Lippen glänzten milchweiße Zähne und die Zungenspitze. »Und ich hab gedacht, das Pinkelspiel kennt jeder.«

»Gehört hab ich schon davon, ich hab's nur noch nicht gespielt.«

»Mein Bruder und ich spielen es schon seit Jahren.«

Eddie nickte und konnte nur hoffen, in seiner Ahnungslosigkeit nicht noch mehr bloßgestellt zu werden.

»Wir brauchen was zum Reinpinkeln.« Seine Zustimmung war für Alison selbstverständlich. »Komm, irgendwas finden wir hier bestimmt.«

Eddie sah sich in dem Schuppen um. Schon das Wort »pinkeln« war ihm peinlich. In der Familie Grace wurde die Tätigkeit des Urinierens – soweit sie überhaupt erwähnt wurde – mit dem Euphemismus »mal verschwinden müssen« umschrieben. Sein Blick fiel auf ein leeres, mit einer dicken Schmutzschicht überzogenes Marmeladenglas, das ganz hinten auf einem Regal stand. »Wie wär's damit?«

Alison schüttelte den Kopf; die rosa Haarbänder flogen. »Reicht nicht. Ich mach immer ganz viel. Und dann ist auch das Loch zu klein.« Sie mußte ihm wohl angesehen haben, daß er total im dunkeln tappte. »Für dich ist es in Ordnung, du kannst deinen Zipfel reinstecken, aber bei Mädchen spritzt es überall in die Gegend.«

Die Neugier verdrängte vorübergehend Eddies Verlegenheit. Er griff nach einer Blechdose. »Und das?«

Alison prüfte sie gewissenhaft. Die Dose, in der früher mal Lackfarbe gewesen war, hatte einen Durchmesser von etwa fünfzehn Zentimetern. »Schon besser.« Und gnädig setzte sie hinzu. »Du darfst anfangen.«

Seine Muskeln versteiften sich, als müßte er jeden Moment in kaltes Wasser springen.

»Die Jungs dürfen immer anfangen«, erklärte Alison. »Mein Bruder Simon auch.«

Es half wohl nichts. Eddie wandte sich ab und knöpfte langsam den Schlitz seiner Khakishorts auf. Unvermittelt stand sie vor ihm, die Farbdose in der Hand.

»Du mußt Hose und Unterhose runterziehen. Simon macht das auch.«

Er zögerte. Seine Unterlippe zitterte.

»Ist doch bloß ein Spiel, du Blödmann. Sei kein Frosch. Komm, ich helf dir.«

Scheppernd fiel die Dose auf den Betonboden. Sachlich wie eine Krankenschwester löste sie die Schnalle des in den Schulfarben Grün und Lila gestreiften elastischen Gürtels. Ehe er protestieren konnte, hatte sie ihm schon mit einer raschen Bewegung die Shorts und seine Baumwollunterhose heruntergezogen und guckte ihn an. Er schämte sich seines Körpers mit dem wabbelnden Babyspeck an Bauch und Schenkeln. »Eddie ist der reinste Wackelpudding«, hatte im Schwimmbad mal einer gesagt.

Alison ließ ihn nicht aus den Augen. »Er ist kleiner als der von Simon. Und er ist ein Rundkopf.«

Eddie war heilfroh, daß er diese Anspielung begriffen hatte. Im siebzehnten Jahrhundert hatte man die Anhänger Cromwells so genannt. Ihre Gegner waren die Cavaliers gewesen. Simon war demnach beschnitten. »Ich bin ein Cavalier.«

»Ich find die Cavaliers besser. Hübscher irgendwie.« Sie griff nach der Dose. »So, jetzt los.«

Sie streckte ihm die Dose hin. Eddie faßte seinen Penis zwischen Zeigefinger und Daumen der rechten Hand, machte die Augen zu und betete, aber es kam nichts. Normalerweise hätte er keine Mühe gehabt, sich zu entleeren, denn seine Blase war voll.

»Das dauert ja den ganzen Tag bei dir. Dann fang ich eben an.« Alison warf ihm einen bösen Blick zu. »Also wirklich! Simon macht nie so ein Theater.«

Sie stellte die Dose auf den Boden, zog den Schlüpfer herunter und hockte sich hin. Ein kräftiger Bach strudelte in die Dose. Sie hob ihr Kleidchen hoch und guckte sich den Saum an, als wollte sie nachsehen, wie gut er genäht war. So also, dachte Eddie, der noch immer seinen Penis festhielt, sahen Mädchen unten herum aus. Das hatte er schon immer wissen wollen. Er machte einen langen Hals, um besser sehen zu können, aber Alison lächelte nur züchtig und brachte ihr Kleid wieder in Ordnung.

»Wenn du deinen Zipfel reibst, wird er ganz komisch, wußtest du das?« Alison stand auf und zog den Schlüpfer hoch. »Der von Simon jedenfalls. Guck mal, ich hab jede Menge gemacht.«

Eddie guckte. Die Dose war zu etwa einem Viertel mit einer blaßgoldenen Flüssigkeit gefüllt. Er hatte bisher gedacht, daß er mit einem Penis, der manchmal Form, Größe und Konsistenz änderte, wenn er ihn anfaßte, ein trauriger Einzelgänger war, und hatte gehofft, es würde sich verwachsen.

»Fast halbvoll. Wetten, daß du nicht soviel schaffst?«

Während Eddie sich Alison zuwandte, meinte er eine Bewegung am Fenster zu erkennen, aber als er hinsah, war da nichts – nur ein Zweig, der im Wind schwankte.

»Was hab ich dir gesagt? Er wird ganz steif.«

Eddie hatte noch immer seinen Penis zwischen den Fingern und rieb gedankenverloren daran herum.

»Gieß mein Pipi draußen aus«, befahl Alison. »Dann kannst du's noch mal versuchen.«

Eddie kam plötzlich zu Bewußtsein, wie lächerlich er mit seinen um die Knie schlackernden Shorts und Unterhosen aussehen mußte. Rasch zog er beides hoch, knöpfte den Hosenschlitz zu und schloß den Gürtel.

»Ich versteh nicht, warum du dich wieder anziehst. Du mußt nachher ja doch alles wieder ausziehen.«

Er verließ den Schuppen und leerte die Dose unter einem Busch aus. Sie war ganz warm. Die Flüssigkeit versickerte rasch in der trockenen Erde. Sie sah nicht aus wie Urin und roch auch nicht so. Wie so was wohl schmecken mochte? Er verdrängte den Gedanken – pfui! – und richtete sich auf, in Gedanken ganz bei der schweren Prüfung, die ihm im Schuppen bevorstand. Sekundenlang glaubte er, frisch angebrannten Tabak zu riechen.

7

Eddie und Alison spielten das Pinkelspiel immer wieder, und jedesmal wagten sie sich bei ihren Erkundungen ein Stück weiter vor.

Die Angst vor Entdeckung erhöhte den Reiz. Wenn sie zum Carver-Gelände gingen, stand häufig eine Frau auf dem Balkon einer der Sozialwohnungen. Von dort hatte man das Carver-Gelände und den Garten der Rosington Road 29 im Blick. Manchmal machte sich die Frau auf dem Balkon zu schaffen, sie hängte Wäsche auf oder goß Blumen, an anderen Tagen stand sie regungslos da und guckte in den Himmel. Alison hielt sie für übergeschnappt. Eddie hatte Angst, die Frau könnte sie sehen und ihren Eltern petzen, daß sie sich unerlaubterweise auf dem Carver-Gelände herumtrieben, aber sie hielt dicht.

Eddies Erinnerungen an jene Zeit wiesen beträchtliche Lücken auf. (Daß er diese Lücken möglicherweise selbst gewollt hatte, war denkbar, aber Eddie mochte sich mit dieser Möglichkeit nicht näher befassen.) Er war damals sechs oder fast sieben gewesen, es mußte also 1971 gewesen sein, in den Sommerferien. Er wußte noch, wie das verschossene grüne Hemd mit den kurzen Ärmeln gerochen hatte, das er damals häufig trug, und wie sich Alisons mollige Hand mit den Grübchen auf seinem nackten Unterarm anfühlte.

Das Ende kam im September; es kam erschreckend plötzlich. Eben noch lebten Alison und ihre Familie in Nummer 27, am Tag darauf waren sie nicht mehr da. Am Nachmittag vor dem Umzug erzählte sie Eddie, sie zögen nach Ealing.

»Aber wo ist denn Ealing?« jammerte er.

»Keine Ahnung. Irgendwo in London. Du kannst mir ja schreiben.«

Eddie weinte beim Abschied. Alison vergaß, ihm die Adresse zu geben. Sie war ihm entglitten wie eine Handvoll Sand, der einem durch die Finger rinnt.

DREI

»Ich füle zuweilen in mir selbst eine Hölle.
Lucifer hält seine Hofstad in meiner Brust,
Legion ist in mir wieder lebendig worden.«

Religio Medici I, 51

I

Der Schlaf brach über Sally mitten im Satz herein, so unvermittelt, wie ein Vorhang zugezogen wird oder die Nacht in den Tropen hereinbricht. Eben noch lag sie im Bett und hielt die Hand einer Polizistin, die sie noch nie gesehen hatte; die Lippen der Polizistin bewegten sich, aber Sally verstand nicht, was sie sagte, weil sie die ganze Zeit überlegen mußte, warum sie die Hand einer wildfremden Frau hielt. Sekunden später hatten die Schlaftabletten in Verbindung mit dem Inhalt der Spritze, vermutlich einem Beruhigungsmittel, ihr Werk getan.

Michael war nicht da, sie hatte ihn schon seit Stunden nicht mehr gesehen.

Ihr Denken und Fühlen stürzte ab in schwarzen Nebel. Der chemisch herbeigerufene Schlaf versetzte sie in einen Zustand, in dem sie kaum mehr ein Individuum war. In den frühen Morgenstunden des Samstags wurde der Nebel langsam lichter. Sie schlief weiter, aber nun kamen Träume. Zuerst waren sie flüchtig und unwirklich – eine Ahnung lauter Stimmen, eine Andeutung heller Lichter, ein Gefühl überwältigender Trauer.

Dann verschmolzen die Erscheinungen zu einem Ganzen, das weder Bild noch Geschichte war. Als Sally aufwachte – schweißgebadet, obgleich es ein kalter Morgen war –, erinnerte sie sich an Glockenläuten, gedämpft durch die Winterluft, sah schmutzigen Schnee auf Kopfsteinpflaster, vermischt mit Strohhalmen und menschlichen Exkrementen. Ein Kirchturm aus rauhem, gelbem Stein, gekrönt von einem fernen Kreuz, ragte in den grauen Himmel.

In ihrem Traum hörte sie einen Mann mit einer barschen, tiefen Stimme, die Sally instinktiv unsympathisch war, etwas sagen oder deklamieren. Sie verstand weder die Worte noch die Sprache, einmal, weil sie zu weit weg war, und zum zweiten, weil zischende, knisternde, knackende Hintergrundgeräusche alles verzerrten. In ihrem Traum kamen Sally unwillkürlich die Schellackplatten in den Sinn, die sie als Kind auf dem Kurbelgrammophon abgespielt hatte, das auf dem Dachboden ihrer Großeltern stand, und deren Kratzer sich gegen die längst vergangenen Frivolitäten von Fats Waller und der Savoy Orpheans durchgesetzt hatten.

Mit trockenem Mund und einem wattigen Gefühl im Kopf wachte Sally auf. In dem Maße, wie sie in die Gegenwart zurückkehrte, zog der Traum sich zurück, Einzelheiten entglitten ihr und versanken unwiederbringlich.

»Kommt zurück«, rief sie lautlos. Sie hatte noch immer die Augen geschlossen und spürte Tränen unter den Lidern. Etwas Schreckliches geschah in ihrem Traum, das um jeden Preis in Ordnung gebracht werden mußte. Aber es war ja nur ein Traum, gottlob nur ein Traum. Dann schlug sie die Augen auf und sah eine fremde Frau an ihrem Bett sitzen. Die Wirklichkeit traf sie wie eine Keule. *Nein, es ist nicht wahr. NICHT wahr. NICHT WAHR.*

»Alles in Ordnung?« fragte die Frau und beugte sich vor.

Sally stemmte sich mit einem Ellbogen hoch. *Nicht wahr, lieber Gott, NICHT WAHR.* »Haben sie Lucy gefunden?«

Die Frau schüttelte den Kopf. »Sie melden sich, sobald es etwas Neues gibt.«

Sally sah sie groß an. Wer war die Frau? Unwichtig. Sie war jünger als Sally und sorgfältig zurechtgemacht. Die braunen Augen blickten wachsam, die etwas vorstehenden Zähne drückten die Lippen nach vorn, so daß der Mund das ganze Gesicht beherrschte. Auf ihrem Schoß lag aufgeschlagen der *Daily Telegraph*. Sie trug keinen Trauring. Sally klammerte sich an diese Einzelheiten wie an das Seil, das als einziger Halt über einen Abgrund führte, einen Abgrund, in den sie stürzen würde, wenn sie es losließ.

»Es ist alles wahr, nicht?« hörte sie eine Stimme fragen. *Ihre* Stimme? »Alles.«

»Ja. Es tut mir schrecklich leid.«

Sally ließ den Kopf auf das Kissen zurückfallen und schloß die Augen. In ihrem Kopf drängten sich Bilder, bei deren Anblick sie am liebsten geschrien hätte, bis sich alles wieder zurechtgerückt hatte: eine weinende Lucy, die vergeblich nach ihrer Mutter rief; Lucy, nackt und blutend in einem engen Raum, der nach Männerschweiß roch; Lucy tot an einem Bahndamm, umgeben von ihren Kleidungsstücken. Wie konnte ein Mensch so grausam sein?

»Vielleicht ist sie nur ein bißchen herumgelaufen«, versuchte Sally sich zu trösten. »Dann ist sie müde geworden und irgendwo eingeschlafen, in einem Schuppen zum Beispiel. Wenn sie aufwacht, wird sie sich bestimmt irgendwo melden.«

»Möglich ist es.«

Möglich, dachte Sally, aber sehr unwahrscheinlich.

Sie hörte, wie die Frau am Bett die Beine übereinanderschlug. »Keine Nachricht ist gute Nachricht, heißt es ja immer.«

Sally öffnete wieder die Augen. »Und bisher haben Sie nichts gehört? Wirklich nicht?«

»Wir hätten es Ihnen und Ihrem Mann sofort gesagt. Ich

bin übrigens Detective Constable Yvonne Saunders, Judiths Ablösung.« Sie zögerte. »Sie erinnern sich doch an Judith? Von gestern abend …«

Sally bewegte unruhig den Kopf auf dem Kissen. Die Erinnerungen wurden klarer: eine Kriminalbeamtin in Zivil, jene Judith offenbar, die ihren Arm hielt, während ein Arzt mit roten Locken ihr eine Injektion in den Arm gab. Ihre eigene Stimme, die laut und nachdrücklich erklärte, sie denke nicht daran, zu Freunden oder ins Krankenhaus zu gehen, sie wolle hierbleiben, in der Hercules Road, denn hier würde Lucy nach ihr suchen. Sie und Michael hatten Lucy die Adresse und Telefonnummer auswendig lernen lassen.

»Sie finden Lucy bestimmt, Sally. Wir ziehen alle Register.« Wieder ein Zögern, ein Hauch von Berechnung. »Der Arzt hat mir Tabletten dagelassen. Ein Mittel, das die Unruhe ein bißchen mildert. Wenn Sie davon eine nehmen würden …«

»Nein.« Die Antwort kam instinktiv, aber die Begründung folgte sofort. Wenn man sie ruhigstellte, konnte sie Lucy nicht helfen, wenn – *falls* – sie gefunden wurde. Wenn sie, Sally, wie ein Zombie herumlief, würde sie nicht erfahren, was sich hier abspielte, man würde ihr nichts sagen. Sie brauchte einen klaren Kopf, in Lucys Interesse. Sally lehnte sich in die Kissen zurück. »Wo ist Michael? Mein Mann?«

Yvonne mied ihren Blick. »Er ist mal eben weggegangen, aber er kommt bestimmt bald wieder. Sie möchten sich jetzt sicher erst mal frisch machen. Soll ich Tee brühen?«

Sally nickte. Es war eine gute Gelegenheit, die Frau für eine Weile loszuwerden. Was ist mit Michael, überlegte sie, aber ihre Gedanken schweiften gleich wieder ab; sie konnte sich nicht konzentrieren.

Yvonne stand auf und brachte mit einiger Anstrengung ein Lächeln zustande. So langsam und deutlich, als hätte sie eine geistig minderbemittelte Person vor sich, sagte sie: »Na gut, dann überlasse ich Sie jetzt Ihrem Schicksal. Ich bin in der Küche, falls Sie mich brauchen. Ist das in Ordnung, Schätzchen?«

Nein, dachte Sally, es ist nicht in Ordnung, vielleicht ist nie mehr etwas in Ordnung, und dein Schätzchen bin ich auch nicht. Doch sie erwiderte das Lächeln und bedankte sich.

Als sie allein war, schlug sie die Steppdecke zurück und stand auf. Ihre schweißnasse Haut kühlte rasch ab, und sie fröstelte. Sie hatte einen sauberen Schlafanzug an, stellte sie fest; die vertrauten Details wirkten irgendwie beruhigend. Einen von ihren alten, wie sie peinlich berührt sah, die Farbe war ausgewaschen, an der Jacke fehlte ein Knopf, und die Hose hatte dubiose Flecken. Das Frösteln verstärkte sich, und erneut wurde ihr bewußt, was geschehen war. Ihre Knie zitterten, und sie setzte sich rasch auf die Bettkante. *Mein Kleines. Wo bist du.* Tränen liefen ihr über die Wangen.

Sie wagte nicht, laut zu weinen, sonst wäre womöglich Yvonne zurückgekommen. *All das ist meine Schuld, ich hätte sie bei mir behalten sollen.* Sie ließ sich auf die Seite fallen und rollte sich auf dem Bett zusammen. Lautloses Schluchzen schüttelte sie.

Wasser rauschte. Yvonne füllte den Kessel, stellte Sally fest, die mit der Sprache ihrer Wasserleitung seit langem vertraut war, und erschrak ein wenig, denn das bedeutete, daß sie schleunigst ihre Lage ändern mußte; jeden Augenblick konnte die Polizistin wieder dasein. Sie legte die Hand über den Mund, um zu verhindern, daß das Entsetzen aus ihr herausschoß wie Erbrochenes, stand auf und ging zum Kleiderschrank. Dabei vermied sie es, in die vorwurfsvollen Gesichter zu blicken, die ihr aus den Fotos auf der Kommode entgegensahen. Aufs Geratewohl griff sie sich ein paar Kleidungsstücke, schlich sich, das Bündel in der Hand, ins Badezimmer und riegelte ab.

Enten und Teddys hatten sich auf dem Rand der Badewanne angesiedelt, dazwischen standen Boote. Unter dem

Waschbecken lag ein Söckchen von Lucy. Automatisch hob Sally es auf und wollte es in den Wäschekorb geben, aber dann hockte sie sich auf den Toilettensitz, hielt das Söckchen ans Gesicht und sog den Geruch ein in der Hoffnung, Lucy zu riechen, sie sich durch schiere Willenskraft neu zu erschaffen. Hatte Lucy wenigstens Jimmy, ihre kleine Stoffpuppe, bei sich? Oder war sie gänzlich ohne Trost?

Die Tränen flossen wieder. Die Attacke ging vorbei, aber auch jetzt noch blieb sie, die Finger um das Söckchen gekrampft, regungslos sitzen und versank in Abgründen, von denen sie bisher nichts geahnt hatte.

Es klopfte. »Wie weit sind Sie, Schätzchen? Der Tee ist fertig.«

»Danke, ich komme gleich. Vielleicht dusche ich noch.«

Sally putzte sich die Zähne, um den Geschmack des langen Betäubungsschlafes loszuwerden. Sie ließ den Pyjama zu Boden fallen, stieg in die Wanne und stellte sich unter die Dusche, machte aber keine Anstalten, sich zu waschen, sondern ließ nur minutenlang das Wasser an ihrem Körper herunterlaufen. Gestern abend, daran erinnerte sie sich jetzt dunkel, war sie ausgerastet, hatte in Carlas Haus und später hier in der Wohnung herumgeschrien und herumgeheult. Sie sah Michaels bleiches, anklagendes Gesicht vor sich, unbekannte Polizeibeamte, die betroffen dreinschauten, aber die Distanz zu dem wahrten, was ihr und Lucy widerfahren war. Der rothaarige Arzt war erstaunlich klein gewesen, er hatte ihr nur knapp bis zur Schulter gereicht. Sie durfte nicht zulassen, daß man ihr wieder Beruhigungsmittel gab.

Schnell stellte sie die Dusche ab und rubbelte sich trocken. Es klopfte erneut.

»Wie wär's mit einem schönen Toast, Schätzchen?«

Sie will sehen, ob ich noch lebe. »Ja, bitte. Brot ist im Kühlschrank.«

Der Gedanke an Essen widerte sie an, aber halbverhungert nützte sie niemandem. Sie stieg rasch in ihre Jeans, zog ein T-Shirt an und einen Pulli darüber. In ihrer Eile hatte sie zwei Socken gegriffen, die nicht zusammenpaßten. Einer hatte ein Loch in der Ferse. Sie fuhr sich mit einem Kamm durchs Haar und steckte zum Schluß schnell noch Lucys Söckchen in die Jeanstasche. Die vertraute Tätigkeit des Duschens und Anziehens hatte sie ein wenig beruhigt, aber während sie die Tür entriegelte, traf die Tatsache, daß Lucy verschwunden war, sie mit der Wucht eines Dreschflegels, so daß sie nach Atem ringen mußte.

In diesem Moment hätte sie Yvonne nicht ertragen. Sie taumelte zurück ins Schlafzimmer. Gegenüber der Tür, über dem Kaminsims, hing das Kruzifix. Wie zum erstenmal sah sie, als sie die kleine Bronzefigur am Kreuz betrachtete, wie fürchterlich der Schmerz das Miniaturgesicht verzerrt, die Arm-, Bein- und Bauchmuskeln verkrampft hatte. Wie konnte man einem Gott vergeben, der anderen so viel Leid zufügte? Aber Gott hatte ja Gott nicht vergeben. Er hatte ihn gekreuzigt. Und wenn er das seinem eigenen Sohn angetan hatte, was würde er dann Lucy antun?

Das ungemachte Bett lenkte sie ab. Sie zog die Steppdecke hoch und schüttelte die Kissen auf. Nach dem Bettenmachen räumte sie gewöhnlich im Schlafzimmer auf, heute aber wirkte es schon auffallend ordentlich. Normalerweise lagen Michaels schmutzige Sachen über einem Stuhl, eine Zeitschrift oder ein Buch auf seiner Seite des Bettes auf dem Fußboden, auf seinem Nachttisch standen ein Glas Wasser und sein kleines Stereogerät. Er gehörte zu den Männern, die im Haus eine breite Chaosspur hinter sich herziehen.

Ihr Blick fiel auf die Bücher, die auf der Kommode lagen, abgegriffene kleine Bände, die ihr unbekannt vorkamen. Sie nahm das oberste in die Hand. Es war ein Gebetbuch. Jetzt fiel ihr wieder ein, woher die Bücher kamen. Sie las die Widmung auf dem Vorsatzblatt. »Für Audrey zu ihrer Erstkommunion. 20. März 1937 mit lieben Wünschen von Mutter.«

Audrey Oliphants Selbstmord kam ihr so unwirklich vor wie eine vor langer Zeit gelesene und halbvergessene Geschichte. Kaum zu glauben, daß sie erst vor knapp vierundzwanzig Stunden diese Frau tot auf einem Krankenhausbett hatte liegen sehen. Sie erinnerte sich an das trostlose möblierte Zimmer, diesen Schrein für einen verlorenen Glauben. Vor allem aber erinnerte sie sich an die Frau, die in der Kirche aufgestanden war, als Sally ihre erste Predigt dort begonnen hatte.

Teufelin! Gotteslästerin! Abtrünnige! Gottlose Metze. Hure von Babylon. Tochter Satans. Gott verdamme dich und die Deinen.

Sie ließ das Buch fallen, als sei es infiziert. *Gott verdamme dich und die Deinen.* Fast im Laufschritt verließ sie das Schlafzimmer und machte die Tür hinter sich zu. Yvonne war von einer Frau, um die sie am liebsten einen großen Bogen gemacht hätte, zu einer Zuflucht geworden.

Dieses Gefühl verlor sich, sobald Sally ins Wohnzimmer kam. Yvonne hatte den Tisch in der Fensternische gedeckt; gewöhnlich frühstückten Sally und Michael in der Küche, häufig mehr oder weniger im Stehen. Die Polizistin hatte mit sicherem Griff die falschen Teller, die falschen Becher und die falsche Teekanne erwischt, hatte Papierservietten herausgelegt, sowohl Konfitüre als auch Orangenmarmelade hingestellt und eine Tischdecke aufgelegt, die die Appleyards zuletzt zu Weihnachten benutzt hatten. Sally mußte an ein kleines Mädchen denken, das Hausfrau spielte, und versuchte, ihre Verärgerung zu überwinden. Zu allem Unglück hatte sie offenbar vergessen, die Tischdecke zu waschen, ehe sie wieder im Schrank verschwunden war.

»Vielleicht möchten Sie lieber Honig?« Yvonne war schon auf dem Sprung in die Küche. »Und haben Sie auch Butter? Ich habe nur Margarine gefunden, die nehme ich immer, aber –«

»Das ist okay«, schwindelte Sally. »Margarine ist völlig in Ordnung. Es ist alles in Ordnung.«

Sie trank ein Glas Saft und dann in kleinen Schlucken einen Becher gesüßten Tee. Den ersten Bissen Toast hätte sie fast wieder herausgewürgt. Sie ließ sich von Yvonne einen zweiten Becher Tee eingießen und befeuchtete sich damit zwischen den Bissen die Kehle. Yvonne vermittelte ihr das Gefühl, in ihrem eigenen Haus zu Besuch bei einer übereifrigen Gastgeberin zu sein.

Die angelernten seelsorgerlichen Reflexe kamen ihr zu Hilfe; automatisch stellte sie Fragen. Yvonne erzählte, daß sie in Paddington arbeitete, daß ihr Freund Sergeant bei der Verkehrspolizei war, daß sie eine kleine Wohnung in Wembley, aber demnächst eine größere in Aussicht hatten. Die Illusion eines fast freundschaftlichen Gesprächs hielt so lange vor, bis Yvonne die Wendung »in Sünde leben« für ihre derzeitige Beziehung benutzte.

»Entschuldigung.« Unter dem Make-up stieg der jungen Frau die Röte ins Gesicht. »So dürfte ich vielleicht gar nicht daherreden, wo Sie doch Pastorin sind.«

»Vor meiner Ordinierung habe ich mit zwei Männern zusammengelebt.« Sally legte eine routinierte Pause ein und ließ dann ihre übliche Pointe folgen: »Natürlich nicht gleichzeitig.«

Yvonne gickerte. Die Maske verrutschte, und darunter kamen Jugend und Verletzlichkeit zum Vorschein. Normalerweise, dachte Sally, hätte die junge Polizistin mit einer Fremden wohl nicht so offen gesprochen, aber Michael war Kriminalbeamter, und deshalb gehörte offenbar auch Sally ehrenhalber zum inneren Kreis. Yvonne war spürbar nervös; möglicherweise hatte sie so einen Auftrag zum erstenmal. Die Erinnerungskeule schlug wieder zu. Vielleicht nannten sie das bei der Polizei *Babysitting* oder *Kinderhüten* ... In den nächsten Sekunden kämpfte Sally heldenhaft gegen den Drang an, ihr Frühstück auf Großtante Marys Leinentischtuch zu spucken.

Das Telefon läutete.

»Ich geh hin.« Yvonne war schon aufgestanden und meldete sich. »Ich bin Polizeibeamtin, Sir ... Ja, Mrs. Appleyard ist wach. Ich frag sie mal.« Sie legte die Hand über den Hörer. »Ein gewisser Derek Cutter, Ihr Boß, wie er sagt. Möchten Sie mit ihm sprechen? Er kann auch gern herkommen, sagt er.«

Sally machte schon den Mund auf, um zu erklären, sie wolle Derek weder sehen noch sprechen, und wenn sie weder das eine noch das andere je wieder täte, wäre das für sie kein Grund zur Staatstrauer, aber sie bremste sich noch rechtzeitig. Sie war ihm und der Gemeinde gegenüber in der Pflicht. Und für sie ganz persönlich war es wichtig, so zu tun, als hätte sie alles im Griff, weil man sie sonst womöglich viel zu sparsam mit Informationen versorgte.

»Bitten Sie ihn herzukommen, wenn er Zeit hat.« Damit konnte sie zwei Fliegen mit einer Klappe schlagen und Derek Miss Oliphants Sachen mitgeben.

Yvonne übermittelte die Nachricht und legte auf. »Es dauert nicht lange, er ist drüben im Gemeinschaftszentrum in Brondesbury Park.«

»Was ist das für ein Telefonapparat? Er gehört nicht uns.«

»Nein. Wir brauchen ihn für die Fangschaltung und Gesprächsaufzeichnung«, erklärte Yvonne in unvermittelt dienstlichem Ton. »Das wird immer so gemacht, Sie brauchen sich keine Sorgen –«

Sally stieß den Stuhl zurück und stand auf. Sie zitterte so heftig, daß sie sich am Tisch festhalten mußte. »Ihrer Meinung nach ist Lucy also entführt worden. Los, geben Sie's schon zu!«

2

Derek nahm Sallys Hände und beteuerte, es tue ihm unendlich leid. Er war mit der Yamaha von Kensal Vale gekommen. Sally hatte den Verdacht, daß er sich nicht ungern in Motorradkluft zeigte. Als sie ihn mit Yvonne bekannt machte, lockerte er den weißen Seidenschal, den er um den Hals trug, so daß der Priesterkragen darunter zum Vorschein kam.

Mit einem herzlich überflüssigen Anflug von Takt zog sich Yvonne in die Küche zurück, so daß Sally sehr gegen ihren Willen in den Genuß einer geballten Ladung seelsorgerlicher Zuwendung kam.

»Wir beten alle für dich, meine Liebe.«

»Danke.« Sally wollte keine Gebete. Sie wollte Lucy zurückhaben.

Ohne ihre Hände loszulassen, erklärte Derek, sie dürfe auf keinen Fall ihre Arbeit wiederaufnehmen, bis Lucy wohlbehalten wieder da sei. Sie brauche sich keine Sorgen zu machen, sie kämen gut zurecht.

»Wenn ihr wollt, könnt ihr gern bei uns wohnen, Michael und du. Margaret und ich würden uns freuen. Das Bett im Gästezimmer ist gemacht.«

Unwillkürlich sah Sally ihren Vorgesetzten im Schlafanzug vor sich. Ob die Haare auf seiner Brust so weißblond waren wie die auf seinem Kopf? Hatte er überhaupt Haare auf der Brust, oder spannte sich da nur glatte rosafarbene Haut über dem knochigen Brustkorb, aus deren gleichförmiger Glätte nur zwei Brustwarzen aufragten? Ihr war zum Kichern und zum Kotzen zugleich, aber sie hörte, wie sie Derek für sein (und Margarets) liebenswürdiges Angebot dankte und versprach, mit Michael darüber zu reden. Sie würden ernsthaft darüber nachdenken, er könne sich darauf verlassen.

»Ich habe jede Menge Grüße mitgebracht. Besonders herzliche von Stella.«

»Stella.« Vor noch nicht mal vierundzwanzig Stunden hatte Sally sie ins Krankenhaus gefahren. »Ist das Baby da?«

Eine Pause. »Ja. Seit der vergangenen Nacht. Ein Mädchen. Mutter und Kind wohlauf, soweit man hört.«

Sally konzentrierte sich verbissen auf Stellas Glück. »Wie schön. Sag doch bitte Stella, wie sehr ich mich freue.« Sie bemühte sich krampfhaft, die drohende Hysterie und den Gedanken, daß Lucy sie brauchte, von sich wegzuschieben. »Audrey Oliphant?«

»Hä?« Derek gab ihre Hände frei. »Wer?«

»Die Frau, die sich das Leben nehmen wollte. Du hattest mich gestern gebeten, sie zu besuchen.«

»Ach ja, richtig.«

»Als ich im Krankenhaus ankam, war sie gerade gestorben.«

»Gehörte sie zu uns?«

»Wie man's nimmt.« Sally setzte sich. »Sie war die Frau, die bei meiner ersten Predigt diesen Wirbel veranstaltet hat.«

»Ah ja. Die arme Seele. In welche Kirche ist sie gegangen?«

»Ich weiß nicht, ob sie überhaupt zur Kirche gegangen ist, ihre Hauswirtin hielt es für sehr zweifelhaft. Aber ich denke, wir sollten dafür sorgen, daß sie angemessen bestattet wird.«

»Und zwar zweckmäßigerweise von einem Mann.« Derek lächelte ein bißchen und ließ es schnell wieder bleiben, als ihm einfiel, weshalb er hier war.

»Möglichst nach anglokatholischem Ritus. Ihr Zimmer war wie eine Kapelle. Ich habe einen Koffer mit Sachen von ihr mitgebracht.« Sie sah sich ziellos um. Wo war der Koffer abgeblieben? »Und auch ein paar Bücher.« Hatte sie die Bücher gestern abend aus dem Koffer genommen? Und warum?

»Laß nur, das ist ja jetzt nicht weiter wichtig.«

An Dereks beschwichtigendem Tonfall merkte sie, wie überreizt sie ihren Mitmenschen vorkommen mußte. Rasch lenkte sie das Gespräch wieder auf Gemeindeangelegenheiten und die Maßnahmen, die getroffen werden mußten.

Derek schaltete um, verwandelte sich vom Seelsorger zum Manager. Hier war er in seinem Element; seine Effizienz war ausgesprochen wohltuend. Er hatte die Aufgaben, die sie normalerweise wahrzunehmen hatte, bereits verteilt. Margaret würde bei der Mutter-und-Kind-Gruppe und bei der Gruppe der Alleinerziehenden einspringen, solange es nötig war. Während er die Liste durchging, hatte Sally ein bedrückendes Bild von Derek vor sich, der sich unaufhaltsam von einem Komitee zum nächsten hocharbeitete, von Beförderung zu Beförderung die kirchliche Rangleiter erkletterte. Nicht die Sanftmütigen werden das Erdreich besitzen, dachte sie, sondern Menschen wie Derek. Andererseits brauchte die Kirche die Dereks dieser Welt, und gerade sie hatte nicht den geringsten Grund zur Überheblichkeit.

»Und wenn ich irgend etwas tun kann«, hörte sie ihn sagen, als sie ihre Gedanken wieder auf Kurs gebracht hatte, »braucht ihr nur anzurufen. Jederzeit, Sally, das weißt du. Rund um die Uhr.«

Er stand auf, band sich den Seidenschal fester um den mageren Hals und hängte sich den Helm am Kinnriemen über den Arm. Es war eine in ihrer Art hochprofessionelle Leistung, die Sally mit Bewunderung erfüllte, die ihr aber andererseits entsetzlich peinlich war. Bestimmt hatte Yvonne durch die offene Küchentür begierig zugehört.

»Paß auf dich auf, meine Liebe.« Wieder ergriff er ihre Hände und drückte sie. »Und wie gesagt: Wenn ich irgend etwas für dich tun kann …«, der Druck verstärkte sich, wurde fast ein Streicheln, »… brauchst du es nur zu sagen.«

Sally lief es kalt den Rücken hinunter. Großer Gott, dachte sie, ich glaube fast, der interessiert sich für mich. Derek winkte Yvonne zum Abschied zu und ging. Zu spät fiel

Sally Miss Oliphants Koffer ein, aber sie brachte es nicht fertig, den Pfarrer zurückzurufen.

Yvonne kam ins Wohnzimmer. »Das ist ja ein richtiger Charmeur!«

»Er tut, was er kann.« Schon hatte sie Derek fast wieder vergessen. »Wer hat den Fall übernommen?«

»Mr. Maxham. Kennen Sie ihn?«

Sally schüttelte den Kopf.

»Ein sehr erfahrener Mann. Einer von der alten Schule.«

»Müßte er mir nicht Fragen stellen? Müßte nicht irgend jemand alles mögliche von mir wissen wollen?« Sie merkte, daß sie laut geworden war, konnte aber nicht dagegen an. »Verdammt, ich bin schließlich Lucys Mutter.«

»Keine Sorge, Schätzchen, die werden jetzt bald jemanden schicken. Vielleicht kommt Mr. Maxham ja selber. Sie tun wirklich das menschenmögliche. Setzen Sie sich doch ein bißchen. Ich mach uns was zu trinken, ja?«

»Ich will nichts trinken.«

Sally setzte sich und fing an zu weinen. Yvonne versorgte sie mit Papiertaschentüchern und unpersönlicher Teilnahme. Nach einer Weile versiegten die Tränen. Sally ging ins Badezimmer, um sich das Gesicht zu waschen. Das Spiegelbild zeigte ihr eine Fremde mit feuchten, rotgeränderten Augen, hohlen Wangen und strähnigem Haar. Sie ging wieder ins Wohnzimmer. Immer noch besser, mit Yvonne, mit irgend jemandem zusammenzusitzen, als allein zu sein. Im Alleinsein lauerten die Gefahren.

Der Minutenzeiger kroch über das Zifferblatt, jede Minute eine Stunde, jede Stunde eine Woche. Wohin Sally auch blickte, wurde sie an Lucy erinnert – durch Fotos, Zeichnungen, Spielsachen, Kleidungsstücke, Bücher.

Am ärgsten aber waren die Erinnerungen, in die sich Reue mischte. Lucy hatte am Donnerstag abend mit ihr Memory spielen wollen, und Sally hatte sie mit der Begründung abgefertigt, sie müsse das Abendessen machen. Lucy hatte noch ein zweites Kapitel von ihrer derzeitigen Gutenachtgeschichte hören wollen, einer äußerst faden Chronik des Lebens unter Waldbewohnern, und hatte sich in dramatische Wut hineingesteigert, als Sally ihr nicht den Gefallen tun wollte. Lucy hatte einen Gutenachtkuß von ihrem Vater eingefordert, der nicht zu Hause gewesen war. Bei dieser Gelegenheit hatte sie nicht geweint, aber ihr Schweigen war schlimmer gewesen als Tränen und Gezeter. Lucy hatte Pfefferkuchenmänner backen wollen. Lucy hatte sich den Zauberkasten von Woolworth gewünscht. Lucy dies und Lucy jenes. Sally saß friedlich an ihrem Schreibtisch und tat, als sei sie in eine Zeitschrift vertieft, während es um sie herum nur so summte und brummte von versäumten Chancen und Hinweisen darauf, daß es ihr nicht gelungen war, die Mutter zu sein, die Lucy brauchte und verdient hätte.

Daß Leiden etwas Monotones sein konnte, hatte Sally noch nicht gewußt. In der Öde des Wartens war das Telefon die einzige Unterbrechung. Bei jedem Läuten versuchte Sally dem Apparat zu suggerieren, er möge ihr eine Nachricht über Lucy oder zumindest Michaels Stimme bringen. Yvonne nahm alle Anrufe entgegen. Jedesmal hielt Sally den Atem an und krallte die Fingernägel in die Handflächen, bis klargeworden war, daß der Anrufer ihr nur die Zeit stehlen wollte oder – schlimmer noch – verhinderte, daß eine Nachricht über Lucy sie erreichte.

»Mr. und Mrs. Appleyard stehen für eine Stellungnahme nicht zur Verfügung.«

Sallys Fingernägel hinterließen rote halbmondförmige Male auf ihren Handflächen. Etliche Bekannte meldeten sich, die meisten Anrufer aber waren Journalisten.

»Es dauert nicht mehr lange, dann kampieren sie direkt vor der Haustür.« Yvonne ging zum Fenster und sah auf die Straße hinunter. »Verhindern können wir das nicht, wir könnten Sie höchstens anderswo unterbringen.«

»Was ist eigentlich der Grund für dieses auffällige Interesse?« Sally gab sich die größte Mühe, das Geschehen objektiv zu betrachten. »Jährlich dürften Tausende von Kindern verschwinden, ohne daß sie in die Schlagzeilen kommen.«

»Das liegt wohl daran, daß ihre Väter nicht bei der Kriminalpolizei und ihre Mütter keine Pastorinnen sind. Machen wir uns nichts vor: dadurch wird die Story zum Knüller, ob es uns gefällt oder nicht.«

Michael meldete sich nicht. Sie sehnte sich sehr nach ihm. Was zum Teufel trieb er da draußen? Vergeblich versuchte Sally, der Polizistin Informationen zu entlocken. Entweder wußte Yvonne nicht mehr als sie, oder sie hatte Anweisung, nicht über den Fall zu sprechen.

Um halb elf standen drei Journalisten vor dem Wohnblock. Sie taten Sally leid. Obwohl sie warm eingepackt waren, sahen sie ziemlich verfroren aus. Einer, der versuchte, sich durch den Lieferanteneingang ins Haus zu schleichen, wurde von dem empörten Besitzer einer Erdgeschoßwohnung aus dem gemeinschaftlichen Garten verscheucht.

Sally rief bei Carla an, aber dort meldete sich niemand. Wie mochte der Tagesmutter zumute sein? Machte sie sich Vorwürfe? Perverserweise beanspruchte Sally die ganze Schuld für sich.

Um elf machte sie Kaffee. Inzwischen hatten sie und Yvonne es aufgegeben, miteinander zu reden. Sally saß an ihrem Schreibtisch vor dem Fenster, die Hände um den dampfenden Becher gelegt, und wartete darauf, daß etwas geschah. Wieder zogen Bilder durch ihren Kopf: Sie sah eine Blutlache unter Bäumen in der nackten Erde versickern; Lucys zerbrochenen Leib halb unter einem Laubhaufen verborgen; einen Mann auf der Flucht. Sie hörte Gelächter, knisterndes Feuer, Glockenläuten. Sah Schnee, Stroh, Exkremente auf Kopfsteinpflaster. Flüchtig erkannte sie den Traum, der ihr kurz vor dem Erwachen durch den Sinn gegangen war. Hatte eine Frau geschrien? Im Traum oder in Wirklichkeit? Eine andere Frau oder sie selbst?

»Machen Sie manchmal Kreuzworträtsel?« fragte Yvonne.

Sally kämpfte sich mühsam aus ihrer Verwirrung hoch. »Nein, das heißt, früher schon, aber in letzter Zeit bin ich kaum mehr dazu gekommen.«

Yvonne hatte sich das Kreuzworträtsel im *Daily Telegraph* vorgenommen und schon eine beachtliche Zahl von Kästchen ausgefüllt. »Es vertreibt die Zeit. Soll ich Sie mal was fragen?«

Sally schüttelte den Kopf. Sie versuchte zu lesen, konnte sich aber nicht konzentrieren. In ihrem Kopf flatterte es wie von Schmetterlingen. Sie steckte die Hand in die Tasche und berührte Lucys Söckchen, ihren Talisman, ihren Jimmy.

Bitte, lieber Gott, laß Lucy ihren Jimmy haben. Bitte, lieber Gott, bring mir meinen Liebling zurück.

Es war wichtig, daß sie sich völlig normal gab, weil man sie sonst womöglich gründlich ruhigstellen oder gar ins Krankenhaus bringen würde. Aber was war in dieser Situation normal? Die Wirklichkeit war ins Unwirkliche abgekippt, Wesentliches war unwesentlich geworden und umgekehrt. Wenn ich mit dem Zeigefinger auf die Oberfläche des Kieferntisches vor mir tippe, dachte Sally, geht der Finger womöglich durch das Holz hindurch geradewegs ins Leere. Es war unwirklich, müßig zu Hause zu sitzen, unwirklich, nicht beim Flohmarkt der Pfadfinderwichtel im Gemeindesaal von St. George zu helfen, am unwirklichsten aber war es, nicht zu wissen, wo Lucy war.

»Und Sie möchten wirklich keine Tablette?« fragte Yvonne bemüht beiläufig.

»Nein. Nein danke.«

Von der Straße her hörte man erhobene Stimmen. Sally sah aus dem Fenster; Yvonne trat neben sie. Unten schrie jemand die Journalisten an und schwenkte drohend die Arme.

»Wer ist das?« fragte Yvonne. »Kennen Sie ihn?«

»Das ist Michael. Mein Mann.«

3

Michael war völlig erschöpft. Als Sally die Arme um ihn legte, lehnte er sich an sie, reagierte aber sonst kaum. Die Augen waren blutunterlaufen. Er trug die Sachen vom Vortag und roch nach Schweiß.

»Die Arschlöcher erzählen mir nichts«, raunte er ihr zornig ins Haar. »Und mitmachen lassen sie mich auch nicht.«

Sally hörte Schritte in der Diele. Und Stimmen. Die von Yvonne und eine Männerstimme.

Michael hob den Kopf. »Oliver hat mich nach Hause gebracht. Maxham hatte ihn angerufen, jemand hatte ihm erzählt, daß wir befreundet sind. Ich will was tun, und die hetzen mir ein verfluchtes Kindermädchen auf den Hals.«

Oliver Rickford blieb zögernd unter der Tür stehen. Er trug eine abgetragene Wachsjacke über einem dicken Wollpullover und Jeans mit Farbspritzern. Yvonne tänzelte hinter ihm auf und ab. Sie war klein und würde in dreißig Jahren dick sein; Oliver dagegen war groß und dünn. Sally sah sie beide mit den Augen einer Fremden; ihr war, als gehörten sie zu einer anderen Spezies.

»Es tut mir schrecklich leid.« Oliver spreizte die Hände, als wollte er seine Nägel inspizieren. »Maxham gibt sich wirklich die größte Mühe.«

»Und diese verdammten Aasgeier da draußen«, fuhr Michael fort, »könnte ich glatt umbringen!«

»Du brauchst Schlaf«, sagte Sally.

Michael hörte gar nicht hin. »Falls sie noch da sind, wenn ich wieder runterkomme, schlag ich einen von ihnen zusammen, das kannst du ihnen ausrichten, Oliver. Sie sollen nicht sagen, ich hätte sie nicht gewarnt.«

Sally trat zurück und rüttelte ihn am Arm. »Komm, nimm ein Bad und leg dich hin.«

Michaels Blick richtete sich auf sie. »Sei nicht albern.

Schlafen? Jetzt? Du bist wohl verrückt?« Dann wich der Ausdruck von Feindseligkeit. »Entschuldige, Sal.« Er legte ihr eine Hand auf den Arm. »Ich weiß nicht, was ich rede.«

»Sally hat recht.« Oliver hatte ein hartes Gesicht und eine weiche Stimme. »Du schläfst ja schon im Stehen ein. In diesem Zustand nützt du niemandem etwas.«

»Kommandier mich nicht rum. Ich bin nicht einer von deinen verdammten Sklaven.« Michael sah wütend erst Oliver, dann Sally an. In seinem Gesicht zuckte es. »Ach, Scheiße ...«

Er stolperte ins Badezimmer.

Oliver schälte sich aus der Jacke und warf sie über einen Sessel. »Kann ich helfen?«

Sally antwortete nicht, aber er folgte ihr ins Badezimmer. Michael saß auf dem Badewannenrand und hatte den Kopf auf die Kante des Waschbeckens gelegt. Sally drehte die Wasserhähne auf. Michael ließ es sich gefallen, daß sie ihn mit Olivers Hilfe badete, in einen Pyjama und ins Bett steckte. Yvonne gab ihm zwei Schlaftabletten aus dem Vorrat, den der Arzt dagelassen hatte. Sally blieb bei Michael sitzen, bis er eingeschlafen war.

»Wenn sie den Kerl kriegen, bring ich ihn um. Maxham könnte ich auch umbringen, diesen hinterhältigen kleinen Zwerg.« Michaels Worte wurden zunehmend undeutlicher. Einmal machte er noch die Augen auf und sah Sally voll an. »Das hätte nicht sein müssen, Sal. Es ist alles unsere Schuld.«

Sie senkte den Kopf, um ihre Tränen zu verbergen. Michael war nicht ganz bei sich, aber in ihr regte sich die Furcht, daß er recht haben könnte.

Er wandte den Blick ab und sagte mehr zu sich: »Herrgott noch mal, Lucy ...«

Dann verstummte er ganz. Die Augen fielen ihm zu, und nach einer Weile hörte Sally nur noch langsame, gleichmäßige Atemzüge. Sie stand auf, ging auf Zehenspitzen zur

Tür und hatte schon die Hand auf der Klinke, als er sich wieder regte.

»Immer dasselbe«, murmelte Michael, jedenfalls verstand sie es so. »Es ist einfach ungerecht.«

Leise schloß sie die Schlafzimmertür hinter sich. Das Wohnzimmer war leer. Sie fand Oliver Rickford in der Küche, wo er über die Spüle gebeugt an einem Topf herumscheuerte.

»Wo ist Yvonne?«

»Holt Sandwiches.«

Sally griff automatisch nach einem Geschirrtuch und trocknete einen Becher ab. »Du brauchst nicht bei mir abzuwaschen.«

»Warum nicht?«

»Und dein Dienst?«

»Ich hab Urlaub. Wie geht's Michael?«

»Er schläft.«

»Es ist hart für ihn.« Oliver zögerte. Vielleicht ahnte er, was Sally ihm am liebsten ins Gesicht geschleudert hätte: *Glaubst du denn, daß es für mich weniger hart ist?* »Schlimmer als für viele andere Väter in dieser Lage, meine ich. Du weißt ja, daß er selber ähnliche Fälle bearbeitet hat.«

Nicht zum erstenmal hatte sie das bedrückende Gefühl, daß das Leben ihres Mannes aus einer Reihe strikt gegeneinander abgeschotteter Einheiten bestand: Eine dieser Einheiten war sie selbst, eine andere Lucy und ihr Zuhause; wieder eine andere sein Beruf und seine Männerfreundschaften, die mit Oliver zum Beispiel, und schließlich war da noch die Vergangenheit, die er mit seinem Taufpaten David Byfield teilte. Wie ein Schwert durchfuhr diesen Gedankengang die Erkenntnis, daß Lucy nicht da war. Sally stellte rasch den Becher in den Schrank, so daß sie Oliver den Rücken kehren konnte. Ihre Schultern zuckten.

»Entschuldige. Das war eine unbedachte Bemerkung«, hörte sie Oliver sagen.

Sie drehte sich wieder um. Die Küche war so klein, daß sie sich sehr nahe waren. »Du kannst ja nichts dafür. Was hat Michael denn angestellt?«

»Gestört hat er, weil er selbst anfangen wollte zu ermitteln. Er ist um das Haus herumgeschlichen, in dem die Tagesmutter wohnt, und hat versucht, Nachbarn zu befragen.«

Zu Hause hätte ich ihn dringender gebraucht, dachte Sally. Laut sagte sie: »Er mußte etwas tun.« Es war eine Feststellung, keine Verteidigung.

»Maxham war nicht erbaut.«

»Was sollen wir machen?«

»Viel mehr als warten können wir nicht. Maxham soll ein guter Mann sein, der einiges an Erfolgen aufzuweisen hat.«

Sally hatte ein gutes Ohr für Zwischentöne. »Du magst ihn nicht?«

»Ich kenne ihn nicht persönlich. Er gehört noch zur alten Schule und dürfte in Kürze pensioniert werden. Wichtig ist, daß er sein Handwerk versteht.« Oliver zögerte, und sie spürte, daß er etwas verschwieg. »Vermutlich werden sie wissen wollen, ob ihr eine psychologische Betreuung haben möchtet«, fuhr er fort. »Ich denke, ihr solltet das Angebot annehmen. Man soll sich das Leben nicht unnötig schwermachen.«

»Du meinst, daß Michael Hilfe braucht?«

»In eurer Situation würde jeder Hilfe brauchen.«

Schweigend beendeten sie den Abwasch. Oliver sah kurz nach Michael. Um sich zu beschäftigen, leerte Sally den Inhalt des Wäschekorbs in die Waschmaschine. Erst nach dem Einschalten merkte sie, daß sie die Sachen nicht sortiert hatte und noch das Vollwaschprogramm eingestellt war.

»Er schläft.« Oliver lehnte am Rahmen der Küchentür. »Sally?«

»Ja?«

»Es ist nicht mein Fall. Ich bin nicht zuständig.«

»Was soll das heißen?«

»Daß ich nicht viel tun kann, um dir zu helfen.«

»Bisher kann ich mich nicht beklagen.«

»Ich meine, daß ich dir ebensowenig wie Michael verraten kann, was in Maxhams Kopf vorgeht.«

»Natürlich«, sagte Sally mit leiser, vernünftiger Stimme, während eine andere, schrille Stimme in ihr schrie: *Maxham ist mir scheißegal, ich will Lucy haben.* Oliver trat zur Seite, um ihr den Weg ins Wohnzimmer freizugeben. *Ich bin Seelsorgerin, nicht mal insgeheim dürfte ich solche Ausdrücke benutzen ...* Als sie an ihm vorbeiging, spürte sie, wie groß er war und wie schmal er sich machte, um es möglichst nicht zu einem zufälligen Körperkontakt kommen zu lassen. Im Wohnzimmer trat sie ans Fenster und sah auf die Straße hinunter.

Oliver nahm seine Jacke von der Sessellehne. »Sie sind noch da, was?«

»Es sind sechs, soweit ich das erkennen kann. Zwei reden mit den Nachbarn.« Sie trat zurück. »Wir sind belagert.«

»Ihr könntet zu Verwandten ziehen oder zu Freunden.«

»Aber Lucy würde hierherkommen. Sie hat die Telefonnummer und die Adresse im Kopf.«

»Wir könnten die Anrufe umleiten und jemanden hier postieren für den Fall, daß Lucy plötzlich vor der Tür steht.« Oliver sah Sally so forschend an, daß sie sich wie eine Probe in einer Petrischale vorkam. »Überlegt es euch. Das ist erst der Anfang. Wenn es länger dauert, werden es immer mehr. Und dann kommen auch Funk und Fernsehen dazu. Der ganze Zirkus.«

Sie hob halb zustimmend, halb abwehrend die Schultern.

»Ich rufe heute abend an, wenn's euch recht ist.« Er rieb sich die Nase, die lang und dünn war und nahe der Spitze einen leichten Knick nach rechts hatte. »Soll ich euch die Nummer dalassen?«

Als sie ihm einen Stift und einen Block reichte, begegneten sich ihre Blicke. War das ein diplomatischer Schachzug? War er sich im klaren darüber, daß Michael zwischen seiner

Familie und seinen Freunden eine unsichtbare Schranke errichtet hatte? Sally wußte nur so viel, daß die Rickfords eine Wohnung in Hornsey gekauft hatten, kannte aber weder Anschrift noch Telefonnummer.

»Ich habe bis Neujahr Urlaub«, sagte er.

»Ihr fahrt also nicht weg, Sharon und du?«

»Sharon ist schon weg.« Oliver verrieb einen Farbspritzer an seinen Jeans. »Auf Dauer. Sie ist vor ein paar Monaten ausgezogen. Es hat einfach nicht funktioniert zwischen uns.«

»Das tut mir leid.« Schon wieder hatte sie Michael per Zufall bei einer bösen Übermittlungspanne ertappt, empfand das aber nicht einmal mehr als demütigend; darüber war sie hinaus.

»Sie hatte ein Angebot, wieder zur Polizei nach Somerset zu gehen.« Vielleicht spürte Oliver, daß Ablenkung dringend geboten war. »Der Zeitpunkt war genau richtig.«

»Weil ihr damit neben den vielen negativen auch einen positiven Grund für die Trennung hattet?«

Er nickte. Es ist schön, wie leicht sich mit ihm reden läßt, dachte Sally, er begreift schnell und bedrängt einen nicht. Daß Oliver und Sharon sich getrennt hatten, überraschte sie nicht. Die beiden paßten tatsächlich nicht zusammen. Nach Sallys Eindruck war Sharon eine robuste, scharfblickende Frau, die sehr genau wußte, was sie vom Leben wollte.

»Wir sind noch immer gute Freunde«, sagte Oliver und setzte mit gekrümmten Fingern die letzten beiden Worte in unsichtbare Anführungszeichen. »Aber das alles interessiert dich jetzt ja gar nicht. Kann ich noch irgendwas für dich tun?«

Sally schüttelte den Kopf. »Schönen Dank, daß du Michael nach Hause gebracht hast.«

Das klang geradezu lächerlich formell. Sally kam sich vor wie eine Mutter, deren Kind nach einer Party von einer flüchtigen Bekannten heimgebracht worden ist. Das Schweigen lauerte wie eine Falle, während eins auf ein Wort des anderen wartete. Der Laut eines Schlüssels, der sich im Schloß drehte, war eine willkommene Ablenkung. Sie wandten sich beide um, als Yvonne, sehr blaß unter ihrem Make-up, die Wohnung betrat.

»Habt ihr noch keine Nachrichten gesehen?« platzte sie heraus. »Oder Radio gehört?«

Sally machte einen Schritt auf sie zu, schwankte und mußte sich an einer Stuhllehne festhalten. »Was ist passiert?« flüsterte sie.

Yvonne machte den Mund auf, so daß man die leicht vorstehenden und mit viel Geld gerichteten Schneidezähne sah, brachte aber keinen Laut heraus.

»Reden Sie schon!« fuhr Oliver sie an.

»Die – die Journalisten haben mich angesprochen, Sir.« Yvonne blinzelte heftig. »Ob ich es schon gehört hätte, wollten sie wissen.« Sie wandte sich an Sally. »Es tut mir so leid. Sie haben erzählt, daß jemand heute früh eine Kinderhand gefunden hat. Nur eine Hand. Auf einem Grabstein. Auf dem Friedhof von Kilburn.«

VIER

»Wir haben eigene und geheime Feinde in uns, und öffentliche und schädlichere ausser uns.«

Religio Medici II, 7

I

Am Morgen des 13. November, einem Samstag, machte Angel die Tür zu Eddies Zimmer auf und blieb, gerahmt wie ein Bild, auf der Schwelle stehen.

»Bist du wach?«

Er setzte sich auf und griff nach seiner Brille. Angel trug das lange weiße, ein wenig priesterlich anmutende Gewand, das ihr als Morgenrock diente. Wie immer um diese Tageszeit hatte sie ein Netz über die glänzenden blonden Haare gestreift. Eddie sah Angel gern ungeschminkt. Auch so fand er sie schön, nur anders: Ihr Gesicht hatte etwas Weiches, das die Kosmetik normalerweise verdeckte. Er meinte dann immer, in der Frau flüchtig das Kind zu erkennen.

»Frühstück für zwei, Eddie. Lucy lassen wir ausschlafen.«

»Ist gut. Warst du schon unten?« Er hatte die Stufen knarren hören.

»Das weißt du doch. Lucy geht es gut. Sie schläft wie ein Baby.«

Er atmete auf, die Gewissensbisse legten sich. »Ich setz gleich Wasser auf.«

Wenig später trabte Eddie in die Küche hinunter. Unten

füllte er den Kessel und deckte den Tisch. Die Waschmaschine lief, und durch das Bullauge erkannte er etwas Kleines, Weißes, vielleicht Lucys Hemdchen oder Höschen. Während der weniger geräuschvollen Phasen des Waschgangs hörte er Angel im Badezimmer herumgehen. In der Nacht hatte er kaum geschlafen und war dementsprechend benommen. Er wußte nicht, ob Angel ihm sein spontanes Vorgehen vom vergangenen Nachmittag wirklich verziehen hatte, merkte aber, daß sie froh war, Lucy glücklich im Keller zu haben. Das, so hoffte er, würde ihren Ärger überwiegen.

Endlich kam Angel herunter, ging mit dem Empfangsteil der Gegensprechanlage in den Keller und steckte es in eine der Steckdosen über der Werkbank. Aus dem kleinen Lautsprecher kam ein stetiges Summen.

»Ich hab schon mal eine Ladung weggewaschen, solange Lucy noch schläft«, sagte Angel. »Es sind vor allem ihre Sachen. Dieses stinkende Lumpenbündel, das sie mitgebracht hat.«

»Jimmy?«

Angel sah ihn erstaunt an. »Wer?«

»Ihre Stoffpuppe.«

»So nennt sie das? Für mich ist das keine Puppe.«

Eddie erklärte sich mit einem Schulterzucken für nicht zuständig.

»Früher oder später mußte es doch gewaschen werden«, sagte Angel. »Schrecklich unhygienisch ist so was. Und eklig außerdem.«

Eddie nickte und hielt den Mund. Jimmy war eine kleine, höchstens acht oder zehn Zentimeter große Stoffpuppe, die Lucys Mutter selbst gemacht hatte; das hatte Lucy ihm gestern erzählt. Der Körper war aus blauem und der Kopf aus verschossenem rosa Stoff. Sally Appleyard hatte auf den rosafarbenen Kopf vorn Andeutungen eines Gesichts und von Haaren aufgestickt. Jimmy war für Lucy sichtlich etwas Besonderes, so wie seine Mrs. Wump es für ihn gewesen war.

(Mrs. Wump ruhte weich, auf Taschentücher gebettet und mit Frotteeresten zugedeckt, in einem Schuhkarton, den er sorgfältig in seiner Kommode verstaut hatte.) Den ganzen Abend über hatte Lucy ihren Jimmy in der Hand gehalten und ab und zu, die Finger im Mund, an ihm herumgeschnuppert. Selbst im Schlaf hatte sie ihn nicht hergeben wollen.

»Lucy sieht ganz ähnlich aus wie ich in diesem Alter«, sagte Angel beim Frühstück zu Eddie. »Natürlich ist sie viel dunkler, aber sonst ist es eine ganz erstaunliche Ähnlichkeit.«

»Darf ich heute vormittag zu ihr?«

»Vielleicht.« Angel trank in kleinen Schlucken ihren Verbenentee. »Kommt drauf an, wie sie sich fühlt. Zuerst wird sie ein bißchen fremdeln, wir müssen ihr Zeit lassen, sich an uns zu gewöhnen.«

Aber mich kennt sie doch schon, hätte Eddie am liebsten eingewandt, ich hab sie hergebracht. »Sie wünscht sich einen Zauberkasten«, sagte er. »Die gibt es bei Woolworth, sie kosten zwölf Pfund neunundneunzig. Ich seh mal zu, daß ich heute vormittag einen bekomme, ich muß sowieso einkaufen gehen.«

»Ich glaube, sie ist mir auch in anderem ähnlich«, sagte Angel träumerisch. »Von der Persönlichkeit her, meine ich. Viel mehr als die anderen. Aber es ist ja auch unsere Vierte. Ich wußte, daß es mit der Vierten eine besondere Bewandtnis hat.«

»Wie meinst du das?«

»Weil –« Angel unterbrach sich. »Wie war das mit dem Zauberkasten?«

»Lucy wünscht sich einen. Ich könnte ihn kaufen und sie heute nachmittag damit überraschen.«

Angel hielt, den Löffel in der Hand, mitten in der Bewegung inne und sah ihn scharf an. »Lucy ist nicht wie die anderen. Hast du mich verstanden?«

»Ja.« Er schlug die Augen nieder. Ihrem blau sprühenden Blick zu begegnen war, als sähe man in die Sonne. »Ich denke schon.«

Aber Eddie hatte Angel keineswegs verstanden. Warum war Lucy nicht wie die anderen? Sie war nicht hübscher als Chantal oder Katy, wahrscheinlich weniger intelligent und mit Sicherheit weniger wortgewandt als Suki. Und warum sollte es mit Lucy, ihrem vierten kleinen Gast, eine besondere Bewandtnis haben?

Während er seinen Vollkorntoast dünn mit Sonnenblumenmargarine bestrich, überlegte er, daß Angel einer dieser ergiebigen archäologischen Fundstätten glich, die seit Jahrtausenden von Menschen besiedelt worden sind. Hat man mühsam eine Schicht abgetragen, stellt man fest, daß darunter eine weitere ist und darunter noch eine und die nächste. Wie konnte man hoffen, spätere Entwicklungen zu verstehen, wenn man nichts von den Geschehnissen wußte, die ihnen vorangegangen waren und sie mitgestaltet hatten?

Angel tupfte sich den Mund mit der Serviette ab. »Warum kaufst du Lucy nicht eine Puppe, wenn du ihr was schenken willst?«

»Aber sie wünscht sich den Zauberkasten.«

»Eine Puppe lenkt sie vielleicht von diesem Lumpenbündel ab. Wie nennt sie es doch gleich?«

»Jimmy.«

Die Gegensprechanlage knisterte leise.

Angel legte lauschend den Kopf schief. »Psst …«

In die Küche drang ein Laut wie das Mauzen einer jungen Katze.

2

Jenny Wren mochte Puppen, besonders wenn sie sich mit dem Glanz und Glitzer herausputzen ließen, den Jenny mit der Erwachsenenwelt verband. Eigentlich hieß sie Jenny Reynolds, aber Eddies Vater nannte sie nur Jenny Wren, die Zaunkönigsfrau, die in so vielen englischen Kinderreimen vorkommt. Sie war ein dickliches Kind mit dunklem Haar und wenig ausgeprägten Gesichtszügen, auf denen ein Ausdruck beständigen Staunens lag.

Ihr Vater war ein kleiner Bauhandwerker. Er und seine Frau bewohnten auch jetzt noch eine der Sozialwohnungen in der Siedlung hinter der Rosington Road. Aus dem Garten von Nummer 29 konnte man über die Baumwipfel weg auf den Balkon der Familie Reynolds sehen. Als Eddie entdeckt hatte, welches ihre Wohnung war, begriff er, daß die Frau auf dem Balkon, die er mit Alison gesehen und die in den Himmel über dem Carver-Gelände gestarrt hatte, Mrs. Reynolds gewesen sein mußte.

Jenny Wren, ihr einziges Kind, war zwei Jahre älter als Eddie. Zum erstenmal kam sie im Sommer 1971, dem Alison-Sommer, ins Haus der Familie Grace und brachte – wie auch später immer – ihre Lieblingspuppe Sandy mit. Alison hatte sich über Jenny Wren lustig gemacht, und Eddie hatte mitgemacht, um Solidarität zu bekunden.

Wie sein Vater auf Jenny Wren aufmerksam geworden war, wußte Eddie nicht. Stanley ging zum Spendensammeln für verschiedene wohltätige Organisationen von Haus zu Haus und hatte dadurch einen großen Bekanntenkreis. Vielleicht hatte Mr. Reynolds auch irgendwelche Arbeiten in ihrem Haus ausgeführt, oder Eddies Vater hatte die Reynolds in finanziellen Fragen beraten. Es war sogar denkbar, daß Mr. Grace Jenny Wren auf der Straße angesprochen hatte. Eddie kannte die Technik seines Vaters aus erster Hand.

»Was für ein schönes Püppchen«, pflegte Stanley zu einem kleinen Mädchen zu sagen. »Wie heißt es denn?« Und wenn die Kleine es ihm gesagt hatte: »Das ist aber ein schöner Name. Ich baue nämlich Puppenhäuser. Ob dein Püppchen wohl Lust hätte, sich mal eins anzusehen? Natürlich nur, wenn es Mummy und Daddy recht ist.«

Wenn das angesprochene kleine Mädchen fürsorgliche Eltern hatte – und das war bei Jenny Wren der Fall –, beeilte er sich, eventuelle Bedenken zu zerstreuen. »Eddie freut sich immer über Spielgefährten. Er ist unser Einziger, und das kann auf die Dauer schon ein bißchen eintönig werden, nicht? Passen Sie auf, ich sag meiner Frau, sie soll bei Ihnen anrufen und eine Zeit ausmachen. Zum Tee vielleicht? Thelma ist immer froh, wenn sie einen Kuchen backen kann.«

Thelma bestätigte die Einladungen bereitwillig, auch wenn sie dadurch genötigt war, hin und wieder mit Nachbarn zu sprechen, was ihr heftig gegen den Strich ging. Sobald aber die Mädchen das Haus in der Rosington Road 29 betreten hatten, beschäftigte sie sich sowenig wie möglich mit den KBs – Kleinen Besuchern –, wie Stanley und Thelma die Kinder unter sich nannten.

Zum Auftakt setzten sie sich alle an den Küchentisch zum Tee, der an solchen Tagen sehr viel üppiger ausfiel als sonst. Es gab Limonade oder Coca-Cola, Schokoladenkekse und Kuchen.

»Ah, Tee!« pflegte dann Stanley mit jenem Lächeln, das ihm die blassen Wangen aufplusterte, zu verkünden. »Wurde auch Zeit. Ich hab einen Bärenhunger.«

Beim Essen machte Thelma den Mund nur auf, wenn es nötig war, aß aber wie gewöhnlich schnell und gierig. Danach räumten Thelma und Eddie ab, und Stanley stieg mit der Besucherin in den Keller hinunter und machte die Tür hinter sich zu. Eddie und Thelma gingen weiter ihren normalen Tätigkeiten nach, als sei da kein Stanley, der mit einem kleinen Mädchen allein im Keller war, um ein Puppenhaus anzuschauen. Wenn es für die Besucherin Zeit zum Heimgehen war, brachten Thelma und Eddie sie gewöhnlich – meist ohne ein Wort zu sagen – zurück zu ihren Eltern, während Stanley zu Hause blieb.

Wenn alles glattgegangen war, blieb es nicht bei diesem einen Besuch. Beim nächstenmal kam dann Stanley auf seine zweite Liebhaberei, die Fotografie, zu sprechen. Auch an dieses Thema führte er die Eltern ganz vorsichtig heran. Hätten sie etwas dagegen einzuwenden, wenn er von ihrer Tochter ein paar Aufnahmen machte? Die Kleine sei sehr fotogen. In Kürze solle ein landesweiter Wettbewerb stattfinden, zu dem Stanley – natürlich nur mit dem Einverständnis der Eltern – ein Foto von ihr einreichen würde. Vielleicht wären die Eltern an Abzügen davon interessiert?

Nachdem Alison weggezogen war, forderte Stanley Grace seinen Sohn zum erstenmal auf, in den Keller zu kommen, als eine kleine Besucherin da war.

»Ich möchte gern ein Doppelporträt in dem großen Sessel machen«, sagte er in den leeren Raum zwischen Thelma und Eddie hinein. »Könnte recht wirkungsvoll sein mit einem hellen und einem dunklen Kopf.«

Eddie fand das spannend und freute sich, weil er die Aufforderung als Zeichen dafür deutete, daß er sich irgendwie die Anerkennung seines Vaters verdient hatte. Die Besucherin war Jenny Wren.

Er erinnerte sich an diesen ersten Nachmittag mit großer Klarheit, auch wenn er, wie so oft bei seinen Erinnerungen, nicht hätte sagen können, ob es eine wirkliche oder nur scheinbare Klarheit war. Er und Jenny Wren waren zu schüchtern gewesen, um viel miteinander zu reden, und außerdem war der zweijährige Altersunterschied damals eine hohe Hürde gewesen. Sein Vater setzte die Kinder in den schweren viktorianischen Sessel, der, wenn sie sich dicht aneinanderschmiegten, groß genug für beide war. Er bog sich ihre Gliedmaßen zurecht, routiniert hier an einem Bein ziehend, dort gefällig einen Arm drapierend. Die Kamera war schon auf das Stativ montiert.

»Jetzt bitte ganz locker«, sagte Stanley. »Stellt euch vor, ihr wärt Bruder und Schwester. Oder richtig gut befreundet. Lehn deinen Kopf an Jennys Schulter, Eddie. Ja, sehr schön so. Jetzt lächele Eddie ganz lieb an, Jenny Wren. Hier kommt das Vögelchen.« Sein Vater sah mit zusammengekniffenen Augen durch den Sucher. »Und lächeln!«

Der Verschluß klickte. Jenny Wrens Atem roch süß nach Schokolade. Ihr Kleid hatte sich fast bis zu den Schenkeln hochgeschoben. Eddies nackte Haut juckte von dem rauhen Polsterstoff, er hätte sich gern gekratzt. Er erinnerte sich an den Muffgeruch des Sessels, der wie die Ausdünstung eines langen, schweren Lebens war.

»Und noch einmal, Kinder.« *Klick.* »Sehr gut. Jetzt zieh deine Beine ein bißchen an, Jenny Wren: Ja, sehr schön.« *Klick.* »Jetzt tu einmal so, Eddie, als ob du Jenny Wren auf die Wange küßt. Nein, nicht so. Guck sie an, schau ihr in die Augen.« *Klick.* »Jetzt ein paar nur von dir, Jenny. Vorher noch ein Schokolädchen?«

Es wurde nicht nur fotografiert. Stanley ermunterte Jenny, sich das Puppenhaus anzusehen. Sie durfte ihre Puppe Sandy durch die Zimmer schieben, sie auf die Stühle setzen und in die Betten legen, obwohl Sandy viel zu groß für das Haus und Jenny Wren so ungeschickt war, daß die zierlichen Möbel ständig in Gefahr schwebten. Die Kinder bedienten sich aus einer großen Schachtel mit Konfekt. Eddie war zum Schluß ganz schlecht, so viel hatte er gegessen. Endlich war es Zeit für Jenny, nach Hause zu gehen.

»Wenn du willst, darfst du nächstes Wochenende wiederkommen.«

Jenny Wren nickte, den Mund voller Pralinés und den Blick auf das Puppenhaus gerichtet.

»Bis dahin habe ich die Filme entwickelt. Sag deiner

Mummy und deinem Daddy, daß ich dir dann ein paar Abzüge mitgebe.«

Am nächsten Wochenende waren die Fotos fertig. Wieder gab es Pralinés, eine Fotositzung, Spiele mit dem Puppenhaus. Stanley machte ein paar seiner sogenannten Künstlerfotos, für die beide Kinder sich teilweise entkleiden mußten. Das folgende Wochenende war sehr warm, es war einer dieser Frühherbsttage, die sich bis zum Abend wie Sommer geben. Auf Stanleys Vorschlag zogen die Kinder sich nackt aus.

»Alle Künstlermodelle posieren ohne Kleider, das wißt ihr ja sicher schon. Und gegen ein kleines zusätzliches Taschengeld habt ihr sicher beide nichts einzuwenden, was? Berühmte Künstler bezahlen ihre Modelle, und deshalb muß ich das bei euch wohl auch so machen. Aber das bleibt unser Geheimnis, klar? Nicht vergessen, es ist sehr wichtig: unser Geheimnis.«

Nachdem er die Fotos gemacht hatte, schlug er ein Spielchen vor, bis es Zeit zum Heimgehen war. Es war so heiß, daß er beschloß, sich auch auszuziehen.

»Du hast doch nichts dagegen, Jenny Wren? Eddie stört es bestimmt nicht. Er hat mich oft genug im Adamskostüm gesehen. Gehört auch zu unserem Geheimnis.«

Und so ging es weiter, erst mit Jenny Wren und später mit anderen. Die Kinder, von denen Stanleys Künstlerseele sich inspirieren ließ, waren immer Mädchen. Schon als Kind wußte Eddie, daß er von untergeordneter Bedeutung war. Auf den Fotos und bei den Spielen war er nicht wichtiger als der viktorianische Sessel. Die Aufmerksamkeit seines Vaters galt immer dem kleinen Mädchen, nie ihm. Die Zeit verging, und er wurde immer seltener in den Keller gebeten.

Nach der Pubertät wollte sein Vater ihn dort gar nicht mehr haben. Einmal nahm er allen Mut zusammen und klopfte an die Tür, die zum Keller führte. Er war vierzehn, und sein Vater war dabei, seine neueste Besucherin zu fotografieren. Rachel hatte hellbraunes Haar, wachsame Augen und ein Sommersprossengesicht. Die schwerfälligen Schritte seines Vaters tappten die Kellertreppe hoch. Der Schlüssel drehte sich im Schloß, die Tür ging auf.

»Ja?«

»Ich wollte nur fragen, ob ich ...« Eddie sah an seinem Vater vorbei in den Keller hinunter. Die Kamera stand auf dem Stativ, Rachel machte sich am Puppenhaus zu schaffen. »Du weißt schon ... so wie früher ...«

Stanleys rundes Gesicht hing über ihm wie ein blasser Mond. »Lieber nicht. Nimm's nicht persönlich. Nur – bei der Kinderfotografie muß einfach die Atmosphäre stimmen.«

»Ja.« Eddie trat beschämt zurück. »Ja, das leuchtet mir ein.«

»Kleine Kinder entsprechen mehr dem Künstlerideal.« Stanley ließ sich selten eine Gelegenheit entgehen, um den hohen künstlerischen Anspruch seiner Aufnahmen zu unterstreichen. »Das haben schon die Bildhauer des klassischen Altertums gewußt.« Dabei warf er einen Blick hinter sich in den Keller, als ob Phidias in dem viktorianischen Sessel säße und ihm anerkennend zunickte oder Praxiteles an der Werkbank lehnte und ihm ein ermutigendes Lächeln schenkte. Dann sah er Rachel an, die so tat, als sei sie ganz in ihr Spiel mit dem Puppenhaus vertieft. »Kinder sind so *bildbar.*«

3

Als kleiner Junge hatte Eddie seinen Vater bewundert und sich gewünscht, ihm zu gefallen. Später war Stanley Grace für ihn ein Tatbestand wie das Wetter geworden – an sich weder gut noch schlecht, aber mit Auswirkungen, die Eddie auf unterschiedliche Weise zu spüren bekam. Mit Stanleys

Vortrag über die Ästhetik seines Hobbys kam dann der Augenblick der Wahrheit: Eddie begriff, daß er seinen Vater haßte, und zwar schon seit geraumer Zeit.

Die Kraft dieses Hasses überraschte Eddie selbst und hatte Folgen. Manche äußerten sich in banalen Aktionen; so spuckte er zum Beispiel seinem Vater unauffällig in den Tee, und einmal drückte er einen von Stanleys Schuhen auf der Straße in einen Hundehaufen. Andere Folgen waren weitreichender und betrafen nicht so sehr Eddies Vater als Eddie selbst. In gewisser Weise war Stanley schuld daran, daß Eddie Lehrer geworden war, und das verzieh Eddie ihm nie.

In seinem letzten Schuljahr – ein paar Monate vor Stanleys Pensionierung bei der Paladin – verkündete Eddie seinen Eltern, er wolle gern Archäologe werden.

»Sei nicht albern«, sagte sein Vater. »Archäologie ist eine brotlose Kunst. Und Stellen gibt's da auch keine, schätze ich. Keine vernünftigen jedenfalls.«

»Aber das Fach interessiert mich.«

»Was nützt dir das, wenn du davon keine Hypotheken abbezahlen kannst? Ja, wenn du die Archäologie als Hobby betreiben würdest ...«

»Es gibt sehr wohl Stellen für Archäologen.«

»Für einige wenige vielleicht. Für die Besten der Besten. Einen aus einer Million. Du mußt das realistisch sehen. Ich könnte dir zu einem Vorstellungsgespräch bei der Paladin verhelfen, ich hab Beziehungen zur Personalabteilung.«

Das Ende vom Lied war, daß Eddie versuchte, durch ein Geschichtsstudium an einer Fachhochschule am Rand von London das Fundament für eine archäologische Laufbahn zu legen. Es war keine schöne Zeit. Als Student kam er ins Schwimmen. Nicht, daß das Pensum zu anspruchsvoll gewesen wäre, aber es bot so viele Möglichkeiten, daß er Schwierigkeiten hatte zu entscheiden, was wichtig war und was nicht; außerdem ertappte er sich häufig dabei, daß er in Wachträume abdriftete. Er wohnte zu Hause, so daß er kaum Kontakt zu seinen Kommilitonen hatte. In seinen ersten Sommersemesterferien verbrachte er zwei Wochen bei Ausgrabungen in Essex, wo er sich einen Bart wachsen ließ. Es regnete die ganze Zeit, und die Arbeit war schwer und eintönig. Eddies Interesse an der Archäologie war ein für allemal dahin.

An dem Bart aber, so dünn und fransig er auch war, hielt er fest, vor allem, weil er damit seinen Vater ärgern konnte. (»Wie ein schäbiger Landstreicher siehst du aus. Wenn du eine anständige Stellung haben willst, muß er ab.«) Als Zeichen der Auflehnung war der Bart zwar nur ein armseliger Ersatz für eine archäologische Laufbahn, aber er war besser als nichts.

Stanley setzte Eddie immer wieder zu, er solle doch zur Paladin gehen, und versorgte ihn überreichlich mit Informationen über freie Stellen für Akademiker.

»Ich hab schon an der richtigen Stelle oder vielmehr den richtigen Stellen ein Wörtchen fallenlassen«, sagte er gegen Ende von Eddies letztem Studienjahr. »Kann nie schaden, ein paar gute Freunde bei Hofe zu haben. Und als Sohn eines früheren Mitarbeiters hättest du natürlich die Nase vorn. Aber der Bart muß ab.«

Im Rückblick mußte Eddie zugeben, daß eine entsprechende Stellung bei der Paladin möglicherweise seinen Neigungen und Bedürfnissen durchaus entgegengekommen wäre. Damals aber war ihm aufgrund der Person, von der dieser Vorschlag kam, die ganze Sache von Anfang an verleidet. Verzweifelt nach einer Alternative suchend, sah Eddie sich im Zimmer um. Sein Vater hatte den *Evening Standard* über die Sessellehne gelegt, und Eddies Blick fiel auf eine der Schlagzeilen: *Neue Tarifverhandlungen für Lehrer.* Ein Foto zeigte eine Gruppe mit Plakaten bewehrter Lehrer. Einige trugen Bart. Das gab den Ausschlag.

»Wenn ich es von den Noten her schaffe, will ich Lehrer werden.«

Sein Vater horchte auf. »Wirklich? Hoffentlich bist du vernünftig genug, kleinere Kinder zu unterrichten. Die älteren sind ja angeblich heutzutage überhaupt nicht mehr zu bändigen.«

»Das höhere Schulwesen ist viel interessanter. Geistig anspruchsvoller, meine ich.« Eddie hoffte inständig, der letzte Satz würde seinem Vater in Erinnerung rufen, daß er mit Sechzehn von der Schule abgegangen war und daß ihm deshalb die Voraussetzungen fehlten, die sein Sohn hatte.

»Es ist dein Leben«, gab Stanley zurück, den seine geistige Unterlegenheit offenbar nicht im mindesten bedrückte. »Lehrer werden heute nicht mehr so respektiert wie zu meiner Zeit. Immerhin – die vielen Ferien sind nicht zu verachten.«

»Lehrer müssen auch in den Ferien arbeiten. Es ist kein Job, bei dem man eine ruhige Kugel schieben kann.«

Sein Vater zündete sich bedächtig eine Zigarette an. »Ja.« Er stieß eine Rauchwolke aus. »Na schön. Es ist, wie gesagt, dein Leben. Ich hab so meine Zweifel, ob du dich wirst durchsetzen können, aber das ist deine Sache.«

Seine Mutter hatte dabeigesessen, ohne sich in das Gespräch einzumischen. Eddie war nach wie vor der Meinung, daß seine Eltern, hätten sie sich in dieser Situation diplomatischer verhalten, ihm die nachfolgenden Niederlagen hätten ersparen können. Ihnen hatte er es letztlich zu verdanken, daß er sich noch ein Jahr an der Hochschule quälte, um eine pädagogische Befähigung zu erlangen. Eddie hatte das Glück – oder das Pech, je nachdem! –, sein Lehramtspraktikum in einer gediegenen Mittelstandsschule mit kleinen Klassen zu absolvieren, in der er bei seinen unbeholfenen pädagogischen Gehversuchen freundlich und verständnisvoll an die Hand genommen wurde. Inzwischen war ihm schon klar, daß er kein geborener Lehrer war, er hatte aber die Hoffnung, daß er sich mit ein bißchen Glück und Geduld an diese Arbeit würde gewöhnen können.

Was er in der Dale-Grove-Gesamtschule vorfand, traf Eddie völlig unvorbereitet. Sie lag im Nordwesten von London, nicht weit von Kensal Vale entfernt, in einer Gegend, die schon damals der Kontrolle der Behörden zu entgleiten drohte. Er hatte sich dort beworben, weil die Schule für ihn von der Rosington Road aus mit der U-Bahn leicht erreichbar war und sowohl seine Eltern als auch er es, ohne daß ausdrücklich darüber gesprochen wurde, für das beste hielten, wenn er vorläufig zu Hause wohnen blieb.

Am schwersten fiel es ihm, bei seinen Schülern für Disziplin zu sorgen. Sein Versagen auf diesem Gebiet wirkte sich negativ auf sein Verhältnis zu den Kollegen aus, die sich über ihn ärgerten und gleichzeitig auf ihn herabsahen. Es kam oft vor, daß er versuchte, drei oder vier Kindern in den vorderen Reihen etwas beizubringen, während die übrigen sich in lärmende kleine Gruppen aufteilten, die allen möglichen Unfug anstellten.

Er hatte Angst vor den Kindern, und die Kinder wußten das. Er fand sie fremdartig und abstoßend mit ihren rauhen Stimmen, dem schrillen Lachen, ihrem Rülpsen und Furzen, ihren Mitessern und ihrer Akne, ihren seltsamen Klamotten und ihrem noch seltsameren Gebaren. Die Mädchen, dralle, grobknochige Blagen, waren schlimmer als die Jungen und raffinierter in der Taktik. Sie überschütteten ihn mit Hohn und Spott und witterten seine Schwächen, wie der Hai Blut im Wasser wittert. Er war unter die Menschenfresser geraten.

Kurz vor den Sommerferien kam es zur Krise, und er hatte niemanden, mit dem er darüber hätte reden können. Auch zu Hause stand nicht alles zum besten. Sein Vater war gesundheitlich angeschlagen, und seine Mutter war von jeher schwierig. In dieser Situation war es kein Wunder, daß alles schiefging.

Zwei Mädchen, Mandy und Sian, organisierten eine Kampagne sexueller Belästigung gegen ihn. Beide waren größer als er. Mandy war dünn, hatte Pickel und strähniges rotes Haar, Sian hatte Übergewicht und war ungewöhnlich gut entwickelt. Es begann mit Anzüglichkeiten, mit Geflüster in den hinteren Reihen. »Was meinst du, ist er sexy?« Nach und nach machten sie mehr Druck. »Bitte, Sir, in dem Buch da ist ein Wort, das ich nicht verstehe. Was bedeutet S-P-E-R-M-A?«

Nach jeder disziplinarischen Niederlage gingen Eddies Quälgeister einen Schritt weiter.

»Ohne meinen Teddy im Bett kann ich nicht einschlafen«, vertraute Mandy der Klasse an.

»Ich auch nicht«, bestätigte Sian. »Meiner heißt Eddy-Teddy. Ihr glaubt gar nicht, wie warm und kuschelig der ist.«

Eddie fand abstoßende Zeichnungen auf seinem Tisch, wenn er aus dem Lehrerzimmer kam. Mandy, die in ihrer primitiven Art durchaus erzählerisches Talent hatte, gab für jene Mitschüler, die Interesse daran hatten – und das waren fast alle –, unanständige Witze zum besten.

Sians Rock rutschte im Lauf der Wochen immer höher. Sie setzte sich zusammen mit Mandy jetzt immer ganz vorn hin; sie schoben die Stühle so weit wie möglich zurück und spreizten die Beine, so daß Eddie, ob er wollte oder nicht, ihre Unterwäsche zu Gesicht bekam, die nicht nur für Schulmädchen, sondern für jede halbwegs unbescholtene Frau höchst unpassend war. An einem Tag Anfang Juli ließ Mandys Pose keinen Zweifel daran aufkommen, daß sie auf einen Schlüpfer ganz verzichtet hatte.

An einem Freitag nachmittag kam es dann zur Katastrophe. Eddy ahnte nichts Böses; er dachte, die Kinder seien schon gegangen. Er saß im Klassenzimmer allein an seinem Tisch, mühte sich mit einem Plan für die nächste Woche und freute sich auf ein Wochenende ohne Schule.

Unbekümmert schlenderten Mandy und Sian mit drei Mitschülerinnen ins Klassenzimmer. Mandy und Sian postierten sich rechts und links neben Eddie, ein drittes Mädchen stand an der Tür Schmiere, die anderen beiden fungierten als Publikum.

»Wenn Sie Lust haben, dürfen Sie mich vögeln, Sir«, flüsterte Mandy von links, legte eine Hand auf die Stuhllehne und beugte sich über Eddie.

»Nein, mich.« Sian öffnete die beiden obersten Knöpfe ihrer Bluse. »Bei mir haben Sie viel mehr davon. Ehrlich, Sir. Im Schwanzlutschen bin ich Spitze.«

Eddie versuchte, seinen Stuhl zurückzuschieben, der aber rührte sich nicht, weil Mandy einen Fuß hinter eins der Hinterbeine stemmte.

Die anderen Mädchen gickerten, und eine flüsterte vernehmlich: »Guckt bloß mal dem seinen Ständer an.«

Auch Mandy knöpfte jetzt die Bluse auf. »Keine Hemmungen, Sir. Lecken Sie mir die Titten, die schmecken besser als Sian ihre.«

Eddie hatte endlich seine Stimme wiedergefunden. »Aufhören.« Lauter wiederholte er: »Aufhören. Sofort.«

»Nun stellen Sie sich bloß nicht so an, Sir. Es gefällt Ihnen, geben Sie's zu.«

»Aufhören. Aufhören. Ich melde euch ...«

»Wenn Sie uns melden, sagen wir, daß Sie uns belästigt haben.«

»Mr. Grace ist ein widerlicher Sittenstrolch«, sagte Sian. »Wir haben Zeugen.«

Ihre Bluse stand jetzt von oben bis unten offen. Sie drückte die in einen beachtlichen schwarzen BH gezwängten Brüste hoch und stieß sie ihm ins Gesicht. Der Spitzenstoff des Büstenhalters kratzte ihn an der Nase. Er roch säuerlichen Schweiß.

»Vögel mich, Darling«, sagte sie halblaut.

Eddie sprang so heftig auf, daß sein Stuhl umfiel. Mandy kreischte und griff ihm in den Schritt. Er ließ seine Aktentasche im Stich und lief zur Tür. Die Mädchen versuchten ihn zurückzuhalten. Er stieß gegen die Aufpasserin an der

Tür und drängte sie an die Wand. Das Gelächter seiner Schülerinnen folgte ihm über den Gang. Bis auf den Parkplatz, auf dem eine Gruppe Halbwüchsiger erschrocken auseinanderstob, als er auf sie zustürmte, verfolgte ihn das Gelächter, das durch die offenen Fenster drang. Trotzdem war er fast erleichtert, daß es endlich zu dieser letzten Demütigung gekommen war. Auch eine Niederlage kann ihr Gutes haben.

4

Am Montag vormittag rief Eddie bei der Schulsekretärin an. Weil er sich schon verdächtig oft krank gemeldet hatte, erfand er diesmal in seiner Verzweiflung eine sterbende Großmutter. Am gleichen Tag ging er zu seinem Hausarzt, der ihm fünf Minuten zuhörte und ihm ein Beruhigungsmittel verschrieb. Am Dienstag schickte Eddie dem Direktor die Kündigung.

»Wundert mich gar nicht«, sagte Stanley, als Eddie es ihm erzählte. »Das hab ich von Anfang an kommen sehen. Ich habe dich gewarnt.«

»Das verstehst du nicht. Ich kann einfach die Einstellung, die hinter dem heutigen Schulwesen steht, nicht akzeptieren.«

Sein Vater zog skeptisch die Augenbrauen hoch. Er brauchte gar nicht laut auszusprechen, daß er seinem Sohn diese Erklärung nicht recht abnahm. »Und was jetzt? Bei der Paladin ist wahrscheinlich der Zug für dich abgefahren, aber wenn du willst, könnte ich –«

»Nein.« *Zum Teufel mit der Paladin.* »Dort will ich nicht arbeiten.«

»Was willst du dann machen?«

Eddie blieb ihm die Antwort schuldig, aber das Problem

löste sich im Lauf der Jahre gewissermaßen von selbst. Zuerst hatte er noch einen halbherzigen Anlauf gemacht, eine zusätzliche Ausbildung als Grundschullehrer zu absolvieren, aber selbst den Unterricht bei kleineren Kindern fand er wenig verlockend. Dazu kam, daß der Direktor der Dale-Grove-Gesamtschule ihm vermutlich kein günstiges Zeugnis schreiben würde. Abgesehen von seinen Problemen mit der Disziplin mußte er auch damit rechnen, daß Mandy und Sian Gerüchte über eine sexuelle Belästigung in Umlauf gesetzt hatten, bei der sie Eddie vermutlich nicht als Opfer, sondern als Täter darstellten.

Im Sommer aber folgte etwas noch Schlimmeres, nämlich die peinliche Affäre im Schwimmbad in der Charleston Street. Als Schuljunge hatte Eddie dort Schwimmunterricht gehabt, war mit seinen Schwimmkünsten allerdings nie sehr weit gekommen. Das Bad war ein alter Bau mit schlechter Akustik und mit einem unausrottbaren Geruch nach Chlor und ungewaschenen Füßen. In den ersten Monaten nach dem Ende seiner Lehrtätigkeit ging Eddie ein paarmal hin, vor allem auch, um aus dem Haus und von seinem Vater wegzukommen, der jetzt ständig kränkelte.

Der Umkleideraum für Männer, in dem junge Leute, die ihn an seine früheren Schüler erinnerten, lärmend herumtobten, mißfiel ihm. Auch das Schwimmbecken war oft zu voll für seinen Geschmack. Dazu kam, daß er Hemmungen hatte, sich vor Fremden auszuziehen. Die Fettwülste an Taille und Oberschenkeln, die fehlende Körperbehaarung und sein kleiner Wuchs – all das war ihm peinlich. Aber es tat gut, sich im Wasser abzukühlen, und er hatte viel Spaß daran, den kleineren Kindern zuzusehen.

Am Beckenrand hängend, beobachtete er die Mädchen beim Wettschwimmen und junge Mütter, die ihren Kindern das Schwimmen beibrachten. Es gab auch Kinder, auf die offenbar keine Erwachsenen achtgaben, auch nicht von der Galerie über dem Schwimmbecken aus. Schlüsselkinder wahrscheinlich, deren Mütter arbeiteten, so daß sie sich selbst überlassen waren. Sie taten ihm leid, diese Kinder – seine Mutter war, wenn er aus der Schule kam und auch in den Ferien immer zu Hause gewesen –, und er bemühte sich, sie fürsorglich im Auge zu behalten.

Mit einigen dieser verlassenen Kinder freundete er sich sogar an und machte Spielchen mit ihnen. Sein Lieblingsspiel war es, sie über dem Wasser hochzuwerfen, aufzufangen und zu kitzeln, bis sie kreischten vor Lachen.

Eine seiner kleinen Spielgefährtinnen hieß Josie. Sie kam immer mit ihrem älteren Bruder, einem Zehnjährigen, der die meiste Zeit mit seinen Freunden im tiefen Teil des Beckens herumbolzte, was Eddie geradezu empörte. Josie war so klein und hilflos. Was dachte sich die Mutter eigentlich dabei?

»Du bist aber ulkig«, sagte Josie. »Du bist der Ulkmann.«

Als er am nächsten Tag kam, war Josie schon da.

»Hallo, Ulkmann«, rief sie ihm zu.

Sie spielten ein paar Minuten zusammen. Als Eddie sie gerade zum viertenmal hochwerfen wollte, sah er, daß sie überrascht das Gesicht verzog, und spürte, wie ihm jemand auf die Schulter tippte. Er drehte sich um. Am Beckenrand stand einer der Bademeister in Begleitung eines untersetzten älteren Mannes im Jogginganzug.

»Kommen Sie raus«, sagte der. »Und lassen Sie die Kleine los.«

Eddies Blick ging zwischen den beiden feindseligen Gesichtern hin und her. Ein weiterer Bademeister kam jetzt mit Josies Bruder auf sie zu. Eddie fühlte sich ungerecht behandelt, wehrte sich aber nicht, einmal weil er wußte, daß es sinnlos war, und zum zweiten, weil er Angst vor dem Mann im Jogginganzug hatte.

Als er die Leiter hochkletterte, merkte er, daß die anderen beiden Bademeister und auch einige der erwachsenen Schwimmer zu ihm hinsahen. Es war auffallend still geworden. Man hörte nur noch das Wasser an die Beckenwände schwappen und das rhythmische Wummern der Rockmusik, die verzerrt aus der Lautsprecheranlage drang. Die beiden Männer begleiteten ihn in den Umkleideraum.

»Ziehen Sie sich an«, befahl der Ältere.

Sie postierten sich links und rechts von ihm, während er sich mit seinen Sachen mühte, ohne sich abzutrocknen. Es war schrecklich peinlich. Eddie konnte es nicht vertragen, wenn jemand ihm beim Anziehen zusah. Allmählich begriffen alle, die sich gerade im Umkleideraum aufhielten, daß etwas Ungewöhnliches vorging. Die Stimmen wurden leiser, und bis Eddie seine Sandalen zugeschnallt hatte, sagte keiner mehr ein Wort.

»Hier lang.« Der Mann im Jogginganzug machte die Tür auf. Eddie folgte ihm den Gang entlang in die Vorhalle. Der junge Bademeister marschierte hinter ihnen her. Sie brachten ihn nicht zum Ausgang, wie er erwartet hatte, sondern bogen links ab. Der untersetzte Mann blieb stehen und schloß eine Tür auf, an der Eddie das Wort VERWALTUNG las. Der Mann im Jogginganzug trat zur Seite und bedeutete Eddie, voranzugehen. Das Zimmer war klein und mit Möbeln derart vollgestellt, daß man zu dritt darin Platzangst bekommen konnte. Der Bademeister, ein stämmiger junger Bursche mit blonden Krissellocken, machte die Tür zu und lehnte sich dagegen.

»Können Sie sich ausweisen?« Der Mann von der Verwaltung streckte die Hand aus. »Los, lassen Sie mal sehen.«

Eddie förderte seine Brieftasche zutage und holte den Führerschein heraus. Hörbar schnaufend und so schwerfällig, als sei er es nicht gewöhnt, mit einem Stift umzugehen, machte sich der untersetzte Mann seine Notizen. Eddie zitterte. Das Schweigen nervte. Er erwartete jeden Augenblick eine Tracht Prügel.

Endlich warf der Verwaltungsmensch ihm seinen Führerschein wieder zu, der ihn verfehlte, so daß er sich bücken mußte, um ihn aufzuheben. Der Verwaltungsmensch legte den Kugelschreiber aus der Hand und baute sich vor Eddie auf. Der Bademeister stieß einen leisen, erwartungsvollen Seufzer aus.

»Wir beobachten Sie schon eine ganze Weile. Und was wir sehen, gefällt uns nicht. Kein Wunder, daß es schon mehrere Beschwerden gegeben hat.«

Eddie fand mühsam seine Stimme wieder. »Ich hab nichts gemacht. Wirklich nicht.«

»Ruhe. Stellen Sie sich an die Wand da.«

Eddie wich an die Wand zurück. Der Mann von der Verwaltung holte aus einer Schreibtischschublade einen Fotoapparat, stellte ihn scharf und drückte auf den Auslöser. Ein Blitzlicht flammte auf.

»Hausverbot«, sagte der im Jogginganzug. »Ihre Personalien schicke ich auch an die anderen Schwimmbäder. Und machen Sie in Zukunft einen großen Bogen um kleine Kinder, Kumpel. Sie können von Glück sagen, daß wir nicht die Polizei geholt haben. Wenn's nach mir ginge, müßte man euch allesamt den Schwanz abschneiden.«

5

Es war eine schreiende Ungerechtigkeit. Eddie hatte mit den Kindern ja nur gespielt; es ließ sich nicht vermeiden, daß er sie dabei anfaßte. Sie faßten ihn ja auch an. Aber nur im Spiel. Nur im Spiel.

Es machte ihm angst, daß die Leute im Schwimmbad hinter dem, was geschehen war, das erkannt hatten, was hätte geschehen können, wenn es nach seinen Wünschen und Hoffnungen gegangen wäre. Er hatte sich verraten. Künftig würde er sehr vorsichtig sein müssen. Die Folgerung lag auf der Hand: Wenn er spielen wollte, mußte er das im stillen

Kämmerlein tun, wo ihm kein Erwachsener den Spaß verderben konnte.

Es wurde Herbst. Auf Drängen seiner Eltern bewarb sich Eddie zweimal um eine Stelle im Büro, hatte aber in beiden Fällen keinen Erfolg, und schwindelte, er sei bei einer Agentur für Nachhilfelehrer auf der Warteliste. Wenn er in die Zukunft blickte, sah er nur Öde und Trostlosigkeit. Die Hausgemeinschaft mit seinen Eltern empfand er wie eine drückende Last aus kalter, toter Erde. Andererseits hatte er Hemmungen, aus dem Haus zu gehen, weil er unter Umständen Leuten über den Weg laufen konnte, die ihn aus der Gesamtschule oder vom Schwimmbad in der Charleston Street her kannten.

Solange es noch warm war, ließ er oft die in ihrem alten, übelriechenden Korpus gefangenen Eltern vor dem Fernseher sitzen, flüchtete in den schmalen, verwilderten Garten und hörte zu, wie die Züge kreischend und ratternd auf der Strecke hinter dem Carver-Gelände vorbeifuhren. Manchmal stand dann Mrs. Reynolds zwischen den Geranien auf ihrem Balkon. Einmal sah er sie in ernsthaftem Gespräch mit einer großen, dicken Frau, die wohl Jenny Wren war. Aus dem häßlichen jungen Entlein, dachte sich Eddie, war eine noch häßlichere erwachsene Ente geworden.

Im Lauf der Jahre war das Gewirr der Bäume und Büsche am Ende ihres Gartens in die Höhe und in die Breite gewachsen. Der Zaun zwischen den Gärten der Rosington Road 27 und 29 war längst repariert. Hinten aber klaffte noch immer eine Lücke, die für Eddies füllig gewordenen Erwachsenenkörper zu schmal war, aber offensichtlich von kleinen Tieren – Katzen oder sogar Füchsen – genutzt wurde.

Für Thelma war das Carver-Gelände ein Schandfleck. Stanley wußte zu berichten, daß auf dem Areal der zerbombten Maschinenfabrik wegen der ungeklärten Besitzverhältnisse nicht gebaut werden konnte. Der Fall war durch eine Familienstiftung, verschwundene Erben und einen langwierigen Rechtsstreit so verwickelt wie ein Dickens-Roman.

»Da sitzt jemand auf einer Goldader«, pflegte Stanley mehr als einmal zu bemerken, denn je älter er wurde, desto öfter wiederholte er seine weisen Sprüche. »Denk an mich: auf einer verdammten Goldader. Aber wahrscheinlich werden sich letztendlich die Anwälte das ganze Zeug unter den Nagel reißen.«

Alles in allem war die Zeit gut zu dem verwilderten Gelände gewesen. Gnädig verdeckten Schlingpflanzen schroffen Backstein und rostiges Wellblech, Schößlinge hatten sich durch den rissigen Beton geschoben und sich zu Bäumen ausgewachsen. Feldkresse, Buddleia und Weidenröschen sorgten für weiße, lila und rosafarbene Farbtupfer. Eddie staunte immer wieder, daß das Trümmergrundstück nicht zu einer Zuflucht für crackrauchende Kriminelle oder für Schmarotzer geworden war, die von der Sozialhilfe lebten und bekanntlich immer auf der Suche nach einem Platz zum Saufen und Pennen waren. Vielleicht schreckten die Gespenster sie ab. Allerdings war es auch schwer, das Carver-Gelände zu erreichen, wenn man keinen Zugang von den Gärten in der Rosington Road her hatte. Im Norden war die Bahn, im Osten und Westen waren hohe Mauern aus einer Zeit, als Material und Arbeitszeit noch nicht viel kosteten. Mit dem Auto kam man nur über eine schmale Gasse heran, die an der Vorschule vorbeiführte und an einem hohen, mit Stacheldraht und Warnschildern bewehrten Tor endete.

Am Ende des Gartens war Eddie vor neugierigen Blicken sicher. Er kniete sich gern hin und sah durch die Zaunlücke auf das Carver-Gelände. Der Schuppen war noch da, kleiner und näher am Zaun, als er ihn in Erinnerung hatte. Zwei Eschenschößlinge wuchsen aus dem Dach hoch. An einem Septemberabend hebelte er das Brett neben der Zaunlücke heraus und zwängte sich herzklopfend durch die Öffnung.

Drüben richtete er sich auf und sah sich um. In der Ferne sangen Vögel.

Vorsichtig, in großem Bogen einen Brennesselbusch und einen felgenlosen Reifen umgehend, pirschte er sich an den Schuppen heran. Die Tür hatte nun auch das zweite Scharnier verloren und war nach außen gefallen. Er trat ein. Von dem Dach war nicht mehr viel übrig. Über die Hälfte des Innenraums beanspruchten jetzt die jungen Bäume und anderes Grünzeug, dazwischen lagen Lumpen, zwei leere Sherryflaschen und Zigarettenstummel; hin und wieder gelang es offenbar auch anderen Leuten, auf das Carver-Gelände vorzudringen. Langsam ließ er seinen Blick durch den Raum wandern, auf der Suche nach der Farbdose, die er und Alison für das Pinkelspiel benutzt hatten, auf der Suche nach irgendeinem Bindeglied zwischen Gegenwart und Vergangenheit.

Alles war anders geworden. Ein Schluchzer stieg in seiner Kehle hoch. Er machte die Augen fest zu. Langsam rollte eine Träne über seine linke Wange. Da stand er nun, ein fünfundzwanzigjähriger Versager. Aber was hatte er denn erwartet? Alison mit dem rosa Band im Haar, Alison, die sich wie eine Ballerina um die eigene Achse drehte und ihn anlächelte?

Stolpernd verließ er den Schuppen. Auf dem Rückweg zum Zaun blickte er auf und sah zu seiner Bestürzung durch die Zweige hoch über der Mauerkrone Mrs. Reynolds auf dem Balkon ihrer Wohnung stehen. In ihrer Hand blinkte etwas, ein goldener Glanz reflektierte die Strahlen der untergehenden Sonne. Mitten durch die Brennesseln rannte Eddie zurück zum Zaun, warf sich in die Bresche und stand gleich darauf wieder im Garten der Rosington Road 29. Seine Brille war heruntergefallen, und in seiner Hose klaffte ein Riß.

Als er wieder ruhiger atmen konnte, zwang er sich, in gemächlichem Schlendergang zum Haus zurückzugehen.

An der Tür sah er noch einmal zurück. Mrs. Reynolds stand immer noch auf ihrem Balkon. Was sie in der Hand hielt, schien ein Feldstecher zu sein, den sie auf das Carver-Gelände gerichtet hatte. Zum Glück nicht auf ihn. Jetzt nicht. Fröstelnd ging er ins Haus.

Es wurde Winter. Nach Weihnachten zog Stanley sich eine Erkältung zu, die sich, wie so oft bei ihm, auf die Bronchien legte. Zu spät stellte sich heraus, daß es diesmal keine Bronchitis, sondern eine Lungenentzündung war. Er starb Anfang Februar im Alter von zweiundsiebzig Jahren.

6

In den letzten Jahren kamen immer seltener kleine Besucherinnen ins Haus, am Schluß gar keine mehr. Doch noch wenige Tage vor seinem Tod hatte sich Stanley wie gewohnt in den Keller zurückgezogen, um an dem neuesten Puppenhaus herumzubasteln.

Seit er im Ruhestand war, ging ihm die Arbeit nicht mehr so schnell von der Hand, und auch die Qualität seiner Arbeit hatte nachgelassen. Doch das letzte Modell, ein hohes viktorianisches Reihenhaus, das ohne seine Gefährten rechts und links ziemlich verloren wirkte, war fast fertig. Er war dabeigewesen, die Vorhänge zu nähen, als ihm der Tod die Nadel aus der Hand nahm.

Stanley war in den frühen Morgenstunden im Krankenhaus gestorben. Am Nachmittag des nächsten Tages fand Eddie die winzigen Vorhänge zusammen mit Stanleys Nähzeug und den übrigen Stoffen zusammengerollt im Papierkorb im Wohnzimmer. Mehr als alles andere vorher oder nachher brachte ihm dieser Fund zu Bewußtsein, daß sein Vater wirklich tot war. Verglichen damit war die Beerdigung eine Belanglosigkeit.

Es war eine weltliche Zeremonie. Die Graces waren keine Kirchgänger gewesen. Mit Religion war Eddie nur in Form der Schulgottesdienste in Berührung gekommen, und diese seichten Veranstaltungen hatten ihn nicht berührt.

»Er war Atheist«, antwortete Thelma sehr bestimmt, als der Direktor des Bestattungsinstituts sich vorsichtig nach den religiösen Neigungen des Verstorbenen erkundigte. »Daß Sie uns keinen Pfarrer anschleppen, verstanden? Und auch keinen dieser Berufsredner.«

Die Reaktion seiner Mutter auf Stanleys Tod überraschte Eddie. Äußerlich war ihr keinerlei Trauer anzumerken. Man hatte den Eindruck, daß der Tod im Grunde für sie nur ein Ärgernis war, eine Zumutung, die ihr zusätzliche Arbeit aufbürdete. Der Witwenstand war wie ein Tonikum; seit Jahren war sie körperlich und geistig nicht mehr so fit gewesen.

»Wenn wir einen Teil vom Krempel deines Vaters aus dem Haus schaffen«, sagte Thelma, als sie am Abend nach der Beerdigung in der Küche saßen und Fish und Chips aßen, »könnten wir einen Untermieter nehmen.«

Eddie legte die Gabel hin. »Ja, würdest du dir denn Fremde ins Haus holen?«

»Wenn wir hierbleiben wollen, haben wir keine andere Wahl.«

»Das Haus ist schuldenfrei. Und zahlt die Paladin dir nicht eine Pension?«

»Pension? Daß ich nicht lache. Ich habe schon mit der Firma gesprochen, sie zahlen mir ein Drittel von dem, was dein Vater bekommen hat, und das war nicht die Welt. Es ist eine Gemeinheit. Über vierzig Jahre hat er dort geschafft, und wenn man die hat reden hören, konnte man denken, daß sie für ihre Mitarbeiter gar nicht genug tun können. Pfeifendeckel! Haie sind sie, wie alle anderen auch.«

»Aber wir kämen doch sicher zurecht.«

»Von Luft und Liebe können wir nicht leben.« Sie sah ihn

an und machte schmale Lippen. »Wenn du wieder einen Job hast, reden wir weiter.«

Wenn. Das Wort hing zwischen ihnen in der Luft. Eddie wußte, daß seine Mutter nicht »wenn«, sondern »falls« gemeint hatte. Wie sein Vater hatte sie eine geringe Meinung von seinen Fähigkeiten. Sie hätte sich nicht deutlicher ausdrücken können, wenn sie das »falls« laut ausgesprochen hätte.

»Wir sind uns also einig«, stellte Thelma fest.

»Ja, wenn du meinst ...«

Sie nickte zu seinem Teller hin, auf dem noch eine halbe Portion Kabeljau in fettiger Panade und ein Haufen bläßlichkalter Fritten lag. »Bist du fertig?«

»Ja.«

»Dann gib her.« Thelmas für eine so kleine Person schon immer gewaltiger Appetit hatte sich, seit sie im vergangenen Sommer aufgehört hatte zu rauchen, noch gesteigert. »Spare in der Zeit, so hast du in der Not.«

»Wir müssen also das Gästezimmer ausräumen?«

»Von selber wird's nicht leer«, sagte Thelma kauend. »Und wenn wir schon dabei sind, nehmen wir uns am besten auch gleich den Keller vor. Mit einem Untermieter im Haus brauchen wir zusätzlichen Abstellraum.«

In den folgenden Tagen hatten sie alle Hände voll zu tun. Die überstürzte Art, in der seine Mutter zu Werke ging, hatte in Eddies Augen etwas fast Anstößiges. Das Gästezimmer war, so weit er zurückdenken konnte, immer als Abstellraum benutzt worden. Thelma hatte beschlossen, sich von fast allem zu trennen, was darin war. Stanleys Garderobe wurde zusammengepackt und zu einem Wohltätigkeitsladen gebracht. Eines Morgens schickte sie Eddie in den Keller. Das Werkzeug und die Fotoausrüstung könne man weitgehend verkaufen, meinte sie.

»Du interessierst dich ja nicht dafür. Die Fotos wirfst du am besten auch weg.«

»Und das Puppenhaus?«

»Das hat Zeit. Aber zieh dir eine andere Hose an. Nimm die alten Jeans, die mit dem Loch im Knie.«

Eddie sah zuerst die Aufnahmen seines Vaters durch – die Künstlerfotos im Schrank, nicht die auf den offenen Regalen. Der Schlüssel für das Vorhängeschloß war verschollen, so daß Eddie das Schließband mit einem Brecheisen aufstemmen mußte.

Die Fotos waren sorgfältig in Alben eingeklebt, die Negative in Transparenthüllen und nach Daten geordnet in einem Ringhefter abgelegt. Neben jedes Bild hatte der Vater in seiner steilen, leserlichen Schrift einen Namen und ein Datum geschrieben. Meist hatte er noch einen Titel dazugesetzt. »Frechdachs!« »Pustet Seifenblasen!« »Hat einen Heidenspaß!«

Eddie blätterte die Alben langsam von hinten nach vorn durch. Ein paar Bilder, die ihn besonders ansprachen, legte er beiseite, um sie sich später in seinem Zimmer genauer anzusehen. Die Fotos von seinem jüngeren Ich dagegen überblätterte er schnell. Er stieß auch auf Jenny Wren, die Reynolds-Tochter, und sah einigermaßen verblüfft, wie häßlich sie als Kind gewesen war; seine Erinnerung hatte sie offenbar ein wenig verklärt. Dann kam eine weitere Bekannte, die ihm über der Bildunterschrift »Kleine Kokette!« lächelnd entgegensah. Die jäh aufschießende Erregung ebbte, während er die Aufnahme betrachtete, allmählich wieder ab und machte einer dumpfen Trauer Platz.

Das kleine Mädchen auf dem Bild war unverkennbar Alison. Stanley mußte die Fotos in dem gleichen Sommer gemacht haben, in dem sie ihm das Pinkelspiel beigebracht hatte – wann sonst? In diesem Alter wachsen Kinder schnell. Auf dem Foto war Alison nackt und genau so, wie Eddie sie von den Spielen auf dem Carver-Gelände her in Erinnerung hatte. Sogar an das Band in ihrem Haar erinnerte er sich – oder glaubte sich daran zu erinnern.

Sie hatten beide schnöden Verrat an ihm begangen, sein Vater und Alison. Warum hatte Alison ihm nichts erzählt? Sie war seine Freundin gewesen.

7

Am gleichen Tag schickte seine Mutter ihn nach dem Mittagessen zum Einkaufen. Eddie war froh, aus dem Haus zu kommen. Der Gedanke an Alison ließ ihn nicht los. Obgleich seit jenem Sommer fast zwanzig Jahre vergangen waren, konnte ihr Gesicht auf einem Foto ihm immer noch mächtig zusetzen. Als er zurückkam, lief er auf der Rosington Road Mr. und Mrs. Reynolds in die Arme. Ganz plötzlich standen sie da, als er um die Ecke bog, es gab keine Möglichkeit, ihnen aus dem Weg zu gehen. Seit Jenny Wrens Puppenhausbesuchen grüßten sich die beiden Familien und wechselten hin und wieder ein paar belanglose Worte. Eddies Blick erfaßte flüchtig Mrs. Reynolds säuerlich-teilnahmslose Miene. Ob sie ihn gesehen hatte, als er im vergangenen Herbst unerlaubterweise auf das Carver-Gelände vorgedrungen war?

»Das mit deinem Dad tut mir leid.« Mr. Reynolds verzog anteilnehmend das Gesicht. »Aber es ist wenigstens schnell gegangen, bestimmt war das ein Segen für alle Beteiligten.«

»Ja. Es war sehr plötzlich.«

»Er war immer ein guter Nachbar. Hätte mir keinen besseren wünschen können.«

Die Worte waren als Trost gedacht, brachten Eddie aber zum Grinsen, so daß er sich schnell abwandte und sich, wie überwältigt von seinem Kummer, kräftig die Nase schnaubte. Dabei merkte er, daß Mrs. Reynolds ihn scharf ansah. Er senkte den Blick zu ihrer Brust. Am Revers ihres Mantels steckte das kleine emaillierte Abzeichen der Königlichen Vogelschutzgesellschaft.

Vielleicht guckte sie deshalb ständig auf das Carver-Gelände, vielleicht hatte sie deshalb den Feldstecher. Mrs. Reynolds war eine Vogelbeobachterin. Eine Vöglerin, dachte Eddie und hatte die größte Mühe, nicht laut loszuprusten.

»Wenn man euch irgendwie helfen kann, braucht ihr es nur zu sagen.« Mr. Reynolds tätschelte Eddies Arm. »Ihr wißt ja, wo wir wohnen.«

Die Reynolds bogen in den Zufahrtsweg zu der Sozialsiedlung ein, deren Garagentore Hakenkreuze und Fußballslogans zierten. Eddie schickte ihnen einen unmutigen Blick nach, dann schloß er die Tür zur Nummer 29 auf.

»Wo warst du denn?« rief seine Mutter aus ihrem Zimmer. »In der Kanne ist Tee. Ich kann nichts dafür, wenn er inzwischen ungenießbar ist.«

Die Diele kam ihm anders vor als sonst. Heller. Ein unerwarteter Luftzug streifte sein Gesicht. Und dann merkte Eddie plötzlich, daß die Tür zum Keller weit offenstand. Stanley war erst so kurze Zeit tot, daß Eddie damit nicht gerechnet hatte. Er blieb stehen und sah durch die Tür die Treppe hinunter.

Das Puppenhaus stand noch auf der Werkbank, aber es war kein viergeschossiges viktorianisches Reihenhaus mehr, sondern nur noch ein Gewirr aus Holzsplittern, zerrissenem Stoff und abgeblätterter Farbe. Daneben lag das rostige Beil, mit dem Alison den Zaundurchbruch zwischen dem Garten der Familie Grace und dem Carver-Gelände bewerkstelligt und das Stanley eines Tages unter den Bäumen am Ende des Gartens gefunden hatte.

Eddie machte die Tür zum Keller zu und ging in die Küche. Als seine Mutter herunterkam, wurde das Puppenhaus mit keinem Wort erwähnt. Abends packte er die Reste in einen großen Karton, den er draußen neben die Mülltonne stellte. Auch später sprachen er und seine Mutter nie über das Thema; beide konnten oder wollten nichts mehr dazu sagen.

FÜNF

»Wir lernen nur heute das, was wir morgen, wen wir eine bessere Einsicht erlanget haben, wieder verlernen müssen.«

Religio Medici II, 8

I

Oliver Rickford legte den Hörer auf. »Alles in Ordnung«, wiederholte er. »Es ist nicht die von Lucy.«

Sally saß im Sessel und zitterte am ganzen Körper. Yvonne hielt sich hinter dem Sessel bereit und sah Oliver fragend an. Er kniete sich neben Sally, griff nach ihrem Arm und schüttelte ihn sanft.

»Es ist nicht die von Lucy. Nicht Lucys Hand. Ehrenwort.«

Sally hob den Kopf. Beim dritten Versuch brachte sie heraus: »Woher wollen sie das wissen? Sie können nicht sicher sein, daß es nicht die von Lucy ist.«

»In diesem Fall schon. Es ist eine Hand mit dunkler Haut. Wahrscheinlich von einem Kind in Lucys Alter.«

»Gott sei Dank.« Sally tupfte sich mit einem Papiertaschentuch die Augen. »Aber was rede ich da! Es ist das Kind einer Mutter.« Dennoch ging das schändliche Tedeum in ihrem Kopf weiter. *Gott sei Dank, nicht Lucy, Gott sei Dank, Gott sei Dank.* »Haben sie dir noch was gesagt?«

Oliver zögerte. »Zu einer genaueren Untersuchung war noch keine Zeit, aber es sieht so aus, als ob sie mit einem Beil oder einem ähnlichen Werkzeug abgetrennt worden ist. Sie war sehr kalt.« Wieder stockte er. »Möglicherweise kam sie aus einer Gefriertruhe. Sie war noch nicht mal ganz aufgetaut.«

Yvonne schnappte nach Luft. »Herrjesses.« Sie warf Sally einen schuldbewußten Blick zu. »Pardon.«

Sally sah noch immer Oliver an. »Und das hat alles nichts mit Lucy zu tun? Bestimmt nicht?«

»Nein, weshalb denn? Das hat sich nur die Journaille da unten zusammenphantasiert.«

Sally ballte die Hände und sah unbeteiligt zu, wie die Knöchel weiß wurden.

»Vielleicht wäre es ganz gut, wenn du dich eine Weile ausruhen würdest«, meinte Oliver. »Im Augenblick kannst du sowieso nichts machen.«

Sally konnte sich nicht mehr zu einem Widerspruch aufraffen. Ihre ganze Kraft war plötzlich dahin. Sie griff sich die Schachtel mit den Papiertaschentüchern und verließ mechanisch lächelnd den Raum. Die Tür zum Schlafzimmer war geschlossen. Sie wollte Michael nicht wecken; außerdem hätte sie, wenn er aufgewacht wäre, auch nicht gewußt, was sie zu ihm hätte sagen sollen. Sie holte tief Luft und betrat Lucys Zimmer.

Es war wie eine Klosterzelle – klein und mit einem hoch an der Wand angebrachten Fenster. Sie hatten das Zimmer vor Lucys Geburt frisch tapezieren wollen, waren aber nicht mehr dazu gekommen. Als Lucy dann da war, hatten sie erst recht keine Zeit dazu gehabt. Das Tapetenmuster war ein Rankgerüst, an dem sich eine stilisierte Clematis hochwand. An manchen Stellen löste sich die Tapete von der Wand, ein Vorgang, den Lucy nach Kräften beschleunigt hatte, und gab den Blick auf die Tapetenschicht darunter frei, psychedelische Wirbel und Schlieren in Orange und Türkis, ein typisches Sechziger-Jahre-Muster.

Sally hatte große Angst vor diesem Schritt gehabt. Sie wußte, daß hier alles nach Lucy roch, daß überall die Erinnerungen lauerten. Aber früher oder später mußte es ja sein; auf lange Sicht war es noch schlimmer, einen Bogen um das Zimmer zu machen. Sie ließ sich schwer aufs Bett fallen. Auf der Steppdecke tummelten sich Teddybären, die sich – offenbar blind für eine Schwadron riesiger Bienen, die um ihre Köpfe herumschwirrten – mit Honig vollstopften. Das Muster hatte Lucy sich ausgesucht; nur dank dieser Bestechung hatte sie sich bereit erklärt, von ihrem Gitterbettchen in ein richtiges Bett zu wechseln.

Automatisch begann Sally die auf und um den Nachttisch herum verstreuten Bücher und Spielsachen aufzuräumen. Sah es bei allen Vierjährigen so aus? War Chaos ihre natürliche Lebensform? Oder war Lucy darin – wie in vielem anderen – eine Ausnahme?

Das Buch, das sie am Donnerstag abend zusammen gelesen hatten, lag zwischen Bett und Wand. Sally holte es hoch und kennzeichnete die Stelle, bis zu der sie gekommen waren, mit einem Zettel. Dann aber verließ sie die Kraft. Sie sackte auf dem Bett zusammen und vergrub das Gesicht im Kissen. Warum rochen Kinder so süß?

Sie sollte wohl für Lucy beten. Und erst jetzt fiel ihr ein, daß sie weder heute ihr Morgengebet noch gestern das Abendgebet verrichtet hatte. Disziplin und regelmäßige Übung waren beim Beten so notwendig wie beim Sport. Sie schloß die Augen und versuchte, sich zu konzentrieren.

Da war nichts und niemand. Es war dunkel und kalt, und Gott war fern. Es war nicht so, daß er nicht mehr existiert hätte; es war einfach so, daß es für sie nicht mehr wichtig war, ob er existierte oder nicht. Er war zu einer Belanglosigkeit geworden, war an den Rand ihres Lebens und über diesen Rand hinausgedrängt worden. Sie versuchte, das Vaterunser zu beten, aber die Worte waren, lange bevor sie zu Ende gebetet hatte, sinnlos geworden. Sie dachte an die abgetrennte Hand. Wie mochte der Mensch beschaffen sein, der eine abgetrennte Hand auf einen Grabstein legte? Hatte es gerade mit diesem Grab eine besondere Bewandtnis? Vielleicht war es das Grab eines Angehörigen des Kindes, dem die Hand gehört hatte.

Sie konnte nur hoffen, daß das Kind tot gewesen war, als man ihm die Hand abgetrennt hatte. Die Vorstellung, daß das Opfer zerlegt, vielleicht portioniert, in Gefriertüten gepackt und tiefgefroren worden war, machte alles nur noch schlimmer, weil es zum einen die Illusion banaler häuslicher Verrichtungen heraufbeschwor und zum anderen darauf hindeutete, daß hier Vorsatz und eine fürchterliche Geduld am Werke waren. Was für ein Motiv mochte den Täter zu so einem Schritt bewogen haben? Hatte er die Mutter des Kindes treffen wollen? Oder hatte es eine Buße für einen Diebstahl sein sollen, gleichsam eine Perversion des islamischen Strafgesetzes? Sally versuchte sich eine Bedrängnis vorzustellen, die so egozentrisch, so übermächtig war, daß sie vor nichts, nicht einmal vor der kaltblütig kalkulierten Vernichtung von Kindern haltmachte.

Sie schob die Hand in die Jeanstasche und krampfte sie um Lucys Söckchen. Ihre Gedanken kreisten um Michael und sie selbst. Um Lucy und das unbekannte Kind. Um die Eltern des Kindes. Um die alte Frau, die in dem möblierten Zimmer in der Belmont Road Schlaftabletten geschluckt hatte. Um die Kranken und Mißbrauchten, die Gefolterten und Sterbenden. Die menschliche Rasse lernte nicht aus ihren Fehlern, sondern versank immer tiefer in einem selbstgeschaffenen Morast.

In diesem Augenblick, auf Lucys Bett, begriff Sally, daß ein liebender Gott derlei Dinge nicht zulassen würde. Im Theologiestudium hatte sie argumentieren gelernt, warum er unter Umständen Leiden zuließ, und erst jüngst hatte sie vor Gemeindemitgliedern diese Argumente nachgeplappert, die nun mit einem Schlag als trügerisch entlarvt waren. Endlich war Gott die Maske vom Gesicht gerissen, erschien er als der Dreckskerl, der er in Wirklichkeit war.

Sie hörte Stimmen im Wohnzimmer. Die Männerstimme war weder die von Oliver noch die von Michael. Sie setzte sich auf, wischte sich die Tränen ab und schnaubte sich die Nase. Es klopfte, und Yvonne steckte den Kopf zur Tür herein.

»Mr. Maxham ist da und läßt fragen, ob Sie in der Lage wären, kurz mit ihm zu sprechen.«

Sally nickte und rappelte sich mühsam auf. »Ist Oliver gegangen?«

»Vor etwa zehn Minuten. Er wollte Sie nicht stören. Er hat Ihnen einen Zettel dagelassen.«

Sally kam sich verschwitzt und zerschlagen vor. Im Badezimmer wusch sie sich das Gesicht und fuhr sich mit einem Kamm durchs Haar.

Im Wohnzimmer stand Yvonne am Fenster. Sie hatte den Kopf gesenkt und lächelte besorgt.

»Das ist Chief Inspector Maxham, Mrs. Appleyard.«

Ein magerer kleiner Mann war in die Betrachtung der Fotos auf dem Kaminsims vertieft. Er wandte sich den Bruchteil einer Sekunde später, als man hätte erwarten können, zu ihr um.

»Mrs. Appleyard.« Maxham kam mit ausgestreckter Hand und in gemächlichem Tempo auf sie zu. »Hoffentlich haben wir Sie nicht gestört.«

»Ich habe nicht geschlafen.« Sein Händedruck war trokken, hart und kalt. Die Handrücken waren bläulichlila verfärbt, ein Zeichen für Durchblutungsstörungen. »Gibt es etwas Neues?«

»Leider nein. Noch nicht.« Er deutete auf einen schlaksigen Mann an der Küchentür. »Das ist Detective Sergeant Carlow.«

Der Sergeant nickte ihr zu. Er trug einen dunkelgrauen Nadelstreifenanzug von der Stange. Die Ärmel und Hosenbeine waren ein bißchen zu kurz. Haut, Haar, ja sogar die Augen wirkten stumpf und ausgebleicht, als säße er von früh bis spät bei künstlichem Licht vor einem Computerschirm. Sein Kinn war so ausladend, daß die untere Gesichtshälfte breiter war als die obere.

Maxham deutete auf einen von Sallys Sesseln. »Nehmen Sie doch Platz, Mrs. Appleyard.«

Sie blieb stehen. »Haben Sie etwas gefunden? Irgend etwas?«

»Wir stehen noch ganz am Anfang.« Maxhams rundes Gesicht war rot geädert, die Augen, helle Inseln hinter der schwarzgeränderten Brille, waren nicht ganz grau und nicht ganz blau. Der Tonfall, der auf London und Umgebung hindeutete, erinnerte sie an Derek Cutter. »Soweit wir feststellen können, hat Lucy das Haus durch die Hintertür verlassen. Sie –«

»Aber das würde sie nie machen. Sie ist nicht dumm, immer wieder ist ihr gesagt worden –«

»Allem Anschein nach gab es da eine kleine Auseinandersetzung zwischen ihr und Ms. Vaughan. Lucy wollte, daß Ms. Vaughan ihr etwas kaufte, als Weihnachtsgeschenk, und das hat Ms. Vaughan abgelehnt. Dann ging Ms. Vaughan nach oben ins Badezimmer, und Lucy verzog sich hinters Sofa und schmollte. Fünf oder zehn Minuten später kam Ms. Vaughan wieder herunter in der Hoffnung, daß Lucy sich inzwischen beruhigt hatte, aber sie war verschwunden. Die anderen Kinder, ein kleines Mädchen und ein Junge, hatten nichts bemerkt, das eine guckte fern, das andere war mit Ms. Vaughan nach oben gegangen. Lucys Mantel fehlt, ebenso eine große grüne Geldbörse, die Ms. Vaughan in ihrer Handtasche auf dem Küchentisch hatte liegenlassen.«

Du freche Range, dachte Sally, was fällt dir denn ein? Aber warte nur, das werde ich dir abgewöhnen ... Mit einem Ruck kam sie in die Wirklichkeit zurück. Ihre Beine zitterten. Sie setzte sich sehr plötzlich. Auch Maxham nahm Platz. Er sah sie erwartungsvoll an. Sie holte ein Papiertaschentuch aus dem Ärmel und schneuzte sich.

Schließlich sagte sie: »Ich denke, Carla schließt immer ab und legt die Kette vor.«

»Wie sie sagt, macht sie das sonst auch«, bestätigte er. »Aber an der Hintertür sind nur zwei Riegel und ein Yaleschloß. Es ist denkbar, daß Lucy sich einen Hocker herangezogen hat und hochgeklettert ist. Die Riegel sind kürzlich geölt worden, und es ist möglich, daß der Schließhaken an dem Yaleschloß geöffnet war. Ms. Vaughan sagt, daß sie im Lauf des Nachmittags draußen war, um etwas in die Mülltonne zu tun, und sie kann sich nicht erinnern, ob sie den Schließhaken heruntergeklappt hat, als sie wieder hereingekommen ist.«

Sally klammerte sich an Dinge, die vor kurzem noch Gewißheit gewesen waren, in der Hoffnung, damit beweisen zu können, daß dies alles eigentlich gar nicht wahr sein konnte. »Aus dem Garten konnte sie nicht heraus, der Zaun ist viel zu hoch für sie. Und auf der anderen Seite geht es bergab, sie springt nicht gern tief hinunter. Ein Gartentor führt zu einem kleinen Weg, nicht? Das ist immer abgeschlossen, Carla hat es mir selbst gesagt.«

»Als wir hinkamen, war der Riegel zurückgeschoben, Mrs. Appleyard.«

»Der Riegel sitzt sehr hoch, nicht?« Sally schloß die Augen und versuchte, sich den Garten vorzustellen, wie sie ihn an einem sonnigen Herbstnachmittag gesehen hatte. Welkes Laub, braune, gelbe, orangefarbene Blätter wirbelten über den Beton und sammelten sich zwischen den beiden Mülltonnen und der Sandkiste. »Ging der Riegel schwer?«

»Allerdings. Würden Sie sagen, daß Lucy körperlich kräftig für ihr Alter ist?«

›Schau mich an, Mum.‹ Lucy stand im Pyjama auf der Bettkante und hielt Jimmy an die Decke. ›Ich bin King-Kong.‹

»Nicht besonders. Sie ist ein bißchen kleiner als der Durchschnitt.«

Sergeant Carlow saß am Tisch und machte sich Notizen.

Die Hosenbeine hatten sich hochgeschoben, und über den rutschenden schwarzen Socken sah man zwei blasse, fast haarlose Streifen Haut.

In der Stille war ein leises Zischen zu hören. Maxham hatte die Angewohnheit, alle paar Sekunden kräftig einzuatmen, als wollte er etwas Störendes zwischen den Zähnen entfernen; dabei verzog er die Lippen, so daß es aussah, als lächelte er. »Wir haben mit allen Anwohnern in der Straße gesprochen und auch mit denen, deren Gärten hinten an den Weg angrenzen. Niemand hat Lucy gesehen. Gestern abend war grauenhaftes Wetter, keinen Hund hätte man vor die Tür jagen mögen.«

»Wollen Sie damit sagen, daß jemand das Tor von außen aufgemacht hat?« fragte Sally sehr laut.

Maxham zuckte so energisch die Schultern, daß der ganze drahtige kleine Körper mitzuckte. Das runde Gesicht paßte nicht zu dem dürren Hals. »Es tut mir leid, aber wir sind noch nicht so weit, daß wir Schlüsse ziehen können, Mrs. Appleyard. Wir überprüfen nur die Möglichkeiten, sammeln Hinweise. Sie wissen ja sicher von Ihrem Mann, wie so etwas läuft.«

Das klang so herablassend, daß Sally am liebsten zugeschlagen hätte. Er saß seelenruhig da und lächelte sie an. Das graue Haar lichtete sich bereits und mußte geschnitten werden. Er trug einen alten Tweedanzug mit ausgebeulten Hosen und glänzenden Ellbogen, in dem er, wie Sally unpassenderweise denken mußte, wie ein nicht besonders erfolgreiches Bäuerlein am Markttag aussah. Er war ihr unsympathisch, aber das bedeutete noch nicht, daß er sein Handwerk nicht verstand. Wieder das leise Zischen, das sie jetzt, nachdem sie darauf achtete, ärgerte und störte. Wachsame Gänse und feindselige Schlangen fielen ihr ein.

»Könnten Sie mit Spürhunden etwas machen?« fragte sie und horchte ihrer Stimme nach, die erstaunlich ruhig klang.

»Das haben wir schon versucht. Erfolglos. Der viele Regen hat uns einen Strich durch die Rechnung gemacht.«

»Und wie kann ich Ihnen behilflich sein?«

Maxham nickte, als sei er ihr dankbar für die Frage. Er nahm die Brille ab und putzte sie mit einem Taschentuch, das er aus der Brusttasche seines Jacketts zog. »In mehrfacher Hinsicht, Mrs. Appleyard. Wir brauchen ein gutes, möglichst neues Foto von Lucy. Wir werden mit Ihnen nicht nur über Lucys Äußeres, sondern auch über ihr Wesen sprechen müssen. Wir möchten genau wissen, was sie anhat. Alles.« Er legte eine taktvolle kleine Pause ein. »Was sie möglicherweise an Spielzeug mitgenommen hat. Solche Sachen eben. Ms. Vaughan hat ausgesagt, Lucy habe sie gebeten, mit ihr zu Woolworth zu gehen und ihr einen Zauberkasten zu kaufen. Wissen Sie etwas davon?«

»Ja. Lucy und ich sind auf der Fahrt zu Carla gestern früh deswegen aneinandergeraten. Meine Tochter kann sehr hartnäckig sein. Wenn sie etwas haben will, kann sie endlos quengeln, bis sie es bekommt. Und wenn sie es nicht bekommt, was häufig passiert, kriegt sie manchmal einen Koller.«

»Sie würden also auch sagen, daß es nicht untypisch wäre, wenn sie nach so einem Streit allein wegginge?«

»Natürlich wäre es untypisch. So etwas hat sie noch nie gemacht.« Doch, dachte Sally. Lucy hatte in Geschäften schon öfter versucht, ihr wegzulaufen, aber das war doch wohl etwas anderes und längst nicht so schwerwiegend. »Gewiß, sie hat ihren eigenen Kopf. Falls sie versucht hat wegzulaufen, ist das natürlich ein Schock, aber keine ausgesprochene Überraschung für mich.«

»Aha.« Maxham hauchte ein letztes Mal auf seine Brille, polierte erneut die Gläser und setzte sie dann wieder auf die Nase. »Ich muß Ihnen sagen, daß Ihr Mann Lucy ein wenig anders sieht. Er hat mir mit allem Nachdruck versichert, daß Lucy nie von selbst weglaufen würde, daß sie viel zu vernünftig ist.«

»Lucy ist gern mit ihrem Vater zusammen«, sagte Sally vorsichtig. Sie schenkte sich den Hinweis, daß sie fünfmal soviel wie Michael mit Lucy zusammen war und daß Michael seine Tochter nach Strich und Faden verwöhnte. »Vielleicht folgt sie ihm besser als mir. Aber daß sie eine sehr zielstrebige kleine Person ist, steht wohl außer Frage. Carla kann Ihnen das sicher bestätigen. Oder Margaret Cutter.« Maxhams Frage beantwortend, ehe er sie hatte stellen können, setzte sie schnell hinzu: »Die Frau unseres Pfarrers. Sie leitet eine Kindergruppe in St. George.«

»Hätten Sie etwas dagegen, wenn wir uns ein bißchen umsehen?«

»Umsehen? Wo?«

»In der ganzen Wohnung, wenn's recht ist, insbesondere in Lucys Zimmer natürlich, damit wir gewissermaßen ein Gefühl für das vermißte Kind bekommen. Und wenn Sie uns auf diesem Gang begleiten, sehen Sie vielleicht, ob etwas fehlt.«

Was mag die Polizei sich davon versprechen? überlegte Sally. Daß sie Lucys Leiche unter dem Bett finden? »Meinetwegen. Aber mein Mann schläft.«

»Ja, Ihr Mann«, sagte Maxham gedehnt. Er atmete zischend ein. »Den wollen wir natürlich nicht stören.«

»Er braucht den Schlaf.«

»Er war die ganze Nacht auf«, bestätigte Maxham ausdruckslos. »Ich mußte heute früh seinen Freund Mr. Rickford bitten, ihn abzuholen. Er ist also wohlbehalten heimgekommen?«

»Ja.« Sally drängte es plötzlich, ein gutes Wort für Michael einzulegen. »Er war gestern sehr aufgewühlt und ist es noch. Es ist schließlich eine Ausnahmesituation.«

»Verständlich.« Der Ton verriet noch immer keine Spur von Gemütsbewegung, und das allein klang schon wie ein Vorwurf. »Er hatte ja wohl in letzter Zeit auch allerlei am Hals.«

»Offenbar.« Wieder meldeten sich nagende Zweifel: Hatte Michael noch andere Sorgen, ging es um etwas, was vor Lucys Verschwinden geschehen war? Aber darum konnte sie sich jetzt nicht kümmern. »Was ist Ihrer Meinung nach geschehen?« Plötzlich war sie wütend auf Maxham. »Sie haben sich doch sicher schon Ihre Gedanken gemacht. Welche Möglichkeiten gibt es?«

»Im wesentlichen haben wir es mit drei Szenarien zu tun«, erwiderte er sachlich. »Erstens: Sie ist auf eigene Faust losgegangen und hat hoffentlich irgendwo Obdach gefunden. Zweitens: Ein Mann oder vielleicht auch Jugendliche sind vorbeigekommen und haben sie mitgenommen. Ich kann Ihnen nicht verhehlen, Mrs. Appleyard, daß so etwas vorkommt, aber es passiert weniger häufig, als man denkt, Sie sollten sich deswegen also nicht allzu viele Gedanken machen.« Sein Ton war immer noch neutral. War das Güte oder Gefühllosigkeit? »Drittens: Eine Frau hat sie mitgenommen. Für uns ist das eine gesonderte Option, weil wir es in diesem Fall gewöhnlich mit anderen Motiven zu tun haben. Es sind Mütter, die ihr Kind verloren haben und einen Ersatz brauchen, oder junge Mädchen, die sich ein kleines Kind zum Spielen wünschen, eine Art Puppe. Wenn es so gelaufen ist, bekommen wir sie wahrscheinlich heil und gesund zurück.«

»Heil und gesund?« flüsterte Sally. Sie war so zornig und so von Angst erfüllt, daß ihre Zähne aufeinanderschlugen.

»Diese Dinge sind relativ, Mrs. Appleyard.«

»Warum machen diese Frauen das?« An die anderen Optionen wagte Sally sich noch nicht heran, sie würden ihr hinterher noch lange genug nachgehen.

»Manchmal handelt es sich um eine Frau, die ihre Beziehung gefährdet sieht und hofft, den Partner auf diese Weise an sich binden zu können, gewöhnlich aber hat sie gerade selbst ein Baby verloren. Wenn es junge Mädchen sind, ist meist fehlende Zuwendung im Spiel. Eine kaputte Familie, der Vater im Knast, die Mutter mit einem neuen Mann. Sie brauchen gewissermaßen etwas zum Lieben. Wie wir alle, nicht wahr? Und dann gibt es natürlich die Geisteskranken. Gewöhnlich haben diese Täter keine Vorstrafen und handeln in einer einmaligen psychotischen Ausnahmesituation.« Maxham sah sie prüfend an; er versuchte wohl, die Wirkung seiner Worte auf sie abzuschätzen. »Wir müssen einfach abwarten, was –«

Ohne Vorwarnung kam Michael hereingeschlurft. Er stützte sich an die Rücklehne des Sofas und sah sie an wie Wildfremde. Sergeant Carlow stand auf und klappte rasch sein Notizbuch zu. Yvonne sah zu Maxham hinüber und bat stumm um Weisungen. Maxham blieb in aller Ruhe sitzen, die Hände locker im Schoß verschränkt.

Sally hatte, als sie vorhin hereingekommen war, die Tür offengelassen. Stand Michael schon lange in der Diele? Hatte er gelauscht? Er war im Schlafanzug und sah schrecklich aus: Die Jacke stand offen, das Haar war zerzaust, das Gesicht unrasiert und benommen von den Schlaftabletten.

»Finden Sie das Kind, Maxham«, flüsterte er. »Finden Sie Lucy. Hören Sie auf zu labern und fangen Sie verdammt noch mal an zu suchen.«

2

So unsympathisch Maxham ihr auch war, mußte Sally ihm doch zugestehen, daß er die Situation im Griff hatte. Er bat Sally, ihn und Carlow in der Wohnung herumzuführen, während Yvonne sich mit Michael an den Tisch setzte. Wäre er mit einem der Kollegen allein geblieben, hätte er möglicherweise einen Streit vom Zaun gebrochen. Mit einer Frau würde Michael sich nicht streiten. Frauen, die er nur flüchtig kannte, behandelte er wie zerbrechliche Gegenstände, die leicht kaputtgingen, wenn man sie grob anfaßte.

Sally hörte Michael und Yvonne reden, während sie die beiden Kriminalbeamten durch die Wohnung führte. Wobei es in ihrem Gespräch ging, war nicht zu verstehen, aber der Rhythmus, in dem die Stimmen sich hoben und senkten, verstummten und wieder einsetzten, klang beruhigend normal.

Als sie ins Wohnzimmer zurückkamen, sah Michael Maxham an, und Sally merkte, daß sich nichts geändert hatte.

»Alles spricht dafür, daß ein Mann sie entführt hat«, sagte er. »Das wissen Sie. Frauen greifen sich Kleinkinder.«

Maxham verzog die Lippen und zischte: »Wir müssen abwarten.« Er wandte sich an Sally. »Vielen Dank für Ihre Hilfe, Mrs. Appleyard. Wir bleiben in Kontakt. Und keine Sorge – wir tun wirklich alles, was wir können.«

»Arschloch«, sagte Michael halblaut, aber durchaus vernehmlich, während Sally seine Kollegen zur Tür brachte.

3

Michael rasierte sich und duschte. Inzwischen war es Nachmittag geworden. Sally hatte Tee gebrüht, aber nur Yvonne wollte welchen. Die Polizistin tat, was sie konnte, aber Sally kam es vor, als hätten sie ein Kindermädchen im Haus. Yvonne saß am Telefon, scheinbar in die letzten Lücken des Kreuzworträtsels im *Daily Telegraph* vertieft.

Michael schob seinen Becher weg. »Entschuldige, Sal, aber hier kann ich nicht bleiben. Die Wände erdrücken mich. Ich muß an die frische Luft.«

Am liebsten hätte sie seine Hand festgehalten. *Laß mich nicht allein.* Aber sie fragte nur: »Bleibst du lange?«

Ohne zu antworten, griff er nach seiner Jacke, schob die Brieftasche in die eine und die Schlüssel in die andere Tasche. Es war eine gewachste Jacke, und das erinnerte sie an Oliver.

»Vielleicht solltest du irgendwann mal Oliver anrufen.«

»Wenn ich wieder da bin.« Er beugte sich zu ihr herunter und küßte ihren Scheitel. »Ich liebe dich«, sagte er so leise, daß Yvonne es nicht mitbekam, dann richtete er sich auf. »Bin bald wieder da.«

Einen Augenblick ließ er seine Hand auf Sallys Schulter liegen, dann nickte er Yvonne zu und ging. Die beiden Frauen saßen da und schwiegen sich an. Die Wohnungstür öffnete und schloß sich. Schritte gingen zielstrebig die Treppe hinunter. Sally konnte nur hoffen, daß er sich nicht in eine Prügelei mit den Journalisten verwickeln ließ. Nach ein paar Sekunden atmete sie auf. Niemand schrie auf der Straße herum.

Am Samstag sah sie Michael nicht wieder. Die nächsten fünf Stunden brachte sie in der Nähe des Telefons zu. Wenn es läutete, nahm Yvonne ab und schüttelte den Kopf, wenn sich herausstellte, daß der Anrufer nicht Michael war.

Womöglich, dachte Sally, war Michael verhaftet worden; oder er irrte weinend durch London und suchte Lucy; sie dachte an Unfälle, an ein plötzliches Durchdrehen, an Selbstmord. In all ihrem Elend wußte sie, daß Lucys Abwesenheit viel schwerwiegender war als die von Michael. Die größere Angst verdrängte die kleinere zwar nicht, machte sie aber leichter erträglich. Das hinderte sie nicht daran, sich über ihn zu ärgern.

»Der Mistkerl«, platzte sie heraus, nachdem wieder jemand angerufen hatte, mit dem sie nicht sprechen wollte.

»Recht so«, bekräftigte Yvonne. »Machen Sie sich ruhig Luft!«

»Weiß Maxham, daß Michael verschwunden ist?«

Yvonne nickte. »Ich mußte es ihm sagen. Tut mir leid.«

»Sie können ja nichts dafür.«

Auf dem Kaminsims fand Sally Olivers Nachricht, sie lehnte an der kaputten silbernen Uhr, David Byfields Hochzeitsgeschenk. *Michael und Sally: Bitte ruft mich an, wenn ich was tun kann. Oliver.* Darunter hatte er seine Telefonnummer geschrieben. Sehr vernünftig. Und höflich obendrein. Als Yvonne in der Küche frischen Tee brühte, ging Sally zum Telefon. Oliver meldete sich nach dem zweiten Läuten.

»Ich bin's, Sally.«

»Was Neues?«

»Nein. Nicht direkt.« Sie erzählte ihm von Michaels Verschwinden. »Ich – ich dachte nur, daß er vielleicht bei dir ist.«

»Leider nicht. Das hat mich übrigens Maxham auch schon gefragt. Soll ich kommen?«

»Nein.« In der Küche klapperte es. »Ich muß Schluß machen.«

»Du kannst mich jederzeit anrufen, Sally, das weißt du.«

»Ja, danke.« Sie legte rasch auf, als Yvonne mit dem Tee hereinkam. »Ich hab nur mal eben bei Oliver Rickford angerufen. Da ist er auch nicht.«

Sally setzte sich mit dem Tee an den Tisch. Was so weh tat, war die Tatsache, daß Michael sie ausgesperrt hatte. *In guten wie in schlechten Tagen* – bedeutete das nichts mehr für ihn? Wenn die Trauformel für ihn eine Belanglosigkeit war, warum hatte er dann überhaupt geheiratet? Für den Sex hätte er auch eine andere Frau gefunden. Vielleicht war das die Erklärung: daß er bei einer Nutte war und für das zahlte, was ihm seine immer müde Frau nicht geben konnte.

Yvonne ging auf die Toilette. Das Telefon läutete. Sally stürzte hin und schüttete sich den heißen Tee übers Bein.

»*Scheiße*. Hallo?«

»Spreche ich mit Hochwürden Appleyard?« Eine unbekannte Männerstimme. »Sally? Hier Frank Howell, Sie erinnern sich? Ich habe den Artikel über St. George für den *Standard* geschrieben.«

»Bedaure, ich habe nichts zu sagen.«

»Dafür habe ich volles Verständnis, Sally«, tönte es salbungsvoll. »Ich will Sie auch gar nichts fragen. Ehrlich.«

Jetzt hatte sie sein Gesicht wieder vor Augen: der Cherub

mit den schütteren Locken und den rotgeränderten Augen, Dereks Freund. »Ich lege auf, Mr. Howell.«

Er sprach jetzt sehr schnell. »Früher oder später werden Sie und Michael sich der Presse stellen müssen. Vielleicht kann ich Ihnen helfen. Sie brauchen jemanden, der sich auskennt, jemanden, der auf Ihrer Seite ist, jemanden, der –«

»Auf Wiederhören.«

»Wer war das?« wollte Yvonne wissen.

»Ein Journalist, ein gewisser Frank Howell.«

»Der hat schon zweimal angerufen. Überlassen Sie das Telefon mir.«

»Es hätte ja Michael sein können.« *Oder Lucy.* Sally fing wieder an zu weinen.

Yvonne gab ihr eine Handvoll Papiertaschentücher. »Machen Sie sich nicht allzu viele Sorgen, Schätzchen. Bestimmt ist die Erklärung ganz simpel. Er kommt schon wieder, bestimmt.«

Unter Tränen fauchte Sally: »Ich weiß gar nicht, ob ich ihn zurückhaben will.« *Lucy will ich haben.*

4

Später erfuhr Sally, daß Michael sich nach rechts auf die Hauptstraße gewandt hatte und in Richtung U-Bahn gegangen war. In der Bar des *King of Prussia* hatte er sich eine Halbe Bier und einen doppelten Whisky bestellt, hatte – nach Aussage des Barmanns völlig friedlich – allein an einem Tisch in der Ecke gesessen, noch zwei doppelte Whisky getrunken und den Versuch zurückgewiesen, sich in ein Gespräch ziehen zu lassen.

Mit der U-Bahn fuhr er dann nach King's Cross und kaufte sich zum Normalpreis eine Fahrkarte für eine einfache Fahrt nach Cambridge. Weil er die Zeit bis zur Abfahrt irgendwie totschlagen mußte, setzte er sich im Bahnhofsrestaurant an die Bar. Vom Bahnhof Cambridge ging er langsam zu Fuß bis in die Stadtmitte und auf der anderen Seite aus dem Zentrum wieder heraus. Unterwegs kehrte er in zwei Pubs ein. Er torkelte die Huntington Road hoch. Kurz vor halb neun kam er zu einem kleinen, häßlichen modernen Wohnblock in der Nähe des Fitzwilliam College. Er drückte einen der Klingelknöpfe und legte sich auf dem nassen Gras zur Ruhe. Bald war er eingeschlafen.

Wenig später läutete das Telefon im Wohnzimmer der Appleyards in der Hercules Road. Yvonne meldete sich, hörte einen Augenblick zu, schaltete den Ton ab und sah Sally an.

»Ein gewisser Vater Byfield. Möchten Sie mit ihm sprechen? Er sagt, daß Ihr Mann bei ihm ist.«

Sally war gleichzeitig wütend und erleichtert, als sie Onkel Davids Stimme hörte. Die Eifersucht meldete sich und auch ein Gefühl des Versagens. Sie hätte wissen können, daß sich Michael in einer Krise nicht ihr, sondern seinem Taufpaten zuwenden würde.

SECHS

> »Was demnach die Geister betrift, so läugne ich das Daseyn der Geister so wenig, das ich vielmehr leicht glauben kan, das nicht nur ganze Länder, sondern auch einzelne Personen ihre Schuzengel haben.«
>
> *Religio Medici* 1, 33

I

»Mummy, Mummy, wo bist du?«

Aus der Gegensprechanlage tönte Lucys Stimme, als käme sie aus einem kleinen Roboter. Ohne die Anlage und bei geschlossenen Türen hätten sie nichts gehört, weil der Keller jetzt so gut schallgedämmt war.

»Mummy!« Das Rufen steigerte sich zu lautem Gejammer. »Wo bist du?«

Angel legte ihre Serviette auf den Tisch, stand auf und streckte den langen weißen Arm nach den Schlüsseln auf der Arbeitsfläche aus. An der Tür wandte sie sich noch einmal nach Eddie um.

»Mach du hier Ordnung. Ich kümmere mich um sie.«

Lucy schluchzte. Im Geiste sah Eddie sie in dem Pyjama, den er für sie bei Selfridges gekauft hatte, an der Tür stehen oder zusammengerollt im Bett liegen. Der dunkelgelbe Stoff mit dem roten Sternenmuster stand ihr an sich gut, weil sie brünett war, gestern abend allerdings hatte sie sich nicht von ihrer besten Seite präsentiert. Im trüben Licht der Nachttischlampe war ihr Gesicht weiß, fast grün gewesen, der Mund ein zerklüftetes schwarzes Loch, die verweinten Augen fast zugeschwollen.

»Daddy, Mummy.«

Er hörte eine Reihe kurzer Knisterlaute: Angel hatte die Tür zum Keller aufgeschlossen und geöffnet.

»*Mummy!* Ich will –«

»Mummy ist bald wieder da.« Angels Stimme klang scharf und blechern. Ein Klicken. Sie hatte die Tür hinter sich geschlossen. »Warum bist du überhaupt aufgestanden? Und wo sind deine Hausschuhe?«

»Wo ist Mummy? Wo bin ich? Wo ist Daddy?«

»Mummy und Daddy mußten für ein, zwei Tage weg. Weißt du nicht mehr? Eddie und ich passen auf dich auf.« Eine Pause. Lucy reagierte nicht. »Ich bin Angel.«

Lucy fing wieder an zu weinen. Die Gegensprechanlage verfälschte und verzerrte ihren Kummer.

»Schluß jetzt, oder muß ich erst böse werden? Denk mal, wie traurig Mummy wäre, wenn sie wüßte, daß du unartig warst.«

Das Geheul wurde lauter.

»Lucy! Es wird dir nicht gefallen, wenn ich böse werde. Unartige Kinder haben Strafe verdient.«

Jämmerliches Gewimmer, dann ein scharfer Knall wie von einer Peitsche. Das Weinen verstummte jäh.

»Für kleine Schreihälse ist hier kein Platz. Nimm dich gefälligst zusammen.«

Eddie hielt es nicht mehr aus. Er schaltete die Anlage ab und lauschte der Stille, die in die Küche sickerte wie Wasser in einen Teich.

2

Da leben wir nun alle miteinander auf diesem überfüllten Planeten, dachte Eddie, gehören alle der gleichen Gattung an und sind uns doch allesamt ein Geheimnis. Besonders Angel war, wie Churchill von Rußland gesagt hatte, ein Rätsel in einem Geheimnis in einem Mysterium. Wo kam sie her? Wie alt war sie? Wer war sie? Warum widmete sie kleinen Mädchen, für die sie doch offenbar nicht besonders viel übrig hatte, einen großen Teil ihrer Zeit? Und nicht zuletzt: Warum hatte Angel gesagt, daß es mit Lucy eine besondere Bewandtnis hatte? Worin unterschied sich Lucy von den drei anderen?

Nichts an Angel war klar und unkompliziert. Es war, als sei sie vor knapp sechs Jahren, an jenem Märzabend, als Eddie sie kennengelernt hatte, fix und fertig, als erwachsene Frau, vom Himmel gefallen. Sie kam auf eine Anzeige hin, die Eddies Mutter in den *Evening Standard* gesetzt hatte. In der Anzeige hatte der Name der Straße, nicht aber der Name der Hausbesitzer oder die Hausnummer gestanden. Bei all dem komischen Volk, das heutzutage so herumläuft, hatte Eddies Mutter gesagt, kann man nicht vorsichtig genug sein.

Männliche Bewerber hatte Thelma von vornherein ausgeschlossen. »Widerliche Drecksäue. Frauen sind viel ordentlicher und sauberer.« Daß sie Eddie von dieser pauschalen Beurteilung des männlichen Geschlechts ausnahm, bestätigte seinen Verdacht, daß seine Mutter ihn nicht wirklich als Mann betrachtete.

Als Angel anrief, nannte Eddies Mutter ihr bereitwillig die Hausnummer. Angels Stimme hatte ihr gefallen.

»Wenigstens spricht sie korrektes Englisch, was man von den anderen nicht behaupten kann. Und sie hat Arbeit, sagt sie. Ich möchte nicht den ganzen Tag über eine dieser

Schlampen stolpern müssen, die sich mit ihrer Sozialhilfe einen schönen Lenz machen.«

Vor Angel hatten bereits neun Interessentinnen angerufen, von denen keine aufgefordert worden war, sich das Zimmer anzusehen. Thelma hatte etwas gegen Iren, Westindier, Asiaten und alle, die »irgendwie ungebildet« sprachen.

Als es klingelte, saßen Eddie und seine Mutter im Vorderzimmer vor dem Fernseher.

»Pünktlich ist sie«, bemerkte Thelma nach einem Blick auf ihre Armbanduhr. »Das ist immerhin schon was.«

Eddie ging in die Diele und linste durch den Spion. Er konnte wenig von der Besucherin sehen, weil sie sich umgewandt hatte und den Verkehr beobachtete, außerdem trug sie einen langen hellen Regenmantel mit Kapuze. Als er aufmachte, drehte sie sich zu ihm um.

Sie war bildschön. Einen Augenblick war er wie gelähmt von ihrer Vollkommenheit. Eine so schöne Frau hatte er noch nie im wirklichen Leben, sondern nur im Fernsehen, auf Bildern und im Film gesehen. Sie betrachtete ihn so genau, als prüfe sie ihn auf seine Brauchbarkeit, dabei verhielt es sich ja schließlich umgekehrt.

»Ah ja«, sagte er. »Äh ... Miss ... äh ... kommen Sie doch herein.«

Es gab eine winzige Pause. Dann ging zu seiner Erleichterung ein Lächeln über ihr Gesicht, und sie trat aus dem Regen ins Haus. Angel war etwa so groß wie er, nämlich eins fünfundsechzig. Sie hatte ein längliches Gesicht mit zartem Knochenbau und die makellose Haut eines Kindes. Thelma, der vor Argwohn schier die Augen aus den Höhlen quollen, brachte sie nach oben ins Gästezimmer. Eddie drückte sich in der Diele herum und lauschte.

»Wie reizend«, hörte er Angel sagen. »Und – wenn Sie mir die Bemerkung gestatten – wie geschmackvoll tapeziert.« Die Stimme war sehr selbstsicher, und die betont deutliche Aussprache ließ eine entsprechende Klarheit im Denken vermuten.

Als die beiden Frauen wieder herunterkamen, unterhielten sie sich schon wie alte Bekannte. Zu Eddies Verblüffung spielte seine Mutter die weltgewandte Gastgeberin.

»Meist trinken wir um diese Zeit ein Glas Sherry, Miss Wharton. Wenn Sie uns die Freude machen würden ...«

»Sehr liebenswürdig.«

Thelma sah Eddie scharf an. Nach einer verlegenen Pause sprang er auf und ging in die Küche, um nach dem süßem Sherry zu fahnden, den sein Vater Weihnachten vor einem Jahr aufgemacht hatte. Als er mit drei verschiedenen Gläsern auf einem Tablett zurückkam, erörterten die beiden Frauen schon die Frage, wie bald Angel würde einziehen können.

»Ich müßte Sie natürlich um eine Monatsmiete Kaution und entsprechende Referenzen bitten.«

»Selbstverständlich.« Angel machte die Handtasche auf. »Ich habe hier eine Empfehlung von Mrs. Hawley-Minton, der Besitzerin der Agentur, für die ich arbeite.«

»Eine Hauspflege-Agentur?«

»Kinderpflege. Die Agentur vermittelt hauptsächlich Kindermädchen mit entsprechender Ausbildung.«

»Eddie«, mahnte Thelma. »Den Sherry!«

Er reichte die Gläser herum. Thelma entnahm dem Umschlag, den Angel ihr gegeben hatte, ein Blatt Papier mit gedrucktem Briefkopf und setzte sich die Lesebrille auf. Eddie und Angel tranken ihren Sherry.

Thelma setzte sich in Positur. »Wie ich sehe, kannte Mrs. Hawley-Minton Ihre Eltern«, sagte sie.

»Ja, deshalb hat sie mich eingestellt. Sie ist in diesen Dingen sehr vorsichtig.«

Thelma sah fragend über die Ränder der Lesebrille.

»So ein Unternehmen ist eine große Verantwortung«, erläuterte Angel. »Zumal es sich um Kinder handelt. Sie ist der Meinung, daß man nicht vorsichtig genug sein kann.«

»Eben«, bestätigte Thelma und fügte nach einer kleinen Pause hinzu: »Genau das sage ich auch immer.« Sie faltete das Empfehlungsschreiben und gab es Angel zurück. »Also, Miss Wharton, das hört sich gut an. Wann möchten Sie denn einziehen?«

3

Damals hieß Angel noch Miss Wharton. Thelma nahm Zuflucht zu einer veralteten Förmlichkeit, Eddie vermied es, Angel überhaupt mit Namen anzureden, aber nachts flüsterte er manchmal ihren Vornamen, Angela, vor sich hin, legte ihn sich gleichsam probeweise auf die Zunge, wo er sich fremd und sperrig anfühlte.

Meist hielt sich Angel in ihrem Zimmer auf. Natürlich durfte sie das Badezimmer mitbenutzen, und sie hatte einen Hausschlüssel. Eine Zeitlang besaß sie sämtliche – sogar negative – Tugenden.

»Ich bin so froh, daß sie nicht raucht«, sagte Thelma, die das, was ihr früher eine Lust gewesen war, jetzt als Laster geißelte. »Das riecht man nämlich im ganzen Haus, nicht nur in ihrem Zimmer. Aber wenn man mit Kindern zu tun hat, verbietet sich so was wohl von selbst.«

Vor Angels Einzug hatte Thelma sich schwere Sorgen wegen des Telefons gemacht. Im Geiste sah sie ihre Untermieterin schon verbotene Ferngespräche mit Australien führen, hörte ohne Ende das Telefon läuten (wer so aussah wie Angel, führte zwangsläufig ein sehr geselliges Leben), stellte sie sich in langen Gesprächen mit Freundinnen oder schlimmer noch Freunden vor.

Doch schon sehr bald zerstreute Angel diese Befürchtungen. Sie selbst telefonierte nur selten und führte über ihre Gespräche gewissenhaft Buch. Angerufen wurde sie eigentlich nur von Mrs. Hawley-Mintons Agentur. Im Lauf der Zeit entwickelte sich zwischen Thelma und Mrs. Hawley-Minton fast so etwas wie eine Telefonfreundschaft.

»Sie schätzen dort Miss Wharton sehr«, berichtete sie. »Mrs. Hawley-Minton sagt, daß ihre Klienten immer wieder sie verlangen. Einer war ein richtiger Prinz, sein Vater war ein König. Von Bulgarien, glaube ich. Längst abgesetzt natürlich, aber trotzdem ...«

Eddie beneidete Angel um ihren Job. Er dachte viel an ihre Kinder und überlegte, was sie mit ihnen treiben mochte. Manchmal stellte er sich vor, er sei Angela, stecke in ihren Sachen, in ihrer Haut, hinter ihren Augen.

»Diese Woche arbeitet sie am Belgrave Square«, sagte Thelma etwa – in Ermangelung anderer Gesprächspartner – zu Eddie. »Er ist ein peruanischer Millionär, und sie hat irgendwas mit der Botschaft zu tun.« Und Eddie sah dunkelhaarige Kinder mit ernsthaften Gesichtern und großen Augen in einem Kinderzimmer mit vergitterten Fenstern unter dem Dach, er sah sich an Angels Stelle mit ihnen spielen und sie beaufsichtigen.

Angels ungeklärte Herkunft und das völlige Fehlen eines Freundes- und Bekanntenkreises machten Thelma neugierig. »Wenn du mich fragst, hat sie eine unglückliche Liebe hinter sich. Erzähl mir nicht, daß eine Frau wie sie nicht unheimlich viele Chancen hat. Wetten, daß jede Menge geile Böcke hinter ihr herhecheln, sobald sie nur über die Straße geht?«

Thelmas deftige Ausdrucksweise überraschte, ja schokkierte ihren Sohn. Zu Stanleys Lebzeiten hatte er sie nie von dieser Seite erlebt. An der Vorstellung eines hypothetischen Verlobten fand sie offenbar großen Gefallen.

»Vielleicht war sie verlobt, und er ist ums Leben gekommen, und seither hat sie nie einen anderen Mann angesehen.« Thelma hatte auch eine ausgeprägte sentimentale Ader, die meist tief verborgen war, hin und wieder aber unerwartet ans Tageslicht trat. »Vielleicht war er in der Armee wie Miss Whartons Vater.« Mrs. Hawley-Mintons verstorbener Mann war Brigadekommandeur gewesen, und er und Angels Vater hatten im Krieg zusammen in Indien gedient. »Die Eltern scheinen tot zu sein«, vertraute Thelma ihrem Sohn an. »Sie steht offenbar ganz allein in der Welt.«

Thelmas Neugier erstreckte sich auch auf Angels Habe. Das Putzen und Bettenmachen in ihrem Zimmer besorgte Angel selbst, aber Thelma hatte einen Zweitschlüssel, und wenn Angel aus dem Haus war, schloß sie hin und wieder das Zimmer der Untermieterin auf und erkundete mit aller gebotenen Vorsicht ihr Privatleben.

»Nicht, daß ich meine Nase in ihre Angelegenheiten stecken will, aber in gewisser Weise bin ich schließlich für sie verantwortlich. Und ich muß mich davon überzeugen, daß sie nicht Löcher in die Tagesdecke brennt oder den Heizofen anläßt, wenn sie weggeht.«

Eddie sah seiner Mutter einmal bei so einer Invasion zu. Er stand unter der Tür eines Zimmers, das für eine Vermieterin ein Traum sein mußte: sauber, ordentlich, mit einem leisen Geruch nach Bohnerwachs und Angels Parfüm. Thelma bewegte sich im Uhrzeigersinn langsam durch den Raum, öffnete Türen und zog Schubladen heraus. Auf dem Schrank lag ein großer moderner Koffer.

»Abgeschlossen«, stellte Thelma interessiert, aber ohne Ärger fest.

In dem Schrank neben dem Bett stand eine kleine Japanlackschachtel, die ebenfalls verschlossen war. »Da hat sie vermutlich Familiendokumente drin, Erinnerungen an ihre Eltern und an den Verlobten. Komisch, daß keine Fotos von ihnen dastehen. Auf dem Ankleidetisch ist Platz genug.«

»Du hast ja auch kein Bild von Dad«, wandte Eddie ein.

»Das ist was anderes«, schnaufte Thelma. »Sie hat jede Menge Bücher, nicht? Ob sie die auch gelesen hat?« Sie guckte auf die Buchrücken. »Daß sie fromm ist, sieht man ihr nicht an, was?« In dem Wort »fromm« schwang ein Ton mit, bei dem sich Staunen, Mitleid und Neugier die Waage hielten. »Hätte ich nie gedacht.«

Eddie sah eine Bibel, ein Gebet- und ein Gesangbuch, und als er den Blick über die Buchreihen wandern ließ, erfaßte er flüchtig weitere Titel. G. K. Chestertons Biographie des Thomas von Aquin; die *Religio Medici* von Sir Thomas Browne; *Der christliche Glaube*; *Die vier letzten Dinge; Ein Lexikon christlicher Theologie*; *Schild des Glaubens*; *Mensch, Gott und Gebet.*

»Zur Kirche geht sie wohl nicht«, überlegte Thelma. »Das wäre uns aufgefallen.« Sie trat an den Ankleidetisch, griff nach einem Parfümflakon und schnupperte. »Riecht gut.« Sie stellte das Parfüm wieder hin. »Ist aber bei dem Preis auch nicht mehr als recht und billig. Von dem Geld, das sie braucht, um sich rauszuputzen, könnte eine vierköpfige Familie satt werden.«

Die Bemerkung blieb, so belanglos sie war, Eddie im Gedächtnis. Es war das erste Anzeichen für eine Entfremdung zwischen Thelma und Angel. Seine Mutter war von Natur aus kritisch veranlagt, mäkelte gern an allem herum und war mit Menschen wie mit Dingen nie lange zufrieden. Ihr Leben lang strebte sie nach Vollkommenheit und hätte nicht gewußt, was sie tun sollte, wäre es ihr je gelungen, sie zu erreichen.

Ein milder grauer Frühling ging in einen milden grauen Sommer über, und die Nörgelei nahm zu. Thelma schoß ihre spitzen Bemerkungen ab wie Pfeile; zuerst waren es nur ein oder zwei, aber es wurden stetig mehr.

Wie sie es mit Stanley gemacht hatte, so machte sie es auch mit Angel. Sowenig wie sie versucht hatte, sich ihres Mannes mit Gewalt zu entledigen, sowenig versuchte sie das bei ihrer Untermieterin. Daß Angel offenbar nicht bereit war, Thelmas Spitzen so zu deuten, wie sie gemeint waren, ärgerte Eddies Mutter maßlos, aber da war nichts zu machen: Angel trug ihren Gleichmut wie eine Rüstung.

An einem sonnigen Sommervormittag ging Eddie mit einem Kaffee in den Garten. Seine Mutter war ausnahmsweise nicht da – alle vier Wochen fuhr sie im Taxi zum Ärztezentrum, wo sie sich den Blutdruck messen ließ und ihre Monatsration an Pillen und Sprays abholte –, und er war ungewöhnlich entspannt und guter Dinge. Langsam ging er auf das Dickicht aus Büschen und Bäumen am Ende des Gartens zu.

Seine friedliche Stimmung war mit einem Schlag dahin, als er hörte, wie die Hintertür aufging. Er drehte sich um. Angel bahnte sich an einem verunkrauteten Blumenbeet vorbei einen Weg durch das hohe Gras. Das Haar fiel ihr offen bis auf die Schultern, sie trug ein kurzes grünes Kleid und Sandalen. Die Sonne stand rechts und ein wenig hinter ihr, so daß der goldene Glanz auf Angels Haar fiel und ihr Gesicht im Schatten lag.

»Störe ich?«

»Nein.« Er wich bis zum Zaun zurück.

»Es ist ein so schöner Tag, da mußte ich einfach aus dem Haus.«

Er trank einen Schluck Kaffee, an dem er sich prompt die Zunge verbrannte.

»Neulich habe ich einen Fuchs gesehen.« Angel deutete zum Carver-Gelände hinüber. »Er ist in diese Richtung gelaufen. Wahrscheinlich auf das unbebaute Terrain dahinten.«

»Es gibt hier viele wildlebende Tiere.«

»Ein Jammer, daß der Garten so ungepflegt ist.« Sie stand jetzt neben ihm, und er roch ihr Parfüm. Sie sah zu den Sozialsiedlungen hinüber. »Aber immer noch besser eine Wildnis als so was.«

Eddie nickte.

Nach einer kleinen Pause fuhr Angel fort: »Sehen Sie die Frau mit dem Fernglas? Sie steht oft auf dem Balkon mit den Geranien.«

Nur auf einem Balkon waren Geranien. Nicht nur deshalb stach er auffällig von seinen Nachbarn ab, sondern auch wegen der Ordnung, die darauf herrschte, wegen des frisch gestrichenen Geländers und des Fehlens einer Satellitenschüssel. Zur Zeit stand dort niemand.

»Ich glaube, sie beobachtet Vögel«, sagte Eddie. »Sie heißt Mrs. Reynolds.«

»Eben war sie noch da. Als ich in meinem Zimmer aus dem Fenster sah, hatte ich fast den Eindruck, daß die Frau Sie beobachtet.«

»Wirklich? Aber warum?«

»Wahrscheinlicher ist, daß sie sich das Haus angeguckt hat. Oder Ihr Nachbarhaus. Vielleicht sitzt ein Vogel auf dem Dach.« Sie lächelte. »Lassen Sie Ihr den Spaß und nehmen Sie's nicht persönlich.«

»Nein, nein. Natürlich nicht.«

»Alte Frauen benehmen sich manchmal wunderlich.« Angel sah zum Haus zurück, und Eddie wußte, daß Mrs. Reynolds nicht die einzige alte Frau war, an die sie dachte. »Aber das ist ihr Problem und braucht uns nicht zu kümmern.«

4

Als im Lauf des Sommers seine Mutter ihrer Untermieterin gegenüber immer kritteliger wurde, merkte Eddie, daß er sich für Angel zu erwärmen begann. Es war ein allmählicher, unterschwelliger Vorgang. Wenn sie sich auf der Diele begegneten, lächelte sie ihm jetzt zu oder fragte ihn nach seiner Meinung zum Wetter und hörte sich seine Antwort an, als ob seine Antwort wirklich zählte. Wenn Thelma sich wieder einmal besonders unmöglich aufgeführt hatte, sah Angel ihn an, und wenn ihre Blicke sich dann trafen, hatte er das beglückende Gefühl, daß sie ein Geheimnis und ihre Belustigung miteinander teilten.

Eddie empfand diese Signale als schmeichelhaft und beängstigend zugleich. Frauen, zumal schöne Frauen wie Angel, hatten sich bisher noch nie für ihn interessiert, wobei er, wie er sich sagte, Angel gar nicht speziell als Frau, sondern einfach als Mensch schätzte. Natürlich hatte seine Reaktion auch etwas mit ihrer Schönheit zu tun; sie verlieh allem, was sie sagte und tat, besonderes Gewicht.

Dann kam der erste Septembersonntag, ein schöner Spätsommertag. Nach dem Frühstück hatte Eddie Lust zu einem Spaziergang auf der Heath. (Seit dem Tod seines Vaters hatte er keine Hemmungen mehr, aus dem Haus zu gehen.) Als er Haverstock Hill hochging, warf er zufällig einen Blick hinter sich und sah, daß Angel langsam in dieselbe Richtung ging. Ihre Anwesenheit irritierte ihn. Bei seinen Spaziergängen zog er es vor, sich unter Unbekannten zu bewegen. Er beschleunigte den Schritt und bog auf die nächste Nebenstraße ab. Dort sah er sich noch mehrmals um, ohne Angel zu entdecken. Wahrscheinlich war sie über Rosslyn Hill nach Hampstead Village weitergegangen.

Er verbrachte eine schöne Stunde auf der Heath. Abends mied er die Gegend, weil an manchen Stellen Gewalttätigkeit und Gefahren lauerten und angeblich Männer herumschlichen, die abscheuliche Sachen miteinander machten. An den Wochenenden und während der Schulferien aber wimmelte es tagsüber auf der Heath von Kindern, von denen manche in Begleitung von Erwachsenen, manche aber auch allein waren. Auf dem Parliament Hill setzte er sich auf eine Bank und sah zu, wie mißmutige Väter Drachen für gelangweilte Kinder steigen ließen. Unter ihm lag die Stadt; Ziegel und Stein, Glas und Asphalt, Blau- und Grau- und Grüntöne vibrierten wie lebendig im Dunst.

Zu Eddies Freude turnten zwei etwa achtjährige Mädchen in der Nähe seiner Bank herum. Sie waren in einem Alter, in dem Kinder noch unbefangen mit ihrem Körper umgehen und wie selbstverständlich im Wettkampf ihre

Kräfte messen. Die eine trug Jeans, die andere – ein Kind mit blassem, ernsthaftem Sommersprossengesicht – hatte über einem knappen Kleidchen ein Sweatshirt an. Eddie beobachtete sie unauffällig. Er überlegte, ob sie ihn bewußt herausforderte, wie Alison es in jenem fernen Sommer getan hatte, als sie sich auf der Schaukel immer höher geschwungen, immer mehr enthüllt und so getan hatte, als wüßte sie nicht, daß er sie beobachtete. Er sah das Mädchen an und fragte sich, wie weich die Haut über den eckigen Knien wohl sein mochte.

So jäh, daß er hörbar nach Luft schnappen mußte, wurde diese wohlige Träumerei zerstört.

»Sind sie nicht süß?« Angel setzte sich neben ihm. »Die reinsten Energiebündel. Wo nehmen sie nur all die Kraft her?«

Eddie sah sie bestürzt an. Schon normalerweise hätte der Schreck über ihr unerwartetes Auftauchen einen Rückfall in seine frühere Schüchternheit ausgelöst, aber das hier war noch schlimmer. Hatte man ihm etwas von seinen Überlegungen angesehen? Als Kinderschwester hatte Angel bestimmt einen guten Blick für fremde Männer, die Kinder beobachteten.

»Ein wunderbarer Tag für die Heath. Der beste Teil des Sommers.«

»Ja«, brachte er mühsam heraus. »So schöne Sonne.«

Der Wind wehte eine blonde Haarsträhne in seine Richtung. Angel strich sie zurück. Dabei streifte ihr Ärmel den seinen, und ihr Parfüm stieg ihm in die Nase. Sie trug ein blaues Sweatshirt und Jeans. Ihre glatte linke Hand mit den langen Fingern lag jetzt auf ihrem Bein. Die Nägel waren nicht ganz oval, eher eiförmig, zum Nagelbett hin schmaler zulaufend. Sie trug keine Ringe.

Er sah schnell weg; sie sollte nicht meinen, daß er sie anstarrte. Er war geradezu erleichtert, als die beiden Mädchen den Hang hinunterliefen und einer Person, die unten stand, laut etwas zuriefen. Jetzt brauchte er keine Angst mehr zu haben, daß man ihm sein Interesse ansah.

»Möchten Sie eins?« Verwirrt sah Eddie sie an. Sekundenlang dachte er tatsächlich, sie habe die Mädchen gemeint. Aber Angel streckte ihm eine geöffnete Rolle Polo-Pfefferminz hin. Er nahm ein Dragee, um sie nicht zu kränken. Einen Augenblick saßen sie schweigend nebeneinander. Das Pfefferminz kam ihm ungewöhnlich stark vor, und er hustete.

»Ich komme gern her«, sagte Angel. »Es ist so nett, die Kinder spielen zu sehen.«

Eddie biß heftig auf sein Polo, und es zerfiel. Zwei halbwüchsige Jungen jagten auf ihren Fahrrädern vorbei. Einer ließ im Vorbeifahren eine Chipstüte fallen.

»Die Älteren sind längst nicht mehr so ansprechend, finden Sie nicht?« Sie schien keine Antwort zu erwarten. »Aber ständig hätte ich nicht gern Kinder um mich, das wäre mir zu anstrengend. Und Sie?«

Er schluckte schleunigst das zerbissene Pfefferminz hinunter, dessen scharfe Kanten ihn in der Kehle kratzten. »Wie meinten Sie?«

Angel lächelte. »Ich wollte wissen, ob Sie gern eigene Kinder hätten. Ich nicht.«

»Nein«, entfuhr es Eddie viel nachdrücklicher als beabsichtigt. Er dachte an die Jungen auf den Fahrrädern, an Mandy und Sian in der Dale-Grove-Gesamtschule, an alle Heranwachsenden. Er fürchtete, schon zuviel verraten zu haben, und nahm Zuflucht zu einer Binsenweisheit. »Ich finde, es gibt auf der Welt ohnehin schon zu viele Menschen. Fünfeinhalb Milliarden, und jeden Tag werden es mehr.«

Angel nickte ernsthaft. »Ein sehr gutes Argument.« Das klang, als habe sie die Frage aus diesem Blickwinkel noch nie betrachtet. »Aber trotzdem – als kleine Fratzen sind sie einfach süß. Deshalb liebe ich meinen Beruf. Er verschafft mir viel Freude, ohne daß sich eine langfristige Verantwortung damit verbindet.«

»Wie schön für Sie.«

Sie saßen noch fünf Minuten beisammen und sprachen über die Stadt unter ihnen und ihre Geschichte. Allmählich entspannte sich Eddie. Zu seiner Überraschung merkte er, daß er Gefallen an dem Gespräch fand – oder vielmehr an der neuartigen Erfahrung, jemanden zu haben, mit dem er ein Gespräch führen konnte.

»Wie ist übrigens unsere Straße zu ihrem Namen gekommen?« wollte Angel wissen. »Ich habe Ihre Mutter danach gefragt, aber die wußte es nicht.«

»Im Mittelalter hat das ganze Land dort dem Bischof von Rosington gehört.«

Eine Wolke schob sich vor die Sonne.

»So was Ähnliches hab ich mir schon gedacht. Es wird kalt.« Angel schlug mit einer übertrieben dramatischen Geste die Arme übereinander. »Etwas Warmes wäre jetzt nicht schlecht. Auf dem South End Green ist ein Café.«

Ehe Eddie wußte, wie ihm geschah, gingen sie zusammen den Hang hinunter. Er kam sich vor, als sei er leichter als sonst, er schwebte wie ein Raumfahrer. *Das kann doch nicht wahr sein.* Etwas drängte ihn, so schnell wie möglich das Weite zu suchen, aber die verschiedensten Überlegungen hinderten ihn daran. Einmal wäre es natürlich sehr unhöflich gewesen, außerdem fühlte er sich geschmeichelt, weil Angel seine Gesellschaft gesucht hatte, und hoffte fast, er würde Bekannten begegnen, die sie zusammen sahen, und dann war da noch das dunkle, aber machtvolle Gefühl, daß er und Angel durch ihr Zusammensein seiner Mutter ein Schnippchen schlugen. Endlich einmal war er, Eddie, nicht allein, er und Angel waren ein Paar. Wie hieß es im Sprichwort? Können Zweie sich vertragen, hat der Dritte nichts zu sagen. Dann saßen sie zusammen an einem Tisch, und aus ihren Kaffeetassen stieg in einer Doppelsäule der Dampf hoch.

»Wunderbar!« Angel lächelte ihn an. »Es tut gut, an die

frische Luft zu kommen. Manchmal mache ich mir Sorgen um Ihre Mutter, sie sitzt so viel im Haus.«

»Sie ist gern zu Hause. So war sie schon immer. Auch zu Lebzeiten meines Vaters.«

»Hauptsache, sie ist glücklich.«

»Sie wird alt«, sagte Eddie und meinte damit, daß er sich Glück bei alten Leuten überhaupt nicht vorstellen konnte.

Angel ging nicht auf das ein, was er gesagt hatte, sondern auf das, was er dachte. »Das Alter ist eine sehr traurige Angelegenheit. Ich möchte nicht gern alt sein.« Sekundenlang war ihr Gesicht völlig verändert. Sie machte schmale Lippen und krauste die Stirn, Falten gruben sich in ihre Haut und deuteten an, was die Zukunft für sie bereithalten mochte. Dann lächelte sie, und die Jahre fielen wieder von ihr ab. »Das ist das Schöne bei Kindern: Man kann sich nicht vorstellen, daß sie einmal alt sein werden.«

Eddie nickte. Wie so oft in letzter Zeit mußte er an Alison denken. Wie schön wäre es gewesen, wenn sie für immer das kleine Mädchen aus jenem Sommer des Pinkelspiels, wenn er mit ihr hätte jung bleiben können. Über die Jahre hinweg lächelte er Alison zu.

»Was gibt's zu lachen, Eddie?«

»Wie? Ach, nichts.« Er senkte den Kopf, um seine Verlegenheit zu verbergen. Der Dampf der Kaffeetasse beschlug ihm die Brillengläser.

»Sie haben doch nichts dagegen, daß ich Sie Eddie nenne?«

Er wurde rot. »Natürlich nicht.«

»Aber sagen Sie bitte nicht Angela zu mir. Ein gräßlicher Name.«

Er sah auf. Sie hatte sich zu ihm hinübergebeugt, durch den Dampf sah er ihr Gesicht so verschwommen wie vorhin die Stadt im Dunst. Ihm schien, als lösten sich ihre Züge in Nebel auf. Sie sagte etwas, was er nicht verstand.

»Wie meinten Sie?«

»Meine Freunde nennen mich Angel.«

5

In den nächsten vier Monaten war es für sie beide ganz selbstverständlich, ihr Tun und Treiben Thelma gegenüber geheimzuhalten, obschon es eigentlich keinen Grund dafür gab, ihre immer enger werdende Freundschaft zu verbergen. Eddie machte es großes Vergnügen, zu Hause seiner Mutter gegenüber so zu tun, als sei für ihn Angel nach wie vor nicht mehr als die Untermieterin und er für sie nur der Sohn der Hauswirtin. Auch Angel hatte ihren Spaß daran.

»Kinder spielen gern Komödie«, sagte sie auf einem ihrer Ausflüge. »Und ich glaube, diese Liebe zum Theaterspielen habe ich mir bewahrt.«

Sie trafen sich an allen möglichen öffentlichen Plätzen – im Kino, auf Primrose Hill, in der National Portrait Gallery, im Coffeeshop eines Kaufhauses an der Oxford Street und in einem Pub in der Nähe der Heath, wo draußen die Kinder spielten, während die Eltern in der Gaststube saßen und tranken.

Wenn er mit Angel zusammen war, konnte er sich an Kindern satt sehen, ohne den Argwohn der Erwachsenen fürchten zu müssen. Er und Angel waren fast gleichaltrig, so daß man sie für ein Ehepaar hätte halten können, außerdem waren ein Mann und eine Frau lange nicht so bedrohlich wie ein einzelner Mann.

Einmal sahen sie im Garten eines Pubs in Hampstead, wie ein kleines Mädchen von einer Schaukel fiel und sich das Knie aufschlug. Angel hob die Kleine auf, beruhigte sie und brachte mit einiger Mühe aus ihr heraus, daß die Mutter im Gastraum saß.

»Dann wollen wir mal sehen, ob wir deine Mummy finden.« Angel hob die Kleine hoch, die kaum älter als drei sein konnte, und übergab sie Eddie. »Der nette Mann da wird dich tragen.«

Die Kleine schmiegte sich an Eddie, und er überlegte, ob Angel wohl wußte, daß es ihm Freude machte, ein kleines Mädchen auf dem Arm zu haben. Zu dritt betraten sie das Pub.

»Wo ist jetzt deine Mummy?« fragte Angel.

Die Mutter hatte sie schon entdeckt. Sie stürzte an Angel vorbei auf Eddie zu, riß ihm das Kind aus den Armen und drückte es so fest an sich, daß die bisher ganz friedliche Kleine anfing zu weinen.

Die Frau war rot angelaufen. »Was war denn los?« fuhr sie Eddie an. »Was –?«

Angel unterbrach sie mit ihrer klaren, selbstbewußten Stimme und mit einer Erklärung, in der sich ein Vorwurf verbarg. Die Reaktion der Mutter war ein unerfreuliches Gemisch aus Groll, Dankbarkeit und schlechtem Gewissen. Die untersetzte kleine Person trug einen langen eingestaubten Rock, sie war ungeschminkt, hatte tätowierte Arme und glitzernde Schweinsäuglein hinter einer goldgeränderten Brille. Und sie war blutjung, nicht viel älter, dachte Eddie, als seine früheren Schülerinnen.

»Man kann heutzutage nicht vorsichtig genug sein«, erklärte sie, unbewußt Thelmas Lieblingsausspruch nachbetend. Sie trat zurück, leerte ihr Glas und schleppte das Kind nach draußen.

Eddie und Angel stellten sich an den Tresen.

»Wäre ich nicht dabeigewesen«, sagte Angel beiläufig, »hätte dieses widerliche Weibsbild wahrscheinlich gedacht, du wolltest ihr die Tochter stehlen.«

6

Als es Herbst wurde, schien Thelma zu spüren, daß die Atmosphäre im Haus sich verändert hatte, daß ihr die emotionale Vorherrschaft entglitten war. Sie mäkelte immer mehr an Angel herum, wurde auch Eddie gegenüber mißtrauisch und wollte ständig wissen, wo er gewesen war. Es kam nie zum offenen Streit zwischen ihr und Angel, aber die frühere Herzlichkeit war nur noch Erinnerung.

Eddie war von Natur aus ein vorsichtiger Mensch, weshalb er sich auch von den Netzwerken jener Zeitgenossen fernhielt, die seine Neigungen teilten; daß es diese Netzwerke gab, wußte er aus der Zeitung. Auf einen Bruch mit seiner Mutter wollte er es nicht ankommen lassen. Manchmal versuchte er sich vorzustellen, wie es wäre, wenn er und Angel sich eine gemeinsame Wohnung, vielleicht sogar ein kleines Haus leisten könnten. Finanziell war das völlig ausgeschlossen. Er hatte nur das zum Leben, was der Staat und seine Mutter ihm bewilligten.

Es war klüger, zumindest vorläufig einen Fuß in beiden Lagern zu haben. Deshalb erzählte er Angel auch nichts von Thelmas Schnüffeleien. Er wollte nicht riskieren, daß es deswegen zu einer Auseinandersetzung zwischen ihnen kam.

Mit dieser Taktik fuhr er bis Mitte Januar ganz gut. Eines Abends aber hatte er sich mit Angel bei Liberty in der Regent Street verabredet, sie wollten ins Kino und hinterher noch eine Pizza essen gehen. Als er eilig die Treppe hinunterlief, hörte er Thelma aus der Küche nach ihm rufen.

»Eddie? Komm mal eben her.«

Verärgert sah er auf die Uhr. Er war schon ein bißchen spät dran und ließ Angel nicht gern warten. Im Küchentürrahmen blieb er stehen. Seine Mutter saß schnaufend am

Tisch. Sie war hochrot im Gesicht und hatte feuchte Flecken unter den Armen.

»Ich hab's ein bißchen eilig.«

»Wohin willst du denn?«

»Weg.«

»Du gehst neuerdings ständig weg.«

»Nur ins Kino.«

Thelmas Gesicht verfinsterte sich noch mehr. »Du triffst dich mit dieser Person. Komm, gib's schon zu.«

Von ihrem giftigen Ton verschreckt, trat Eddie einen Schritt zurück. »Unsinn.« Er hörte selbst, wie wenig überzeugend das klang.

»Ich rieche es. Ihr Parfüm.«

Wie gelähmt sah er sie an.

»Jetzt hör mir mal gut zu«, fuhr Thelma fort. »Sie hat ihre Miete bis Ende der Woche bezahlt, aber danach fliegt sie. Im hohen Bogen.«

»Nein«, platzte Eddie heraus. »Das kannst du nicht machen. Du hast keinen Grund.«

»Zuerst hat sie mich eingewickelt, das geb ich zu. Aber nicht nur mich. Alle hat sie eingewickelt.« Thelma tippte auf einen festen Umschlag, der vor ihr auf dem Küchentisch lag. »Wenn ihre Mrs. Hawley-Minton das erfährt, kann sie was erleben. Falls die nicht auch mit drinsteckt. Ein ganz großer Schwindel, sag ich dir, eine Unverschämtheit ersten Ranges. Ein Fall für die Polizei.«

Eddie sah sie überrascht an. »Was redest du da? Geht's dir nicht gut?«

Seine Mutter machte den Umschlag auf und holte einen britischen Paß heraus. Sie blätterte, bis sie zu dem Paßfoto kam, dann schob sie den Paß Eddie zu und hielt ihn mit ihren schmuddeligen Fingern fest.

Zögernd kam er näher und besah sich das Foto. Es zeigte eine wildfremde Frau mit schmalem Gesicht und kurzgeschnittenem Haar.

»Wer ist denn das?«

»Bist du blind?« schrie seine Mutter ihn an. »Lies den Namen, du Trottel.«

Die Brille festhaltend, damit sie ihm nicht von der Nase rutschte, beugte Eddie sich vor, bis er den Namen erkennen konnte.

Angela Mary Wharton.

7

Eddies Erinnerungen an die nächsten Stunden waren lebhaft, aber voller Lücken. Das machte wohl der Schock. Er erinnerte sich, daß er die Haustür der Rosington Road 29 zugeknallt hatte, was ihm noch nie passiert war, aber danach fehlten etliche Glieder in der Kette der Ereignisse.

Offenbar war er zu Fuß zur U-Bahn-Station Chalk Farm gegangen und mit der Northern Line zur Tottenham Court Road gefahren. Ob er dann in die Central Line umgestiegen und bis Oxford Circus weitergefahren war oder den Rest der Strecke zu Fuß zurückgelegt hatte, wußte er nicht mehr. Aber er sah sich im Eingang zu Liberty stehen: Das Geschäft war voller Menschen und bunter Waren, ein Wachmann musterte ihn prüfend. Er suchte nach Angel, aber sie war nicht da, und er spürte, wie ihn Verzweiflung ergriff und das Gefühl, daß alles Schöne nun ein für allemal vorbei war.

Plötzlich tippte sie ihm auf die Schulter. »Komm nach draußen, ich hab ein Geschenk für dich.«

Sie nahm seinen Arm, was noch nie vorgekommen war, und drängte ihn ins Freie. Dort, auf dem Gehsteig der Great Marlborough Street, drückte sie ihm eine Liberty-Einkaufstüte in die Hand.

»Komm, mach auf«, sagte sie ungeduldig wie ein Kind. »Als ich sie sah, mußte ich sie einfach für dich kaufen.«

Der Strom der Passanten strudelte um sie herum wie ein Fluß um einen Felsen. Er entnahm der Tüte eine blaue Seidenkrawatte mit schmalen grünen Schrägstreifen. Liebevoll strich Eddie über den weichen Stoff. Er hatte Tränen in den Augen und suchte vergeblich nach passenden Worten.

»Das gleiche Blau wie deine Augen. Haargenau«, sagte sie.

Außer ihm und Angel rückte alles plötzlich mit beängstigender Geschwindigkeit ganz weit weg – die schwarzweiße Fachwerkfassade von Liberty, die auf dem Gehsteig durcheinanderwimmelnden Passanten, die fauchenden und spukkenden Autos, die Gerüche der Imbißstände.

»Bind sie um.« Angel wartete seine Antwort nicht ab, sondern knöpfte ihm ohne weiteres den Kragen des Oberhemds auf, das er ohne Schlips trug. »Das Hemd ist goldrichtig.« Sie schlug den Kragen hoch, nahm ihm den Schlips aus der Hand und legte ihn um seinen Hals. Geschickt knüpfte sie den Knoten. Er kam sich vor wie ein Kind oder eine Puppe. Sie trat einen Schritt zurück und sah ihn prüfend an. »Ja. Einfach super.«

»Danke. Er ist wunderschön.«

Angel sah auf die Uhr. »Wenn wir uns nicht beeilen, kommen wir zu spät ins Kino.«

»Tut mir leid, daß ich so spät dran bin. Meine Mutter ...«

»Was ist? Irgendwas ist passiert.«

»Meine Mutter war in deinem Zimmer.«

»Das ist nichts Neues.«

Eddie stürzte sich dankbar auf diese Bemerkung, die ihm eine vorübergehende Atempause verschaffte. »Du hast es gewußt?«

»Sie schnüffelt fast jeden Tag dort herum. Ich lasse das eine oder andere herumliegen, daran merke ich es dann. Aber jetzt erzähle.«

Er schwitzte vor Verlegenheit. Ob sie wußte, daß auch er in ihrem Zimmer gewesen war? Hoffentlich nicht. »Sie hat was gefunden. In einer Lackschachtel.«

Angel legte ihre Hand um seinen Arm und drückte ihn so fest, daß er aufjaulte. Unter der Schminke war sie blaß geworden. Sie verzog die Lippen, und in ihre Haut gruben sich Falten – wie damals auf dem Parliament Hill. »Die war aber abgeschlossen.«

»Dann hat sie den Schlüssel gefunden. Oder einen in ihrer Sammlung, der gepaßt hat. Oder vielleicht war sie ausnahmsweise nicht abgeschlossen, ich weiß nicht.« Kläglich sah er zu ihr hoch. »Sie hat den Paß und will ihn deiner Chefin in der Agentur zeigen. Und vielleicht der Polizei.«

Und dann fehlte erneut ein Glied in der Kette. Als er wieder einigermaßen bei sich war, befanden sie sich im tiefsten Soho, in der Frith Street, und er folgte Angels glänzendem blondem Kopf eine Treppe hinunter in ein Kellerlokal, dessen Geräusche und Gerüche wie eine Flutwelle auf ihn zukamen. Die Nische, in der sie Platz nahmen, war eine Insel der Stille. Zwischen ihnen stand eine Kerze in einer Flasche, die eine Kruste aus heruntergelaufenen Wachsresten hatte. Was sie gegessen hatten, wußte Eddie nicht mehr, er erinnerte sich aber, daß Angel als erstes eine Flasche Rotwein und dann noch eine zweite bestellt hatte.

»Komm, trink aus«, sagte sie. »Nur keine Hemmungen, nach diesem Schock hast du das nötig.«

Der Wein war herb; zuerst brachte er ihn kaum hinunter, doch mit jedem Glas wurde es leichter.

»Kannst du ein Geheimnis bewahren?« fragte Angel nach der Vorspeise. »Niemand kennt die Wahrheit, aber dir möchte ich sie sagen. Kann ich dir vertrauen?«

»Ja.« *Du kannst mir immer vertrauen, Angel.*

Nachdenklich sah sie ins Kerzenlicht. »Wäre meine Mutter am Leben geblieben, sähe alles anders aus.«

Ihre Mutter, erzählte sie Eddie, war gestorben, als sie noch sehr klein gewesen war, und ihr Vater hatte noch einmal geheiratet. Die Stiefmutter haßte Angel.

»Natürlich war sie eifersüchtig. Mein Vater und ich hatten

ein sehr inniges Verhältnis, aber sie sorgte dafür, daß sich das ganz schnell änderte. Sie brachte ihn so weit, daß auch er mich haßte, und bearbeitete unsere Bekannten, bis schließlich alle gegen mich waren.«

Um von dort wegzukommen, suchte sich Angel Arbeit als Au-pair-Mädchen, sie ging nach Saudi-Arabien und später nach Südamerika, wo sie hauptsächlich in Argentinien arbeitete. Dann wurde sie Kindermädchen. Ihre Arbeitgeber waren mehr als zufrieden mit ihr, bei einer Familie blieb sie über fünf Jahre. Schließlich aber zog es sie nach England zurück.

»Manchmal überkommt es dich, dann willst du zurück zu deinen Wurzeln, zu deiner Vergangenheit. Und zu dieser Zeit lernte ich Angie Wharton kennen. Sie war Engländerin, aber in Argentinien geboren. Ihre Eltern waren nach dem Krieg dorthin ausgewandert. Angie wollte auch zurück in die Heimat, das heißt, sie war ja noch nie dagewesen.«

»Wie kann es denn ihre Heimat gewesen sein«, fragte Eddie einigermaßen begriffsstutzig, »wenn sie noch nie da war?«

»Die Heimat ist da, wo das Herz ist, Eddie. Angie hatte vor dem Tod ihrer Eltern eine Ausbildung als Kinderschwester in den Staaten gemacht, und wir beschlossen, zusammen nach Hause zu fahren, uns eine gemeinsame Wohnung zu nehmen und so weiter. Die Bekanntschaft mit Mrs. Hawley-Minton verdanke ich Angie. Die arme liebe Angie.«

»Wieso? Was war denn mit ihr?«

»Es war schrecklich traurig.« Angels Augen schimmerten feucht, in ihren Pupillen zuckten orangefarbene Flämmchen. »Es tut weh, darüber zu reden.« Sie wandte sich ab und betupfte sich mit einer Serviette die Augen.

»Entschuldige.« Eddie war bereits so benebelt, daß er das Gefühl hatte, irgendwie an ihrem Kummer schuld zu sein. »Reden wir über was anderes.«

»Nein. Man darf sich nicht vor der Wahrheit verstecken.

Es war eine schreckliche Sache, ganz dumm und sehr tragisch. Unser erster Abend in London. Wir waren erst seit ein paar Stunden da. Es war meine Schuld, ich werde mir ewig Vorwürfe machen. Ich wußte nämlich, daß Angie – ja, ich will nicht drum herumreden, sie war ein so liebes Mädchen, aber sie hatte eine Schwäche für Alkohol.« Angel schenkte Eddie nach. »Ich meine nicht ein, zwei Glas zum Essen, so wie jetzt, sie machte regelrechte Sauftouren, nach denen sie am nächsten Tag aufwachte, ohne zu wissen, was passiert und wo sie gewesen war. Ach, es war schrecklich.«

Eddie schob seinen Teller weg. »Was war schrecklich?«

»Das Leben kann manchmal richtig gemein sein.« Angel sah ihn über den Rand ihres Weinglases aus geweiteten Augen an. »Im Flugzeug hatte sie kräftig gebechert. Als wir ankamen, suchten wir uns ein Hotelzimmer in Earl's Court, dann gingen wir essen. Zum Essen gab es natürlich Wein. Und dann wollte sie weitermachen. ›Ich bin wieder zu Hause‹, sagte sie immer wieder, ›das muß doch gefeiert werden!‹ Die arme Angie. Ich konnte nicht mehr mithalten, ich war hundemüde. Da bin ich dann auf unser Zimmer gegangen und hab mich hingelegt. Als ich aufwachte, war es heller Morgen, und vor meiner Zimmertür stand der Hoteldirektor.«

Der Kellner brachte das Hauptgericht und war geneigt, noch auf einen Schwatz an ihrem Tisch stehenzubleiben.

»Das wäre alles, danke«, sagte Angel sehr von oben herab und wartete, bis sie wieder mit Eddie allein war. »Ich kann solche Männer nicht ausstehen. Ein widerlich aufdringlicher Typ. Wo war ich stehengeblieben?«

»Der Hoteldirektor stand vor der Tür.«

Angels eben noch verärgertes Gesicht glättete sich. »Er hatte eine Polizistin mitgebracht. Es stellte sich heraus, daß Angie im West End von einem Pub zum nächsten gezogen und auf der Shaftesbury Avenue unter einen Bus geraten war. In einem Theater war gerade die Vorstellung zu Ende, aus einem Pub kam ein ganzer Schwung Gäste, es gab Gedrängel und Geschiebe ...« Angel seufzte. »Sie war sofort tot.«

»Wie schrecklich.« Eddie zögerte, und weil er das Gefühl hatte, daß das nicht ganz reichte, setzte er hinzu: »Für dich wie für sie.«

»Für die Hinterbliebenen ist es immer am schlimmsten. Außer mir hat niemand um sie getrauert. Und dann – ja, es war eben eine große Versuchung. Wem schadet es, sagte ich mir, wenn ich mich als Angie ausgebe? Ohne Ausbildungsnachweis hatte ich keine Aussicht auf eine annehmbare Stellung, und das fand ich ungerecht, denn ich wußte über Kinderpflege in der Praxis so viel mehr als sie, und das Theoretische konnte ich mir ja ohne weiteres noch anlesen. Und dann war da dieser Kontakt zu Mrs. Hawley-Minton, die Angie ja nicht persönlich kannte. Also habe ich bei der Polizei gesagt, ich sei Angie und sie sei ich.«

»Aber wußte die Polizei denn nicht, wie sie wirklich hieß? Wenn sie die Handtasche hatten ...?« Er merkte, daß Angel ungnädig auf die Unterbrechung reagierte, und fügte lahm hinzu: »Ich meine, sie kannten ja offenbar das Hotel, in dem sie wohnte.«

»Sie hatte keine Ausweispapiere bei sich, nur Bargeld und eine Karte mit dem Namen des Hotels.« Angel lächelte traurig. »Ihren Paß und alles andere hatte sie mir in Verwahrung gegeben, weil sie Angst hatte, man könnte sie bestehlen.«

»Ja, ich verstehe. Aber das Paßfoto –«

»Das in meinem Paß war uralt. Und im Äußeren waren wir uns gar nicht so unähnlich.«

»Es hat doch sicher eine gerichtliche Leichenschau gegeben.«

»Natürlich. Aber auf Lügen habe ich mich nicht eingelassen, das wollte ich nicht, und es war auch nicht nötig.«

»Haben sie deinen Vater nicht aufgefordert, die Leiche zu identifizieren?«

»Der hatte schon vor Jahren eine Stellung in Amerika angenommen, der Kontakt zwischen uns war abgebrochen. Ich war ihm nur lästig.« Angel beugte sich vor. »Ich wußte, daß Angie es so gewollt hätte, Eddie. Im umgekehrten Fall hätte ich es mir von ihr genauso gewünscht.«

»Das hast du ganz richtig gemacht«, lallte Eddie, der in seinem Mund nur noch mit Mühe Platz für seine Zunge fand. »Es hat ja keinem geschadet.«

Sie tätschelte ihm flüchtig die Hand. »Genaugenommen war eher das Gegenteil der Fall. Ich nehme meine Arbeit sehr ernst und bilde mir ein, daß meine Zuwendung für viele Kinder wichtig gewesen ist.«

»Und wie war dein richtiger Name?«

»Spielt keine Rolle. Ich habe ihn Angie geschenkt, und er ist mit ihr begraben worden. Immer nach vorn schauen, das ist meine Devise, und nie zurück. Nach der Beerdigung habe ich gewartet, bis ein bißchen Gras über die ganze Sache gewachsen war, dann habe ich an Mrs. Hawley-Minton geschrieben. Von da ab ging alles traumhaft glatt.« Sie verstummte und stützte den Kopf in die Hände. »Bis jetzt. Es ist zum Heulen, wo gerade alles auf dem besten Wege war.« Ihre Stimme war kaum noch zu verstehen.

»Ich rede mit meiner Mutter. Ich bringe sie zur Vernunft.«

»Das ist sehr lieb von dir, aber ich glaube nicht, daß du das schaffst.«

»Warum nicht?« fragte er so kämpferisch, daß sich etliche Gäste nach ihm umdrehten.

»Pst, nicht so laut.«

»Es wäre ihr nicht recht, wenn wir beide weggehen würden. Sie wäre sehr einsam.«

»Sie ist eifersüchtig, begreifst du das nicht? Wenn ich reicher wäre, könnten wir uns zusammentun, du und ich. Als Freunde, meine ich. Einfach als gute Freunde. Hättest du dazu Lust?«

»Da fragst du noch?«

Es gab ein langes Schweigen, in dem der Lärm des Restaurants zu ihnen drang.

Angel griff nach der Flasche. »Reden wir von etwas anderem.«

Betont beiläufig fragte Eddie: »Was sind das eigentlich für Kinder, die du betreust? Wenn du willst, kannst du sie jederzeit mitbringen. Zum Tee, meine ich. Das wär mal was Besonderes für sie.«

»Viele möchten gern sehen, wo ich wohne. Aber ich glaube nicht, daß deine Mutter von der Idee sehr erbaut wäre.«

Wieder blieb es lange still zwischen ihnen, und in dem Schweigen schwangen wortlose Andeutungen und Fragen mit. Angel schenkte beide Gläser nach.

»Trink aus.« Sie hob ihr Glas und stieß mit ihm an. »Vielleicht ist das unsere letzte Gelegenheit zum Feiern, die sollten wir nutzen.«

Sie leerten die Flasche, dann gingen sie. Eddie war mittlerweile sehr betrunken. Angel mußte ihm die Treppe hochhelfen. Als sie draußen auf der Frith Street standen, schwindelte ihm von der frischen Luft, und die Straßenbeleuchtung kam ihm sehr grell vor. Er übergab sich teils in den Rinnstein, teils auf die Kühlerhaube eines geparkten Wagens.

»Laß gut sein.« Angel tätschelte ihm tröstend den Arm. »Immer raus damit.« Dann hörte er sie mit ihrer aristokratischen Stimme rufen: »Taxi! Taxi!«

Sehr viel mehr von jenem Abend wußte Eddie nicht. Angel brachte ihn nach Hause. Soweit er sich erinnern konnte, hatte er seine Mutter nicht gesehen. Es war sehr spät, vielleicht hatte sie sich schon hingelegt.

»Jetzt komm«, sagte Angel, als sie glücklich zu Hause waren. »Die Treppe hoch und ab in die Heia.«

In seiner Erinnerung sah er noch Angels rechte Handfläche, auf der drei weiße Tabletten lagen.

»Die nimmst du jetzt, sonst ist dir morgen früh furchtbar schlecht.«

Offenbar hatte er die Pillen hinuntergeschluckt, aber danach war er in ein dunkles Loch gefallen, in dem kein Laut zu hören war. Stunden später merkte er zuerst, daß ihm der Kopf weh tat, dann, eine unermeßlich lange Zeit später, daß seine Blase zum Platzen voll war, und noch später, daß die Kopfschmerzen schlimmer geworden waren. Er döste vor sich hin, mochte die friedliche Höhle nicht verlassen und war auch körperlich gar nicht in der Lage, die komplizierte Unternehmung des Aus-dem-Bett-Steigens anzugehen.

Als er das nächstemal richtig wach wurde, war das Licht auf der anderen Seite der Vorhänge schon viel heller, was seinem Kopf nicht guttat. Jemand schüttelte ihn.

»Eddie. Eddie.«

Erschrocken drehte er sich um. Soweit er wußte, war Angel noch nie in seinem Zimmer gewesen. Was würde seine Mutter dazu sagen?

Durch die offene Tür fiel ein breiter Streifen Tageslicht. Um Angel war ein so heller Schimmer, daß er sie nicht ansehen konnte. Sie trug ihren langen weißen Morgenmantel und war perfekt geschminkt, hatte aber noch das Netz über den Haaren. Schon fielen ihm wieder die Augen zu.

»Eddie«, rief Angel. »Eddie, wach auf.«

SIEBEN

»Wir sind zuweilen in unserem Schlafe mehr, als wir selbst sind, und der Schlaf des Leibes scheint das Wachen der Sele zu seyn.«

Religio Medici II, 11

I

Sally hatte nicht gedacht, daß sie in der Nacht von Samstag auf Sonntag, der zweiten Nacht seit Lucys Verschwinden, würde schlafen können, und insgeheim war sie ohnehin entschlossen wach zu bleiben für den Fall, daß Lucy sie brauchte. Doch nachdem David Byfield angerufen und ihr gesagt hatte, daß Michael in Sicherheit war, fiel die Müdigkeit über sie wie eine Decke.

Judith, die Polizistin, die am Freitag Dienst gehabt und Yvonne am frühen Abend abgelöst hatte, nutzte diese Schwäche. Sie überredete Sally, sich hinzulegen, brachte ihr eine Tasse Kakao und redete ihr so lange gut zu, bis sie noch eine Tablette schluckte.

»Nur zum Einschlafen.« Judiths walisische Stimme hob und senkte sich wie ein Boot in sanfter Dünung. »Das ist nicht einer dieser Brummer, die einen auf wer weiß wie lange außer Gefecht setzen. Es ist sinnlos, daß Sie sich quälen, um wach zu bleiben.«

»Aber wenn ...«

»Wenn es etwas Neues gibt, hole ich Sie sofort, das verspreche ich Ihnen.«

Sally nahm die Tablette und trank ihren Kakao. Judith blieb noch einen Augenblick stehen und sah sich um.

»Möchten Sie was lesen? Eine Zeitschrift?«

»Könnten Sie mir die Bücher geben? Die auf der Kommode.«

Judith brachte sie ihr. »Ich schau später wieder herein.«

Sally nickte. Die Tür schloß sich, und sie war endlich allein. *Lucy.* Ihre Augen brannten. Am liebsten hätte sie den Kopf gegen die Wand geschlagen und geschrien.

Miss Oliphants Bücher lagen vor Sally auf der Steppdecke, ein unerledigter Punkt auf der Tagesordnung, der ihr normalerweise keine Ruhe gelassen hätte. Mit den Fingerspitzen berührte sie die Einbände. Die Bibel. Das Gebetbuch. Die *Religio Medici.* Die ersten beiden Bücher hatten einen abgegriffenen schwarzen, altersspröden Ledereinband, die Rücken waren rissig und lösten sich an manchen Stellen von den Deckeln. Sally wußte, ohne hinzusehen, daß das Papier hauchdünn und der Druck so klein war, daß man selbst mit den allerbesten Augen Mühe beim Lesen haben würde. Die *Religio Medici* war in größeren Buchstaben gesetzt, aber das Buch war nicht weniger mitgenommen als die anderen. Alle drei rochen nach Muff – schal, abstoßend und unreinlich. Sally überlief es kalt. Sie mochte die Bücher gar nicht erst aufschlagen; womöglich war jedes eine kleine Büchse der Pandora voll unerwarteter Übel.

»Du darfst dir keine Vorwürfe machen«, hatte David am Telefon gesagt.

»Wem dann? Gott?«

Nach einer kleinen Pause erwiderte David trocken: »Vielleicht dem- oder derjenigen, der Lucy mitgenommen hat.« Und ohne sie zu Wort kommen zu lassen, fuhr er fort: »Konzentriere dich auf folgendes: Du darfst dir wegen Michael keine Sorgen machen. Er schläft heute seinen Rausch aus und ist morgen wieder bei dir. Auch ihm darfst du keine

Vorwürfe machen. Hast du mich verstanden, Sally? Es ist sehr wichtig. Und du darfst nicht aufhören, zu hoffen und zu beten.«

»Ich kann nicht beten.«

»Natürlich kannst du das.«

»Hör zu«, setzte Sally an, »ich mag es nicht, daß – «

»Keine Widerworte. Bete, leg dich hin und versuch zu schlafen. Etwas Besseres kannst du nicht tun.«

David Byfields Stimme hatte am Telefon einen überraschend jugendlichen Klang gehabt. Wie Derek Cutter hatte auch er völlig den Seelsorger herausgekehrt, aber er hatte eine ganz andere Technik. Bei Cutters Sentenzen hatte sie sich gewunden vor Verlegenheit. Davids Worte machten sie wütend. Arroganter Schnösel, dachte sie, was weiß denn der, wie es ist, ein Kind zu verlieren? Dieser selbstherrliche Kerl mit seiner gönnerhaften Art ... Was bildete er sich ein, sie herumkommandieren zu wollen? Noch in der Erinnerung wurde ihr ganz heiß vor Zorn. Und dabei ging ihr auf, daß David diese Wirkung vielleicht beabsichtigt hatte. Er war raffiniert, das mußte ihm der Neid lassen. Ein alter Narr, aber immer noch auf Draht.

Die Augen fielen ihr zu, und sie streckte sich im Bett aus. Wie von selbst streichelten ihre Fingerspitzen weiter den Einband der drei Bücher. Audrey Oliphant, dachte sie schläfrig, was für ein sonderbarer Name. Oliphant ... Elefant ..., gab es eine Heilige, die Audrey hieß? Wie ein jäher Blitz traf sie die Erkenntnis, daß Lucy nicht da war. Sie setzte sich auf und öffnete den Mund zu einem Schrei, aber was herauskam, war nur ein leises Wimmern. Sie ließ sich in die Kissen zurücksinken.

Durch die Bewegung hatten sich die Bücher verschoben. Aus der *Religio Medici* ragte jetzt eine Postkarte hervor. Sally zog sie heraus. Die altmodische, verblaßte Farbfotografie zeigte die Westfront einer großen Kirche, die ihr bekannt vorkam, aber ihr Gedächtnis weigerte sich, den Namen herauszugeben. Sie drehte die Karte um: Rosington Cathedral. Mit zusammengekniffenen Augen betrachtete sie den Poststempel. April 1963? 1968? Adressiert war sie an »Miss A. Oliphant, Tudor Cottage, The Green, Roth, Middlesex«. Der Name Roth kam ihr irgendwie bekannt vor. Irgendwo westlich von London? In der Nähe des Flughafens Heathrow? Sie versuchte den Text zu entziffern:

Zu viele Touristen und mehr wie Feb. als April, aber der abendliche Chorgottesdienst großartig. Unser gemeinsamer Freund erinnerte sich noch. Die Welt ist klein. Bis Dienstag, liebe Grüße Amy.

Ein Blick auf fremde Leben, dachte Sally, aus einer Zeit, in der Audrey Oliphant vielleicht glücklich gewesen war. Warum machen wir uns eigentlich die Mühe, es auch nur zu versuchen?

Die Karte glitt Sally aus der Hand, und sie schlief ein. Dank der Tablette lag sie, wie sie hinterher feststellte, fast sieben Stunden im Bett. Die meiste Zeit bewegte sie sich dabei ruhelos durch die dunklen Phantasmagorien ihrer Träume und suchte nach Lucy. *So muß die Hölle sein.* Das Erwachen war wie ein Auftauchen aus großen Tiefen, sie spürte schmerzhaft, wie sich der Druck änderte, wie sie verzweifelt versuchte, an die Oberfläche zu kommen.

Lucy.

Noch immer mit geschlossenen Augen raffte sie in einer gewaltigen Anstrengung Schmerz, Furcht und Zorn zusammen und machte eine Kugel daraus, die sie wie Teig knetete. Die Kugel war bunt geädert – rot, braun, grün und schwarz. Die Farben der Gefühle. Sie nahm die Kugel und warf sie über eine Schulter. Danach schaffte sie es, die Augen aufzumachen.

Im Schlafzimmer war es dunkel, nur zwischen den Vorhängen sah man einen Streifen Licht, der von der beleuchteten Straße hereinkam, und auf dem Zifferblatt der Uhr leuchtete das Rot der Zahlen. Sallys Puls raste, ihr Mund war trocken, ihre Lider waren geschwollen und wund.

Keine Lucy, dachte sie, und auch keine Nachricht von ihr, sie hätten mich sonst geweckt.

Etwas hatte sie wach gemacht. Sie hatte sich ins Bewußtsein geflüchtet wie in eine Freistatt. War da unten etwas noch Schlimmeres gewesen als das Wissen um Lucys Verschwinden, das sie im wachen Zustand quälte?

Es war Viertel nach sechs. Sie machte die Nachttischlampe an. Judith war wohl gestern abend noch einmal hereingekommen und hatte sie ausgemacht. Miss Oliphants Bücher lagen ordentlich ausgerichtet auf dem Nachttisch übereinander. Sally legte sich zurück und kämpfte gegen die Verzweiflung an, die sie zu überwältigen drohte. Sie versuchte zu beten, aber es war sinnlos. Die Leitungen waren gestört und überlastet, es gab keine Verbindung – oder vielleicht machte sich am anderen Ende nur niemand die Mühe, abzuheben. Bete, hatte David Byfield gesagt. Bete und hoffe. Sie konnte weder das eine noch das andere.

Nach und nach kehrten Bruchstücke des Traums in ihr Wachbewußtsein zurück. Sie sah Miss Oliphant in liturgischen Gewändern vor dem Hochaltar einer großen Kirche stehen, die Rosington Cathedral sein mußte. Sie zelebrierte den Bußgottesdienst für Aschermittwoch. *Haben sie deshalb Lucy mitgenommen? Weil wir verflucht wurden?* Sally erinnerte sich, daß sie in ihrem Traum gedacht hatte: Aber es gibt keine weiblichen Bischöfe, nicht in Großbritannien. Haben sie die Regeln geändert und mir nichts davon gesagt? In der Welt ihres Traums hatte dieser Gedanke sie weit mehr verunsichert als der Anblick einer höchst lebendigen Miss Oliphant, die sie zuletzt als Leiche in einem Krankenhausbett gesehen hatte.

In dem Bruchstück eines anderen Traums hatte David Byfield einen Engel in geringer Höhe über die Magdalene Bridge in Cambridge fliegen sehen.

»Echte Federn«, versicherte er Sally und Michael. »Wie ein Bussard.«

»Aber Lucy ist fort«, hatte Sally ihn angeschrien.

»Das hier ist viel wichtiger.«

In einem anderen Fragment des gleichen Traums standen sie und Onkel David in einem Polizeirevier, das nach öffentlicher Bedürfnisanstalt roch. Chief Inspector Maxham beugte sich über den Tresen zu ihnen herüber und sog zischend Luft zwischen Zunge und Zähne.

»Ein Engel kann es nicht gewesen sein, Sir. Engel gibt es nicht.«

Sally war die ganze Sache sehr peinlich. Erwachsene Männer glaubten nicht an Engel. David war sehr böse auf Maxham geworden.

»Machen Sie sich nicht lächerlich. Sie sind nicht befugt, solche unsinnigen Behauptungen in die Welt zu setzen.«

Der Chief Inspector lächelte und bleckte dabei Yvonnes makellose Zähne. »Sie haben geträumt.«

»Ich habe nicht geträumt.«

Onkel David breitete die Arme aus. Bestürzt sah Sally, wie aus dem dunklen Priesterhabit zwei Reihen silberweißer Federn hervorkamen, eine an jedem Arm. Die Federn reichten von der Schulter bis zur Manschette. Onkel David waren Flügel gewachsen.

2

Um acht hatte Sally geduscht, sich angezogen, das Frühstück – bestehend aus drei Tassen Kaffee – hinter sich gebracht und saß mit Judith am Wohnzimmertisch. Judith versuchte Sally Appetit zu machen, indem sie den Duft nach frischem Toast durch die Wohnung ziehen ließ und sich ein Ei kochte.

»Keine Nachricht ist gute Nachricht«, sagte Judith so teilnahmsvoll-besorgt, daß Sally sich ganz schlecht vorkam, weil sie all diese gutgemeinten Angebote zurückwies.

»Essen Sie doch wenigstens ein paar Löffel Frühstücksflocken, das ist was Leichtes.«

Sally griff nach der Kaffeekanne. »Später vielleicht.«

»Sie wollen sicher heute vormittag zur Kirche gehen. Yvonne fährt Sie hin.«

Scheißkirche. »Nein danke.« Sally meinte gekränkte Überraschung in Judiths Blick zu sehen. *Scheiß-Judith.* Aber es war nicht so einfach, die gewohnte Rücksichtnahme abzustreifen. Beschwichtigend, als sei nicht sie, sondern Judith das Opfer, hörte sie sich sagen: »Es ist lieb, daß Sie daran gedacht haben, aber ich möchte hiersein, wenn mein Mann kommt.« *Mit den gewärmten Pantoffeln vor dem Kamin, der Zeitung auf seiner Sessellehne und frischem Tee in der Kanne?* »Und es könnte ja auch sein, daß es etwas Neues gibt.«

»Ja, natürlich, das kann ich verstehen.« Judiths Sorgenfalten glätteten sich ein wenig. »Er muß bald dasein. Zu zweit trägt sich so was leichter.«

Sally nickte und trank langsam ihren Kaffee. Sie bezweifelte sehr, daß sie es mit Michael leichter tragen würde. Nichts war leicht ohne Lucy. Außerdem waren sie nicht zu zweit, denn auch David Byfield würde nach London kommen. Letztlich würde Michael, sosehr sie ihn auch liebte, mehr Probleme schaffen als lösen. Normalerweise verdrängte er seine Emotionen, und wenn sie dann unter großem Druck herausschossen, waren sie kochendheiß.

»Ob die Zeitung schon da ist?« fragte Sally.

»Ich seh mal nach.«

Ehe Sally protestieren konnte, war Judith aufgesprungen, ging zur Tür und kam mit dem *Observer* zurück.

»Soll ich –«

Sally streckte die Hand aus. »Ich würde es gern selber lesen.«

Die Meldung umfaßte nur wenige Absätze auf einer der Innenseiten. Lucy Appleyard, vier, war aus dem Haus ihrer Tagesmutter verschwunden; die Polizei konnte ein Verbrechen nicht ausschließen. Chief Inspector Maxham hatte eine zurückhaltende Stellungnahme abgegeben, die nicht viel mehr besagte, als daß die Polizei die Ermittlungen aufgenommen hatte.

»Die ganze Gemeinde betet für Lucy, Sally und Michael«, hatte Derek Cutter dem Reporter des *Observer* gesagt. »Sally ist eine wunderbare Seelsorgerin, sie hat St. George bereits ihren Stempel aufgedrückt.«

Sally schob die aufgeschlagene Zeitung über den Tisch. Judith überflog die Meldung.

»Es hätte schlimmer kommen können«, befand sie.

»Wer weiß, was die Boulevardblätter sagen.« Sally verzog das Gesicht. »Nein, vielleicht ist es besser, wenn man das nicht weiß.«

Ein Schlüssel drehte sich im Schloß.

»Das wird Yvonne sein.« Judith griff nach ihrer Handtasche und wagte einen kleinen Scherz. »Sie kommt gerade richtig zum Abwaschen.«

Die Wohnzimmertür ging auf, und Maxham kam herein. Yvonnes blonder Kopf hüpfte über seiner Schulter in der Diele auf und ab. Judith warf Sally einen raschen Blick zu und nahm Haltung an, bereit, jederzeit in Aktion zu treten. Sally legte die Hand an den Mund und sah Maxham groß an.

»Es hat sich etwas ergeben, Mrs. Appleyard.« Zischend sog er Luft ein. »Möglicherweise hat es nichts mit Lucy zu tun, regen Sie sich also bitte nicht auf.«

Er tat ein paar Schritte ins Zimmer hinein und blieb stehen. Yvonne ging um Maxham herum und postierte sich neben Sally. Judith rückte ein Stück näher heran. *Wie Wärterinnen*, dachte Sally.

»Kennen Sie eine Kirche, die St. Michael heißt?« fragte er.

»Welche?« fragte sie schroff. »St.-Michaels-Kirchen gibt es bestimmt Dutzende.«

»Beauclerk Place, westlich der Tottenham Court Road, an der Charlotte Street.«

Sie schüttelte den Kopf.

»Als der Hausmeister – Küster sagen Sie wohl – heute früh aufschloß, fand er in der Vorhalle einen schwarzen Müllsack. Am äußeren Bogen der Vorhalle ist ein schmiedeeisernes Gitter, so hat man es mir erzählt, und dahinter eine richtige Tür. Jemand muß den Müllsack durch oder vielleicht über das Gitter geschoben haben.«

Jetzt rede endlich. Sally sah Maxham an, die blinzelnden hellen Augen hinter der Brille mit dem schwarzen Rand, den zuckenden Mund. Erschrocken begriff sie, daß er versuchte, Zeit zu gewinnen, weil er sich mit dem Aussprechen dieser bitteren Dinge nicht leichter tat als sie mit dem Zuhören.

Wieder ein zischendes Atemholen. »Die Sache ist die, Mrs. Appleyard, daß in dem Sack Kindersachen waren. Eine Strumpfhose und ein Paar Stiefel. Sie ähneln denen, die Ihrer Beschreibung nach Lucy zur Zeit ihres Verschwindens trug.«

»Großer Gott – was ist mit Lucy? Ist sie auch da?«

Maxham zögerte und sog gierig Luft an. »Hm ... also ...« sagte er gedehnt. »Ja und nein.«

3

Die St.-Michaels-Kirche, Beauclerk Place, war am Ende einer Sackgasse zwischen Neubauten eingeklemmt, die höher waren als sie. Es war ein schmuddeliger, kleiner roter Backsteinbau mit rechteckigem Grundriß, Spitztürmchen an den Ecken und pseudogotischen Fenstern. Die Fenster, die von der Straße aus zu sehen waren, waren durch Gitter und eine jahrzehntealte Schmutzschicht geschützt. Die Kirche ähnelte einem Kind, für das man nie genug Geld ausgegeben, dem man nie genug Liebe geschenkt hat.

Der Polizist zog die Schranke beiseite, damit Maxhams Rover in die Sackgasse fahren konnte. Die Gebäude rechts und links waren nach dem Krieg entstanden, sie hatten Spiegelglasfenster und Jalousien und beherbergten vermutlich Büros, die heute, am Sonntag, nicht besetzt waren. Noch gab es keine Gaffer, aber die Polizei war gerüstet. Der Rover hielt vor der Kirche. In der Nähe standen zwei Streifenwagen.

Die Vorhalle war an die südwestliche Ecke der Kirche angefügt worden. Die Polizei hatte einen Sichtschutz vor dem Eingang aufgebaut. Links von der Vorhalle erstreckte sich eine Reihe von Eisengittern bis zu einem Gittertor.

Sergeant Carlow stellte den Motor ab. Er sah über die Schulter zu Maxham hin, der neben Sally auf der Rückbank saß. Maxham nickte. Carlow quälte sich mit seinem langen Körper aus dem Wagen heraus und ging auf die Vorhalle zu. Für einen Mann, registrierte Sally unwillkürlich, hatte er ungewöhnlich breite Hüften, und beim Gehen schwenkte er den Hintern wie eine Frau.

Maxham faltete die Hände im Schoß. »Er sieht nur mal nach, was anliegt.«

Ein paar Sekunden war es sehr still im Wagen. Yvonne sah von ihrem Platz auf dem Beifahrersitz aus starr durch die Windschutzscheibe. Der Inspektor rieb sich die Hände am Schenkel. Carlow kam zurück. Er war noch blasser als sonst.

Maxham sah Sally an. »Wollen Sie sich das wirklich zumuten? Sie können es sich noch überlegen.«

»Ich brauche nicht zu überlegen.«

»Wir können warten, bis Ihr Mann –«

»Nein.« *Mein Kleines.* »Ich würde es gern hinter mich bringen.«

Maxham nickte. Sie stiegen alle drei aus. Plötzlich war es kalt. Der Wind fegte durch die Sackgasse wie durch einen Luftschacht und entwich in den stumpfgrauen Himmel. Sally zwang sich, nicht zu der Vorhalle hinzuschauen. Sie sah, daß die Lücke zwischen Gitter und Kirche mit einer dicken Schicht leerer Bierdosen und Fast-food-Schachteln vollgemüllt war und das Gittertor an der nordwestlichen Ecke den Zugang zu einer kleinen Gasse zwischen der Nordseite der Kirche und dem benachbarten Gebäude sicherte.

Ein Anschlag an der Kirchenmauer wies darauf hin, daß die Anglikaner die St.-Michaels-Kirche jetzt zusammen mit einer russisch-orthodoxen und einer Methodistengemeinde nutzten; sonst hätte man das Gotteshaus wohl schon längst aufgegeben. Vielleicht wäre das besser gewesen als dieses ungeliebte halbe Leben.

Ein halbes Leben, ein halber Mensch?

Sally musterte jetzt die Vorhalle. Soweit sie das über den Sichtschutzwänden erkennen konnte, war sie etwa zwei Meter breit und drei Meter tief und hatte ein Steildach, das mit rissigen, moos- und flechtenbewachsenen Ziegeln gedeckt war.

Maxham stützte mit einer Hand Sallys Ellbogen. Zusammen gingen sie auf die Sichtschutzwände zu. Yvonne und Sergeant Carlow gingen hinter ihnen her. Eine einbeinige Taube mit zerrupftem Gefieder hüpfte ihnen über den Weg. *Amputiert.* Für die Furchtsamen bestand die ganze Welt aus Vorzeichen. Sally machte sich los und schob die Hände tief in die Taschen ihres langen marineblauen Mantels. Sie traten hinter den Sichtschutz.

Grelles Licht blendete Sally. Einen Augenblick blieb sie blinzelnd stehen. Im Schein zweier Flutlichter sah sie den Innenraum der Vorhalle so gnadenlos klar wie in einer Halluzination. Die äußeren Tore waren geöffnet. Rechts und links standen Bänke, über denen Anschlagtafeln angebracht waren. Man hätte erwarten können, daß es in diesem kleinen Raum geschützt war, aber ein Luftzug ließ die Anschläge an den Tafeln flattern und rascheln. Ein Fotograf knipste scheinbar aufs Geratewohl drauflos, der Verschluß klickte stotternd im Rhythmus ungleichmäßiger Gewehrschüsse.

In dem kleinen Raum herrschte Gedränge. Neben dem Fotografen sprach ein Beamter der Spurensicherung etwas in ein Diktaphon. Ein dritter Beamter maß die Vorhalle aus. Ein vierter, der eine Tasche neben sich stehen hatte, kniete in der hinteren linken Ecke. Sally sah schwarzes Plastik glänzen.

»Das ist Dr. Ferguson«, sagte Maxham. »Mrs. Appleyard.«

Der Mann, der in der Ecke kniete, drehte sich halb um und nickte bestätigend.

Sally schluckte. »Wo –?«

»Hier, Mrs. Appleyard.« Der Arzt erhob sich mit einer geschmeidigen Bewegung. Er war jünger als Sally, hatte ein frisches, gebräuntes Gesicht und sprach mit Liverpooler Akzent. Er sah erst Maxham, dann wieder Sally an. »Sie wollen sich das wirklich zumuten?«

»Ja.« Es fiel ihr schwer, leise zu sprechen; in ihrem Kopf steckte ein Schrei, der herauswollte.

Ferguson nickte. »Hier drüben.«

Er deutete nicht, wie Sally erwartet hatte, zu dem schwarzen Plastik hin, das hinter ihm auf dem Boden lag, sondern auf eine Plastikplane auf der linken Bank, unter der sich zwei etwa fünfzig Zentimeter lange, L-förmige Wülste abzeichneten. Automatisch sah Sally hoch, um diesem Anblick zu entgehen. Sie betrachtete den Anschlag, der unmittelbar über ihrem Kopf hing, nahm mit verbissener Konzentration das vergilbte Papier zur Kenntnis, die fast unleserlichen getippten Buchstaben, die runden Rostflecke, die heruntergefallene Reißzwecken hinterlassen hatten.

Dann merkte sie, daß Maxham und Yvonne einen Schritt näher getreten waren und jetzt direkt hinter ihr standen. Die anderen Beamten hatten ihre Arbeit unterbrochen. Auch der Arzt beobachtete sie. Alle waren offenbar bereit, sie aufzufangen, wenn sie in Ohnmacht fiel. Paradoxerweise gab diese Vorstellung ihr neue Kraft.

»Sind Sie bereit?«

Ferguson zog die Plane zurück. Ein durchsichtiger Plastikbeutel mit einem sauber beschrifteten Anhänger kam zum Vorschein. In dem Beutel war eine kleine weißwollene Strumpfhose mit gerippten Beinen. Im ersten Moment konnte man denken, daß sie wie Kuscheltiere mit Kapok ausgestopft war. Die Strumpfhose lag in einer rötlichbraunen Blutlache. Sally preßte die Lippen aufeinander und schluckte. Sie dachte an auftauende Fleischstücke aus dem Supermarkt auf einer weißen Plastikschale. Blut war nur Blut, nicht mehr, nicht weniger – hauptsächlich aus Wasser bestehend, dazu bestimmt, lebendes Gewebe mit Nährstoffen und Sauerstoff zu versorgen und Ausscheidungsstoffe abzustransportieren. Von dem pumpenden Herzen getrennt, war Blut nur eine rötlichbraune Flüssigkeit.

Trinket alle davon, denn dies ist mein Blut.

»Mrs. Appleyard?« sagte Dr. Ferguson halblaut. »Ganz ruhig jetzt.«

»Schon gut.«

Das Oberteil der Strumpfhose lag flach auf dem Plastik, dort war kein Kapok. Das Blut hatte sich von den Schenkeln zur Taille hin verdickt, dort konnte man die weiße Wolle nicht mehr erkennen.

O Lamm Gottes –

Sallys Blick ging von den Beinen zu den Füßen, die in roten Cowboystiefelchen steckten. Es waren bildhübsche kleine Schuhe aus weichem Leder mit feiner schwarzer Stickerei an den Fesseln. Die Spitze des rechten Stiefels wies einen flachen, etwa zentimeterlangen Schnitt auf.

Konntest du nicht aufpassen? Du weißt doch, wieviel die gekostet haben . . .

»Die Stiefel sind ein italienisches Fabrikat.« Sally hielt einen Augenblick inne und hörte einen leisen kollektiven Seufzer hinter sich. »Die Firma heißt Rassi oder so ähnlich. Ich habe sie vor etwa zwei Monaten in einem Geschäft in Covent Garden gekauft.« Die Stiefel waren eine Extravaganz gewesen, der Sally nicht hatte widerstehen können. Auch das Geld, das David Byfield zu Lucys Geburtstag geschickt hatte, war dafür draufgegangen. Michael war wütend gewesen. »Ich habe auf die Rückseite des Herstelleretiketts Lucys Namen geschrieben.« Solche Stiefel zu verlieren wäre eine Katastrophe, hatte sie damals gedacht. »Und so eine Strumpfhose hatte sie am Freitag an oder zumindest eine ganz ähnliche. Beschwören könnte ich es nicht, da ist soviel Blut ...«

Lucys Blut. O Gott – mach, daß das aufhört.

Sie hatten natürlich schon gewußt, was Lucy angehabt hatte, sie hatten auch das von dem Etikett in den Stiefeln gewußt, aber sie wollten ihrer Sache ganz sicher sein. *Sicher?* Behutsam streckte Sally die Hand aus.

»Mrs. Appleyard ...« setzte der Arzt an.

Sie nahm keine Notiz von ihm. Mit der Spitze des rechten Zeigefingers berührte sie behutsam das Bein. »Es ist ja eiskalt.«

»Möglich, daß es bis vor kurzem in einer Tiefkühltruhe lag.« Maxhams Stimme klang rauher als gewöhnlich.

»Wie die Hand, die sie auf dem Friedhof von Kilburn gefunden haben?«

»Ja.«

Was Sally jetzt auffiel, war die Stille. In einer der größten Städte dieser Welt standen sie auf einer Insel der Stille. Im Umkreis von dreißig Metern befanden sich gut und gern ein Dutzend Polizisten, und alle schienen den Atem anzuhalten.

Lieber Gott, dieser Schmerz. Hatten sie wenigstens soviel Anstand gehabt, sie vorher zu töten? Schnell zu töten?

Sally streifte mit der Fingerspitze zart über das Bein,

folgte der Rundung des Knies bis zum Schienbein, bis zum Stiefelrand. Sie senkte den Kopf.

»Mrs. Appleyard?« fragte Maxham besorgt und mit einem Hauch von Irritation in der Stimme. »Mehr brauchen wir nicht, vielen Dank. Sie haben uns sehr geholfen. Sie waren sehr tapfer.«

Sally umschloß mit Daumen und Zeigefinger den Knöchel und drückte durch die Plastiktüte und das Leder zu, bis sie die Härte des Knochens spürte.

»Das könnte postmortale Schäden geben, Mrs. Appleyard«, sagte Ferguson, »und damit haben wir dann womöglich Schwierigkeiten bei der Autopsie.«

Yvonne legte Sally eine Hand auf den Arm. Sally schüttelte sie ab. Jemand fauchte wie ein Hund, dem man einen Knochen weggenommen hat. *Das bin ja ich.* Ratlos streifte sie mit der Hand um die Biegung des L bis zum Fuß. Maxham packte ihren anderen Arm. Sie tastete nach den Zehen und fand sie nicht. Yvonne und Maxham zogen sie behutsam weg.

»Tut mir leid, Mrs. Appleyard.« Maxham zeigte seine Irritation ganz offen. »Wir bringen Sie jetzt nach Hause. Ihr Mann wird bald dasein.«

Ich will nicht meinen Mann, ich will Lucy.

Dann begriff Sally, wie es zu dieser Unmöglichkeit hatte kommen können.

»Die Beine sind zu lang«, sagte sie langsam. »Es sind nicht die von Lucy.«

4

Maxham hatte Sally gestattet, sich in die Kirche zu setzen, weil ihm kein plausibler Grund einfiel, es ihr zu verbieten. Außerdem hatte er wohl gedacht, sie wolle beten, eine Vorstellung, die ihm peinlich war. Seine Verlegenheit war eine Waffe, mit der sie ihn hatte schlagen können.

Es war sehr kalt. Die in die billigen roten Bodenfliesen eingelassenen Roste ließen vermuten, daß die Kirche eine Fußbodenheizung hatte, aber entweder funktionierte sie nicht richtig, oder die Gemeinden, die die Kirche nutzten, konnten sich ihren Betrieb nicht leisten. Die Stille drohte sie zu erdrücken. Es roch leicht nach Weihrauch. Das Messing des Lesepults war stumpf und fleckig. Sally sah zu der schlichten Holzdecke hoch, die voller Schatten und Spinnweben war.

Ihr Blick ging am Dach entlang zur Ostwand. Über dem Altar hing ein großes Bild in goldenem Rahmen. Das Licht war schlecht und die Leinwand verschmutzt. Vielleicht das Jüngste Gericht, dachte Sally, eine lieblos-billige viktorianische Kopie. Im Mittelpunkt Christus im Glorienschein, zu dessen Füßen sich ein Feuerstrom ergoß, rechts und links neben ihm Engel und Apostel, unter ihnen die Seelen der Gerechten, die Schlange standen, um ins Paradies zu kommen, und der Erzengel mit der Waage – Michael oder Gabriel? –, der die Seelen der auferstandenen Toten wog. Eine Bildergeschichte für Kinder, die Angst vor der Dunkelheit hatten.

Und Lucy? Hatte sie Angst? Oder war sie schon tot?

Sally atmete in einem langen, abgerissenen Seufzer aus. *Denk nicht daran. Denk an die gute Nachricht.* Es waren ebensowenig Lucys Beine, wie es Lucys Hand gewesen war. Die Form stimmte nicht, die Größe stimmte nicht, nichts stimmte. Lucys Beine waren dünner und nicht so kräftig, ihre Füße waren viel kleiner als die, die man in Lucys rote italienische Cowboystiefel gezwängt hatte.

Zuerst hatte Maxham ihr nicht glauben wollen. Selbst Yvonne und Dr. Ferguson waren skeptisch gewesen. Sie alle hatten ihre Gewißheit beargwöhnt, hatten sie für Wunschdenken gehalten.

Ich bin ihre Mutter, verdammt noch mal, ich muß es wissen.

Sally senkte den Kopf. Wieder versuchte sie zu beten, Gott zu danken, daß es nicht Lucys Beine waren und demnach Lucy womöglich noch am Leben war. Aber ihre Gedanken scheuten vor dem Gebet zurück wie ein Pferd vor einem Hindernis. Eine unsichtbare Schranke hielt sie in ihrem Jammer gefangen. Es war, als sei es die Kirche selbst, die sie mit gläsernen Wänden umstellte, so daß sämtliche Verbindungen unterbrochen waren. Sekundenlang meinte sie das Wesen der Kirche förmlich zu spüren – verbittert, bösartig, unglücklich, ein Gegenstück von Audrey Oliphant in Backstein und Mörtel, von jener Frau, die sie verflucht hatte.

Was ist nur los mit mir? Kirchen haben kein eigenes Wesen.

Außerdem war Dankbarkeit völlig unangebracht. Die Beine hatten einem anderen Kind gehört. Sollte sie Gott für Tod und Verstümmelung dieses anderen Kindes danken? Angesichts dieses schrecklichen Tatbestandes rückte Gottes Güte in unsichtbare Fernen.

Sally schlug, verzweifelt um Ablenkung bemüht, die Augen auf. An der Wand neben ihr hing eine Tafel mit den Namen aller Pfarrer von St. Michael in abblätternden Goldbuchstaben. Den Anfang machte Hochwürden Francis Youlgreave MA im Jahre 1891, als Schlußlicht war sieben Namen später Hochwürden George Bagnall aufgeführt, der die Gemeinde 1970 verlassen hatte. Zwei Drittel der großen Tafel waren leer. Youlgreave und seine unmittelbaren Nachfolger waren sicher davon ausgegangen, daß die Liste der Amtsinhaber immer länger werden, daß dieses Gebäude immer ein Gotteshaus sein würde.

Nichts wird besser, dachte sie erbittert, alles wird immer nur schlechter. Wie schrecklich wäre diesen längst dahingegangenen Priestern die Vorstellung einer Frau im geistlichen Stand gewesen! Und welchen Sinn hatte das Ganze überhaupt? Es kam ihr jetzt geradezu grotesk vor, daß sie so sehr um die Ordination gekämpft hatte, um nun ihr Leben lang eine untergeordnete Rolle im Apparat eines absterbenden Kults zu spielen. Die Auswirkungen waren bisher verheerend gewesen: Sie hatte ihr Leben zerstört, Michaels Leben beschädigt, Lucy im Stich gelassen. Es war ihre Schuld. Sie war sich selbst so gram, daß sie nicht einmal einen Teil der Schuld auf Gott abwälzen mochte. O ja, es gab ihn noch, aber er spielte keine Rolle mehr. In Wahrheit hatte er wohl nie eine Rolle gespielt. Er sah gar nicht hin.

Du darfst dir keine Vorwürfe machen. David Byfields Worte wühlten in ihrer Erinnerung und nahmen eine bittere und wahrscheinlich beabsichtigte Bedeutung an. *Er* machte ihr Vorwürfe. Er hatte ihr von Anfang an Vorwürfe gemacht, der Frau, die die doppelte Sünde begangen hatte, Seelsorgerin werden zu wollen und ihm seinen Michael wegzunehmen. Wieder fragte sie sich, was die beiden wohl so fest miteinander verband. Gleichviel – das war nun die Strafe, daß sie sich in ihren magischen Kreis gedrängt hatte. David dürfte jetzt triumphieren.

Sally betrachtete erneut die Liste der Pfarrer. Darüber stand in großen Buchstaben, wem die Kirche geweiht war: ST. MICHAEL UND ALLEN ENGELN. In ihrem Kopf war plötzlich ein Brausen, als hätten sich tausend Vögel in die Lüfte erhoben und flögen über die Schlammgründe einer Flußmündung. Ihr Mann hieß Michael, und die Kirche war dem heiligen Michael geweiht. Sicher doch ein Zufall. Es war ein gebräuchlicher Name. Nur jemand mit Verfolgungswahn würde da auf etwas anderes kommen.

Und dennoch –

Das Böse nahm allmählich Gestalt an. Es war über eine lange Zeit geplant und ausgeführt worden. Zwischen der braunen Hand im Friedhof von Kilburn und den blutenden Beinen hier in der Vorhalle mußte es eine Verbindung geben. Die Parallelen waren unübersehbar: beide waren tiefgefroren gewesen, beide waren Teile von Kinderkörpern, beide waren auf geweihtem Boden abgelegt und innerhalb von vierundzwanzig Stunden gefunden worden. Theoretisch war es möglich, daß es sich um zwei getrennte Vorfälle handelte, daß die Meldung von der abgetrennten Hand Anregung für einen Nachfolgetäter gewesen war, aber das schien unwahrscheinlich. Stiefel und Strumpfhose ließen keinen Zweifel daran, daß Lucy sich in der Gewalt derselben Person befand. Lag darin eine Botschaft?

Auch Lucy ist zerstückelt.

Ihr Kidnapper – Mann oder Frau – hatte sie nicht – oder nicht nur – zur sexuellen Lustbefriedigung oder aufgrund irgendwelcher emotionalen Defizite mitgenommen. Was da in der Vorhalle lag, hatte schockieren sollen, und der Drang zu schockieren war so stark gewesen, daß darüber die Gefahr, gesehen zu werden, in den Hintergrund getreten war.

Die Flügel rauschten und sirrten. *Nicht nur zu schockieren, auch zu quälen.*

War Lucy nicht um ihrer selbst willen entführt worden, sondern weil sie die Tochter eines Kriminalbeamten war? Frank Howells Artikel über St. George im *Evening Standard* fiel ihr ein. Vielleicht hatte den jemand gelesen, der einen Zorn auf die Polizei im allgemeinen oder Michael im besonderen hatte.

Warum hatte man die Körperteile dann nicht vor einem Polizeirevier abgelegt? Warum heute in der Kirche und gestern auf dem Friedhof? Vielleicht richtete sich der Haß eher gegen Gott als gegen die Polizei. Eine weitere Möglichkeit fiel ihr ein. Es konnte sich um einen Täter handeln, dessen Einstellung noch extremer war als die von Audrey Oliphant, und dann konnte man logischerweise folgern, daß Sally selbst, weil sie unbedingt Pfarrerin hatte werden wollen, die Schuld an Lucys Entführung trug.

»Ich verliere den Verstand«, sagte sie. Dünn und kindlich klang ihre Stimme durch den leeren kalten Kirchenraum. Sie erschrak, denn sie hatte nicht gemerkt, daß sie laut gesprochen hatte. »Aufhören. Aufhören.«

Bruchstückhaft und abgerissen schossen die Gedanken durch ihren Kopf. Das Flügelrauschen steigerte sich, bis es alle andere Geräusche übertönte und ihre Denkfähigkeit auslöschte. Das Brausen war so laut, daß Sally sich nicht mehr wie Sally vorkam, sie war nur noch ein einziges Flügelschlagen und ertrank in dem Geräusch wie in dem schwarzen Schlamm der Flußmündung.

»Nein! Nicht! Laßt mich in Ruhe.«

Das Brausen verstärkte sich. Es war dunkel. Sie konnte nicht mehr atmen. Ein lauter Knall. So laut, daß er einen Augenblick das Flügelrauschen übertönte. Kalte Luft wehte sie an.

»Das reicht.« Eine zornige Männerstimme. »Schluß jetzt!«

Sally schlug die Augen auf und wandte den Kopf. Unter Tränen erkannte sie Michaels Taufpaten David Byfield, der mit langen Schritten durch den Mittelgang auf sie zukam.

ACHT

»Man neme das Körperliche der Körper hinweg, und löse die Dinge noch weiter, als bis auf ihre erste Materie, auf: So entdeckt man die Wonung der Engel.«

Religio Medici I, 35

I

»Bei mir benimmt sich Lucy musterhaft.« Angel spülte ihr die Seife vom Nacken. »Stimmt's, Püppchen?«

Lucy antwortete nicht. Sie wirkte sehr jung und klein in der Badewanne mit dem schaukelnden Schaumgebirge, das ihren Körper teilweise verdeckte. In dem von ihren Beinen gebildeten triangelförmigen Hafen wiegte sich ein Plastikboot mit zwei gelben Enten. Das nasse Haar, das eng an ihrem Kopf anlag, war schwarz wie poliertes Ebenholz.

»Heute ist der erste Dezember«, fuhr Angel fort, während sie mit dem Schwamm kräftig Lucys Rücken bearbeitete. »Wenn man am ersten Tag eines Monats ›Weiße Kaninchen‹ sagt und sich was wünscht, heißt es, geht der Wunsch in Erfüllung. Hast du das gewußt?«

Eddie war so, als ob Lucys Lippen zuckten; vielleicht hatte sie ›Weiße Kaninchen‹ vor sich hin gesagt und sich gewünscht *Ich will zu meiner Mummy*. Seit mehr als sechsunddreißig Stunden hatte sie kaum etwas gegessen, und das war ihr auch anzusehen. Eddie wußte, daß Kinder auf solche Umstellungen sehr schnell reagierten. Jetzt, am Sonntag morgen, kamen ihm Lucys Schultern schmaler vor als am Freitag abend, der kleine Bauch war ganz flach. Sie war noch benommen von den Medikamenten und vielleicht auch von dem Schock, den sie erlitten hatte, sonst hätte Angel es nicht gewagt, sie zum Baden aus dem schalldichten Keller zu holen.

(Die Sache mit Suki war Angel eine Lehre gewesen. Suki war eine kleine Schlaue, die so tat, als könnte sie kein Wässerchen trüben, bis Angel hinausging, um ein Handtuch zu holen, und sie mit Eddie allein ließ. Kaum war die Tür zu, hatte Suki ihn in die Hand gebissen und gekreischt wie eine Lokomotive. Seither verabreichte Angel ihren kleinen Besucherinnen in regelmäßigen Abständen eine Portion Phenergan-Sirup, so daß sie die ganze Zeit angenehm schläfrig waren. Wenn eins der Kinder sich übermäßig aufregte, stellte Angel es mit einer Dosis Diazepam ruhig, das der Arzt seinerzeit Eddies Mutter verschrieben hatte.)

»So ist's brav. Jetzt hoch mit dir, dann trocknet Angel dich ab.« Mit Angels Hilfe rappelte Lucy sich auf. Wasser und Schaum rannen an ihrem Körper herunter. Eddie starrte wie gebannt auf die glänzende rosafarbene Haut und auf die Ritze zwischen den Beinen.

»Onkel Eddie gibt uns mal das Handtuch rüber.«

Er gehorchte eiligst. Angels Stimme klang unverkennbar gereizt; vielleicht war sie müde. Unter ihren Augen lagen dunkle Schatten; er wußte, daß sie gestern abend weggegangen und erst weit nach Mitternacht zurückgekommen war. Während sie aus dem Haus war, hatte Eddie probiert, die Tür zum Keller aufzumachen, aber sie war abgeschlossen.

Angel hüllte Lucy in das auf der Heizung angewärmte rosa Badetuch, hob sie aus der Wanne und setzte sie sich aufs Knie. Ein schönes Bild, dachte Eddie, eine präraffaelitische Jungfrau mit Kind: Angel in dem langen weißen Morgenmantel und mit dem offenen glänzenden Haar, Lucy, klein, dünn und geschlechtslos, in das Badetuch gewickelt, auf Angels Schoß, in ihren Armen. Er wandte sich ab. Der Kopf tat ihm weh, und seine Kehle war trocken.

Die Sachen, die sie für Lucy gekauft hatten, lagen auf dem Stuhl bereit, unter anderem auch das dunkelgrüne Laura-Ashley-Kleid mit weißem Spitzenkragen, gesmoktem Oberteil und Bändern, die hinten zu einer Schleife geknüpft werden konnten. Angel legte bei ihren kleinen Mädchen Wert auf Weiblichkeit. Jungen sind Jungen, hatte sie einmal zu Eddie gesagt, und Mädchen sind Mädchen, und diese Tatsache zu leugnen ist nicht nur dumm, sondern auch wider die Natur.

»Vielleicht hätte Lucy Lust, mit mir zu spielen, wenn sie angezogen ist«, sagte Eddie.

Die Kleine sah ihn mit gerunzelter Stirn an.

»Vielleicht würde sie gern den Du-weißt-schon-was sehen.«

»Den – *was*?« fragte Angel.

Eddie legte die Hand vor den Mund, beugte sich zu Angel hinüber und flüsterte: »Den Zauberkasten.«

Er hatte ihn gestern vormittag gekauft und konnte es kaum erwarten, Lucys Reaktion zu sehen. Kinder bekamen gern Geschenke und zeigten ihre Dankbarkeit oft auf eine sehr beglückende Art.

Angel rubbelte behutsam Lucys Haar trocken. »Ein andermal. Lucy ist müde, nicht wahr, mein Schatz?«

Lucy sah blinzelnd zu ihr hoch. »Ich will nach Hause. Ich will zu Mummy, ich –«

»Mummy und Daddy mußten verreisen. Nicht lange. Sie haben mich gebeten, auf dich aufzupassen, das hab ich dir doch schon gesagt.«

Die Stirnfalten vertieften sich. In so viel Not und Verwirrung mochte Angel, vermutete Eddie, mit ihrem energischen Auftreten die einzige Gewißheit sein, an die Lucy sich jetzt halten konnte.

»Aber, aber, Kindchen! Jetzt will ich dich mal lächeln sehen. Schmollmäulchen sind hier nämlich unbeliebt.«

»Wenn wir spielen, kommt Lucy vielleicht auf andere Gedanken.« Eddie nahm die Brille ab und putzte die Gläser mit einem Handtuchzipfel. »Es wäre eine Ablenkung.«

»Nein.« Angel griff nach dem Hemdchen. »Dazu fühlt sich Lucy im Augenblick nicht wohl genug. Wenn wir hier fertig sind, mache ich ihr was zu trinken und nehme sie auf den Schoß und lese ihr was Schönes vor.«

Eddie merkte bestürzt, daß ihm Tränen in die Augen traten. Es war so ungerecht. »Aber bei den anderen haben wir immer –«

Angel unterbrach ihn mit einem warnenden Husten. Es war eine eiserne Regel, daß keine ihrer kleinen Besucherinnen wissen durfte, daß vor ihr schon andere hier gewesen waren. Doch als Eddie zu Angel hinsah, stellte er überrascht fest, daß sie lächelte.

»Lucy ist nicht wie die anderen.« Sie sah ihn voll an. »Wir verstehen uns, wir beide.« Sie streifte mit den Lippen Lucys Haar. »Stimmt's, mein Püppchen?«

Und was ist mit mir?

Eddie hielt den Mund. Gleich darauf schickte Angel ihn nach unten, um Milch warm zu machen und die Heizung höher zu drehen. Eifersucht wühlte in ihm, zornig und ohnmächtig wie ein Motor im Leerlauf, der in die rote Zone hochgejagt wird. Dabei boten die beiden ein so liebliches Bild, Jungfrau und Kind, wunderschön und schmerzlich zugleich.

Er drehte an dem Thermostat für die Zentralheizung und stellte die Milch in die Mikrowelle. Sein Kopfweh wurde schlimmer. Er starrte auf den Topf, ohne zu wissen, was er da eigentlich sah.

Wie hieß es so schön: Zwei sind ein Paar, drei sind ein Haufen. Jungfrau und Kind bildeten in der Heiligen Familie das Paar, der arme alte Joseph war der ewige Zuschauer, der nicht mal den üblichen biologischen Beitrag zur Familiengründung hatte leisten dürfen. Mutter und Kind ergänzten sich zu einem in sich geschlossenen Ganzen. Maria und das

Jesuskind, Madonna und der neugeborene König, die Magd des Herrn mit dem Christkind.

Und wo war der Dritte im Bunde? Der steckte irgendwo in dem Gewimmel um den Stall herum. Oder führte den Esel. Verhandelte mit dem Herbergswirt. Zahlte die Rechnungen. War eine Kombination aus Kurier und Expeditionsleiter und Ernährer. Was aus dem alten Joseph geworden war, hatte keiner aufgeschrieben. Es kümmerte auch keinen. Warum auch? Er zählte nicht.

Und was ist mit mir?

Eddie hatte den Eindruck, daß man ihn sein ganzes Leben lang immer wieder auf den dritten Platz verwiesen hatte. Schon die Eltern hatten es so gehalten. Auch wenn sie nicht viel füreinander übrig hatten, ergänzten sie sich doch in ihren Bedürfnissen und ließen Eddie draußen vor. Eddies Vater hatte Fotos gemacht, auf denen auch sein Sohn zu sehen war, aber sein Interesse galt immer dem kleinen Mädchen, und auch das kleine Mädchen war mehr an Stanley als an Eddie interessiert. Für beide war er mehr oder weniger Teil der Einrichtung, nicht wichtiger als der müffelnde alte Sessel.

Nach Stanleys Tod hatte sich das fortgesetzt. Seine Mutter hatte es mit der Suche nach einer Untermieterin erstaunlich eilig gehabt. Warum eigentlich? Geld genug, um das Haus in der Rosington Road zu halten, hätten sie gehabt: Thelmas Witwenpension von der Paladin, ihre staatliche Rente und Eddies Sozialhilfe. Gewiß, sie hätten sich einschränken müssen, doch zu zweit wäre das ohne weiteres zu machen gewesen. Aber nein, mit ihm mochte seine Mutter sich nicht zufriedengeben, es mußte unbedingt noch jemand her. Es war eine Ironie des Schicksals, daß Angel zumindest eine Zeitlang Eddie den Vorzug gegeben hatte.

Wirklich ernst genommen hatten ihn nur Alison und Angel, aber Alison war weggezogen, und jetzt brauchte Angel ihn nicht mehr, weil sie Lucy hatte. Aber wieso war Lucy etwas so Besonderes?

Eddie riß die Augen auf. Die Milch stieg hoch. Die Oberfläche war mit Löchern und Kratern übersät wie eine Mondlandschaft. Eine weiße Blase schob sich über den Topfrand. Die kochende Milch brodelte und spuckte. Eilig griff er nach dem Topf, und ein Geruch nach Angesengtem zog durch den Raum.

2

Ich gebe dir die Schuld.

Mummy. Mum. Ma. Mother. Thelma. Eddie konnte sich nicht erinnern, seine Mutter jemals mit einem dieser Namen angeredet zu haben.

Nach Thelmas Tod hatte Angel alles in die Hand genommen und – das gab Eddie neidlos zu – wahre Wunder gewirkt. Als er es an jenem Morgen endlich geschafft hatte, sich die Treppe hinunterzuschleppen, setzte er sich an den Küchentisch, mitten ins Herz von Thelmas Reich, und legte den Kopf auf die Arme. Er laborierte an einem schauderhaften Kater, der das Nachdenken zu einer äußerst schmerzhaften Angelegenheit machte.

Dann hörte er Angel die Treppe herunterkommen, roch ihr Parfüm, hörte Wasser laufen.

»Setz dich bitte auf, Eddie.«

Müde gehorchte er.

Sie stellte ihm ein Glas Wasser hin. »Du brauchst jetzt viel Flüssigkeit.« Sie gab ihm ein Alka-Seltzer-Briefchen, das sie schon geöffnet hatte, um ihm keine Mühe zu machen. »Denk dir nichts dabei, wenn dir schlecht wird. Meist hilft es, wenn man sich übergeben kann.«

Er ließ die Tabletten ins Wasser fallen und sah den aufsteigenden Bläschen zu. »Wie ist es passiert?«

»Ein Herzanfall, nehme ich an. Ganz so, wie sie erwartet hatte.«

»Wieso?«

»Wußtest du nicht, daß sie ein schwaches Herz hatte?«

Jetzt tat Eddie nicht nur der Kopf weh. »Das hat sie mir nie erzählt.«

»Wahrscheinlich wollte sie dich nicht damit belasten. Oder sie hat gedacht, du könntest es dir denken.«

»Aber wieso denn?« jammerte Eddie.

»Warum, glaubst du, hat sie das Rauchen aufgegeben? Natürlich, weil es ihr der Arzt verboten hatte. Und ihre Tabletten, das Spray ... Hast du nicht gemerkt, wie kurzatmig sie geworden war?«

»Aber das war sie doch schon seit Jahren. Vielleicht war es früher nicht ganz so schlimm, aber ...«

»Und wie sie manchmal rot angelaufen ist? Nachdem ich das zum erstenmal gesehen hatte, war mir klar, daß sie was mit dem Herzen hat. Jetzt trink.«

Er schluckte die Mixtur. Einmal war ihm, als müßte er sich schleunigst über die Spüle beugen, aber das ging schnell vorbei.

»Es ist bedauerlich, daß sie nicht ihre Ernährung umgestellt und für mehr Bewegung gesorgt hat«, fuhr Angel fort, »aber was Hänschen nicht lernt, lernt Hans nimmermehr, wie es so schön heißt.«

»Ich wünschte – ich wünschte, ich hätte es gewußt.«

»Was hättest du denn machen können? Ihr neue Arterien verpassen?«

Er bemühte sich, das Bild seiner Mutter loszuwerden, die da oben im Vorderzimmer lag. Thelma wirkte im Tod noch kleiner. Er sah Angel an, die sich jetzt so selbstverständlich ans Kaffeekochen machte, als sei sie in ihrer eigenen Küche.

»Was war gestern abend?«

Sie drehte sich, den Löffel in der Hand, zu ihm um. »Erinnerst du dich nicht mehr? Kein Wunder, der Wein hat dich ja total umgeworfen. Ich wußte gar nicht, daß du so wenig verträgst.«

Er erinnerte sich an das Kellerlokal in Soho, an Bruchstücke ihres Gesprächs. An die Seidenkrawatte, blau mit grünen Schrägstreifen. An die glänzende Motorhaube eines geparkten Wagens, auf die er sein Abendessen gespuckt hatte. An orangefarbene Flämmchen in Angels Pupillen. An die drei weißen Tabletten auf ihrer Handfläche.

»Hast du meine Mutter gestern abend gesehen?«

»Nein.«

»Und was war, als wir zurückkamen?«

»Nichts Besonderes. Ich nahm an, daß sie schlief. Ich habe dich nach oben gebracht und dir zwei Aspirin gegeben. Du warst sofort weg. Daraufhin hab ich dich zugedeckt und mich auch hingelegt.«

»Bestimmt?«

Angel sah ihn groß an. »Ich pflege nicht die Unwahrheit zu sagen, Eddie.«

Er schlug die Augen nieder. »Entschuldige.«

»Schon gut. Es ist nicht leicht, Vater oder Mutter zu verlieren, da setzt leicht mal der Verstand aus.«

Sie goß Wasser in eine Kaffeekanne, die Eddie noch nie gesehen hatte. Er schnupperte. Richtiger Bohnenkaffee, demnach mußte es der von Angel sein. Thelma hatte nie etwas anderes als Nescafé getrunken.

Angel ließ einen Moment verstreichen, dann sagte sie langsam und eindringlich: »Wir haben gestern abend nett zusammen gegessen. Als wir heimkamen, schlief deine Mutter. Wir haben uns hingelegt. Als ich heute früh aufstand, habe ich mich gewundert, daß deine Mutter noch nicht auf war, deshalb habe ich bei ihr geklopft, ich wollte sie fragen, ob alles in Ordnung sei. Als niemand antwortete, bin ich in ihr Zimmer gegangen. Und da lag sie, die arme Seele. Ich habe mich davon überzeugt, daß sie tot war, dann habe ich dich geweckt und den Arzt angerufen.«

Eddie rieb sich den Bart, der sich verfilzt anfühlte. »Wann ist es passiert?«

»Frag mich was Leichteres. Sie kann schon tot gewesen sein, als wir heimkamen. Heute früh war sie jedenfalls ganz kalt.«

»Du glaubst nicht ...«

»Was?«

»Daß das, was gestern passiert ist, etwas damit zu tun haben könnte?«

»Sei nicht albern, Eddie.« Angel stützte die Hände auf den Tisch und sah ihn voll an. Ihr Gesicht war ruhig und wunderschön. »Schlag dir das mal rasch aus dem Kopf.«

»Wenn ich bei ihr geblieben wäre, mit ihr geredet hätte ...«

»Es hätte nichts genützt. Wahrscheinlich hätte sie sich dann noch mehr aufgeregt.«

»Aber ...«

»Es hätte jederzeit dazu kommen können. Und vergiß nicht, daß es psychologisch gesehen ganz typisch für die Überlebenden ist, sich die Schuld am Tod eines geliebten Menschen zu geben.«

»Sollten wir es dem Arzt nicht sagen? Daß sie ... aufgeregt war, meine ich.«

»Warum? Welchen Sinn sollte das haben? Es ist völlig unerheblich.« Angel wandte sich ab, um den Kaffee aufzubrühen. »Es dürfte besser sein, überhaupt nichts davon zu sagen, das sorgt nur für Verwirrung.«

3

Die Träume kamen später, nach Thelmas Beerdigung, und setzten sich bis zum folgenden Sommer fort. (Den letzten Traum hatte Eddie eigenartigerweise kurz vor der Sache mit Chantal.) Sie waren sich alle ähnlich, waren verschiedene Fassungen verschiedener Abschnitte derselben Geschichte.

In der einfachsten Form lag Thelma, kaum zu sehen unter Daunendecke und Wolldecken, in ihrem schmalen Bett. Eddie schwebte als körperlose Erscheinung an der Decke über der Tür. Das Gesicht seiner Mutter konnte er nicht erkennen. Der Kopf lag schwer in den beiden Kissen, deren Enden wie dicke weiße Hörner rechts und links von dem unsichtbaren Gesicht aufragten.

Manchmal war es dunkel, manchmal dunstig, manchmal hatte Eddie seine Brille vergessen. Wurde ein drittes Kissen von Stanleys Bett genommen und auf die anderen gedrückt? Und dann? Zuckte der Körper fast unmerklich, gefangen in der Last der Decken und seiner eigenen Schwäche?

Fragen über Fragen – denn der springende Punkt all dieser Träume war, daß er nie etwas Genaues wissen würde. Wie hätte Thelma sich gegen das erstickende Gewicht wehren können, das sich auf sie legte? Hatte sie geschrien? Das Kissen hätte jedes Geräusch erstickt. Und wäre ein Laut in das stille Schlafzimmer hinausgedrungen, wer hätte ihn gehört? Wer außer Eddie?

Eine gerichtliche Leichenschau hatte nicht stattgefunden. Thelmas Arzt hatte anstandslos den Totenschein unterschrieben. Seine Patientin war eine betagte Witwe mit einer bekannten Herzschwäche, er hatte sie erst vor einer Woche untersucht. Nach Aussage ihres Sohnes und ihrer Untermieterin hatte sie am Tag vor ihrem Tod über Brustschmerzen geklagt. In der Nacht hatte ihr Herz den ungleichen Kampf aufgegeben. Als er die Tote sah, hatte sie noch ihr Nitroglyzerinspray in der Hand, was darauf schließen ließ, daß sie zu Beginn des Herzanfalls wach gewesen war.

»Sie hat einfach das Zeitliche gesegnet«, sagte der Arzt zu Eddie. »Könnte ihr jederzeit passiert sein. Ich glaube nicht, daß sie viel gespürt hat, und es war sehr schnell vorbei. Alles in allem nicht die schlechteste Art, sich zu verabschieden. Ich selber hätte nichts dagegen.«

4

Ohne Thelma bekam das Haus in der Rosington Road 29 ein völlig anderes Gesicht. Am Tag nach der Beerdigung gingen Angel und Eddie durch alle Räume, machten eine Bestandsaufnahme und bedachten staunend die Möglichkeiten, die sich plötzlich eröffnet hatten. Eddie kam es vor wie Zaubererei: Nach Thelmas Heimgang waren die Zimmer größer, die Möbel in dem großen Schlafzimmer nach vorn heraus wirkten schäbig und überflüssig, und seine und Angels Schritte auf der Treppe hallten sicher und selbstbewußt.

»Damit ließe sich was anfangen«, sagte Angel, als sie im Keller angekommen waren.

»Wieso?« Eddie sah zur Decke. »Wir haben doch oben Platz genug.«

»Ich hätte dann etwas für mich.« Sie legte ihm kurz eine Hand auf den Arm. »Versteh mich bitte nicht falsch, aber ich bin hin und wieder ganz gern allein. Ich bin nämlich eine richtige Einzelgängerin.«

»Du könntest dein früheres Zimmer für dich haben.«

»Das ist zu klein.« Angel streckte die Arme aus. »Ich brauche Platz. Du hast doch nichts dagegen?«

»Nein, nein, natürlich nicht. Ich – ich wußte nur nicht gleich, worauf du hinauswillst.«

Von nebenan hörte man einen durch die Brandmauer gedämpften erregten Wortwechsel. Eddie vermutete, daß er aus der Kellerwohnung kam, in der ein junges Paar wohnte, dessen Beziehung sich so abspielte, als stünden sie an entgegengesetzten Enden eines großen, winddurchwehten Feldes, wofür sie sich gegenseitig verantwortlich machten.

»Wäre es dir hier nicht zu laut?« fragte er.

»Die Wände müßten natürlich schallisoliert und bei dieser Gelegenheit gleich trockengelegt werden. Schau dir die feuchte Stelle da drüben an.«

Langsam ging Angel durch den Keller, steckte den Kopf in die leere Kohlenkammer, die unbenutzte Spülküche, sah in Kartons, rieb an dem schmutzigen hinteren Fenster herum, drückte die Klinke der festgeschraubten Tür herunter, die in den Garten führte. Vor dem alten Sessel blieb sie stehen und befreite ihn mit einem Papiertaschentuch notdürftig von seiner Staubschicht.

»Ein hübsches Stück. Spätes neunzehntes Jahrhundert? Aber schändlich mißhandelt. Schau dir die Schnitzerei an den Armlehnen und den Beinen an. Wunderschön, nicht? Rosenholz, wenn ich nicht irre.«

Eddie erinnerte sich an den Geruch, der dem Stoff entströmte, an das Gefühl eines warmen Körpers, der sich an den seinen schmiegte. »Ich wollte ihn schon zum Sperrmüll geben.«

»Kommt überhaupt nicht in Frage. Wir lassen ihn aufarbeiten und neu polstern, mit einem ganz schlichten Bezug. Bordeauxfarben vielleicht.«

»Wird das alles nicht zu kostspielig?«

»Wir schaffen es schon.« Angel lächelte ihn an. »Ich habe ein bißchen was gespart, das gebe ich gern dazu. Natürlich brauchen wir einen Handwerker. Kennst du jemanden hier in der Gegend?«

»Da wäre Mr. Reynolds ...« Eddie dachte an Jenny Wren. »Er hat eine Wohnung drüben in der Sozialsiedlung. Der Geranienbalkon.«

Angel rümpfte die Nase. »Dessen Frau immer nach den Vögeln guckt?«

»Er ist netter als sie. Aber vielleicht ist er inzwischen im Ruhestand.«

»Ein älterer Mann wäre mir durchaus recht. Solche Leute setzen noch ihren Stolz darein, gute Arbeit zu liefern.«

Angel beschloß, einen angemessenen Zeitraum von vierzehn Tagen zwischen Thelmas Tod und einer Kontaktaufnahme mit Mr. Reynolds verstreichen zu lassen und diese

Zeit schon für detaillierte Pläne zu nutzen. Eddie staunte, wie gut sie sich auskannte und wie weitreichend die von ihr vorgesehenen Umbauten waren.

»In die Spülküche stellen wir eine große Tiefkühltruhe. In einem Jahr hat sie sich bezahlt gemacht, weil wir immer die Sonderangebote nutzen können.«

Besonders sorgfältig untersuchte sie die kleine Kohlenkammer neben der Spülküche, maß ihn aus und prüfte Boden, Wände und Decke. Eine Luke führte zu dem kleinen Vorplatz vor dem Haus, aber Stanley hatte zwei Schrägbalken über die Öffnung geschraubt und sie dadurch fest verschlossen.

»Daraus ließe sich eine richtig schöne Dusche machen. Wenn wir Boden und Wände fliesen, brauchen wir keine Duschtasse und können die Dusche direkt an der Wand anbringen. Vielleicht reicht der Platz sogar noch für ein WC.«

»Brauchen wir das wirklich?«

»Praktischer wäre es schon.«

Das Ende vom Lied war, daß Eddie Mr. Reynolds anrief und fragte, ob er Interesse daran hätte, den Keller umzubauen.

»Viel mach ich jetzt nicht mehr«, sagte Mr. Reynolds.

»Könnten Sie uns dann vielleicht jemanden empfehlen?«

»Ich hab nicht gesagt, daß ich es nicht machen will. Ich bleib gern in Übung, besonders, wenn ich Nachbarn damit einen Gefallen tun kann. Am besten komm ich gleich mal vorbei, und wir reden drüber.«

Zehn Minuten später stand Mr. Reynolds, der sich, wie Eddie fand, in all den Jahren kaum verändert hatte, vor der Tür. Er konnte kaum den Blick von Angel wenden, die er noch nicht kannte. Sie gingen mit ihm in den Keller.

»Wir möchten hier gern eine abgeschlossene kleine Wohnung einrichten«, sagte Angel.

»Warum nicht?«

»Es ist mehr Arbeit, als man auf den ersten Blick denkt, aber das haben diese alten Häuser leider so an sich, nicht?«

Mr. Reynolds bejahte, und Eddie merkte bald, daß er zu fast allem, was Angel äußerte, bereitwillig ja und amen gesagt hätte. Bald diskutierten die beiden sachkundig über Schalldämmung, feuchte Wände und neuen Putz. Man müsse damit rechnen, sagte Angel, daß man einmal laute Mieter bekomme, und sie sei deshalb dafür, auch für die Decke eine Schallisolierung vorzusehen. Auch über Wasser- und Elektroinstallation und das Tapezieren wurde gesprochen, nicht aber über Geld. Minuten nach Mr. Reynolds' Ankunft war es offenbar für beide ausgemachte Sache, daß er den Auftrag übernehmen würde.

»Das wird ein Rolls-Royce von einer Wohnung, Miss Wharton, da können Sie sich drauf verlassen!«

»Sagen Sie doch bitte Angela zu mir.«

Mr. Reynolds sah seine Hände an und wechselte das Thema mit der Bemerkung, dann würde er sich erst mal um einen Container kümmern. Er sollte Angel nie anders als Miss Wharton nennen. Seine Liebe war von der Art, die sich hinter Förmlichkeit verbirgt.

Mr. Reynolds machte bis auf die Wasser- und Elektroinstallation alles selbst. Er brauchte über zwei Monate dazu. In dieser Zeit entwickelte sich zwischen ihm, Angel und Eddie eine Freundschaft, die in dem Vorhaben, das sie zusammengebracht hatte, zwar nur eine schmale Basis hatte, sich aber überraschend eng gestaltete. Mr. Reynolds arbeitete täglich viele Stunden und schrieb Eddie, der ihn ständig daran erinnern mußte, Rechnungen mit erstaunlich niedrigen Beträgen. Den Rest beglich Angel mit Lob.

»Ich glaube nicht, daß ich es fertigbringe, diesen Raum zu vermieten, Mr. Reynolds. Es ist ja ein richtiger kleiner Palast geworden. Ich denke, ich werde mir hier mein Arbeitszimmer einrichten.«

Mr. Reynolds wandte sich brummelnd ab und kramte in seiner Werkzeugtasche.

Im Lauf der Wochen konnte ein Posten nach dem anderen abgehakt werden – erst der neue Boden, dann die Decke, dann die Wände. Eine Hartholztür entstand nach Maß, ebenso das lange Fenster mit Resopalverglasung und Blick auf den Garten.

»Es macht sich, nicht?« sagte Mr. Reynolds, nach Angels Lob lechzend, nicht einmal, sondern immer wieder.

Falls Mr. Reynolds sich Gedanken über die Beziehung zwischen Angel und Eddie machte, ließ er sich das nicht anmerken. Daß Eddie und Angel nicht wie Mann und Frau zusammenlebten, ahnte er vermutlich, andererseits benahm sich Angel nicht wie eine Untermieterin, sondern eher wie die Frau des Hauses. Eddie hatte den Verdacht, daß Mr. Reynolds keine Fragen stellte, weil er keinen Wert auf die Antworten legte. Der kleine Bauhandwerker sprach nie schlecht über seine Frau, aber den Bemerkungen, die er hier und da fallenließ, war zu entnehmen, daß er sich in seinen vier Wänden nicht sehr wohl fühlte und dieser Auftrag, der es ihm erlaubte, im Trockenen zu arbeiten, Geld zu verdienen und fast täglich Angel zu sehen, ganz nach seinem Herzen war.

Als alles fertig war, präsentierte sich der Keller trocken und lautlos wie ein verschlossenes Grab. Er hatte eine eigenartige Akustik, die alle Geräusche dämpfte. Eddie hatte den Eindruck, daß die Schalldämmung auch alle Gefühlsregungen schluckte und neutralisierte.

»Es ist ideal«, sagte Angel.

»Wenn Sie wieder Hilfe brauchen, melden Sie sich nur.« Seine Ohrläppchen glühten. Sie saßen zu dritt am Küchentisch und tranken Kaffee aus großen Bechern, während Eddie einen Scheck ausschrieb. »Was ist übrigens aus den Puppenhäusern geworden?«

Eddie sah auf. »Mein Vater hat sie bei Wohltätigkeitsveranstaltungen verlosen lassen.«

»Dabei fällt mir ein«, sagte Angel, »daß noch einiges an Werkzeug unten im Schrank liegt. Hätten Sie für das eine oder andere Verwendung, Mr. Reynolds?«

Die Röte hatte jetzt sein ganzes Gesicht überzogen.

»Tja, ich weiß nicht recht ...«

»Schauen Sie sich ruhig alles an, Eddie ist sicher froh, wenn die Sachen in gute Hände kommen.«

»Ich erinnere mich noch, wie dein Dad die Puppenhäuser gemacht hat«, sagte Mr. Reynolds zu Eddie. »Unsere Jenny durfte zu euch rüberkommen und sie anschauen, das fand sie ganz toll, weißt du noch?« Er lachte leise vor sich hin, und die verwitterte Haut um Augen und Mund legte sich in kleine Falten.

»Ja, ich weiß. Sie hat ihre Puppen mitgebracht.«

»Richtig, das hatte ich vergessen. Und jetzt muß sie sich allein um drei Blagen und den Haushalt kümmern. Ein Jammer, die Sache mit Kevin, aber so ist das leider heutzutage.«

»Kevin?« fragte Angel.

Mr. Reynolds holte tief Luft. Angel lächelte ihn an.

»Kevin ist der Mann von unserer Jen. Sozusagen.« Er zögerte. »Wir hängen das nicht an die große Glocke, aber er ist ein schlimmer Finger. Na ja, jetzt ist er weg. Weg mit Schaden.«

»Das tut mir aber leid. Kinder können einem große Sorgen machen, nicht?«

»Er ist mit einer anderen Frau abgehauen, als sie das dritte Kind erwartete. Was soll man da machen? Meine Frau möchte übrigens nicht, daß es sich rumspricht, Sie verstehen schon ...«

»Aber ja.« Angel sah Eddie an. »Du warst mit Jenny befreundet, als ihr Kinder wart, nicht?«

Eddie nickte. Er hatte Angel von seiner Beziehung mit Jenny – wenn man das so nennen konnte – in stark überarbeiteter Form erzählt.

»Deine Eltern waren sehr lieb zu ihr«, sagte Mr. Reynolds ohne eine Spur von Ironie. »Und nicht nur zu unserer Kleinen. Vielleicht hätten sie gern ein Schwesterchen für dich gehabt, was?«

»Kann schon sein«, meinte Eddie.

Mr. Reynolds schwelgte noch immer in Erinnerungen. »Und wunderschöne Fotos hat er gemacht. Er hat uns eins von Jenny geschenkt, da sitzt sie in einem großen Sessel und sieht aus, als könnte sie kein Wässerchen trüben. Wir haben es rahmen lassen, es steht noch bei uns in der Vitrine.«

»Fotos?« Angel sah Eddie fragend an. »Ich wußte gar nicht, daß dein Vater fotografiert hat.«

Eddie schob Mr. Reynolds den Scheck hin. »So, das wär's wohl.«

»Hast du die noch?« Angel verteilte ihr Lächeln gerecht auf beide Männer. »Ich guck mir so gern Fotos an.«

5

Angel befragte Eddie genauestens nach seiner Vergangenheit, was er höchst schmeichelhaft fand, weil sich dafür bisher noch nie jemand interessiert hatte. Die Fragen kamen sporadisch und verteilten sich über einen langen Zeitraum. Eddie merkte, daß die Last der Probleme und Ungerechtigkeiten, unter denen er hatte leiden müssen, leichter zu tragen war, wenn er Angel davon erzählt hatte.

»Das ist kein Wunder, Eddie. Genau aus diesem Grund spricht die Psychotherapie so viele Leute an, und ebendeshalb ist die Beichte von jeher unter Katholiken so weit verbreitet.«

Seit dem Tod seines Vaters hatte Eddie die verbleibenden Fotos in einem verschlossenen Koffer unter seinem Bett aufbewahrt. Angel redete so lange auf ihn ein, bis er sich bereit fand, sie ihr zu zeigen. Sie setzten sich an den Küchentisch, und er holte ein Foto nach dem anderen heraus. Sie rochen nach Vergangenheit, schal und muffig.

»Wie hübsch«, meinte Angel, als sie das erste Aktfoto sah. »Technisch sehr eindrucksvoll.«

Schließlich bekam sie alle zu sehen. Sogar die mit Eddie. Sogar das von Alison.

Kleine Kokette.

»Das ist Mr. Reynolds' Tochter.« Eddie deutete, um Angel abzulenken, auf eine andere Aufnahme.

Angel gönnte ihr nur einen flüchtigen Blick. »Nicht so fotogen wie die Kleine da.« Sie tippte mit einem langen Fingernagel auf Alison. »Wie hieß sie doch gleich?«

Eddie sagte es ihr. Angel tätschelte seine Hand und sagte, Kinder seien in diesem Alter so süß.

»Manche Leute mögen solche Spielchen nicht.« Eddie hielt inne. »Nicht mit Kindern.«

»Lächerlich! Kinder brauchen Liebe und Geborgenheit, das ist alles. Kinder spielen gern mit den Großen, das ist schließlich der springende Punkt beim Erwachsenwerden.«

Eddie überlief eine warme Welle der Erleichterung. Nicht nur in diesem Moment, sondern auch später immer wieder erstaunte ihn Angels Mitgefühl und Verständnis. Sogar seine demütigenden Erlebnisse als Lehrer an der Dale-Grove-Gesamtschule gab er preis. Sie redete ihm so lange zu, bis er ihr ganz genau schilderte, was Mandy und Sian gemacht hatten. Die Heftigkeit ihrer Reaktion verblüffte ihn. Ihre Lippen verzogen sich, so daß man die Zähne sah, und Falten gruben sich in ihr Gesicht.

»Solche Menschen brauchen wir nicht. Sie sind nicht besser als Tiere.«

»Aber was willst du mit ihnen machen? Du kannst sie schließlich nicht einfach umbringen.«

Angel zog die makellosen Augenbrauen hoch. »Ich bin dafür, sie hinzurichten, wenn sie gegen bestimmte Gesetze verstoßen. Die Todesstrafe ist durchaus in Ordnung, wenn das System vernünftig und gerecht ist. Die anderen kann man in Arbeitslager sperren und ihre Verpflegungsrationen und bestimmte Vergünstigungen von der geleisteten Arbeit abhängig machen. Dann fallen sie der Gesellschaft wenigstens nicht ganz zur Last. Du mußt zugeben, daß es eine sehr viel gerechtere Lösung wäre.«

»Vielleicht.«

»Nein, bestimmt. Du mußt das realistisch sehen.« Angels Gesicht war wieder glatt und heiter. »Man muß andere Menschen benutzen – mit Ausnahme seiner Freunde natürlich –, sonst wird man selber ausgenutzt. Dabei muß man schon ein bißchen Phantasie aufbringen, das ist klar, aber Sentimentalität zahlt sich nicht aus, die machen die anderen sich gnadenlos zunutze, das hast du ja bei Mandy und Sian erlebt. Auf lange Sicht tut man ihnen geradezu einen Gefallen, wenn man die Zügel straff anzieht.«

6

Angel richtete sich ihren kleinen Palast als Wohnschlafzimmer ein. Sie und Eddie brachten Stanleys Bett nach unten und stellten es an die Wand gegenüber dem langen Fenster. Der aufgearbeitete viktorianische Sessel stand am Fenster, daneben ein sechseckiger Tisch, den Angel in einem Antiquitätengeschäft aufgetrieben hatte. Auf den Boden legte sie anatolische Läufer mit klaren geometrischen Mustern, an den weißen Wänden hingen keine Bilder.

Eddie ging nur dann in den Keller, wenn er dazu aufgefordert wurde. Es war eine stillschweigende Vereinbarung, daß die Benutzung der neuen Dusche Angel vorbehalten blieb. Was sie aus der großen Gefriertruhe in der früheren Spülküche brauchten, holte Angel.

»Ich weiß am besten, wo alles ist«, erklärte sie. »Jeder hat da so sein System, und ich möchte nicht, daß du mir was durcheinanderbringst.«

Sie kaufte ein kleines Mikrowellengerät und stellte es auf ein Regal über der Gefriertruhe.

»Hätten wir in der Küche nicht mehr davon?« fragte Eddie.

»Da nimmt es zuviel Platz weg. Außerdem brauchen wir es hauptsächlich zum Auftauen oder wenn ich mir hier unten schnell mal einen Snack heiß machen will.«

Obwohl unten nun ein Bett stand, schlief Angel meist oben in Thelmas früherem Zimmer. Weil die Kleiderschränke von Eddies Eltern nicht genug Platz für ihre Garderobe boten, beauftragte sie Mr. Reynolds, ihr an einer Wand des vorderen Schlafzimmers einen Einbauschrank mit Spiegeltüren aufzustellen.

An einem Tag Anfang Mai klingelte es an der Haustür, während Mr. Reynolds oben bei der Arbeit war, und Eddie öffnete. Vor ihm stand Mrs. Reynolds, die mit beiden Händen den Griff ihrer Handtasche umklammerte. Sie hatte blanke braune Augen hinter einer dicken Brille, eine stumpfe Nase und Lippen, die aussahen wie die runzlige Haut um einen After.

»Ich möchte gern meinen Mann sprechen.«

Eddie rief Mr. Reynolds, ging zurück in die Küche und machte erleichtert die Tür hinter sich zu. Beim Abwaschen konnte er in den Wintermonaten, wenn er aus dem Küchenfenster sah, durch die unbelaubten Äste hindurch Mrs. Reynolds mit ihrem Feldstecher auf dem Balkon erkennen. Mr. Reynolds hatte Angel des langen und breiten erzählt, daß er seiner Frau ein neues, stärkeres Exemplar als Geburtstagsüberraschung gekauft hatte.

Es klopfte. Mr. Reynolds schob sich verlegen durch die Küchentür.

»Tut mir leid, aber ich muß jetzt gehen, es ist etwas dazwischengekommen. Wenn's recht ist, ruf ich morgen früh an.« Er sah unverändert aus, und nicht, was er sagte, sondern wie er es sagte, gab Eddie zu denken. Seine Stimme zitterte, und sein Atem ging schnell und stoßweise. Man hätte ihn in diesem Augenblick für zehn Jahre älter halten können, als er war. »Es ist doch nichts passiert?« fragte Eddie. Angel würde bestimmt wissen wollen, warum Mr. Reynolds früher als geplant gegangen war.

»Es ist wegen unserer Jenny.« Mr. Reynolds zog sich im Rückwärtsgang zurück wie bei einer königlichen Audienz. »Sie hat einen Unfall gehabt.«

7

Arme Jenny Wren. Wer wußte besser als Eddie, daß Muster sich wiederholen? Manchmal überlegte er, wenn er an seinen Vater dachte, was dem wohl in seiner Jugend widerfahren war, und seinem Vater und dessen Vater und immer so weiter durch die Jahrhunderte in einer schwindelnden Rückschau bis zur Geburt der Menschheit.

Das Schicksal hatte Jenny Wren schon als Kind zum Versager gestempelt. Dick, ungeschickt und liebeshungrig schleppte sie ihre Selbstzweifel mit sich herum wie einen an ihr Handgelenk gebundenen schweren Koffer. Ihre Kinder waren, wie Eddie später erfuhr, in Pflege gegeben worden, und nach der Geburt des dritten war Jenny Wren in eine postnatale Depression verfallen, von der sie sich nie mehr richtig erholt hatte.

Sie wohnte in Hackney, in einer Sozialwohnung im vierten Stock eines Hochhausblocks. An jenem Vormittag, als ihr Vater letzte Hand an Angels Einbauschrank legte, ging sie mit einem Korb voll Wäsche auf den Balkon. Statt die Wäschestücke aufzuhängen, lehnte sie sich über die hüfthohe Mauer und sah nach unten. Dann hatte sie laut Aussage eines Zeugen, der von einem Fenster im Nachbarblock aus das Geschehen beobachtet hatte, ohne eingreifen zu können, erst das eine Bein und dann das andere über die Brüstung geschwungen und war ungeschickt über die Mauer geglitten.

Bezeichnenderweise ging der Selbstmordversuch schief. Sie schlug zwar mit dem Kopf zuerst auf, doch ein Busch fing den Aufprall ab. Sie trug schwere Verletzungen – einen Schädelbruch und andere Knochenbrüche – davon, blieb aber zu ihrem Unglück am Leben. Eine Woche nach dem Sturz kehrte Mr. Reynolds wieder in die Rosington Road 29 zurück, um seine Arbeit zu Ende zu bringen.

»Jen liegt im Koma. Kann sein, daß sie nie mehr aufwacht, und wenn doch, ist unter Umständen das Gehirn geschädigt.«

Angel tätschelte ihm die Hand und sagte, es tue ihr schrecklich leid. Sie und Eddie hatten Blumen ins Krankenhaus geschickt.

»Wie wird Mrs. Reynolds damit fertig?«

»Leicht ist es nicht für sie. Die Krankenhausseelsorgerin ist sehr lieb.« Durch den Schock hatte Mr. Reynolds' Redefluß gelitten, er sprach jetzt schroff und abgehackt. »Nicht, daß Sie denken, wir sind Kirchgänger. Alles zu seiner Zeit.«

»Wird Ihnen das mit dem Schrank auch nicht zuviel?« fragte Angel. »Wir finden bestimmt jemanden, der ihn fertigmacht. Sie haben ja jetzt alle Hände voll zu tun. Wir hätten volles Verständnis dafür.«

»Mir ist's lieber, wenn ich was zu arbeiten habe. Aber trotzdem schönen Dank.«

8

Mitte Juni, etwa sechs Wochen nach Jenny Wrens Sturz, kam das erste kleine Mädchen als Logierbesuch in die Rosington Road 29.

Chantal war die Tochter eines englischen Investmentanalytikers und seiner französischen Frau. Die Familie wohnte in Knightsbridge, einen guten Steinwurf von Harrods entfernt. Chantal war das dritte Kind, und die Eltern kümmerten sich kaum um sie, sondern ließen sie von Kinderpflegerinnen und Au-pair-Mädchen betreuen. Angel war auf der Geburtstagsparty einer Schulfreundin von Chantal auf die Kleine aufmerksam geworden. Damals hatte Angel als Vertretung für das Kindermädchen der jüngeren Schwester der Schulfreundin gearbeitet.

Obgleich die Versuchung oft groß war, holte sich Angel nie eine ihrer eigenen Pflegebefohlenen. »Nur dumme Menschen begeben sich unnötig in Gefahr«, sagte sie zu Eddie, als sie den Keller für Chantal vorbereiteten. »Und die werden dann auch prompt geschnappt.«

Chantals Vater war schwarz, und sie hatte die dunkle Hautfarbe geerbt. (Angel verachtete Leute wie Thelma, die rassistische Neigungen hatten.) Sie kleideten die Kleine ganz in Weiß, was die tiefdunkle Haut besonders schön zur Geltung brachte. Sie kicherte gern, wenn Eddie seine Spielchen mit ihr trieb. Hin und wieder fungierte Angel als Zeremonienmeisterin, wie Eddie das nannte, aber er hatte den Eindruck, daß sie sich nicht viel aus seinen Spielen machte.

Erstaunlich, wie viele Widersprüche in einem einzigen Menschen vereint sein konnten. Angel verstand sich wunderbar auf die Betreuung von Kindern, es fiel ihr leicht, sie so weit zu bringen, daß sie taten, was sie wollte, aber mit ihnen zu spielen machte ihr offenbar keinen Spaß.

Zwei Wochen und drei Tage schwamm Eddie in Glückseligkeit. Als er eines Morgens aufwachte, stand Angel vor seinem Bett. Sie hatte ihm eine Tasse Tee gebracht, ein seltenes Vergnügen. Er setzte sich auf und bedankte sich, war aber in Gedanken schon bei all den schönen Dingen, die er für diesen Tag geplant hatte.

»Eddie ...« Angel zog den Knoten des Gürtels fester, der ihren Morgenmantel zusammenhielt. »Chantal ist fort.«

»Wohin? Was ist passiert?«

»Gar nichts ist passiert, reg dich nicht auf. Ich habe sie gestern abend wieder nach Hause gebracht. Zu ihrer Mummy und ihrem Daddy.«

Er sah sie erstaunt an. »Warum hast du mir nichts davon gesagt?«

»Weil ich wußte, daß es dich traurig machen würde. Weil es dir schrecklich schwergefallen wäre, dich von ihr zu verabschieden.« Sie legte eine kleine Pause ein. »Und sie hätte sich mit Händen und Füßen dagegen gesträubt, sich von dir zu trennen.«

Eddies Augen füllten sich mit Tränen. »Wir hätten sie behalten können.«

»Nein. Nicht auf immer. Denk nur an die Verwicklungen, die es gegeben hätte, wenn sie älter geworden wäre.«

Eddie drehte schweigend das Gesicht zur Wand.

»Überleg doch mal.«

Eddie schniefte. »Was ist, wenn sie ihren Eltern von uns erzählt und die zur Polizei gehen?«

»Was kann sie schon erzählen? Sie kennt nur unsere Gesichter. Sie weiß nicht, wo das Haus ist oder wie es von außen aussieht. Sie hat nur den Keller kennengelernt. Außerdem wird sich die Polizei kein Bein ausreißen. Chantal ist gesund und munter wieder zu Hause gelandet, niemand ist zu Schaden gekommen.«

»Ich hätte mich trotzdem gern von ihr verabschiedet.«

»Es war das Vernünftigste, glaub mir.«

»Vielleicht könnte sie mal wieder herkommen?«

Angel setzte sich auf die Bettkante. »Nein, das wäre keine gute Idee. Aber vielleicht finden wir jemand anders.«

»Wen?«

»Das weiß ich noch nicht. Niemanden aus Knightsbridge jedenfalls. Die Polizei sucht nach Mustern, nach immer wiederkehrenden Merkmalen.«

Wegen Katy fuhren sie nach Nottingham und mieteten sich dort für ein Vierteljahr eine Wohnung. Katy war ein unerwünschtes Kind, das seinen Pflegeeltern bei der ersten besten Gelegenheit davonlief, sich auf der Straße herumtrieb und in Geschäften herumlungerte.

»Sie sucht Liebe«, hatte Angel gesagt. »Schrecklich traurig, so was.«

Suki, ihr drittes kleines Mädchen, hatte einen Ring in der Nase und ein Kruzifix an einem Ohr, sie gehörte zu fahrendem Volk, das im Forest of Dean kampierte. Die Mutter, sagte Angel, sei drogensüchtig. Suki stank, und bei ihrem ersten Bad färbte sich das Wasser fast schwarz. (Das war der Tag, als Eddie von Suki in die Hand gebissen wurde und sie wie eine Lokomotive kreischte.)

»Manche Eltern haben keine Kinder verdient«, pflegte Angel zu sagen. »Die brauchen einen Denkzettel.«

Sie wiederholte das so häufig, so vielfach abgewandelt und mit so viel Nachdruck, daß es Eddie nachgerade auch wie ein Teil eines Musters vorkam, das allerdings der Polizei verborgen blieb.

9

Am Sonntag, dem ersten Dezember, verbrachte Angel nach Lucys Bad den Rest des Vormittags bei ihr im Keller und las ihr vor. Zumindest hatte sie das gesagt. Eddie war gekränkt und wütend. Bei den anderen hatte sich Angel nie so besitzergreifend benommen und hatte auch Eddie seinen Spaß gelassen.

Der Gedanke, daß er nicht genau wußte, was Angel da unten wirklich trieb, ließ ihm keine Ruhe. Die Schalldämmung machte Lauschen unmöglich. Eddie wartete eine Weile, dann schloß er die Hintertür auf und ging in den Garten.

Heute war es viel kälter. Von der feuchten, rauhen Luft tat ihm der Hals weh, aber er war zu faul, um sich einen Mantel zu holen. Vorsichtig trat er an das hohe, mit Thermopan verglaste Kellerfenster heran. Die Vorhänge waren, wie er befürchtet hatte, vorgezogen. Vor Enttäuschung bekam er nasse Augen. Seine Haut fühlte sich glühendheiß an. Er legte die Stirn an die kühle Scheibe.

Durch die Bewegung kam er mit dem Kopf näher an die eine Seite des Fensters. Zwischen Rahmen und Vorhangrand war ein zentimeterbreiter Spalt.

Mit angehaltenem Atem kniete er sich auf den betonierten Gartenweg und guckte durch den Spalt. Zuerst sah er nur Teppich und kahle weiße Wände. Er wechselte die Stellung. Jetzt kam ein Stück des viktorianischen Sessels in Sicht. In dem Sessel saß Lucy; er sah nur ihre Füße und Knöchel, die Mickeymaus-Hausschuhe und hellgrüne Strumpfhosen, die über den Sitz herausragten. Sie regte sich nicht. Vielleicht schlief sie. Im Bad war sie – wohl von den Medikamenten – sehr müde gewesen.

In diesem Moment kam Angel in Sicht. Sie trug noch immer den weißen Morgenmantel. Um den Hals hatte sie einen langen purpurfarbenen Schal, ein breites glänzendes Band mit Fransen an den Schmalseiten. Sie hatte die Augen geschlossen, ihre Lippen bewegten sich. Sie hob die Arme zur Decke. Eddie fuhr sich mit der Zunge über die trockenen Lippen. Ihm schien, als habe der Ausschnitt des Kellers, den er durch den Spalt sehen konnte, nur noch am Rande etwas mit der Wirklichkeit zu schaffen, als gehörte er in einen Traum.

Angel verschwand wieder aus seinem Gesichtsfeld. Eddie bekam es mit der Angst zu tun. Wenn sie ihn nun am Fenster gesehen hatte? Gleich würde die Hintertür aufgehen, und sie würde ihn, den Spanner, ertappen. *Ich wollte nur ein bißchen Luft schnappen.* Rasch richtete er sich auf und sah sich um. Ein leichter Wind bewegte die Bäume am Ende des Gartens und drüben im Carver-Gelände. Die kahlen Zweige bildeten ein schwarzes Muster, durch das er Mrs.

Reynolds auf ihrem Balkon erkennen konnte. Fröstelnd ging Eddie zurück ins Haus.

Mrs. Reynolds beobachtet mich. Ich beobachte Angel. Wer beobachtet Mrs. Reynolds? Muß wohl der liebe Gott sein.

Eddie kicherte unwillkürlich bei der Vorstellung, wie der liebe Gott durch einen Feldstecher Mrs. Reynolds' Tun und Treiben verfolgte. Laut Mr. Reynolds war seine Frau, nachdem Jenny Wren durch eigene Schuld im Koma lag, zur wiedergeborenen Christin geworden. »Es ist ein Trost für sie«, hatte Mr. Reynolds gesagt. »Mein Fall ist es ja nicht, aber was soll's.«

Eddie machte die Hintertür auf und ging ins Haus. In der Küche war es schön warm, aber er fror immer noch wie ein Schneider. Er trat in die Diele. Die Tür zum Keller war nach wie vor geschlossen. Er legte sein Ohr an die Türfüllung, hörte aber nur seinen eigenen Atem, der ihm unnatürlich laut vorkam.

Er stieg die Treppe hoch, stützte sich dabei auf das Geländer und kramte dann im Badezimmerschrank, bis er das Fieberthermometer gefunden hatte. Ungeschickt auf dem Badewannenrand balancierend, maß er seine Temperatur. *Das ist gemein. Warum darf ich nicht auch in den Keller?* Er nahm das Thermometer aus dem Mund. Achtunddreißigacht. Er war fast ein bißchen stolz auf diese Leistung. Offenbar war er echt krank und hatte Anspruch auf liebevolle Pflege.

Auch Paracetamol fand sich im Badezimmerschrank. Er nahm zwei Tabletten heraus, brach sie in der Mitte durch und ließ Wasser in einen grünen Plastikbecher laufen, der noch aus seiner Kinderzeit stammte. Das fließende Wasser faszinierte ihn derart, daß er es über den Becherrand schwappen und über seine Finger tröpfeln ließ. Schließlich schluckte er die Tabletten, ging auf sein Zimmer und legte sich hin.

Abwechselnd schwitzend und frierend, lag er angekleidet unter der Steppdecke. Er überlegte, wie schön es wäre, wenn Angel und Lucy mit einer Wärmflasche und einem kühlen Getränk zu ihm kommen würden. Sie könnten eine Weile bei ihm sitzen bleiben, und vielleicht würde Angel eine Geschichte vorlesen. *Keiner kümmert sich um mich.* Er betrachtete das Bild des kleinen Mädchens, das sein Vater vor so vielen Jahren seiner Mutter geschenkt hatte. *Sehr hübsch, Stanley. Wenn man so was mag.* Wenig später hörte er seine Eltern sprechen. Stimmen von Toten aus ihrem früheren Schlafzimmer. Vielleicht waren sie nicht wirklich tot, vielleicht beobachteten sie ihn jetzt.

Eddie dämmerte unruhig vor sich ihn. Am frühen Nachmittag, kurz vor drei, wachte er naßgeschwitzt und mit trockenem Mund auf. Mühsam kletterte er aus dem Bett und blieb schwankend und zähneklappernd davor stehen. Ich brauche Tee. Eine schöne Tasse Tee.

Er suchte und fand seine Brille und ging langsam nach unten. Zu seiner Überraschung hörte er Stimmen in der Küche. Er stieß die Tür auf. Lucy saß am Tisch und aß ein gekochtes Ei. Angel trug jetzt Jeans und einen Pulli, das Haar hatte sie zu einem Pferdeschwanz zusammengebunden. Als Eddie hereintaumelte, hörte er Lucy sagen: »Mummy schneidet mir meinen Toast immer in Streifen, aber Daddy ist das zu mühsam.«

Sie verstummte, als sie Eddie sah. Angel und Lucy sahen Eddie aufmerksam an. *Zwei sind ein Paar, drei sind ein Haufen.*

»Was machst du in der Küche?« fragte Eddie lauter, als er gewollt hatte. »Das ist gegen die Regeln.«

»Die Regeln sind keine steinernen Gesetzestafeln. Sie können sich von Fall zu Fall ändern.« Angel streichelte Lucys dunklen Kopf. »Und das ist ein ganz besonderer kleiner Fall.«

»Aber sie kommen nie in die Küche.«

»Schluß jetzt, Eddie. Wie fühlst du dich?«

Verblüfft sah er sie an.

»Hat's dir die Sprache verschlagen?«

»Woher weißt du, daß ich krank bin?«

»Du solltest mal in den Spiegel sehen«, sagte Angel nicht unfreundlich.

»Ich glaube, ich hab die Grippe.«

»Kaum. Wohl nur eine banale Erkältung. Du brauchst Paracetamol und viel Flüssigkeit.«

Eddie setzte sich an den Tisch. Lucy, die gerade den Löffel zum Mund führen wollte, hielt mitten in der Bewegung inne und lächelte. Ihm wurde warm ums Herz.

»Iß dein Ei«, sagte Angel. »Sonst wird es kalt.«

»Ich mag nicht mehr.«

»Unsinn. Dein Bäuchlein braucht was zu essen. Und vergiß deine Limo nicht.«

Lucy warf den Löffel auf den Tisch. »Aber ich mag nicht mehr.«

»Komm jetzt, iß.«

»Bin satt.«

»Du tust, was ich sage, Lucy. Was auf den Teller kommt, wird gegessen.«

»Bei Mummy brauch ich nicht zu essen, wenn ich satt bin.« Lucys Augen standen voller Tränen, aber in ihrer lauten Stimme schwang nicht so sehr Angst als Wut. »Ich will zu meiner Mummy.«

»Für Fräulein Trotzkopf sind wir nicht zu sprechen«, erklärte Angel.

Eddie lachte. Das hätte er sich sonst nicht getraut, aber im Augenblick waren die Grenzen fließend. Er wußte nicht recht, ob das, was er da erlebte, Wirklichkeit war oder nur ein Traum. Jeden Augenblick konnte er aufwachen und an der Wand neben der Tür das Bild des kleinen Mädchens hängen sehen, das sein Vater der Mutter geschenkt hatte. Des Mädchens, das Lucy so ähnlich war.

»Du bist offenbar im Augenblick ein bißchen daneben, Eddie.« Angel ging in die Diele. »Ich will mal Fieber messen.« Er hörte sie rasch die Treppe hochgehen.

Lucy schob mit einer heftigen Bewegung des rechten Arms den Toast weg, dabei stieß der Teller an den Plastikbecher, der bis an den Tischrand schlitterte. Limo schwappte auf den Fußboden.

Sekundenlang sahen Eddie und Lucy sich an. Dann rutschte Lucy von ihrem Stuhl und lief auf die Tür zu, die zum Garten führte. Eddie wußte, daß er, falls das kein Traum war, etwas tun mußte, aber er war nicht sicher, ob er würde aufstehen können. Außerdem konnte ja nichts passieren. Die Hintertür war, wenn sie Logierbesuch hatten, immer abgeschlossen.

Er sah Lucy am Türknauf drehen, sah die Tür aufgehen, spürte kalte Luft auf der Haut. Erst als Lucy in den Garten lief, begriff er, daß sie wirklich draußen und daß es seine Schuld war. Er hatte vorhin, als er hinausgegangen war, um durchs Kellerfenster zu Angel und Lucy hineinzusehen, die Tür aufgeschlossen, und weil er Mrs. Reynolds auf ihrem Balkon entdeckt hatte, hinterher nicht wieder abgeschlossen. Angel würde ihm Vorwürfe machen, was ungerecht war. Es war Mrs. Reynolds' Schuld. Er stand auf und stützte sich schwer auf den Tisch.

Angel kam ihm zuvor. Mit wippendem Pferdeschwanz schoß sie von der Diele durch Küche und Hintertür hinaus in den Garten. Eddie hörte einen Knall wie von einem explodierenden Feuerwerkskörper, noch einen, dann ein unheilverkündendes Schweigen – die Stille vor dem Sturm. Er ließ sich auf seinen Stuhl zurücksinken.

Fast war ihm wohler, als Lucy endlich anfing zu weinen, mit würgenden, fast schon hysterischen Schluchzern. Angel zog sie ins Haus, schloß mit einem Fußtritt die Tür und drehte den Schlüssel um. Sie war sehr blaß und hatte schmale Lippen.

»So, du Range.« Angel hielt Lucy am Ohr fest, die Nägel krallten sich in die rosa Haut. »Weißt du, was mit unartigen Kindern passiert? Sie kommen in die Hölle.«

Eddie räusperte sich. »Es ist nicht direkt ihre Schuld. Sie ...«

»Natürlich ist es ihre Schuld.«

Lucy drückte die Hand an die linke Wange. Das Schluchzen wandelte sich zu einem hohen, dünnen Jammerlaut.

»Vielleicht ist sie müde«, sagte Eddie halblaut. »Vielleicht braucht sie ein bißchen Ruhe.«

Angel stieß Lucy weg. Die Kleine prallte gegen einen Stuhl und fiel hin. Dort blieb sie, halb sitzend, halb liegend, einen Arm um ein Stuhlbein gelegt, den Kopf an die Schmalseite des Sitzes gelehnt. Ihr Rock saugte sich mit Limonade voll.

Das Weinen war verstummt. Lucy saß mit offenem Mund da, die Lippen waren feucht und schlaff. Angst macht Kinder häßlich.

»Schon gut, Lucy.« Eddie setzte sich auf den Stuhl neben ihr und tätschelte Lucys dunklen Kopf. Sie drehte ihn mit einem Ruck weg. »Du bist ein bißchen aufgedreht, das ist alles.«

»Das ist nicht alles.« Angel öffnete mit einer heftigen Bewegung die Besteckschublade. »Sie braucht einen Denkzettel. Alle brauchen sie einen Denkzettel.«

Eddie rieb sich die schmerzende Stirn. »*Wer* braucht einen Denkzettel? Ich verstehe nicht ...«

Angel wirbelte herum. Sie hatte eine lange Schere mit orangefarbenen Plastikgriffen in der Hand, die sie auf Eddie richtete. Die Schneiden blitzten. »Das wirst du nie verstehen. Du bist zu dumm.«

Er blickte auf die Tischplatte hinunter. Die Maserung um einen Astknoten herum sah aus wie eine Schnecke. Er wäre am liebsten gestorben.

»Wenn sie Unrecht tun«, schrie Angel, »müssen sie dafür büßen. Wie können sie sonst lernen, was das Rechte ist?«

Eddie besah sich die Schnecke. Aber sie hat doch nur ihre Limo verschüttet, hätte er gern gesagt.

»Und wenn sie nicht wollen, werde ich sie zwingen.« Angels Gesicht glühte. »Wir müssen alle leiden. Warum nicht sie?«

Aber wer sind ›sie‹? Die vier Mädchen oder –

»Komm her, Lucy«, sagte Angel leise.

Lucy rührte sich nicht.

Mit einem Satz war Angel bei ihr, die Schere in der hocherhobenen rechten Hand.

»Nein.« Eddie versuchte aufzustehen. »Das darfst du nicht.«

Mit der linken Hand packte sie Lucy bei den Haaren und zerrte sie hoch. Lucy schrie. Merkwürdig unbeteiligt registrierte Eddie Toastkrümel und einen länglichen Eidotterfleck auf dem grünen Laura-Ashley-Kleid.

Angel zog Lucy an den Haaren. Lucy klammerte sich mit einem Arm an ein Tischbein und schrie. Angel zog heftiger. Der Tisch ruckelte ein paar Zentimeter über den Küchenboden.

»Laß sie los, Angel. Wenn jemand das hört ...«

Lucy quiekte. Angel zog das kleine Mädchen vom Tisch weg und baute sich mit gezückter Schere vor ihr auf.

»Nicht, Angel«, stieß Eddie hervor. »Bitte nein, Angel. Bitte bitte nein!«

NEUN

»Das aber solche Gespenster auf den Kirchhöfen, bey den Beinhäusern und in der Kirchen öfters zu erscheinen pflegen, kömt daher, weil das die Schlafstelle derer Todten sind …«

Religio Medici I, 37

I

Wer nach einem Modell für den Teufel suchte, war mit David Byfield nicht schlecht bedient, allerdings war Onkel David kein landläufiger Gehörnter, sondern eher ein weltgewandter Mephisto-Typ, der die Menschen nach Lust und Laune bezaubern oder in Angst und Schrecken versetzen konnte.

»Du benimmst dich sehr töricht.« Die Stimme war leise, trug aber weit. Onkel David hatte die Kunst, sich in hallenden Kirchenräumen Gehör zu verschaffen, zu einer Zeit erlernt, als es noch keine Lautsprecheranlagen gab.

Mit großen Augen sah Sally ihn an. Beglückende Stille breitete sich in St. Michael aus. Ihr Kopf war klar, als sei ein Fieber von ihr gewichen; sie war zwar noch schwach, hatte sich aber wieder im Griff. Sie konzentrierte sich auf David Byfield und seine wunderbare Alltäglichkeit. Er war die Realität, war unbedrohlich und normal mit seinem dunklen, abgeschabten Mantel und dem marineblauen Schal, den er locker um den Hals gelegt hatte: zwischen den wollenen Falten sah man das Weiß des Priesterkragens und alte, schlaffe Haut. Er war sauber rasiert. Mit den Jahren hatte er einen runden Rücken bekommen, sein hageres Gesicht neigte sich ihr entgegen wie ein Wasserspeier auf dem Kirchendach.

»Wer in so einer Situation ist«, fuhr er fort, »braucht Gesellschaft und sitzt nicht allein in feuchten Kirchen herum.« Mit einer überraschend schnellen Bewegung legte er die rechte Handfläche leicht, aber fest, über die Finger ihrer Linken. »Du hast eiskalte Hände. Wahrscheinlich hast du zum Frühstück so gut wie nichts gegessen. Kein Wunder, daß du Toastgabeln schwingende Teufel siehst.«

»Mach dich nicht lächerlich.« Es nervte sie, daß er genau das aussprach, was sie gedacht hatte. »Ich habe nur nachgedacht. Und wer in so einer Lage ist, darf wohl ein bißchen bedrückt sein.«

»Du denkst nicht nur nach. Du verunsicherst dich.« Er setzte sich auf die Bank vor ihr und drehte sich langsam zu ihr um. »Ich hätte wissen müssen, daß dir das Wort ›Teufel‹ peinlich ist.«

»Es ist mir nicht peinlich.«

»Dabei ist es nur eine Metapher«, fuhr er ungerührt fort. »Warum tut sich eure Generation so schwer damit, das zu begreifen? Sprache ist immer Metapher. Wann hast du das letzte Gespräch mit einem Priester gehabt?«

Sally sah auf ihren Schoß hinunter. »Gestern früh.«

»Mit wem?«

»Mit meinem Gemeindepfarrer.« Sie scheute sich zu analysieren, warum sie nicht mit Derek sprechen mochte. »Er ist sehr hilfsbereit, und seine Frau auch. Die ganze Gemeinde.«

»Derek Cutter.«

Sie sah überrascht auf. »Du kennst ihn?«

»Nur dem Namen nach.« Es gab eine frostige kleine Pause. »Habt ihr zusammen gebetet?«

»Das geht dich nichts an.« Er schwieg, und nach einer Weile sagte sie halblaut: »Also meinetwegen: nein, dazu war keine Zeit. Aber im Lauf des Tages sehe ich ihn wahrscheinlich noch.« Zumindest anrufen mußte sie Derek. Daß sie seine Hilfsangebote nicht angenommen hatte und daß sie ihn nicht mochte, lag ihr schwer auf der Seele.

»Führst du regelmäßig Gespräche mit einem anderen Priester? Hast du einen Beichtvater?«

»Entschuldige, aber ich finde, das geht dich nun wirklich nichts an.«

»Hier geht es nicht nur darum, wie du die Sache siehst.«

»Wo ist Michael?« Sally sehnte sich plötzlich sehr nach ihm. »Und was machst du hier?«

»Er spricht draußen mit den Polizisten. Sie haben uns in King's Cross abgeholt und direkt hierhergebracht.«

»Du weißt, was sie gefunden haben?«

Er zögerte. »Sie haben es uns auf der Fahrt hierher gesagt. Du weißt genau, daß – daß die sterblichen Überreste nicht die von Lucy sind?«

»Ja.«

»Ich begreife nicht, wieso du deiner Sache so sicher sein kannst.«

»Weil du nicht Lucys Mutter bist.«

Zu ihrer Überraschung nickte er. »Man kennt sein eigen Fleisch und Blut.«

Sie wandte sich ab, verstört von den Bildern, die seine Worte heraufbeschworen hatten. Eine Tür knarrte. David sah auf.

»Da ist Michael. Wir bringen dich nach Hause.«

»Ich will nicht nach Hause. Ich will mich nützlich machen.«

Schnelle Schritte hallten über den Mittelgang. Michael war blaß, aber er hatte sich rasiert und gekämmt. Seine Jacke stand offen. Das Hemd und den Pullover darunter kannte Sally nicht, beides hatte er sich wohl von David geliehen. Sie klammerte sich an die Lehne der Vorderbank und zog sich hoch. David Byfield trat zurück und betrachtete taktvoll die Tafel, auf der die Pfarrer der Gemeinde verzeichnet waren.

»Sally.« Michael nahm sie in die Arme. »Es tut mir so leid.«

Sie klammerte sich an ihn. »Schon gut. Es ist ja gut.« Sie ertappte sich dabei, daß sie ihm den Rücken klopfte. »Jetzt, wo du da bist, ist alles nicht mehr so schlimm.«

Über Michaels Schulter sah sie David in Richtung Altarraum gehen. An der Stufe vor der Kanzel blieb er stehen und verbeugte sich zum Hochaltar hin. Daß er sich verbeugte und nicht in die Knie ging, bedeutete für einen Priester seiner Ausrichtung, daß dort nicht das Sakrament verwahrt wurde. Er richtete sich auf und versenkte sich in die Betrachtung des Ostfensters.

Michael trat zurück. »Sie reden gerade mit dem Wirt des Pubs um die Ecke. Er meint, daß er gestern abend beim Abschließen gesehen hat, wie jemand auf den Beauclerk Place eingebogen ist.«

David drehte sich um. »Gibt es eine Beschreibung?«

»Er hat nicht so genau hingesehen. Jemand mit ziemlich langem Mantel. Mittelgroß – was natürlich alles mögliche bedeuten kann.«

»Mann oder Frau?«

»Das konnte er nicht sagen.« Michael drehte seinem Taufpaten den Rücken und berührte Sallys Wange. »Gehen wir?«

Michael führte sie durch die kleine Sakristei, wo Mausefallen auf dem Boden standen und Staub auf dem Tisch lag, und durch eine kleine Tür ins Freie. Er sagte etwas, aber sie achtete nicht darauf. Ihr ganzes Denken war auf die formlose Gestalt im langen Mantel gerichtet: geschlechtslos, mittelgroß, möglicherweise ohne jede Verbindung zu dem, was unter Plastik in der Vorhalle lag. Aber selbst eine vage Möglichkeit war besser als nichts, es war etwas, worauf man sich konzentrieren, etwas, was man hassen konnte. *Gott verdamme dich und die Deinen.* Der Satz weckte ein Echo in ihrer Erinnerung. Mit diesen Worten hatte Audrey Oliphant sie in St. George verflucht; erst ein Vierteljahr war das her und schien ihr schon so fern, als sei das einer anderen Frau widerfahren.

Gott verdamme dich und die Deinen.

»Ganz ruhig«, sagte David hinter ihr.

Michael stützte sie mit einer Hand unter dem Ellbogen. »Alles in Ordnung?«

Sie sah ihn mit einem leeren Blick an. Warum stellte man ihr ständig diese Frage? Nichts war in Ordnung.

Maxham erwartete sie am Ende des Wegs, an dem hohen, mit Eisenspitzen bewehrten Tor, das den Weg gegen den Beauclerk Place hin abgrenzte. »Wir haben einen Wagen für Sie. Fahren Sie in die Hercules Road zurück?«

»Ja.« Michael blieb vor Maxham stehen. »Diese Person, die der Wirt gesehen hat. Aus welcher Richtung kam sie?«

Maxham gab durch sein betontes Zögern zu erkennen, daß er ernsthaft erwog, die Antwort zu verweigern. »Von Norden.«

»Fitzroy Square? Euston Road?«

»Vielleicht.«

»Wann?«

»Zwischen elf Uhr fünfundvierzig und Mitternacht. Das ist alles, was wir wissen, Sergeant. Und womöglich gibt es da überhaupt keinen Zusammenhang.«

Die beiden sahen sich an; die Feindseligkeit war mit Händen zu greifen. Sally zupfte an Michaels Arm. Er ließ sich von ihr wegziehen.

Der Wagen, der Sally hergebracht hatte, stand für die Rückfahrt bereit. Sergeant Carlow lehnte am Kotflügel und rauchte, Yvonne Saunders hob, ein Winken andeutend, die Hand und machte eine der hinteren Türen auf.

»Fahrt bitte ohne mich«, sagte David.

Michael sah zurück. »Du bist immer gern gesehen. Wir freuen uns, wenn du mitkommst.«

»Das weiß ich.« Der alte Mann blieb stehen und schlug die Arme übereinander. »Ich komme nach. Wenn Sally nichts dagegen hat.«

»Aber wo willst du denn hin?« Unter anderen Umständen hätte Michaels Verblüffung geradezu komisch gewirkt.

»Mach dir meinetwegen keine Sorgen. Ich gehe in die Kirche.«

2

Sobald der Wagen in die Hercules Road einbog, war klar, daß die Kunde von der Entdeckung in St. Michael ihnen vorausgeeilt war. Die Schar der Wagen, Reporter und Fotografen hatte sich vergrößert. Am Eingang zum Wohnblock der Appleyards stand ein uniformierter Polizist.

»Fahren Sie weiter«, sagte Michael zu Carlow. »An dem Haus vorbei bis zum anderen Ende der Straße.«

Carlow gab Gas. »Wohin? Ein Hotel?«

Sally faßte Michael am Ärmel. »Aber was ist, wenn Lucy versucht ...«

»Soviel ich weiß, hat Maxham rund um die Uhr jemanden in der Wohnung postiert.«

Carlow nickte. Als sie an dem Haus vorbeifuhren, erkannte ein Reporter einen der Wageninsassen, vermutlich Sally. Sie sah, wie er zu ihnen hindeutete, sah ihn etwas rufen. Die Gruppe auf dem Gehsteig löste sich in hastende Einzelwesen auf. Zwei Mann versuchten, den Wagen zu Fuß zu verfolgen, gaben aber nach ein paar Metern auf.

»Wir brauchen Kleidung und so weiter«, wandte Sally ein.

Yvonne drehte sich um. »Wenn Sie mir eine Liste geben, hole ich alles Nötige und bringe es ins Hotel.«

»Vergiß nicht dein Handy«, sagte Michael. »Welches Hotel?«

Sally kreuzte die Arme. »Ich will nicht ins Hotel.«

»Wie du meinst.« Michaels Lippen zuckten. »Wohin dann?«

»Ich weiß nicht.«

Der Wagen verließ die Hercules Road und fädelte sich in den Verkehr ein. Hinter ihnen hupte jemand. Einen Augenblick blieb es still im Wagen.

Michael sah Sally an. »Was ist mit David? Für ihn brauchen wir auch etwas.«

»Warum eigentlich?«

»Weil er mich gefragt hat, ob ich ihn hier haben will und ich ja gesagt habe. Da dachte ich natürlich, wir hätten die Wohnung zur Verfügung ...«

»Die Wohnung? Und wo sollte er da schlafen?«

»Er hätte ...« Michael verstummte.

»Nein«, sagte Sally. »Nicht in Lucys Zimmer.«

»Vielleicht nicht ...«

»Bestimmt nicht.«

Sie waren wieder in der West End Lane. Sergeant Carlow fuhr an den Straßenrand.

»Also wohin? Haben Sie sich entschieden?«

Michael sah rasch zu Sally hinüber. »Das weiß der liebe Herrgott.«

3

Schließlich quartierten sie sich bei Oliver Rickford ein. Es war Sallys Idee. Sie fand, daß es besser für Michael und auch besser für sie war. Außerdem hatte Oliver sie eingeladen. Michael war nicht begeistert, aber in diesem Fall war sie bereit, sich mit ihrem Dickkopf gegen seinen durchzusetzen.

»Wenn du das möchtest«, sagte er sanftmütig, »machen wir es so.«

Michaels festgefügte Gewohnheiten waren in Auflösung

begriffen. Sally wußte, daß es ihm furchtbar schwer fiel, Gefälligkeiten zu erbitten; daß er Familie und Freunde nach Möglichkeit als getrennte Einheiten behandelte; daß es ihm schrecklich war, persönliche Schwächen zu zeigen. Seit Lucys Verschwinden war sein Verhalten ein einziges Eingeständnis seiner Unzulänglichkeit.

Oliver wohnte in Hornsey, eine halbe Meile südlich vom Alexandra Park. Es war wenig Verkehr, und Sergeant Carlow fuhr schnell, fast so, als könne er seine lästigen Fahrgäste nicht rasch genug wieder loswerden. Die Fahrt ging in südlicher Richtung um die Heath herum und dann auf der Junction Road nach Norden.

Zuerst schwiegen sie alle. Carlow und Yvonne sahen mustergültig taktvoll nach vorn durch die Windschutzscheibe, Sally hatte die Hand auf die Armlehne zwischen sich und Michael gelegt, aber er nahm keine Notiz davon.

Als sie sich der Archway Road näherten, nahm sie die Hand wieder weg und legte sie auf ihr Knie. »Im Grunde ist es nicht nötig, daß David auch zu Oliver kommt.«

»Warum nicht?« Michael wandte sich ihr zu. »Er geht davon aus, daß wir zusammenbleiben.«

»Könnten wir ihm nicht ein Zimmer im Hotel oder in einer Pension besorgen? Da hätte er es bestimmt bequemer.«

Michael schüttelte den Kopf. »Oliver sagt, daß er zwei freie Zimmer hat und ohne weiteres drei Personen aufnehmen kann.«

Sally senkte die Stimme. »Aber David kann doch hier nichts tun. Ich weiß nicht recht, warum er überhaupt gekommen ist.«

»Ich sag's dir noch einmal: Weil er es angeboten hat und ich sein Angebot angenommen habe. Ist das jetzt klar?«

Sie sah mit finsterem Gesicht auf die Nacken der beiden Polizeibeamten. »Wir haben im Augenblick genug eigene Sorgen. David ist ein zusätzliches Problem.«

»David ist kein Problem.«

»Aber auch keine Lösung, verflixt noch mal.«

Michael sah auf seiner Seite aus dem Fenster. Sally drückte die Finger im Schoß zusammen und kämpfte mit den Tränen. Nach der Archway Road fuhren sie die Hornsey Lane, Crouch End Hill und die Tottenham Lane entlang.

Die Inkerman Street war eine kurze Straße, an deren Ende eine Kirche stand. Zwei viktorianische Reihenhauszeilen aus grauem Londoner Backstein sahen sich über eine doppelte Reihe geparkter Autos hinweg an. Die meisten Häuser waren in Wohnungen aufgeteilt; das von Oliver war eine der wenigen Ausnahmen.

In dem kleinen Vorgarten stand ein Schild mit der Aufschrift ZU VERKAUFEN. Oliver hatte offenbar schon nach ihnen Ausschau gehalten, denn die Haustür öffnete sich, kaum daß der Wagen vor dem Gartentor hielt.

Michael legte seine Finger um Sallys Hand. »Geh du hinein. Ich fahre zurück in die Stadt.«

»Warum?« Sally war sich bewußt, daß man vorn die Ohren spitzte. »Du kannst doch nichts tun.«

»Zumindest kann ich versuchen, dafür zu sorgen, daß Maxham das tut, was er tun soll.«

»Wenn du meinst, daß es uns weiterbringt …«

»Das weiß der liebe Himmel. Aber irgendwie muß ich mich betätigen.«

4

Mit angestrengt gerunzelter Stirn drückte Oliver den Kolben der Kaffeemaschine nach unten. »Milch? Zucker?«

»Nein, danke. Oder doch: etwas Zucker bitte.«

Er nickte und ging ihn holen. Sally hockte, die Arme um den Körper gelegt, im Sessel. Zucker war gut gegen Schock, gut für Verletzte, gut für Kranke. Die Gasheizung war hochgedreht, aber sie fror erbärmlich. Das schmale Zimmer mit der hohen Decke hatte ein Erkerfenster, das auf die Straße hinausging. Die Couchgarnitur war mit verschossenem und verflecktem grünem Synthetiksamt gepolstert. Die abwaschbare Relieftapete war schmuddelig und hatte sich um das Fenster herum von der Wand gelöst. Helle Stellen verrieten, wo einmal Bilder und Möbel eines Vorbesitzers gewesen waren sowie ein großer rechteckiger Gegenstand, vermutlich ein Klavier. Nur Fernseher, Stereo- und Videoanlage schienen neu zu sein, und auch auf denen lag eine dicke Staubschicht. An einer Wand waren mit Paketband verklebte und sauber etikettierte Kartons gestapelt. Wie lange mochten die da schon stehen?

Oliver kam mit dem Zucker zurück. Fast feierlich zeremoniell schenkte er den Kaffee aus, so daß Sally unwillkürlich an eine alte Dame aus der Gemeinde denken mußte, die sie einmal zum Tee eingeladen hatte. Olivers gefällige, ja pedantische Bewegungen standen in krassem Gegensatz zu dem chaotischen Zustand seiner Wohnung, soweit Sally sie bisher gesehen hatte.

»Ist das Haus schon lange auf dem Markt?« fragte sie bemüht munter.

»Seit Sharon fort ist«, antwortete er sachlich. »Wir wollen uns die Beute teilen.«

Sally verlor das Interesse an Olivers Problemen. Sie wärmte sich die Finger an der dampfenden Kaffeetasse, starrte auf die spiegelnde Schwärze, die darin schwappte, und wünschte sich brennend, sie könnte Lucys Gesicht dort sehen wie in einer Kristallkugel. Die Last des Verlusts drohte sie zu erdrücken. Am liebsten hätte sie laut geheult.

»Für mich ist das Haus viel zu groß«, sagte Oliver gerade. »Wir haben es gekauft, als wir mit Kindern rechneten.« Er unterbrach sich, vielleicht weil ihm schwante, daß Kinder gerade jetzt ein heikles Thema waren. »Natürlich könnte ich untervermieten, aber ich habe nicht gern Fremde im Haus.«

»Das würde ich auch nicht wollen.« Sally machte eine gewaltige Anstrengung, seinen Worten zu folgen. »Du siehst dich also nach einer Wohnung um?«

»Zuerst muß ich das Haus verkaufen. Jedenfalls habe ich dadurch reichlich Platz für dich und Michael. Und für seinen Onkel oder was er ist.«

»Taufpate.« Fast nebenbei registrierte sie, daß Michael auch in diesem Punkt eine Übermittlungspanne passiert war. »Er heißt David Byfield.«

»Wenn es ihm nichts ausmacht, daß es bei mir spartanisch zugeht. Ein Bett und einen Schlafsack kann ich ihm bieten, aber mit Bettwäsche und Vorhängen vor den Fenstern tu ich mich ein bißchen schwer.«

»Das macht ihm bestimmt nichts. Es ist sehr lieb von dir.«

Oliver rührte in seinem Kaffee; der Löffel scharrte und schrappte an der Innenseite des Bechers entlang. Ein Engel flog durchs Zimmer. Was Oliver sagte, war gut gemeint, aber sein Haus war ungemütlich, sie kannte ihn kaum, und bestimmt hatte die Invasion der Appleyards seine Pläne für Weihnachten über den Haufen geworfen. Inzwischen bereute sie es schon, daß sie hergekommen waren. Der unvernünftige Gedanke, daß Lucy sie womöglich nicht fand, wenn sie nicht zu Hause waren, quälte sie wieder. Sie machte sich lächerlich, wenn sie es sich jetzt wieder anders überlegte, aber das störte sie inzwischen nicht mehr.

»Es tut mir leid«, platzte sie heraus, »aber ich möchte doch lieber wieder in die Hercules Road zurück.«

»Ich fahre dich hin, wenn du möchtest. Aber willst du nicht warten, bis Michael wieder da ist? Vielleicht ist er schon unterwegs. Und David auch.«

»Ich weiß einfach nicht, was ich machen soll.«

»Ja, es ist nicht einfach. Aber daß Lucy in die Hercules Road kommen und dort niemanden vorfinden könnte, brauchst du nicht zu befürchten, da hat Maxham schon vorgesorgt. Trink noch einen Kaffee, ehe du dich endgültig entscheidest.«

Mechanisch streckte sie ihm den Becher hin.

»Was haben sie eigentlich genau in der Kirche gefunden?« fragte er, als er ihr den gefüllten Becher reichte.

Sie sah ihm direkt in die Augen. »Hat dir das keiner gesagt?«

»Nicht im einzelnen, die Zeit war zu knapp.« Seine Lippen zuckten. »Vielleicht hat auch jeder vom anderen gedacht, er würde mich informieren. Aber vielleicht ist das Thema zu schmerzlich für dich? Verzeih, ich hätte nicht fragen sollen.«

»Schon gut.« Ganz sachlich erzählte sie ihm von dem Päckchen in der Vorhalle von St. Michael. »Sie halten die Einzelheiten einstweilen noch unter Verschluß. Und dann ist da noch was: Um die Ecke ist ein Pub, und der Wirt meint, er hätte kurz vor Mitternacht eine Person gesehen, die auf den Beauclerk Place eingebogen ist. Eine Person mit einem langen Mantel, es könne ein Mann, ebensogut aber auch eine Frau gewesen sein.«

»Ist der Gastwirt vertrauenswürdig?«

»Woran merkt man das?«

»Eigentlich gar nicht oder zumindest nicht auf Anhieb. Bei so einer Ermittlung tauchen alle möglichen Leute als Zeugen auf. Leute, die so gern mithelfen wollen, daß sie sich etwas aus den Fingern saugen, Wichtigtuer oder Zeitgenossen, die es lustig finden, der Polizei die Zeit zu stehlen.« Er lächelte leicht verlegen. »Klingt schrecklich abgebrüht, was? Aber auf lange Sicht fährt man besser, wenn man realistisch bleibt und nicht seine ganzen Hoffnungen auf solche Aussagen setzt.«

»Was für Hoffnungen?«

Er nahm keine Notiz von ihrem Einwurf. »Wenn da wirklich jemand da war«, fuhr er fort, »hatte die oder der Betreffende womöglich gar nichts mit dem Fall zu tun.«

»Wer war es aber dann? Außer der Kirche gibt es auf dem Beauclerk Place, soviel ich weiß, nur Büros. An einem Samstag mitten in der Nacht hat dort niemand etwas zu schaffen.«

»Es gibt überall unregelmäßige Arbeitszeiten. Vielleicht suchte auch jemand einen Schlafplatz. Ein Betrunkener, ein Junkie. Ein Obdachloser, von denen gibt es ja mehr als genug. Oder einfach jemand, der um eine falsche Ecke gebogen ist.«

Sie mußte unwillkürlich lächeln, auch wenn sie sich gleich danach dafür genierte. »Du bist mir ja eine schöne Hilfe!«

Auch bei ihm sah sie die Andeutung eines Lächelns. »Daß der Wirt sich so vage ausgedrückt hat, ist ein gutes Zeichen, es läßt darauf schließen, daß er sich die Sache nicht ausgedacht hat. Und da es erst in der vergangenen Nacht war, kann er sich auch kaum im Tag geirrt haben. Aber was bringt dir das? Ein Mann oder eine Frau auf den Beauclerk Place ...«

»Es muß ein Mann sein. Eine Frau würde so etwas nicht machen. Nicht mit Kindern.«

Oliver schüttelte den Kopf. »Denk an die Moormorde. Myra Hindley steckte genauso tief drin wie Ian Brady.«

Der Gedanke an so viel vergangenes und gegenwärtiges Leid deprimierte Sally zutiefst. Sie stand auf. Als sie ans Fenster trat, spürte sie, daß Oliver sie von seinem Sessel aus beobachtete. Sie sah auf die Reihen der geparkten Wagen und die leeren Fenster der gegenüberliegenden Häuser hinunter. Keine Journalisten. Noch nicht.

»Entschuldige, ich hätte das alles nicht sagen dürfen.«

»Ich wollte es ja hören.« Sally drehte sich um. »Wie verbreitet ist es?«

»Gewalt von Frauen an Kindern? Sehr viel weiter verbreitet, als du vielleicht glaubst. Manchmal kann man es sogar fast verstehen. Die Frauen werden Opfer der Umstände.«

»Eine Mutter, die mit einem kleinen Kind in einem möblierten Zimmer hockt ... denkst du an so was?«

»Ja. Oder der Einfluß eines Mannes. In manchen Fällen allerdings sieht es anders aus, da ist böser Wille am Werk.«

Böser Wille ... Jemand hatte kaltblütig geplant, Lucy zu entführen, einem anderen Kind die Hand, einem dritten die Beine abzuhacken, hatte kaltblütig geplant, die Körperteile so abzulegen, daß sie gefunden werden mußten. Wie ließ sich das erklären? Rechtfertigen, dachte Sally, konnte man es ebensowenig wie verzeihen.

»Das Böse«, sagte sie leise.

»Das Böse? Wie meinst du das?« fragte Oliver scharf. »Nimm's mir nicht übel, aber das kann mich bei der Geistlichkeit immer furchtbar aufregen. Wenn sie irgendwas Unerfreuliches nicht verstehen, nennen sie es einfach das Böse. Teufelswerk, aber Teil des göttlichen Willens. Es ist nicht an uns, nach dem Warum zu fragen ...«

»Mag sein, daß du recht hast. Mag sein, daß wir uns nicht genug um Verständnis bemühen. Aber im Augenblick will ich es auch gar nicht. Ich will Lucy haben.«

»Entschuldige, Sally ... ich wollte nicht ...«

»Laß gut sein.«

Sie setzte sich wieder und trank einen Schluck Kaffee. Es war kalt in diesem ungeliebten Zimmer eines ungeliebten Hauses. Einen Augenblick meinte sie Flügelrauschen zu hören. Sie ertappte sich dabei, daß sie zur Decke hochsah, als schwebe ein riesiger Vogel über ihrem Kopf. *Ich darf nicht den Verstand verlieren. Lucy braucht mich.* Oliver ließ sie nicht aus den Augen. Seine Fürsorglichkeit irritierte sie. »Du hast es wirklich schwer im Augenblick«, sagte er so sanft und liebevoll, daß sie hätte schreien mögen. »Als ob Michaels Probleme nicht schon genug wären.«

»Ja.« Plötzlich mußte sie an Olivers Anruf vor zwei Wochen denken, an jenem Katastrophensamstag, als Onkel David zum Essen gekommen war. Sie schlug die Augen nieder, weil sie Angst hatte, sich zu verraten. »Armer Michael«, sagte sie.

»Mach dir nicht allzu viele Gedanken deswegen. Vielleicht ziehen sie die Anzeige zurück.«

»Und wenn nicht?«

»Schwer zu sagen.« Diesmal war er es, der ihren Blick mied. »Michaels berufliche Leistungen sprechen für ihn. Und die meisten bringen ihm viel Verständnis entgegen. Die Versuchung ist für uns alle groß.«

»Aber Michael hat ihr nicht widerstanden.« Es war weniger eine Frage als eine geschickt plazierte Vermutung.

»Es war offenbar eine ganz spontane Handlung. Er ist provoziert worden.« Oliver redete wie ein Verteidiger vor Gericht. »Es ist ja nicht so, als ob er andauernd handgreiflich wird. Und unter diesen Umständen ...« Er verstummte ziemlich plötzlich. »Ich habe natürlich gedacht, er hätte es dir gesagt.«

»Sei nicht böse«, bat Sally. »Ich hätte nicht tricksen dürfen. Willst du mir das übrige nicht auch noch erzählen? Gegen wen ist er handgreiflich geworden und warum?«

»Gegen einen Mann, den er gerade verhaftet hatte.«

»Aber *warum*?«

»Die Verhaftung? Hehlerei. Schußwaffenbesitz. Aber deshalb hat Michael nicht zugeschlagen. Eine Lieblingsbeschäftigung des Typs war es, seine Zigaretten auf dem Arm eines Kleinkindes, seiner eigenen Tochter, auszudrücken, und sich dabei noch großzutun wie ein Held. Ein harter Mann, der harte Sachen macht. Und da hat Michael ihm eins aufs Maul gegeben. Damit er endlich ruhig ist, hat er gesagt.«

Sally hatte den Kopf gesenkt und versuchte zu beten.

»Ich hätte es genauso gemacht.« Oliver beugte sich vor. »Möglich, daß der Kerl Michael bewußt provoziert hat in der Hoffnung, er würde ihm einen Schwinger verpassen. Anwälte auf beiden Seiten hoffen, daß es zu einem Vergleich kommt. Darum ging es bei der Sitzung am Freitag vormittag.«

Sie erinnerte sich, daß sie Michael am Freitag gegen Mittag, zu einer Zeit, in der er eigentlich im Dienst hätte sein müssen, in der Wohnung vorgefunden hatte. Er hatte Bier getrunken, was er im Dienst nie tat. Die Zeichen waren unübersehbar gewesen. Sie hätte fragen müssen.

»Mach ihm keinen Vorwurf«, sagte Oliver. »Er wollte dich wohl nicht beunruhigen.«

Sally schüttelte den Kopf. »Es ist ebensogut meine Schuld.« *Jetzt wie damals.* Auf einmal wurde ihr klar, daß die Entführung sie nicht von ihren anderen Pflichten entband.

»Jetzt kommt einem das alles unwichtig vor«, fuhr er fort.

Sie mochte nicht mit Oliver darüber sprechen. »Darf ich mal telefonieren? Ich muß mich unbedingt bei meinem Chef melden.«

Oliver brachte sie in ein Hinterzimmer, das nur mit einem dunklen, häßlichen Eßtisch und passenden Stühlen möbliert war. Auf dem Tisch standen ein Telefon, ein Computer, Akten und Bücher. Sie tippte die Telefonnummer von St. George ein. Wenn sie Glück hatte, waren Derek und Margaret noch in der Kirche. Im Geiste formulierte sie schon eine freundlich unpersönliche Nachricht für den Anrufbeantworter.

»Pfarrhaus St. George. Derek Cutter am Apparat.«

»Derek, hier ist Sally.«

»Meine Liebe, wie geht es dir? Ich habe vor dem Gottesdienst versucht, in der Wohnung anzurufen, aber –«

»Ich – wir mußten weg.«

»Etwas Neues?«

Sally zögerte. »Nicht direkt.«

»Wir haben heute für dich gebetet.«

Hat aber nicht viel geholfen. »Danke. Das ist ein großer Trost.«

»Können wir sonst etwas tun? Noch beim Frühstück hat Margaret gesagt, daß ihr all das nicht allein durchstehen dürftet. Kommt doch zu uns. In solchen Zeiten kann

Freundschaft ein wahrer Segen sein. Außerdem wäre es vom praktischen Gesichtspunkt aus –«

»Wir haben uns bei einem Freund von Michael einquartiert.« Daß sie eine andere Offerte angenommen und die von Derek ausgeschlagen hatte, belastete ihr Gewissen zusätzlich.

»Ah ja. Trotzdem – unser Angebot steht.«

»Das ist sehr lieb von euch.« Sally hörte den unaufrichtigen Ton in ihrer Stimme und versuchte, ihn zu unterdrükken. »Sag auch Margaret meinen Dank, bitte, und grüße sie herzlich von mir.«

»Möchtest du kurz mit ihr sprechen? Sie ist da.«

»Lieber nicht, ich hab's ein bißchen eilig, und wir wollen auch die Leitung frei halten.«

»Ja, natürlich. Vielleicht sagst du mir aber die Nummer durch. Nur für den Fall, daß sich bei uns was ergibt.«

Zum Glück stand die Nummer auf dem Apparat, und Sally las sie Derek vor.

»Wenn du willst, rufe ich dich heute abend an«, sagte er. »Oder du rufst zurück. Nur auf ein kurzes Gespräch.«

»Ich weiß nicht recht ...« Sallys gute Vorsätze verflüchtigten sich schon wieder. »Möglich, daß wir nicht da sind. Ich muß jetzt Schluß machen.«

Sie verabschiedete sich und legte auf. Derek christliche Nächstenliebe entgegenzubringen war viel leichter, wenn man ihm nicht Auge in Auge gegenüberstand. Immerhin – direkt gelogen hatte sie nicht. Doch dann schlug ihr das Gewissen. Es gab neben den offen ausgesprochenen auch stille Lügen.

Derek oder vielmehr ihrer Abneigung gegen Derek hatte sie es zu verdanken, daß sie einen kurzen Moment nicht mehr an Lucy gedacht hatte, aber jetzt bedrängte die Angst sie nur noch heftiger. Sally stolperte in die Diele und folgte dem Geräusch von laufendem Wasser in die Küche.

Sie war sauber, aufgeräumt und frisch renoviert, das wahre Herz des Hauses. Oliver spülte die Kaffeebecher.

»Wenn du nichts dagegen hast, gehe ich ein bißchen raus«, hörte sie sich sagen. »Ich habe die ganze Zeit in geschlossenen Räumen gehockt, jetzt brauche ich unbedingt frische Luft.«

Auch das war nicht die ganze Wahrheit. Sie brauchte außerdem eine Kirche, um das, was in St. Michael schiefgegangen war, wieder ins Lot zu bringen.

Oliver fragte fürsorglich, ob sie wirklich allein weggehen wolle, ob ihr Mantel warm genug sei, ob sie einen Stadtplan brauche.

»Und was ist, wenn du telefonieren mußt? Du hast ein Handy, nicht?«

»Ja, aber das liegt zu Hause. Außerdem bin ich nur ein paar Minuten weg.«

Er behandelt mich wie ein Kind, dachte sie verärgert, er ist wie eine Nanny, die alles besser weiß. Dabei mußte er sich doch sagen, daß sie schon deshalb nicht lange ausbleiben würde, weil sie ständig hoffte, etwas über Lucy zu erfahren. Endlich ließ er sie gehen. Draußen wehte ein scharfer Wind. Sie wandte sich, ohne sich noch einmal umzusehen, nach links und ging, die Hände in den Manteltaschen vergraben, rasch in Richtung Kirche. Erst jetzt merkte sie, wie heruntergekommen die Straße war. Die Autos waren alte Rostlauben, im Rinnstein häufte sich der Unrat, aus bröckelnden Backsteinmauern ragten Satellitenschüsseln, die alle in die gleiche Richtung wiesen, wie zum Appell angetretene fliegende Untertassen. Und in vielen Fenstern hingen zerschlissene, bunt zusammengewürfelte Vorhänge – ein schlechtes Zeichen.

Das Ende der Straße war durch einen Gitterzaun abgesperrt. Ein Törchen führte auf den Friedhof. Es war fast zwölf, die Vormittagsgottesdienste waren zu Ende. Möglich, daß die Kirche abgeschlossen war, aber wenn sie

Glück hatte, wohnte jemand in der Nähe, der einen Schlüssel hatte.

Innerhalb des Zauns wuchsen Eiben und Weißdorn, die die Kirche selbst teilweise verdeckten. Kirchenschiff und Chor bildeten ein Rechteck aus Backstein, am Ostende sprang eine Apsis vor. Frühes neunzehntes Jahrhundert, dachte Sally automatisch, vielleicht etwas älter. Der verwitterte Sockel des Turms am westlichen Ende war wohl der Rest einer Kirche, die früher an dieser Stelle gestanden hatte, der obere Teil war neugotisch.

Sie schob sich durch das Törchen, und schon als sie den Kirchhof betrat, war ihr klar, daß sie einen Fehler gemacht hatte. Hier würde sie keinen Trost finden. Die meisten Grabsteine hatte man abtransportiert, nur einige wenige lehnten noch an der Kirchenmauer. Auf dem Dach fehlten Ziegel. Das Glas in zwei Fenstern am östlichen Ende war trotz der schützenden Gitter zerbrochen. Ein Netz asphaltierter Wege zog sich kreuz und quer durch das matschige Gras; dort, wo sie sich kreuzten, standen wie Wachposten schwarze Abfalltonnen. Eine Spur von Leben und Wärme unter dem trüben Himmel ging nur von den bunten Chipstüten und Schokoladenverpackungen aus, die zwischen den Hundehaufen herumflatterten.

Sally folgte einem der Wege um das östliche Ende der Kirche. An dieser Seite des Friedhofs standen Bänke und Bäume, jenseits des Zauns verlief die sogar heute, am Sonntag, stark befahrene Hauptstraße. Sally beschloß, die Kirche einmal zu umrunden und dann zu Oliver zurückzugehen.

Die Tür der südlichen Vorhalle war verbrettert und mit zwei Vorhängeschlössern gesichert. In dem Winkel zwischen Portal und Kirchenschiff lag ein Haufen, der nach menschlichen Exkrementen aussah. Halbwüchsige hatten sich eifrig als Sprayer betätigt; die üblichen Obszönitäten und markigen Sprüche verrieten eine ziemlich mangelhafte Beherrschung der englischen Sprache.

Waren diese Sprayer auch Menschen wie sie? Und wenn ja, was war dann mit Leuten, die Kinder belästigten und ermordeten? Mit dem Kindermädchen, das die ihr anvertrauten Kinder tötete? Dem Vater, der Zigaretten auf dem Arm seiner kleinen Tochter ausdrückte? Oder, um den schlimmsten Fall zu nehmen, der Person, die Lucy entführt hatte, um ihren Körper und ihre Seele mit unvorstellbaren Obszönitäten zu peinigen? »Weiß der Himmel«, sagte Sally halblaut und war sich bewußt, daß frühere Gewißheiten verschwommen und unwirklich geworden waren.

Der Weg führte jetzt, schmaler geworden, in die dunkle, nach Urin riechende Schlucht zwischen dem Turm und der fensterlosen Giebelwand der Ladenzeile am westlichen Rand des Friedhofes. *Der Schatten des Todes.* Sally beschleunigte den Schritt. Als sich vor ihr das Friedhofsgelände schon weitete, kam ein Mann um die Ecke und versperrte ihr den Weg. Mit hämmerndem Herzen blieb sie stehen.

Er war etwa eins achtzig groß, hatte dunkles Haar, eine gebrochene Nase in einem blassen, faltenreichen Gesicht und einen langen, dünnen Körper. Trotz der Kälte trug er nur ein T-Shirt, eine leichte Hose und schmutzige Turnschuhe. Das T-Shirt war einmal weiß gewesen, jetzt war es voller Flecken und am Ausschnitt eingerissen. Er steckte die Hand in die Tasche.

Sally wich in die gefährlich schmale Lücke zwischen Turm und Mauer zurück. Unvermittelt trat der Mann von rechts an sie heran und drängte sie an die Wand. Sie steckte die Hand in die Manteltasche und tastete nach dem Geld, das Oliver ihr gegeben hatte für den Fall, daß sie telefonieren wollte. Es waren zwei oder drei Pfund in kleinen Münzen.

Der Mann war ihr jetzt ganz nah. Der schlaffe Mund war so weit geöffnet, daß Sally die fauligen Zähne sah. Einen Augenblick stieg ihr sein Atem in die Nase; sie mußte an offene Gräber denken. Er streckte den Arm nach ihr aus. Plötzlich begriff sie, daß er lächelte.

»Glauben Sie an Jesus?«

»Ja.«

»Man muß wirklich an ihn glauben.« Er sah aus wie vierzig, war aber vermutlich jünger als sie. Er sprach im Tonfall der Midlands, fast flüsternd und atemlos, als sei er gerannt. »Nur zu sagen, daß man an ihn glaubt, ist nicht genug.«

»Nein.«

»Bestimmt? Bedenken Sie, Jesus kann Ihnen in die Seele schauen.«

»Ja. Glauben *Sie* denn an ihn?«

»Er hat mich erwählt, ich trage sein Zeichen. Sehen Sie her.«

Der Mann deutete auf die Innenseite seines linken Unterarms. Zwischen Narben und Gänsehaut sah sie ein mit verblaßtem Filzstift aufgemaltes rotes Kreuz, umgeben von einem Kranz zittriger Buchstaben, die den Text JESUS DER RETTER ergaben.

»Er hat mich aus der Gosse geholt. Er hat einen Engel gesandt, der meine Sünden mit dem Wasser des Lebens abgewaschen hat.« Der Mann breitete die Arme aus. »Schauen Sie her, ich bin rein wie frisch gefallener Schnee.«

»Ja, das sehe ich.«

»Sie müssen auch rein werden. Sonst kommen Sie nie ins Himmelreich.«

Sally machte einen Schritt nach links, um ihn zu täuschen.

»Sie müssen mit mir beten. Jetzt.«

»Ich muß gehen. Mein Mann ...«

Er kam noch näher heran. »Sie haben nicht viel Zeit. Das Reich Gottes ist nah. Wir müssen niederknien.«

Er faßte sie an der Schulter, versuchte sie auf die Knie zu zwingen. Ekel schüttelte sie, und sie reagierte ganz instinktiv. Sie hob die Hand und schlug ihm mit aller Kraft ins Gesicht. Seine stoppelige Haut fühlte sich an wie schlaffes Sandpapier.

Das blasse Gesicht verzog sich bestürzt, und der Mann hielt den Atem an. Sally drängte sich durch die Lücke zwischen seinem Arm und der Turmmauer. Er packte ihr Handgelenk. Sie schrie laut auf vor Zorn und Angst und machte sich los.

»Verpiß dich, du Arsch«, hörte sie sich schreien.

Geduckt setzte sie sich in Trab und floh. Vor ihr lag der Friedhof. Durch die Zweige konnte sie den Zaun erkennen. Die Angst trübte ihren Blick. Es gab keinen festen Punkt mehr; der Weg, die Bäume, das Gras, alles pulsierte dumpf und drohend, als sei die sichtbare Realität nur mehr die Haut eines riesigen schläfrigen Monsters.

Am Tor sah sie zurück. Der Mann hatte sie nicht verfolgt, auf dem Kirchhof war kein Mensch zu sehen. Sie hielt sich am Zaun fest und versuchte, wieder zu Atem zu kommen. Das Monster zog sich zurück. Sie fühlte sich so schlapp, als hätte jeder einzelne Muskel seine Kraft verloren. Jetzt, als das Schlimmste überstanden war, konnte sie kaum noch laufen, geschweige denn rennen.

»Sally?«

Sie wandte sich um. Oliver jagte die Inkerman Street entlang auf sie zu. Ausdruckslos sah sie ihm entgegen. Sie konnte sich kaum auf den Beinen halten. Jetzt war er neben ihr, sein Gesicht war düster und voller Zorn.

»Was ist passiert?«

»Ein Mann …«

»Ganz ruhig jetzt. Alles in Ordnung.« Er legte eine Hand unter ihren Arm. »Ein Straßenräuber?«

Sie schüttelte den Kopf, mußte lachen über die Ironie des Schicksals und konnte kaum wieder aufhören.

»Okay, Sally, okay. Beruhige dich.«

Oliver hatte einen Arm um sie gelegt und schleppte sie die wenigen Meter bis zu einer Bank. Sie setzten sich. Zitternd legte sie die Arme um ihn.

»Was ist passiert?«

»Dieser Mann ... wollte mich *bekehren.*«

»Bist du verletzt?«

»Nein. Ich habe ihn beschimpft, Oliver, ich habe ihn geschlagen.« Sie fing an zu weinen.

Er zog sie fester an sich. »Du bist ein bißchen durcheinander, Sally, aber das ist ja kein Wunder.«

Einen Augenblick war ihr, als ob Olivers Lippen ihr Haar streiften. »So einer dürfte nicht frei herumlaufen«, sagte sie zornig. »Hätten wir eine halbwegs verantwortungsbewußte Gesellschaft, würde sich jemand um ihn kümmern.«

»Ein psychisch Kranker, den nun wieder das Gemeinwesen am Hals hat?«

»Möglich. Er hatte Messernarben an den Armen. Ich müßte ihn suchen, er kann nicht weit sein. Ich ...«

»In diesem Zustand kannst du niemanden suchen gehen. Außerdem sollten wir uns nicht zu weit vom Haus entfernen.«

»Ich habe ihn im Stich gelassen.« Kaum war es heraus, wurde ihr klar, daß sie das, was sie da sagte, nicht wirklich glaubte; was bedeutete dieses wirre, zerknirschte Geständnis gegenüber der Tatsache, daß Lucy fort war? Aber alte Gewohnheiten ließen sich nicht so schnell ablegen. Sie hörte sich Dinge sagen, die nicht mehr stimmten. »Auch Menschen wie er gehören zu meinem Beruf.«

»Wenn du willst, rufe ich das zuständige Polizeirevier an, vielleicht können die was machen.«

Sie ließ sich beschwichtigen. Eine kleine Weile verging. Sie sah zu Oliver auf. Sein Gesicht war dem ihren sehr nah.

»Was machst du überhaupt hier? Bist du mir nachgegangen?«

»Ich habe mir Sorgen gemacht, ohne recht zu wissen, warum.«

Sie lächelte mühsam. »Mein Schutzengel?«

Er küßte sie sittsam auf die Stirn. »Wir müssen zurück. Du frierst.«

Einen Augenblick mochte Sally sich nicht rühren. Einen Augenblick wäre sie am liebsten bis in alle Ewigkeit auf dieser Bank sitzen geblieben, in Olivers warmen, starken Armen. Einen Augenblick spürte sie schwach, aber unverkennbar, einen Hauch von Begehren.

ZEHN

»... wir sind das, wofür wir doch alle einen Abscheu haben, nämlich Kannibalen und Menschenfresser, die wir nicht nur andere, sondern sogar uns selbst auffressen ... Den al unser Fleisch, das wir sehen, kam durch unseren Mund in uns ... Kurz, wir haben uns selbst aufgefressen.«

Religio Medici I, 37

I

Eddie zog die Tür hinter sich zu und fahndete, während er rasch die Rosington Road herunterging, in sämtlichen Taschen nach den Schlüsseln. Vor dem Van, der ein paar Türen weiter geparkt war, blieb er stehen und hämmerte mit geballten Fäusten an die Windschutzscheibe. Die Schlüssel waren noch in seinem Zimmer; sie steckten in der Tasche der Jeans, die er gestern angehabt hatte. Alle. Nicht nur die für den Wagen, sondern auch die vom Haus. Auch seine Brieftasche hatte er vergessen; er hatte nur ein, zwei Pfund in kleinen Münzen bei sich.

Er meinte zu hören, wie eine Tür aufging. Ohne sich noch einmal umzudrehen, setzte er sich in Trab. Sein Mantel flatterte. Beißende Kälte fiel über sein Gesicht her, seinen Hals und seine Hände, so daß ihm der Atem stockte; im Geist sah er ein gekrümmtes biegsames Messer mit eisiger Klinge vor sich.

Das Wort *Klinge* erinnerte ihn an die Schere. War das Geschrei verstummt? Er meinte Schreie zu hören, aber vielleicht waren das keine wirklichen Schreie, sondern nur Echos, die ihm noch im Kopf steckten. Eins aber wußte er genau: Er konnte nicht zurück ins Haus.

Beim Laufen riskierte er einen Blick nach hinten. Da war niemand. Keine Angel. Er war es nicht wert, daß sie ihm nachlief.

Keuchend verlangsamte er den Schritt und knöpfte ungeschickt den Mantel zu. Und wenn sie doch hinterherkam? Egal, er würde einfach weitergehen. Schließlich lebte er in einem freien Land. Sie konnte ihn nicht aufhalten. Er überquerte die Zufahrtsstraße, die zu der Sozialsiedlung führte.

»Alles klar bei dir, Eddie?«

Er blieb stehen und riß die Augen auf. Mr. Reynolds winkte ihm zu. Der kleine Bauhandwerker war dabei, das Garagentor aufzumachen, auf dem sich kürzlich jemand mit einer kunstvoll geschnörkelten Obszönität verewigt hatte.

Mit übertriebenen Bewegungen wie in einer Scharade schlug er die Arme über der Brust zusammen. »Lausig kalt, was?«

Eddie machte den Mund auf, fand aber keine Worte. Panische Angst stieg in ihm auf.

»Sieht fast nach weißen Weihnachten aus«, bemerkte Mr. Reynolds. »Hab ich gerade im Radio gehört.«

Es gab eine längere Pause. Mr. Reynolds sah ihn verwundert an. Eddies Körper mochte vorübergehend gelähmt sein, aber sein Denkapparat lief auf Hochtouren. Erstens: Mr. Reynolds würde für Angel alles tun. Zweitens: Warum stand er an dem kältesten Sonntag nachmittag seit dem letzten Winter vor seiner Garage herum? Die Antwort war klar: Angel hatte ihn gebeten, die Augen offenzuhalten. Er spionierte Eddie nach.

Plötzlich konnte Eddie seine Beine wieder gebrauchen. Er setzte sich erneut in Trab.

»He«, hörte er Mr. Reynolds rufen. »Alles in Ordnung, Eddie?«

Eddie lief bis zum Ende der Straße und bog nach rechts ab. Er hatte keinen bestimmten Plan. Wichtig war nur, hier wegzukommen. Er wollte nichts mit dem zu tun haben, was hinter jener Tür geschah. Nicht einmal denken mochte er daran. Er wollte einfach nur weitergehen, bis ihn die Müdigkeit übermannte.

Er überquerte eine Straße. Zwei Autos hupten ihn an; der eine Fahrer kurbelte das Fenster herunter und fluchte. Eddie ging verbissen weiter. Warum war so viel Verkehr? Heute war Sonntag. Ruhetag. In seiner Kindheit hatte es nicht so viele Autos gegeben, selbst vor zehn, fünfzehn Jahren war es hier noch viel ruhiger gewesen. Alles änderte sich, nichts stand still. Bald würde es mehr Maschinen als Menschen geben.

»Unwichtig«, sagte er sich. »Völlig unwichtig ...«

Die Welt hatte ihre Konturen verloren. Ein Bus rumpelte te an ihm vorbei. Die rote Farbe quoll über seine Ränder hinaus. Der Bus hatte keine feste Form mehr; die Farbe schwappte hin und her wie Wasser in einem bedächtig schaukelnden Eimer. In dieser Welt war auf nichts Verlaß; aber gab es denn eine andere?

Eddie fiel wieder ein, daß er ja Fieber hatte. Vielleicht war er sehr krank. Vielleicht würde er sterben. Eine große Traurigkeit erfaßte ihn. Er hatte der Welt so viel zu geben, die Welt brauchte ihn nur machen zu lassen. Angel brauchte ihn nur machen zu lassen. Doch an Angel mochte er jetzt nicht denken.

Es überraschte ihn, daß er so weit und so gut laufen konnte. Nicht daß er sich geradezu schwach gefühlt hätte. Seine Beine waren so kräftig wie immer, schienen aber nicht so fest an seinem Körper zu hängen wie sonst.

»Das macht nur die Grippe«, sagte er, und die Worte – in blauen Kleinbuchstaben ohne Serifen – schienen vor ihm in der Luft zu hängen, er sah, wie der Wind die Lettern verwirbelte und verwehte. »Morgen früh geht's mir wieder besser.«

Und wenn es ihm schlechter ging? Wenn es nie wieder besser wurde?

Eddie zwang sich, schneller zu gehen, als könne er, je schneller er ging, diese unlösbaren Fragen desto weiter hinter sich lassen.

Wichtig war allein das Wegkommen. Es dauerte eine Weile, bis er merkte, wohin er ging. Er überquerte Haverstock Hill und ging im Zickzack die Eton Avenue hoch. Rechts und links standen große, reiche Häuser, in denen große, reiche Leute wohnten. Vor Swiss Cottage zögerte er und überlegte, ob er mit der U-Bahn in die Stadt fahren sollte. Weil er sich nicht zu einer Entscheidung durchringen konnte, ging er immer weiter, getrieben von der Furcht, daß Angel vielleicht doch die Verfolgung aufgenommen hatte, und von der Notwendigkeit, sich warm zu laufen. Ziellos ging er die Finchley Road entlang bis zur Hochbahnstation der North London Line und betrat den Bahnhof. Allmählich hatte er müde Beine, außerdem hatte es angefangen zu regnen, in dünnen kalten Tropfen, die schon fast Schneeregen waren. Rasselnd fuhr ein Zug in Richtung Westen ein. Eddie rannte die Treppe zum Bahnsteig hinunter. Der Zug war fast leer. Er stieg ein, froh um die Wärme, froh, daß er endlich sitzen konnte.

Zuerst ging alles gut. Er schloß die Augen und versuchte sich auszuruhen. Doch die Erinnerung an das, was er in der Rosington Road erlebt hatte, wurde er nicht los. Eddie versuchte, sich mit den üblichen Techniken abzulenken: Er dachte an gar nichts; er dachte an Alison auf der Schaukel, an Alison in dem Schuppen auf dem Carver-Gelände; er sah sich in einem großen Warenhaus als Weihnachtsmann, vor dem viele kleine Mädchen Schlange standen, um auf seinem Schoß sitzen zu dürfen, eine lange Reihe süßer Gesichtchen, Honig, Nuß und Mandelkern essen alle Kinder gern.

Heute half das alles nichts. Als der Zug in Brondesbury

einfuhr, machte Eddie die Augen auf. Ein paar Fahrgäste guckten ihn komisch an, fand er. Hatte er laut geredet?

Er sah aus dem Fenster auf die Reihen der Gärten. Er hätte wetten mögen, daß über ihn getuschelt wurde. Zischelnd übertönten die Worte das Fahrgeräusch. Es kam ihm so vor, als ob das Geflüster hinter ihm wäre, aber um sich zu vergewissern, hätte er den Kopf drehen müssen und damit zu erkennen gegeben, daß ihm sehr wohl bewußt war, daß er beobachtet und daß über ihn getuschelt wurde.

Wieder ein Bahnhof. Sobald der Zug hielt, verstummte das Geflüster. Ein paar Fahrgäste stiegen aus, ein paar stiegen ein. Als der Zug sich wieder in Bewegung setzte, fing auch das Geflüster wieder an. Eindeutig eine weibliche Stimme, vermutlich die einer Halbwüchsigen. Jetzt, da er wußte, wonach er zu suchen hatte, fand er rasch eine Bestätigung für seine Theorie: den Parfümgeruch, der den Geruch nach Schweiß überdeckte, aber nicht ganz verbarg, und ein Geräusch, das wie ein hohes Kichern klang. Mandy oder Sian? Unsinn – die gingen längst nicht mehr in die Dale-Grove-Gesamtschule.

Eddie hielt es nicht mehr aus. Beim nächsten Halt machte er sich bereit. Ein Mann stieg ein, aber niemand stieg aus. Im letzten Moment sprang Eddie von seinem Platz auf, öffnete die Tür und war mit einem Satz auf dem Bahnsteig.

Niemand folgte ihm. Der Zug fuhr ab. Während er vor überglitt, guckte Eddie in die Fenster. Da, wo er gesessen hatte, sah er keine halbwüchsigen Mädchen, sondern nur einen alten Mann, der die Augen geschlossen hatte. Natürlich bewies das überhaupt nichts. Die Mädchen – inzwischen war er überzeugt davon, daß es mindestens zwei gewesen waren – hätten, um ihn in die Irre zu führen, unter der Fensterbank in Deckung gehen können. Halbwüchsige Mädchen waren raffiniert, das wußte er ja von Mandy und Sian.

Erst jetzt merkte er, wo er war: in Kensal Vale. Er war

nicht besonders erstaunt. Seine Füße hatten ihn über eine vertraute Strecke geführt, während er mit seinen Gedanken andere Wege gegangen war. Er kannte Bahnhof und Umgegend gut, weil er sie in den Monaten vor Lucys Ankunft in der Rosington Road genau erkundet hatte. Hier war er oft eingestiegen.

Eddie verließ das Bahnhofsgebäude. Es regnete noch immer. Normalerweise fühlte er sich in Kensal Vale unbehaglich. Die Gegend galt als unsicher und war deshalb mit Vorsicht zu genießen. Heute aber war Eddie fast entspannt. Wegen des Wetters und weil Sonntag war, sah man weniger Leute auf der Straße als sonst. Die Häuser waren harmlos; böse waren nur ihre Bewohner.

Automatisch steuerte er den gedrungenen Turm von St. George mit seiner achteckigen Spitze an. Wegen der Kälte ging er sehr rasch. Kirche, Pfarrhaus und Parkplatz lagen dicht beieinander auf einem Gelände, das auf allen Seiten von Straßen umgeben war, wie von einem Burggraben aus nassem Asphalt. Der zum Parkplatz umgewidmete frühere Pfarrhausgarten nahm fast den ganzen Platz zwischen Kirche und Pfarrhaus ein. Mit seinen hohen Backsteinmauern und den Eisengittern sah St. George aus wie im Belagerungszustand.

Jetzt, am frühen Nachmittag, gab es keinen Gottesdienst. Eddie las die Anschläge am Westportal. Sally Appleyards Name sprang ihm in die Augen. Aus einer undichten Regenrinne tropfte Wasser. Die Kirche weinte.

Ein Bus fuhr in westlicher Richtung vorbei. Jetzt, da Eddie nicht mehr in der warmen Bahn saß und durch Laufen keine Eigenwärme erzeugte, fing er an zu frieren. Er sah zur Kirche hoch, deren Umrisse schon mit dem dunkler werdenden Himmel verschmolzen. Er würde sich bald entscheiden müssen. Ewig konnte er hier nicht bleiben. Langsam ging er weiter. Als er zur Pfarrhaustür kam, erkannte er, daß sie, genau wie die Garage von Mr. Reynolds, durch ein

Graffito entstellt war. Er besah sich die Druckbuchstaben, die unbeholfen hingeschmiert über den glänzenden Lack der Tür tanzten. Es dauerte eine Weile, bis er sie entschlüsselt hatte.

GIBT ES EIN LEBEN VOR DEM TOD?

Eddie wußte nicht, ob er lachen oder sich grausen sollte. Ja, dachte er, das ist wohl wirklich die Frage. In diesem Augenblick öffnete sich die Tür, und Eddie ging schnell weiter.

Er konnte der Versuchung nicht widerstehen, sich noch einmal umzusehen. Auf der Schwelle standen zwei Männer. Den linken erkannte Eddie nach dem Foto im *Standard* auf den ersten Blick, es war Derek Cutter, der Pfarrer mit dem fast albinohaft hellen Teint, der wie ein Frettchen mit Priesterkragen aussah. Der zweite war älter, kleiner und fülliger. Er hatte rosige Wangen, regelmäßige Gesichtszüge und dünnes Haar. Er lachte über eine Bemerkung von Cutter. Eddie war sich einer unerwarteten und beunruhigenden Verwandtschaft mit dem Unbekannten bewußt. Es war, als sähe er, Eddie, in einem Spiegel das Bild seiner selbst in zwanzig Jahren.

Der Mann blickte flüchtig zu Eddie hin, der sich rasch entfernte. Es war eine Dummheit gewesen, nach St. George zu kommen, und es war mehr als eine Dummheit, zu riskieren, daß jemand ihn erkannte. Der Regen schlug ihm ins Gesicht und rief ihm gnadenlos die trockene Hitze in seinem Hals in Erinnerung. Er hatte schrecklichen Durst. Hätte er nicht gewußt, daß er Fieber hatte, wäre er fest davon überzeugt gewesen, daß er drauf und dran war, den Verstand zu verlieren. Ein Wunder wäre es nicht, nach allem, was er durchgemacht hatte. Fieber und Verrücktsein schlossen sich nicht aus; warum sollte ein Verrückter nicht die Grippe bekommen?

Er sah über die Schulter, hielt verzweifelt Ausschau nach einem Bus, nach irgend etwas, was ihn von St. George wegbringen würde, weg von dem Mann, der wie ein bejahrter Eddie aussah. Überall Muster und Übereinstimmungen: Warum achteten die Leute so selten darauf?

Drei Schwarze kamen, als Eddie vorbeiging, plötzlich aus einem Hauseingang, und vor Angst zog sich in ihm alles zusammen. Aber die Männer kümmerten sich gar nicht um ihn, sie stiegen in ein Auto und fuhren lärmend davon. *Vielleicht bin ich unsichtbar.* Er ging ein Stück weiter. Jeder Schritt brachte ihn der Stadtmitte näher. Da wollte er aber gar nicht hin. Er wollte nichts als Ruhe und Frieden.

Er kam zu einer jener Bushaltestellen, die einem nicht viel nutzen, wenn es regnet, weil sie von der Konstruktion her weniger dazu da sind, Fahrgäste vor den Unbilden der Witterung zu schützen, als dazu, Straßenräuber und Vandalen abzuschrecken. Er lehnte sich dagegen. Jetzt tat ihm auch der Kopf weh. Wind und Regen peitschten ihn. Ob jemand merken würde, wenn er hier zusammenbrach? Ob jemand merken würde, wenn er starb?

Auf der anderen Straßenseite war die lange, hohe Mauer des Friedhofs Kensal Green, eine Stadt der Toten. Vor einem der Eingänge hielt ein schwarzes Taxi, und eine große, dünne Frau stieg aus. Sie drehte sich noch einmal zu dem Taxi um; die rotgeschminkten Lippen bewegten sich. Der Verkehrslärm übertönte das, was sie sagte, aber Eddie erkannte an ihren Bewegungen, daß sie wütend auf den Taxifahrer war. Unvermittelt ging sie auf den Eingang des Friedhofs zu. Das Taxi schoß quer über die Fahrbahn; das Freizeichen auf dem Dach leuchtete. Eddie hob die Hand, und das Taxi hielt vor der Bushaltestelle. Eddie machte die Tür auf, stieg ein und ließ sich schwer auf den Sitz fallen. Das Taxi roch stark nach einem Parfüm, wie auch Angel es hatte. Wahrscheinlich gehörte auch das zum Muster. Der Fahrer sah ihn erwartungsvoll an. Eddie guckte stumm.

»Wohin?« fragte der Fahrer.

Einen Moment konnte Eddie überhaupt nicht mehr denken; dann fiel ihm ein, daß er nur eine Handvoll Münzen in der Tasche hatte, die kaum für eine Tasse Kaffee gereicht hätten.

Der Fahrer runzelte die Stirn. »Na?«

»Rosington Road«, platzte Eddie heraus, weil ihm nichts anderes einfiel.

»Wo ist das?«

»NW 5. Geht von der Bishop's Road ab.«

Das Taxi fuhr an; Eddie lehnte sich zurück.

»Dieses verdammte Weib wollte, daß ich warte, bis sie mit dem Besuch bei ihren lieben Heimgegangenen fertig ist«, sagte der Mann durch die offene Trennscheibe; er warf die Worte über die Schulter wie Granaten. »Ohne dafür zu zahlen natürlich. Aber nicht mit mir. Hörn Sie mal, Lady, ich bin doch kein verdammter Wohltätigkeitsverein. Himmelherrgott noch mal.«

Die ganze Fahrt über setzte der Mann seine Litanei fort; das wütende Geraune war wie ein Kontrapunkt zu Eddies Überlegungen. Fragen ohne Antworten schossen ihm durch den Kopf. Alles hing davon ab, wie böse Angel war, wenn er nach Hause kam. Ob er den Fahrer bitten sollte zu warten, bis er seine Brieftasche geholt hatte? Aber wohin dann?

Nur zu bald bog das Taxi in die Rosington Road ein. Eddie deutete auf Nummer 29. Sie hielten vor dem Haus. Eddie sah zu den dunklen Fenstern hoch.

»Was ist, Mann? Wollen Sie den ganzen Nachmittag da sitzen bleiben?«

Die Haustür ging auf. Angel lief auf das Taxi zu und riß die hintere Tür auf. Er roch ihr Parfüm. Es war identisch mit dem im Taxi. Sie streckte die Hände nach ihm aus.

»Eddie, liebster Eddie. Ist alles in Ordnung?«

2

Niemand konnte so lieb sein wie Angel. Sie verstand es, einem das Gefühl zu vermitteln, daß man Dreh- und Angelpunkt der Welt war. Dabei war alles, was sie tat, ganz alltäglich: Sie zahlte das Taxi und zog Eddie ins Haus, sie setzte ihn aufs Sofa im Wohnzimmer und breitete eine Decke über ihn. Sie brachte ihm eine Tasse süßen Tee mit viel Milch und einem Keks. Sie nahm seine Hände und sagte, es sei sehr leichtsinnig, mit so hohem Fieber aus dem Haus zu gehen. All diese banalen Handreichungen wirkten sonderbar bedeutungsschwer, so daß Eddie sie geradezu als Ehre empfand. Er war sehr glücklich, zumal er wußte, daß nach den Gesetzen der Natur so viel Glück nicht von Dauer sein konnte.

»Äh ... Lucy?« fragte er, als er behaglich auf dem Sofa eingemummelt war.

»Schläft fest.«

»Alles in Ordnung?«

»Warum nicht?«

»Sie ... sie ...«

»Du meinst ihren Koller? Der war schnell vorbei. Fünf Minuten später war sie schon wieder eitel Sonnenschein. Kinder sind nun mal so, Eddie.«

»Aber sie war so verstört.«

Angel lächelte. »Wenn du so viele überreizte Kinder erlebt hättest wie ich, wüßtest du, daß man manchmal hart durchgreifen muß. In solchen Fällen hilft nur Strenge, glaub mir das. Wenn man ihnen den Willen läßt, verwandeln sie sich in kleine Monster.«

»Was macht sie jetzt?«

»Sie schläft. Es war Zeit für ihre Medikamente. Aber was ist mit dir?« Sie wartete einen Augenblick, und als keine Antwort kam, fuhr sie fort: »Ich habe mir solche Sorgen gemacht. Was ist dir nur eingefallen?«

Eddie drehte das Gesicht zur Sofalehne, die noch ganz leise nach dem Haaröl seines Vaters roch. »Ich mußte mal raus«, sagte er undeutlich. »Ich brauchte frische Luft.«

Es gab eine kleine Pause, dann seufzte Angel. »Schwamm drüber. Am besten vergessen wir das alles ganz schnell.«

»Mit Lucy ist wirklich alles in Ordnung?«

»Aber ja«, sagte Angel ein wenig ungeduldig. »Mach dich nicht lächerlich.«

Eddie schloß die Augen. »Ich glaube, ich ruh mich ein bißchen aus. Ich bin furchtbar müde.«

»Das wundert mich nicht. Was hattest du übrigens in Kensal Vale zu suchen?«

»Da wollte ich gar nicht hin. Es war ein Zufall.«

»Zufälle gibt es nicht«, sagte Angel.

»Ich habe den Pfarrer gesehen, aber er mich nicht, glaube ich. Jedenfalls hätte er mich nicht erkannt, oder?«

»Nein. Jetzt schlaf.« Lächelnd ging sie hinaus. Mit einem leisen Klicken schloß sich die Tür hinter ihr.

Eddie döste vor sich hin, immer wieder in einen wirren Traum verfallend, in dem er mit Lucy Verstecken in einer dunklen Kirche spielte, die St. George sein mußte. Im Traum gelang es ihm nicht, sie zu fangen. Einmal, als sie um eine Säule herumlief und er ihr unerwartet den Weg verstellte, war er nah dran. Bis dahin hatte er sie nur von hinten gesehen, jetzt wandte sie ihm das Gesicht zu. Nur – sie hatte kein Gesicht. Das dunkle Haar war nach vorn gefallen und verdeckte es, so daß sie von vorn genauso aussah wie von hinten.

Während er döste und träumte, hörte Eddie Geräusche im Haus. Wegen der Schalldämmung drang von unten kein Laut zu ihm hinauf, aber er hörte Angels Schritte in der Diele und auf der Treppe. Er hörte, wie sie den Müll hinausstellte, der montags abgeholt wurde. Er hörte im Bad Wasser laufen und Angels Schritte in ihrem Zimmer, hörte, wie Schubladen geöffnet und Schranktüren geschlossen wurden.

Wieder schlief er ein. Als er aufwachte, war es dunkel im Zimmer, nur das Licht der Straßenlaternen drang durch den Spalt zwischen den Vorhangbahnen. Jetzt war es still im Haus. Er lag mit schmerzenden Gliedern auf dem Sofa und wollte sich gerade aufraffen, um zur Toilette zu gehen, als es klingelte.

Automatisch stand er auf, um zu öffnen. Von der jähen Bewegung wurde ihm schwindlig; er torkelte wie ein Betrunkener durchs Zimmer. An der Tür machte er Licht, was er sofort bereute. Er mochte niemanden sehen. Wer dringend etwas von ihnen wollte, konnte ja anrufen oder später noch mal wiederkommen. Aber jetzt war es zu spät. Mit dem Licht hatte er verraten, daß jemand im Haus war. Besucher fanden es vielleicht befremdlich, wenn er nicht aufmachte. Es war eine von Angels Regeln, daß sie sich gerade dann, wenn sie Logierbesuch hatten, in keiner Weise auffällig benehmen durften.

Er ging in die Diele, schleppte sich an der Wand entlang bis zur Haustür und sah durch den Spion. Draußen stand eine kleingewachsene Frau, die ihm den Rücken zudrehte. Sie trug einen dunklen Mantel und einen Hut, der aussah wie eine zerquetschte Torte. Eine Erinnerung regte sich. Zum erstenmal hatte er Angel durch den Spion gesehen, und auch sie hatte auf die Straße hinausgeblickt. Er machte auf.

Die Frau drehte sich um, und er sah in das säuerliche, verschrumpelte Gesicht von Mrs. Reynolds. Unter dem linken Arm hatte sie einen Stapel Zeitschriften.

»Tag, Eddie. Wollte nur fragen, ob du unser Gemeindeblättchen haben willst.« Sie rückte näher an ihn heran, und automatisch wich Eddie einen Schritt zurück. Jetzt stand sie auf der Schwelle und sah ihm mit ihren scharfen Augen über die Schulter. »Kostet nur fünfundzwanzig Pence.«

»Ja, natürlich.«

Es schien ein geringer Preis, um sich von Mrs. Reynolds loszukaufen. Eddie trat, um Geld zu holen, noch ein Stück zurück. Er begriff sogleich, daß das ein Fehler gewesen war. Mrs. Reynolds kam noch einen Schritt näher und stand jetzt im Haus.

»Man kann es auch abonnieren, es kommt einmal im Monat. Ich weiß, daß du kein Kirchgänger bist, aber irgendwas Interessantes findet man immer drin.«

»Ist gut. Ja, danke.«

Mrs. Reynolds sah sich mit unverhohlener Neugier um. »Hier hat sich ja allerlei verändert, seit deine Eltern tot sind.«

»Wieviel, sagten Sie, kostet es?« Eddie kramte nervös in seinem Mantel herum, der in der Diele hing. Seine Brieftasche war nicht da.

»Fünfundzwanzig Pence.«

Auf der Treppe brannte Licht, die Tür zum Keller war geschlossen. Vielleicht war Angel noch im Bad.

»Ist Miss Wharton im Haus?«

»Ich glaube schon. Ich hab gerade ein Nickerchen gemacht.«

»Mein Mann hat dich heute gesehen, er hat gesagt, daß du gar nicht gut aussiehst.«

»Ich hatte es eilig.« Eddie suchte verzweifelt nach einer Ablenkung. »Wie geht's denn Jenny?«

»Nicht besser, nicht schlechter.«

Eddie hatte in seinen Jeans eine Handvoll Kleingeld gefunden. »Leben heißt hoffen.«

»Das ist kein Leben, Eddie, es ist wie ein Tod bei lebendigem Leibe. Sie ist in einer Art Limbo. Und wir mit. Warum hat sie es getan? Das möchte ich wissen. Außer mir scheint das aber keinen zu interessieren.«

Er streckte ihr fünfzig Pence hin. »Es tut mir sehr leid.«

»Mir auch.« Sie nahm das Geld.

»Behalten Sie den Rest.«

Sie hatte keine Anstalten gemacht, ihm etwas herauszugeben. »Wollen Sie sich Kinder anschaffen? Sie und Miss Wharton?«

»Es ist nicht so, wie Sie denken. Miss Wharton ist – ist bei mir nur Untermieterin.«

Mrs. Reynolds sah zu ihm hoch. »Na ja, es geht mich wohl nichts an.« Sie machte kehrt und zog ab. Auf der Schwelle drehte sie sich noch einmal um und nickte ihm zu. »Manchmal wünschte ich, sie wäre tot. Meine eigene Tochter. Weißt du was, Eddie? Ich wünschte, sie wär als Kind gestorben. Als sie drei oder vier war. Oder besser noch als Baby.«

Mrs. Reynolds machte schmale Lippen, warf ihm einen bösen Blick zu und ging ohne ein weiteres Wort davon.

3

Abends war Lucy benommen. Als sie aus ihrem langen Nachmittagsschlaf erwachte, hatte sie Durst, und immer wieder verschwamm ihr Blick.

Angel war sehr lieb zu Lucy und Eddie. Sie bat Eddie in den Keller hinunter. Obgleich er wußte, was ihn erwartete, war Lucys Anblick ein Schock. Angel hatte ihr fast das ganze Haar abgeschnitten. Sekundenlang hatte er sie für einen Jungen gehalten.

»Es störte«, erklärte Angel. »Und sie läßt es sich so ungern bürsten, stimmt's, mein Püppchen?«

Eddie ließ sich in dem Lehnstuhl nieder, und Angel setzte ihm das kleine Mädchen auf den Schoß. In der Mikrowelle machte sie in einem roten Becher Milch warm, und Eddie durfte Lucy zu trinken geben.

Danach las er der Kleinen eine Geschichte von einem Löwen vor, der nicht mehr brüllen konnte, während Angel im Schneidersitz auf dem Bett saß und eine Hose für ihn kürzte. Ein trauliches Familienbild. So hätte sein Leben sein sollen. So war es. So würde es sein.

Es war sehr warm im Keller. Je schläfriger Lucy wurde, desto schwerer schien ihr Körper zu werden. Eddie überlegte, ob sie wohl auch die Grippe hatte. Als er schon dachte, sie sei eingeschlafen, regte sie sich.

»Jimmy«, sagte sie leise. Sie roch schal und süß; der Geruch der Unschuld, dachte Eddie bei sich.

»Hier.« Angel griff nach der kleinen Flickenpuppe, die auf dem Kopfkissen gelegen hatte, und gab sie Eddie, der sie seinerseits an Lucy weitergab. Sie steckte sich Zeige- und Mittelfinger der rechten Hand in den Mund und drückte mit der linken Jimmy an die Nase. Eddie lächelte auf den dunklen Kopf hinunter.

Plötzlich fing Lucy an zu zappeln. Sie warf Jimmy auf den Teppich.

»Was soll das?« fragte Angel scharf. »Er wird nur wieder schmutzig.«

Lucy fing an zu weinen.

Eddie tätschelte ihre schmale Schulter. »Was ist denn?«

Das Schluchzen hörte kurz auf. »Er riecht nicht richtig.«

»Was hab ich dir gesagt?« zischelte Eddie. »Wenn er sauber ist, stimmt der Geruch nicht mehr. Und an unser Waschpulver ist sie nicht gewöhnt.«

»Das kann ich nicht ändern. Das Ding war unglaublich verdreckt. Ein Mindestmaß an Hygiene muß schon sein«, erklärte Angel ruhig, aber fest. Behindert von Lucys Gewicht schob sich Eddie auf dem Sesselsitz nach vorn und stand auf.

»Wo willst du hin?« fragte Angel.

»Nur was holen.«

Er trug Lucy zum Bett, und Angel streckte die Arme nach ihr aus. Lucy zappelte und deutete auf den Sessel.

»Du willst da sitzen bleiben?« Eddie war hoch beglückt; er deutete Lucys Wahl als Gunstbeweis. Er setzte sie wieder in den Sessel. »Bin gleich wieder da.«

Er merkte, daß Angel ihn verwundert ansah, kümmerte

sich aber nicht darum. Langsam, weil jede Bewegung sein Kopfweh verschlimmerte, ging er die Treppe hoch in sein Zimmer. Mrs. Wump lag nach wie vor in ihrem Bett in dem Schuhkarton in der untersten Kommodenschublade. Er nahm sie heraus und schnupperte. Sie roch nach Pappe, sauberer Wäsche und alten Zeitungen und ein bißchen, aber nicht zu sehr, nach Angels Waschpulver. Mrs. Wump war nie in der Waschmaschine gewesen.

Er brachte sie nach unten, kniete sich vor den Sessel und sagte: »Darf ich dir Mrs. Wump vorstellen?«

Lucy, die sich zusammengerollt hatte wie ein Fötus, nuckelte hingebungsvoll an den Fingern ihrer rechten Hand. Sie guckte Eddie argwöhnisch an, dann streckte sie die linke Hand aus. Eddie legte Mrs. Wump behutsam auf Lucys Handfläche. Sie schnupperte.

»Nicht dasselbe.«

»Wie Jimmy riecht sie nicht, das ist klar. Schließlich ist das Mrs. Wump.«

Ohne Mrs. Wump wieder herauszugeben, lehnte Lucy den Kopf matt an die Sessellehne.

»Zeit für die Heia«, sagte Angel. »Und vielleicht sollte Lucy noch was nehmen, ehe sie sich die Zähne putzt.«

Lucy war so müde, daß Eddie sie in die Dusche tragen mußte. Ihr Kopf sank immer wieder an Eddies Schulter, während er ihr die Zähne putzte. Danach steckte Angel sie in ihren Pyjama, legte sie ins Bett und machte die Deckenbeleuchtung aus.

Die einzige Lichtquelle war jetzt eine Lampe mit schwacher Birne, die auf dem Tisch am Fenster stand. Angel hob die verstreuten Sachen auf, wusch den roten Becher aus und füllte ihn mit Wasser für den Fall, daß Lucy nachts etwas trinken wollte. Eddie setzte sich in den Sessel am Kopfende des Bettes und gab Lucy ihren Jimmy und Mrs. Wump. Sie legte Jimmy aufs Kopfkissen und drückte Mrs. Wump ans Gesicht.

»Alles klar?« flüsterte Eddie.

»Ich hab Angst.«

»Wovor?«

Lucy gab keine Antwort. Mit dem geschorenem Kopf sah sie noch kleiner aus. Die Augen waren riesengroß, und durch die Schatten, die die Lampe warf, wirkten die Wangen wie eingefallen. Eddie mußte an Fotos von KZ-Opfern denken.

»Ich mach uns was zu essen.« Angel ging die Treppe hoch. »Kommst du?«

»Ich bleib vielleicht noch ein bißchen. Nur bis Lucy eingeschlafen ist.«

Er krallte in Erwartung von Angels Veto die Nägel in die Handflächen, aber sie ging in aller Ruhe weiter die Treppe hoch. Er hörte, wie sie die Tür zur Diele aufmachte.

»In Ordnung«, rief sie von oben. »Aber bleib nicht zu lange. Ich denke, es kann uns allen nichts schaden, wenn wir heute mal früh schlafen gehen.«

Die Tür schloß sich, und Eddie war mit Lucy allein. Sie sah ihn aus großen, wachsamen Augen an. Der umgeschlagene Rand der Steppdecke war zurückgefallen und bedeckte ihre untere Gesichtshälfte. Jählings überfiel ihn die Angst, sie könne nachts ersticken. Ganz langsam, um sie nicht zu erschrecken, streckte er die Hand aus und steckte den Dekkenrand unter ihrem Kinn fest. Durch die Bewegung kam Jimmy ins Rutschen und fiel zu Boden. Eddie hob die kleine Flickenpuppe auf und legte sie wieder aufs Kopfkissen.

In diesem Moment fielen Lucy die Augen zu. Eddie hielt mitten in der Bewegung inne, weil er sie nicht wieder aufwecken wollte. Er spürte ihren warmen Atem, der die Härchen auf seinem Handrücken kräuselte. Es war eine recht unbequeme Stellung, in der er nun durch eigenes Zutun festsaß. Bald schmerzten die Muskeln seines rechten Arms und seines Rückens. Nur noch ein Weilchen, sagte er sich. Bis sie fest schläft.

Wie gebannt sah er zu, wie Lucys Hand gleich einem kleinen scheuen Tier unter der schützenden Steppdecke hervorkam. Langsam bewegte sie sich über das Kissen, die Finger arbeiteten sich wie Beinchen vor und berührten Eddies Hand. Mit geschlossenen Augen umfaßte Lucy seinen Zeigefinger.

Minuten vergingen. Sein Finger wurde klebrig von Schweiß. Über das Bett gebeugt, den Blick auf Lucys blasses Gesichtchen gerichtet, verharrte er, bis ihre Atemzüge langsam und gleichmäßig wurden, bis ihr Griff sich lockerte.

4

Als Eddie am nächsten Morgen aufwachte, war es noch dunkel, und das Fieber war in voller Stärke wieder da. Im Lauf des vergangenen Abends war es zurückgegangen, aber er hatte schlecht geschlafen, der Kopf tat ihm weh, er war verschwitzt und durstig.

Als er die Hand an die Stirn legte, hatte er das Gefühl, sich zu verbrennen. Mehr denn je war er davon überzeugt, daß er die Grippe hatte. Er grollte Angel, weil sie ihn nicht richtig pflegte. An Grippe konnte man sterben. Er setzte sich auf den Bettrand und angelte nach den Hausschuhen. Es war sehr warm im Haus. Seit Lucy bei ihnen war, ließ Angel die Zentralheizung auch nachts laufen.

Bewegung tat seinem Kopf nicht gut. Mühsam streifte er den Morgenrock über und verließ das Zimmer. Angels Tür war geschlossen. Er ging leise ins Bad und trank ein ganzes Glas Wasser. Das Paracetamol war aus dem Badezimmerschrank verschwunden. Er versuchte sich zu erinnern, wie es gestern abend weitergegangen war, nachdem er sich von Lucy getrennt hatte. Er war ohne Abendessen ins Bett gegangen, weil ihm schon beim Gedanken an Essen übel geworden war. Möglicherweise hatte Angel ihm in der Küche eine oder zwei Paracetamoltabletten gegeben, dann lagen sie wohl noch unten.

Obgleich es so warm im Haus war, fröstelte er. Aber nicht wegen des Fiebers. Er betrachtete sein Spiegelbild im Badezimmerspiegel und formte mit den Lippen lautlos die Worte, die Lucy benutzt hatte: »Ich hab Angst.«

Was jetzt geschehen würde, ließ sich nicht sagen. In der Nacht hatten sich Bruchstücke von Erinnerungen mit seinen Träumen vermischt, und das eine war von dem anderen nicht mehr zu trennen. Er hatte Lucy wieder schreien hören, hatte gesehen, wie die blinkende Schere in den dunklen Haaren herumgehackt hatte. Die Spitze war gefährlich nah vor Lucys Augen herumgetanzt. Lucy hätte sich bei ihrer Zappelei in Angels Griff mit einer vorschnellen Bewegung selbst ein Auge ausstechen können. Er hörte wieder, was Angel zu ihm gesagt hatte, nachdem sie die schluchzende Lucy im Keller eingeschlossen hatte.

»Beim nächstenmal ist es nicht das Haar.«

Das Gesicht im Spiegel sah ihn mit Lucys Augen an. Eddie wich stöhnend zurück.

Er stützte sich auf das Geländer und ging wie gewöhnlich so leise wie möglich die Treppe hinunter. Angel hatte einen leichten Schlaf und konnte sehr ungemütlich werden, wenn man sie störte. In der Diele blieb er stehen, lehnte sich an den Endpfosten der Treppe und lauschte.

Unter der Küchentür kam ein Lichtschein hervor. Er war also ganz umsonst auf Zehenspitzen herumgeschlichen: Angel war offenbar schon auf. Eddie tappte durch die Diele, machte die Küchentür auf und steckte den Kopf hinein. Die Küche war leer. Er runzelte die Stirn und ging zur Arbeitsfläche hinüber. Tatsächlich, da lag das Paracetamol. Er schluckte zwei Tabletten und spülte sie mit Wasser aus dem Hahn hinunter.

Seine ausgedörrte Kehle verlangte dringend nach einer

Tasse Tee. Ob Angel auch welchen wollte? Entweder war sie wieder oben in ihrem Zimmer oder im Keller. Wahrscheinlich letzteres. In ihm drehte und wand sich die Erregung wie ein abrollendes Seil. Er hätte gern Lucy wiedergesehen. Mit ziemlicher Sicherheit schlief sie jetzt, aber vielleicht wachte sie ja auf. Angel eine Tasse Tee anzubieten war ein guter Vorwand, um in den Keller zu gehen.

Er stellte den Wasserkessel auf und ging zurück in die Diele. Die Tür zum Keller war, wie er gehofft hatte, nicht abgeschlossen. Sie öffnete sich lautlos. Auf Angels Betreiben hatte Eddie sämtliche Scharniere im Haus sorgfältig geölt.

In der Tür stehend, sah er die Treppe hinunter. Mattes rosafarbenes Licht stand im Raum, das da, wo Lucys Bett war, ein wenig heller leuchtete. Angel hatte das Nachtlicht in die Steckdose gesteckt, und es brannte noch. Wenn er genauer hinsah, erkannte Eddie das Bett mit dem kleinen Hügel, der Lucy war. Angel war nicht zu sehen, aber ein helles Rechteck zeigte die Konturen einer Tür zu seiner Rechten; es war die Tür zu dem kleinen Vorratsraum, in dem jetzt die Mikrowelle stand. Er zögerte. Jetzt hörte er ein sanftes Ping, nicht sehr laut, aber silberhell, als habe jemand mit einem Hammer an eine kleine Glocke geschlagen. Es dauerte einen Augenblick, bis er erfaßt hatte, daß es die Mikrowelle war, die meldete, daß sie das eingestellte Programm abgearbeitet hatte. Offenbar hatte Angel etwas zum Mittag- oder Abendessen aufgetaut.

Auf Zehenspitzen ging er die Treppe hinunter und über den Teppich zu der Tür des Vorratsraums, die im Gegensatz zu der Tür zur Diele nicht schallgedämmt war. Als er näher kam, hörte er Angel sprechen. Das dicke Holz dämpfte ihre Stimme, so daß er Mühe hatte, einzelne Worte zu unterscheiden, aber er erkannte, daß das, was sie sagte, einen bestimmten Rhythmus hatte, wie der Hall von Schritten auf einer leeren Straße.

Er ging näher an die Tür heran und streckte die Hand

nach dem Türknauf aus. In diesem Moment hob sich Angels Stimme, und er hörte ganz deutlich: »Mein Leib.«

Daß sie Selbstgespräche führte, hatte er noch nie gehört. Allerdings wußte er nur zu gut, daß man, wenn man allein war, auf die ausgefallensten Ideen kommen konnte. Er war hin und her gerissen. Sollte er sie unterbrechen und damit riskieren, sie in Verlegenheit zu bringen, oder sollte er leise wieder in die Küche zurückgehen?

»Zu meinem Gedächtnis«, hörte er Angel sagen; gleich darauf sank ihre Stimme wieder zu einem undeutlichen Gemurmel herab.

Eddie trat den Rückzug an. Lieber nicht stören, dachte er. Schließlich war die Tür zu. Angel war manchmal gern allein, das hatte sie ihm ja von Anfang an gesagt.

Als Eddie, den Blick auf die Tür zum Vorratsraum gerichtet, rückwärts ging, stieß er an die Lehne des schweren alten Sessels. Er blieb stehen und lauschte. Das Gemurmel hinter der Tür ging weiter. Lucy regte sich im Bett. In dem matten Licht erkannte er den dunklen Kopf, der sich auf dem Kissen bewegte.

»Mummy«, flüsterte sie mit dünnem Stimmchen.

Eddie beugte sich über sie. »Psst! Es ist noch nicht Zeit zum Aufstehen. Schlaf weiter.«

Lucy antwortete nicht. Eddie zählte bis hundert. Dann schlich er die Treppe hoch und in die Diele und machte die Tür zum Keller behutsam hinter sich zu.

Zu meinem Gedächtnis. Die Worte schwirrten unruhig in seinem Kopf herum und widersetzten sich jedem Versuch, sie festzunageln. Wovon hatte Angel da nur geredet?

Das Wasser hatte gekocht. Eddie brühte sich eine Kanne Tee. Während die Teeblätter zogen, schob er die Küchenvorhänge beiseite und sah in das Pseudodunkel hinaus. Wirklich dunkel war es in London nie. Als er das Gesicht dicht an die Scheibe legte, konnte er die Bäume am Ende des Gartens sehen, die sich dunkel vor dem gelben Schein der Straßenlampen weiter nördlich abzeichneten. Die drei Wohnblocks der Sozialsiedlung erhoben sich wie schwarze Monolithen rechts vom Carver-Gelände. In den Wohnungen, den Umgängen und im Treppenhaus, über den Haustüren, im Erdgeschoß – überall brannte Licht. Ob eins der erleuchteten Fenster zur Wohnung der Reynolds gehörte?

Mit einem Ruck machte er das Fenster auf und hielt das Gesicht in die kalte Luft. Er merkte, wie sie den Fiebernebel wegblies, so daß er wieder klar denken konnte. Er stellte sich seinen Kopf wie eine leere Wüste unter einem Sternenhimmel vor. Unvermittelt war er sehr glücklich. In der Ferne rumpelte ein Güterzug über Weichen, und eine Pfeife schrillte.

»Was treibst du denn da?« fragte Angel.

Er fuhr herum und ließ vor lauter Schreck das Geschirrtuch fallen. Angel stand ohne Lächeln und mit hochgezogenen Augenbrauen unter der Tür. Sie trug Jeans und Pulli und hatte das Haar streng aus dem Gesicht gekämmt.

»Ich würde dir dringend raten, das Fenster zuzumachen. Die Gasrechnung fällt auch so schon hoch genug aus.«

Er wandte sich ab und mühte sich mit dem Fensterriegel. Er hörte, wie sie in die Küche kam.

»Du bist früh auf«, sagte sie.

»Ich konnte nicht richtig schlafen. Das Fieber ist noch da.«

»Hast du Paracetamol genommen?«

»Ja.«

»Du hast Tee gemacht? Das ist fein.«

Als er zu ihr hinsah, machte sie gerade den Kühlschrank auf und legte ein in Folie und Pappe gewickeltes Päckchen auf das oberste Regal.

»Heute abend gibt es Moussaka. Bei diesem Wetter braucht man etwas Wärmendes.«

Er schenkte für sie beide Tee ein, und sie setzten sich an den Tisch.

»Ich muß mal eben aus dem Haus.«

»Jetzt? Es ist noch nicht sechs.«

»Ich hab ein paar Sachen zu erledigen.« Er kam nicht dazu, weitere Fragen zu stellen. »Am besten legst du dich wieder hin. Das Fieber hat dich ganz schön mitgenommen, du bist ja gar nicht richtig bei dir.«

Wie immer tat ihre Fürsorge ihm wohl. »Ich bin ziemlich fertig«, räumte er ein. »In der Nacht habe ich mich ständig hin- und hergewälzt. Sehr erholsam war das nicht.«

»Du trinkst jetzt noch eine Tasse Tee, und dann nichts wie ab ins Bett. Um Lucy brauchst du dich nicht zu sorgen, sie schläft bestimmt bis neun. Wenn ich wieder da bin, sehe ich mal nach dir.«

Weil sein Körper keine Lust hatte, sich von der Stelle zu bewegen, blieb Eddie am Küchentisch sitzen, trank in kleinen Schlucken seinen Tee und überlegte, wann das Paracetamol wohl anfangen würde zu wirken. Er hörte Angel in der Diele und im Obergeschoß herumgehen. Dann kam sie wieder in die Küche. Sie trug den langen hellen Regenmantel und hatte das Haar unter eine schwarze Baskenmütze gesteckt. Der Mantelkragen war hochgeschlagen. Sie nahm ihre Schlüssel von dem Haken hinter der Tür, in der anderen Hand hatte sie einen braunen wattierten Umschlag.

»Du kommst allein zurecht?«

»Ja, natürlich. Ich nehme mir nur noch einen Tee, dann geh ich nach oben.«

»Viel Flüssigkeit.« Im Hinausgehen berührte Angel seinen Arm. »Ruh dich schön aus.«

Er horchte ihren Schritten in der Diele nach und hörte, wie sich die Haustür mit einem Klick hinter ihr schloß. Er war allein. So geht das nicht, dachte er, beweg dich endlich. Nur – wohin? Wenn er nach innen schaute, schien ihm, als umschlösse ihn grenzenloser Raum. Da aber der Raum keine Grenzen hatte, schien Bewegung sinn- und zwecklos.

Aber Angel war bestimmt böse, wenn sie ihn bei ihrer Rückkehr noch hier vorfand.

Eddie stützte sich am Tisch ab und zog sich mühsam hoch. Angel hatte gesagt, er solle sich noch Tee nehmen. Teekanne und Milch standen auf der Arbeitsfläche neben dem Kessel. Unendlich vorsichtig, wie jemand, der über eine Eisfläche geht, von der er nicht weiß, ob sie ihn trägt, bewegte er sich durch die Küche. Weil er das Wasser nicht noch einmal aufkochen wollte, schenkte er sich lauwarmen Tee nach.

Angel war in ihrer Ordnungsliebe genauso fanatisch wie Thelma. Eddie machte den Milchkarton zu und öffnete den Kühlschrank, um ihn wegzustellen. Dazu mußte er die Moussaka beiseite schieben, die Angel aus dem Keller geholt hatte. Es war eine Zweierpackung aus dem Supermarkt in einer flachen Aluschale, um die eine Pappmanschette gelegt war. Auf der Manschette war ein kleiner roter Fleck, nicht größer als eine zerquetschte Ameise. Als er ihn mit der Fingerspitze antippte, verteilte sich das Rot auf dem hellblauen Hintergrund der Pappe. Ein Tropfen Blut aus der Moussaka? Armes totes Lamm! Vielleicht hatte Angel sich auch in den Finger gestochen, wie die Prinzessin im Märchen.

Während er auf wackligen Beinen die Treppe hochging, überlegte Eddie, warum Angel wohl so früh aus dem Haus gegangen war. Der Umschlag ließ darauf schließen, daß sie zur Post wollte; Päckchen in dieser Größe mußten gewogen werden. Gab es nicht in der Stadtmitte, irgendwo am Leicester Square, ein Postamt, das rund um die Uhr geöffnet war? Aber weshalb die Eile? Warum konnte sie nicht warten, bis das Postamt in ihrem Bezirk aufmachte? Vielleicht hatte es etwas mit einem Klienten zu tun. Eddie wußte, daß Angel manchmal die eine oder andere Erledigung übernahm, kleine Handreichungen, die sie sich bar bezahlen ließ, weil sie dann keine Provision an Mrs. Hawley-Minton abzuführen brauchte.

Am Montag morgen früh um sechs?

Eddie schüttelte den Kopf, als könne er damit gleichzeitig seinen Kopfschmerzen und seiner Ratlosigkeit abhelfen. Im Grunde war es ja unwichtig. Angel war eben ein verschlossener Mensch und legte Wert auf eine säuberliche Trennung zwischen den verschiedenen Bereichen ihres Lebens.

Jetzt war er oben. Sein Bett sah von der Tür aus sehr einladend aus. Aber auf der Schwelle zögerte er. Was sollte er machen, wenn Lucy aufwachte? Angel hatte ihm versichert, sie werde durchschlafen. Alles schön und gut, aber wenn sie es nun nicht tat? Kinder waren bekanntlich unberechenbar. Er hätte daran denken müssen, ehe Angel das Haus verlassen hatte. Angel hätte daran denken müssen.

Eddie ging zu Angels Zimmer hinüber und machte die Tür auf. Auch wenn es in der besten Absicht geschah, kam es ihm fast wie ein Sakrileg vor, ihr Zimmer zu betreten. Thelma fiel ihm ein, die so lustvoll in Angels Sachen herumgestöbert hatte; er war da anders.

Das Zimmer roch nach Angel und war erwartungsgemäß sorgfältig aufgeräumt. Das Bett war gemacht, nirgends lag etwas herum. Die Türen zu Mr. Reynolds' Einbauschrank waren geschlossen.

Das Empfangsteil der Gegensprechanlage steckte in der Steckdose am Bett. Eddie zog ihn heraus. Das würde Angel ihm bestimmt nicht übelnehmen, ihre Kritik an Erwachsenen, die sich nicht um die ihnen anvertrauten Kinder kümmerten, war stets gnadenlos.

Eddie wandte sich schon zum Gehen, als ihm einfiel, daß die Sprechanlage ihm nichts nutzte. Wenn Lucy aufwachte, würde er sie rufen hören, konnte aber nicht in den Keller, um sie zu beschwichtigen. Den Schlüssel – ebenso wie die Haus- und Wagenschlüssel – hatte Angel.

Eddie lehnte sich an die Wand und spürte dankbar ihre Kühle an seiner heißen Wange. Er war sehr in Sorge. Wenn Lucy aufwachte, konnte er nach unten gehen und versuchen, durch die Tür mit ihr zu sprechen, aber wegen der Schalldämmung war die Verständigung sicher schwierig. Und was hatte ein verängstigtes Kind davon, wenn man durch eine geschlossene Tür mit ihm sprach?

Dann fiel ihm eine mögliche Lösung ein. Mr. Reynolds hatte Angel, als er das Sicherheitsschloß in die Tür zum Keller eingebaut hatte, zwei Schlüssel übergeben, und soviel Eddie wußte, hatte sie nur einen bei sich.

Er sah sich um und überlegte, wo Angel ihre Zweitschlüssel aufbewahren mochte. Eine Frau wie sie hatte sicher für alles einen bestimmten Platz, und deshalb mußte man mit logischem Denken dem Aufbewahrungsort der Schlüssel auf die Spur kommen können.

In diesem Moment hörte er ein Auto vorfahren. Dem Motorgeräusch nach konnte es der Van sein. Er hastete zum Fenster, sah auf die Straße hinunter und atmete auf. Es war der rote Ford Escort, der dem zänkischen jungen Paar im Nachbarhaus gehörte. Doch der Zwischenfall hatte ihn körperlich, aber auch seelisch mitgenommen. Jeden Augenblick konnte Angel zurückkommen, man wußte bei ihr nie genau, woran man war. Wie peinlich, wenn sie ihn dabei ertappte, wie er in ihrem Zimmer herumschnüffelte! Die Knie wurden ihm weich, als er sich ihre Reaktion vorstellte.

Eddie gab die Suche auf, ging in sein Zimmer und steckte die Sprechanlage in eine Steckdose. Ihm war nicht wohl. Er brauchte Schlaf. Es war ungerecht, daß er sich, wenn er krank war, auch noch um all diese Dinge sorgen mußte. Halb im Liegen, halb im Sitzen trank er den inzwischen kalten Tee. Angel war heute früh lieb zu ihm gewesen, was ihn nach dem, was gestern geschehen war, sehr erleichtert hatte. Er mochte nicht mehr daran denken, wie sie sich mit der Schere auf Lucy gestürzt hatte. So hatte er Angel noch nie erlebt, nicht mal bei der frechen kleinen Suki. *Mit Lucy hat es eine besondere Bewandtnis.*

Er versuchte sich mit dem Gedanken an Weihnachten abzulenken. Bis dahin waren es nicht mal mehr drei Wochen. Er hoffte sehr, daß Lucy zu Weihnachten noch bei ihnen war und freute sich darauf, einen so aufregenden Tag mit ihr zusammen zu verleben. Im Geist stellte er schon eine Liste der Geschenke zusammen, die er ihr vielleicht kaufen würde.

Gewiß, keins der anderen Kinder war so lange geblieben, vierzehn Tage waren die Norm gewesen. *Aber mit Lucy hat es eine besondere Bewandtnis.*

Er legte sich hin und schloß die Augen. In der Sprechanlage zischte und knisterte es, ein tröstliches Hintergrundgeräusch wie das Knacken und Raunen eines Gaskamins. Eddie trieb dem Schlaf entgegen, war schon fast da, als ein kläglicher Laut aus der Sprechanlage kam.

»Mummy ...«

Eddie schob seine Beine unter der Steppdecke hervor und stand auf. Er hielt den Atem an, als habe er Angst, Lucy könne ihn hören. Vielleicht schlief sie wieder ein.

»Mummy ... Durst ...«

Eddie wartete und hoffte, Lucy würde aufhören, aber sie schlief nicht wieder ein, sondern fing an zu weinen. Es war kurz nach halb acht.

Sie weinte unentwegt, während Eddie den Morgenmantel überzog und in die Hausschuhe fuhr. Sein Atem ging schnell und flach. Wieder betrat er Angels Zimmer, zog hektisch Schubladen heraus und machte Schranktüren auf. Lucys Weinen war leiser geworden, weil es weiter weg war, und quälte ihn dadurch nur noch mehr. Die Entfernung übte einen bösen Zauber aus, sie ließ der Phantasie mehr Spielraum.

Die Schlüssel waren dann gar nicht so schwer zu finden. Angela hatte sie nicht in einem Versteck aufbewahrt. Warum auch? Sie war schließlich hier zu Hause. Sie lagen zusammen mit anderen Zweitschlüsseln in der oberen linken Kommodenschublade. Dort stand die schwarze Japanlackschachtel, in der Angela Whartons Paß gewesen war. Die Schlüssel waren zwischen der Schachtel und einem Briefbündel eingeklemmt.

Eddie holte den Schlüsselring heraus, an dem die Haus- und Wagenschlüssel, der Schlüssel zu Angelas Zimmer, der Kellerschlüssel und ein kleinerer Schlüssel hingen, der, wie er vermutete, zur Tiefkühltruhe gehörte.

Das Weinen klang jetzt lauter und schriller, ein Schluchzer folgte dem anderen, wie von panischer Angst getrieben: *Niemand braucht mich, niemand liebt mich, sie lassen mich hier ganz allein, bis ich tot bin.*

Eddie stolperte die Treppe hinunter; einmal wäre er fast hingefallen. Seine Hand zitterte so heftig, daß er Mühe hatte, das Schlüsselloch zu finden. »Nur ruhig«, rief er, auch wenn er befürchtete, daß Lucy ihn nicht hören konnte. »Ich komme schon.«

Endlich öffnete sich die Tür. Das Bett war leer. Eddies Herz klopfte zum Zerspringen. Das Nachtlicht war so schwach, daß er kaum etwas erkennen konnte. Er ertastete den Schalter, und das Deckenlicht ging an. Lucy hatte sich in dem schweren Sessel zusammengekauert, Jimmy in der einen, Mrs. Wump in der anderen Hand. Sie weinte nicht mehr. Bei seinem Erscheinen war sie vor Schreck verstummt. Mit großen Augen, die in diesem Licht und aus diesem Blickwinkel ganz schwarz wirkten, sah sie zu ihm auf.

»Was ist denn los, Lucy?« Eddies Schritte polterten die Treppe hinunter. Er kniete sich neben den Sessel und legte die Arme um die kleine Gestalt. »Jetzt ist alles in Ordnung, ich bin ja da.«

Sie schmiegte sich an ihn. »Ich will nach Hause. Ich will meine Mami. Ich will –«

»Still jetzt. Möchtest du was trinken?«

»Nein«, jammerte Lucy. »Ich will nach Hause. Ich will –«

»Bald«, hörte Eddie sich sagen. »Bald kommst du wieder nach Hause zu deiner Mami. Aber du mußt brav sein.«

Lucys Atem roch schal, ihre Augen waren verklebt vom Schlaf. Sie gähnte.

»Angel wird es nicht recht sein, daß du aufgestanden bist.« Angel würde es noch weniger recht sein, vermutete Eddie, wenn sie ihn hier unten vorfand. »Kuschele dich doch wieder unter deine Decke.«

»Ich mag nicht. Ich bin nicht müde.«

Eddie hob sie auf und legte sie aufs Bett. Sie wehrte sich nicht, ihre Bewegungen waren schwerfällig und unkoordiniert.

»Geh nicht. Laß mich nicht allein.«

»Nein, nein.« Eddie setzte sich in den Sessel und drückte ihr Mrs. Wump und Jimmy in die Hand. »Und jetzt schlaf.«

Zu seiner Überraschung war sie fünf Minuten später tatsächlich wieder eingeschlafen. Die Medikamente wirkten noch. Eddie wartete einen Augenblick, dann stand er auf.

Der Sessel knarrte, als er sich bewegte, und Lucy schlug die Augen auf.

»Ich will was trinken.«

Verzögerungstaktik, dachte Eddie. Der rote Becher stand noch am Bett. Als er ihn in die Hand nahm, sah er, daß er leer war.

»Ich hol dir Wasser.«

»Ich will Limo.«

»Mal sehen«, sagte Eddie matt.

Er machte die Tür zum Vorratsraum auf, in dem ein leichter Kochdunst hing. Im Schrank über der Spüle stand eine Flasche Limonade. Er füllte den Becher. Als er zu Lucy zurückkam, war sie eingeschlafen.

Er ließ den Becher am Bett stehen und ging wieder in den Vorratsraum, um die Limonadenflasche in den Schrank zu stellen. Angel brauchte nie zu erfahren, daß er hier unten gewesen war. Auf dem Abtropfbrett stand eine Schüssel, auf dem Regal lagen Messer, Gabel und Löffel. Sie hatten für die Kinder besonderes Besteck, dieses aber hatte die normale

Größe für Erwachsene. Offenbar hatte Angel hier unten gefrühstückt.

Aber was? Gewöhnlich aß sie Müsli zum Frühstück, manchmal auch Brot oder Toast. Nichts davon war zu sehen. Und wozu hatte sie eine Gabel gebraucht? Die Frage ließ ihn nicht ruhen. Einer spontanen Regung folgend, schloß er die Gefriertruhe auf und klappte den Deckel hoch.

Zum letztenmal hatte er die Truhe gesehen, als sie neu und leer gewesen war. Sie war in drei Fächer unterteilt. Zwei waren mit bunt verpackten Fertigmenüs aus dem Supermarkt gefüllt. In dem dritten war rohes Fleisch, was Eddie sehr verwunderte, weil Angel Kochen für Zeitverschwendung hielt und deshalb gern auf Fertiggerichte zurückgriff. Das Fleisch war in teils transparente, teils undurchsichtige weiße Plastikbeutel verpackt. Die Stücke waren in Form und Größe sehr unterschiedlich. Manche waren groß genug für einen schönen Sonntagsbraten. Was in den einzelnen Gefrierbeuteln war, ließ sich schwer erkennen, zumal sie stark vereist waren. Manche Stücke enthielten auffällig viel Knochen. Angel hatte alle Beutel beschriftet. Eddie nahm einen der kleineren heraus.

In Angels sauberer, zierlicher Schrift stand auf dem Etikett: »S – Juli 95.« Es war einer der durchsichtigen Plastikbeutel. Eddie hielt ihn in beiden Händen und spürte, wie die Kälte in seine Finger drang. Würstchen? Rippchen?

Ich fiebere. Ich träume.

An einem Ende der Tüte glänzte weißer Knochen. Die Enden sahen scharf und schartig aus. S, dachte Eddie. S wie Suki. Ein Schauer überlief ihn. Seine Hände sanken schlaff herab. Die anderen, sehr viel kleineren Hände in dem Gefrierbeutel fielen zurück in die Tiefkühltruhe.

ELF

»Den es giebt gewisse Leibesmischungen, welche, wen sie mit einer seltsamen Verkertheit des Gemüts geparet sind, solche Laster aushecken und zeugen, deren neue und ungeheure Natur keine Benennung leidet.«

Religio Medici II, 7

I

Sally hätte sich nicht gewundert, wenn Michael auf den Mann eingeschlagen hätte, der sie am Montag morgen ansprach, als sie Olivers Haus verließen, um nach Paradise Gardens zu fahren.

»Jetzt hören Sie mir doch mal zu«, sagte Frank Howell und lächelte sein Cherubslächeln. »Wir sind uns schließlich nicht fremd. Sie kennen mich, Sie und Mrs. Appleyard. Natürlich bin ich zu Gegendiensten gern bereit ...«

Sally schob sich wie ein Schild zwischen Michael und den Journalisten. »Wir haben es eilig, Mr. Howell. Vielleicht ein andermal.«

»Wie haben Sie uns gefunden?« fragte Michael, während er die Fahrertür des Rover aufschloß.

»Ich habe so meine Mittel und Wege.« Wieder versuchte Howell sich an einem Lächeln. »Ich tue nur meine Arbeit.«

»Wahrscheinlich über Derek Cutter«, sagte Sally verärgert. Howells Lider zuckten. »Dem habe ich gestern die Telefonnummer gegeben.«

Michael klemmte sich hinters Steuer und ließ den Motor

an. Sally setzte sich neben ihn auf den Beifahrersitz. Howell hielt ihr, ganz Gentleman, die Tür auf.

»Eine Hand wäscht die andere, Mrs. Appleyard. Vielleicht weiß ich so manches, was Sie nicht wissen.«

Michael kuppelte aus, und Howell schlug rasch die Tür zu.

»Es tut mir leid.« Sally merkte, daß sie rot geworden war.

»Du kannst ja nichts dafür. Verdammter Leichenfledderer!«

Sie fuhren schweigend. Sally fröstelte. Sie wußte, daß sie unvernünftig war, aber sie mußte an den *Ghul* der islamischen Legende denken, einen bösen Geist, der mit Vorliebe gestohlene Leichen oder Kinder fraß.

Auf der Fortis Green Road hatte sich wegen eines Unfalls ein Stau gebildet. Beim Warten in der langen Schlange rutschte Michael unruhig herum und sah sich nach rechts und links, nach nicht vorhandenen Seitenstraßen, nach möglichen Fluchtwegen um.

»Ich rufe Maxham an. Gib mal das Handy her.«

»Das habe ich bei Oliver liegenlassen«, schwindelte Sally, die eine weitere Konfrontation zwischen Michael und Maxham vermeiden wollte.

Michael warf ihr einen wütenden Blick zu, und Sally war ganz elend vor schlechtem Gewissen. Schon machte sie den Mund auf, um ihm die Lüge zu gestehen, aber in diesem Moment ging es wieder weiter. Als sie zur North Circular Road kamen, sagte Michael: »Seit Muswell Hill ist uns ein lila Peugeot 205 auf der Spur.«

»Uns? Bist du sicher?« fragte Sally.

»Nein, natürlich nicht. Ich weiß nur, daß er sich die ganze Zeit zwei oder drei Wagen hinter uns hält.«

Sally drehte sich um und versuchte erfolglos, das Gesicht des Fahrers zu erkennen. »Glaubst du, daß Maxham uns beobachten läßt?«

»Unwahrscheinlich. Er hat vermutlich sowieso nicht genug Leute.« Michael überholte einen Lastwagen, und fünfzig Meter hinter ihnen setzte der Peugeot ebenfalls zum Überholen an. »Es sei denn, er vermutet immer noch, daß wir es waren. Daß ich es war.«

»Bitte nicht, Michael!«

»Notier mal die Nummer.«

Sally holte einen alten Umschlag und einen Stift aus der Handtasche. Michael wurde immer nervöser, während sie sich mühte, das Nummernschild des Peugeot zu erkennen, der prompt hinter den Fahrzeugen zwischen ihnen in Deckung gegangen war. Schließlich hatte sie es geschafft und bedauerte, daß sie nun nichts weiter tun konnte, als auf ihre Gedanken zu hören. Jede Aufgabe wäre besser gewesen als gar nichts.

Um sich von dem bösen Geist abzulenken, der in ihr hockte, holte Sally den A–Z-Straßenatlas von London heraus und schlug den Index auf. Es gab drei Paradise Roads und jeweils einmal Paradise Gardens, Paradise Passage, Paradise Place, Paradise Street und Paradise Walk. Im nordwestlichen London war Paradise Gardens das einzige Stückchen Himmel. Sie überlegte, wer wohl diese Namen ausgesucht hatte und warum. Wahrscheinlich war es nur ein Verkaufstrick: Erwerben Sie eins dieser Eigenheime, und Sie haben einen irdischen Vorgeschmack auf himmlische Freuden. Tränen stiegen ihr in die Augen. Es war grausam, ausgerechnet diese Straße zu wählen, aber eine Finesse, die zu der gestrigen Entdeckung in St. Michael am Beauclerk Place paßte.

»Wie lautete die Nachricht genau?« fragte sie.

»Daß Lucy Appleyard in Paradise Gardens 43 zu finden sei. Die Nachricht wurde einmal wiederholt. Sie ging kurz vor acht ein und wurde automatisch aufgezeichnet. Maxham sagt, daß der Anruf aus einer öffentlichen Telefonzelle in Golders Green kam.«

»Es war höchstens acht Uhr fünfundvierzig, als er uns angerufen hat.«

Michael schaltete unnötigerweise in den nächsten Gang.

Dann fügte er hinzu: »Der Anrufer hat noch etwas gesagt: *Diesmal nicht nur die Strumpfhose.*«

»Ja und?«

»Demnach war der Anruf echt. Daß Lucys Strumpfhose gefunden wurde, hat die Polizei nicht an die Öffentlichkeit gegeben.«

Paradise Gardens, etwa eine Meile westlich von Kensal Vale gelegen, war eine lange, gewundene Straße mit Reihenhäusern aus rotem Backstein, die an die neunzig Jahre alt sein mochten. Bei vielen waren Fenster und Türen mit Brettern vernagelt. Zwei Streifenwagen und ein Van standen am hinteren Ende der Straße.

»Es ist nicht Lucy«, sagte Michael. »Denk daran. Leben heißt hoffen.«

Sally beobachtete durch ihr Fenster zwei etwa zehnjährige Kinder, die statt in der Schule auf dem Kotflügel eines Autos saßen und sich freundschaftlich eine Zigarette teilten. »Wenn noch Leben da ist.«

»Gott verzeih mir, aber manchmal hoffe ich fast das Gegenteil.«

»Damit es ausgestanden wäre?«

Er nickte. »Für sie. Und auch für uns.«

»Es ist so schrecklich. Durch diese Sache hat sich alles geändert. Du. Ich. Alles.«

Sie war drauf und dran, ihm zu gestehen, daß sie ihn wegen des Handys angeschwindelt hatte, aber er gab ihr keine Gelegenheit dazu.

»Wir müssen uns damit abfinden, daß nichts mehr so sein wird wie früher. Was auch passiert. Es gibt kein Zurück, das weiß ich schon lange.«

»Wie meinst du das?« fragte Sally.

»Als Kind war ich in einen Mordfall verwickelt.«

»Was?« sagte sie keuchend, als habe ihr jemand einen Schlag in die Magengrube versetzt. »Warum hast du mir das nie erzählt?«

Michael hielt hinter dem Streifenwagen. Einer der Polizisten auf dem Gehsteig nickte ihnen zu.

»Wegen Onkel David. Ich hatte es ihm versprochen. Er und seine Familie steckten in der Sache viel tiefer drin als ich. Außerdem wußte ich zuerst nicht, wie du reagieren würdest. Und dann – wie heißt es so schön: Reden ist Silber, Schweigen ist Gold. All das, was jetzt mit Lucy passiert ... es kommt mir vor wie eine Strafe.«

»Ach, Liebster ...« Sie sah die Tränen in seinen Augen. Er wollte offenbar noch etwas sagen, aber es war zu spät. Der Polizist war um den Wagen herumgekommen und beugte sich zum Fenster der Fahrertür herunter. Michael wandte sich ab und sprach mit ihm, während Sally sich mit unbeantworteten Fragen herumschlug. *Davids Familie?*

»Morgen, Sir.« Der Polizist war jung und sehr nervös, er sah Sally an und schnell wieder weg, als habe er eine Ungehörigkeit begangen. »Mr. Maxham ist im Haus. Sie sollen gleich reinkommen. Lassen Sie den Schlüssel stecken, wir kümmern uns um den Wagen.«

Als Sally über den Gehsteig ging, registrierte sie, daß sich in den Nachbarhäusern Vorhänge bewegten und neugierige Blicke auf sie gerichtet waren. Abgesehen von den beiden Jungen, die hinter ihnen unbekümmert ihre Zigarette rauchten, waren auf der Straße keine Schaulustigen zu sehen. Die Gegend war nicht danach. In Paradise Gardens betrachtete man – wie in Kensal Vale – die Polizei nicht als Freund und Helfer, sondern als Ärgernis, nicht als Beschützer der Gesellschaft, sondern als deren Straforgan.

Das Erdgeschoßfenster von Nummer 43 war mit Brettern zugenagelt, in dem darüber war die Scheibe kaputt, und nirgends hingen Vorhänge. Als sie sich dem Haus näherten, klopfte der zweite Polizist an die Haustür, die von innen geöffnet wurde.

Sie betraten eine schmale Diele. An Decke und Wänden war abblätternder gelber Putz, der Fußboden war mit Wurfsendungen und alten Zeitungen übersät. Es roch penetrant nach Feuchte und Exkrementen. Der Kriminalbeamte in Zivil, der sie eingelassen hatte, deutete zur Treppe. Maxham kam gerade herunter und sprach dabei mit einem unsichtbaren Menschen im Obergeschoß. »Verlangen Sie eine Aussage von ihr, lassen Sie sich nicht abwimmeln. Bis spätestens heute mittag will ich es schwarz auf weiß haben.« Er wandte sich Sally und Michael zu und fuhr im gleichen Ton fort: »Na, das hat ja gedauert! Jetzt kommen Sie und sehen Sie sich die Bescherung an. Ich würde gern mit Ihnen nach draußen gehen, da stinkt es nicht so, aber dort müßten wir mit Publikum rechnen. Einer der Dreckskerle hat ein Fernglas. Und der Nachbar nebenan spielt mit seiner Videokamera.«

Er führte sie in einen Raum im hinteren Teil des Hauses. Auf dem Boden lagen zwei Matratzen, an den Wänden hingen verblaßte Fußballer-Poster. Das Fenster war zugenagelt, aber eine starke Birne war eingeschraubt, in deren Licht Maxham geradezu gespenstisch aussah; das runde Gesicht wirkte völlig farblos. Er hatte sich heute noch nicht rasiert, und seine Züge waren so verknittert wie der Tweedanzug. Womöglich, überlegte Sally flüchtig, hatte sogar Maxham Gefühle, womöglich nahm sogar ihn der Fall mit.

Im Zimmer befand sich nur eine uniformierte Polizistin. Ein Küchenhocker diente ihr als Tisch. Der Sitz war mit einer Zeitung abgedeckt, und darauf lag ein großer gepolsterter Umschlag.

»Man bekommt sie in jedem Papiergeschäft oder Zeitungsladen zu kaufen.« Maxham sog zischend die Luft ein. »Ganz neu. Keine Adresse, nichts.«

»Zu groß für den Briefschlitz«, sagte Michael.

»Er war umgeknickt, man sieht den Falz.« Maxhams Finger teilte den Umschlag in zwei Hälften. »Nicht mal zugeklebt.«

Er zog Handschuhe an, hielt den Umschlag an der Öffnung fest und hob ihn vorsichtig hoch, so daß das geschlossene Ende auf dem Sitz des Hockers lag.

»Sehen Sie sich das an. Nicht Sie, Sergeant. Mrs. Appleyard.«

Die Polizistin änderte den Einfallwinkel der Glühbirne. Sally sah in die dunkle Öffnung. Der Umschlag enthielt eine Fülle von dunklem Haar.

»Nicht anfassen«, mahnte Maxham. »Genaugenommen dürfte ich das gar nicht machen. Aber ich muß wissen, ob es Lucys Haar ist. Je schneller, desto besser.«

»Wie soll ich das entscheiden? Zumal ich es nicht anfassen darf ...«

»Riechen Sie dran.«

Sally beugte sich vor. Der unreinliche Geruch im Haus mischte sich mit dem Plastik- und Papiergeruch des Umschlags. Darunter aber roch sie noch etwas anderes, einen Hauch jener Düfte, die einen an skandinavische Wälder erinnern sollen.

»Benutzen Sie so etwas? Könnte Lucys Haar danach riechen?«

»Nein, so etwas haben wir nicht.« Sie sah genauer hin, sehnte sich danach, die dunkle Wolke zu berühren, die vielleicht einmal Lucy gehört hatte. »Es könnte ihr Haar sein.«

»Dann haben die Entführer sie gebadet, ihr vielleicht die Haare gewaschen.« Michaels Stimme klang plötzlich ganz kraftlos. »Dafür müßten wir wohl noch dankbar sein.«

Sally wandte sich an Maxham. »Könnte das ein gutes Zeichen sein? Daß man für sie sorgt?«

Die Gläser der schwarzgeränderten Brille blitzten, als sich das Licht darin fing. »Ja. Durchaus möglich.«

»Wir wissen es aber nicht«, sagte Michael. »Und Sie auch nicht.«

Maxham nahm keine Notiz von ihm. »In ein, zwei Stunden wissen wir Genaueres, Mrs. Appleyard, wir haben Proben von Lucys Haar in Ihrer Wohnung genommen, jetzt ist es nur noch eine Sache des Vergleichens.«

»Und dann?« fragte Michael.

Maxham atmete zischend ein, ohne zu antworten.

»Schönen Dank, daß Sie es uns gezeigt haben«, sagte Sally. »Und daß Sie es uns hier gezeigt haben.«

»Ich dachte, es wäre das beste für alle Beteiligten.« Maxhams Stimme war so schroff wie immer, aber ganz kurz ging ein Ausdruck über sein Gesicht, den man als freundlich bezeichnen mochte.

»Gibt es Zeugen?« fragte Michael. »Irgend jemand muß doch was gesehen haben.«

»Nicht der Rede wert.« Maxham trat in die Diele. »Eine Frau gegenüber meint, sie hätte gegen halb sieben einen hellen Van hier vor dem Haus halten sehen. Was für ein Fabrikat es war oder wer am Steuer saß, wußte sie natürlich nicht. Wir protokollieren ihre Aussage, aber im Grunde ist sie wertlos.«

Die Appleyards waren ihm in die Diele gefolgt.

»Sie lassen uns nicht zufällig beobachten?« fragte Michael.

Maxham fuhr herum. »Nein. Warum?«

»Von der Inkerman Street bis hierher war uns fast die ganze Zeit ein lila Peugeot 205 auf den Fersen.«

»Haben Sie die Nummer?«

»Hier.« Sally machte ihre Handtasche auf und holte den Umschlag heraus.

Maxham streckte die Hand aus. »Ich lasse die Nummer prüfen und sage Ihnen Bescheid. Sind Sie sicher, daß der Wagen Ihnen gefolgt ist?«

»Es sah so aus. Ganz sicher bin ich nicht.«

Der Polizist, der hinten in der Diele stand, machte die Haustür auf.

»Ich melde mich, wenn es etwas Neues gibt«, sagte Maxham. »Und sobald ich die Ergebnisse der Tests habe natürlich.«

Michael sah ihn wortlos an.

Sally sagte: »Danke. Auf Wiedersehen.«

Die Tür schloß sich hinter ihnen. Der Rover stand noch an der gleichen Stelle. Der junge Polizist winkte ihnen verlegen zu.

Michael fuhr langsam Paradise Gardens hinunter.

»Es ist auf mich gemünzt, nicht?« fragte Sally.

»Wie kommst du darauf?«

»Wegen des religiösen Drum und Dran.«

»Du gehst davon aus, daß es einen Zusammenhang zwischen den drei Vorfällen gibt.«

»Unbedingt.« Sally legte eine Pause ein, aber von Michael kam kein Einspruch. »Zuerst die Hand auf einem Friedhof«, fuhr sie fort. »Dann die Beine in Lucys Strumpfhose in der Vorhalle einer Kirche. Jetzt das Haar in Paradise Gardens.« Ein nervöses Lachen stieg in ihrer Kehle hoch, das sie schnell erstickte. »Er spielt mit uns, wer immer es ist, glaubst du nicht?«

»Ich weiß nicht, was ich glauben soll.«

Michael fädelte sich in den Verkehr ein, der sich in südöstlicher Richtung die Harrow Road entlang bewegte. Eine Weile schwiegen sie beide. Zu ihrer Linken war der gedrungene Kirchturm von St. George, Kensal Vale.

»Es gibt noch ein anderes Muster«, sagte Michael unvermittelt. »Ein geographisches. Abgesehen vom Beauclerk Place ist alles in Nordwest-London, in einem Gebiet von wenigen Quadratmeilen.«

»Aber es gibt doch nur die beiden anderen Orte. Paradise Gardens und Kilburn Cemetery.«

»Und St. George. Etwa gleich weit entfernt von Harlesden und Kilburn. Wie Carlas Haus. Und die Hercules Road liegt östlich von Kilburn.«

Sally bewegte sich unruhig auf ihrem Sitz. »Meinst du, das würde auf einer Karte eine bestimmte Form ergeben?«

»Ein Symbol oder so? Das möchte ich bezweifeln. Aber

vielleicht bedeutet es, daß die Person, hinter der wir her sind, irgendwo dazwischen wohnt oder arbeitet – zwischen dem Beauclerk Place und den anderen Orten. Ich überlege, ob –«

»Wo fahren wir denn hin?« fiel ihm Sally ins Wort, als sie merkte, daß Michael nicht in Richtung Inkerman Street fuhr, sondern auf die Stadtmitte zuhielt.

»Ich möchte mit Onkel David sprechen.« Michael warf ihr einen halb gereizten, halb verlegenen Blick zu. »Es dauert nicht lange. Und im Grunde ist es auch der schnellere Weg.«

Sally sah ihn an. »Aber was ist mit Oliver? Und hast du Maxham gesagt, wo wir sind? Und was ist, wenn es etwas Neues gibt?«

»Hättest du dein Handy mitgenommen, hätten wir dieses Problem jetzt nicht.« Seine Stimme wurde lauter. »Also schön, ich ruf sie an.«

Völlig unerwartet fuhr Michael – Michael, der, wenn es um die Einhaltung der kleinen Regeln und Vorschriften des Alltags ging, so pingelig war! – den Wagen an den Randstein und stellte ihn auf einer doppelten gelben Linie mit striktem Park- und Halteverbot ab. Sekundenlang war Sally so verblüfft, daß es ihr buchstäblich die Sprache verschlug. Vor einer Ladenzeile standen zwei Telefonzellen.

Sie hantierte am Verschluß ihrer Handtasche. »Nicht nötig, Michael, ich –«

Ehe sie den Satz beenden konnte, war er ausgestiegen, knallte die Tür zu und ging, ohne sich noch einmal umzusehen, mit langen Schritten auf die Telefonzellen zu, die zu Sallys Erleichterung weder besetzt noch außer Betrieb waren. Sie konnte ihn durch die Glaswand erkennen und sah halb verärgert, halb mitfühlend, daß er ihr offenbar bewußt den Rücken zuwandte. Daß sie ihn angelogen hatte, arbeitete in ihr wie ätzende Säure.

Sie merkte, daß hinter ihr ein zweiter Wagen hielt und eine Tür zuschlug, maß dem aber keine Bedeutung bei.

Dann hörte sie Schritte auf dem Gehsteig und warf einen Blick über die Schulter. Der lila Peugeot 205 stand unmittelbar hinter ihr. Sally verriegelte hastig die Tür. Frank Howells Gesicht hüpfte auf und ab, bis es mit dem ihren auf einer Höhe war. Widerstrebend kurbelte sie das Fenster herunter.

»Mrs. Appleyard? Ich möchte Sie nicht belästigen –«

»Dann tun Sie's bitte nicht.«

»Ich will Sie wirklich nicht nerven, aber vielleicht kann ich Ihnen helfen.«

»Wie denn?«

»Mir kommt dieses und jenes zu Ohren.« Die kleinen Augen waren blutunterlaufen.« Ich habe einen Verbindungsmann in Maxhams Team.«

»Wie schön für Sie.«

»Sie müssen sich darüber im klaren sein, daß Maxham Ihnen nicht alles sagt. Er läßt sich nicht gern in die Karten gucken.«

»Nennen Sie mir ein Beispiel.«

»Was kriege ich dafür?«

»Das kommt darauf an.« Sally staunte selbst, daß sie noch Kraft zum Feilschen hatte. »Früher oder später vielleicht ein Interview. Aber nicht jetzt. Und nur, wenn ich weiß, was Sie für uns tun können.«

»Es ist nicht so, wie Sie denken«, sagte Howell verlegen. »Gewiß, ein Interview wäre super, aber ich möchte Ihnen wirklich helfen. Wir alle. Derek sagt –«

»Ich habe nicht viel Zeit.« Sally hätte ihm gern vertraut, aber sicherheitshalber flüchtete sie sich in Zynismus. »Dann lassen Sie mal raus, was Sache ist.«

»Zunächst die gute Nachricht. Sie wissen von dem Disziplinarverfahren gegen Ihren Mann, weil er einen Verdächtigen geschlagen hat?«

Sally nickte. Von dem Verfahren wußte die Öffentlichkeit nichts, was für Howells Behauptung sprach, er habe eine Quelle bei der Polizei.

»Die Anwälte treffen sich heute, aber angeblich nur noch der Form halber. Inoffiziell haben sie sich schon zwanglos zusammengesetzt und einen Vergleich ausgehandelt. Ihr Mann ist aus der Sache raus.«

Sally ließ sich ihre Erleichterung, die ja auch verfrüht sein konnte, nicht anmerken. »Ist das alles?«

Howells Lippen strafften sich. »Sie wissen, wo die Hand gefunden wurde?«

»Auf dem Friedhof von Kilburn. Das ist kein Geheimnis.«

»Aber wo genau? Auf welchem Grab? Die Polizei hat das nicht rausgelassen, aber ich weiß es. Ich habe ein Foto.«

Er holte eine Aufnahme im Format zehn mal fünfzehn aus der Innentasche seiner gewachsten Jacke und schob sie durch das offene Fenster.

»Können Sie gern behalten. Wann reden wir? Vielleicht möchten Sie einen Appell an den Entführer richten?«

»Was zum Teufel geht hier vor?« Michael hatte sich drohend vor dem Fenster aufgebaut.

Der Journalist trat zurück. Sally kurbelte das Fenster noch ein Stück weiter herunter und steckte den Kopf hinaus. Howell zog sich zu seinem Wagen zurück, und Michael funkelte ihn an.

»Reg dich nicht auf. Wir müssen los. Mr. Howell wird uns nicht mehr nachfahren.«

»Ich rufe Sie dann später mal an.« Howell behielt Michael im Auge. »Alles Gute.«

Er machte, daß er in seinen Wagen kam. Bis Michael sich hinters Steuer geklemmt hatte, war der Peugeot nur noch ein Punkt auf der Harrow Road.

Michael ließ den Rover an. »Was denkt dieser Kerl sich eigentlich?«

»Er sagt, daß er uns bei den Medien den Rücken stärken will, wenn er ein Exklusivinterview bekommt.«

»Wenn ich den noch mal zu Gesicht bekomme –«

»Keine Sorge. Mit dem werde ich fertig.«

Michael warf ihr einen grimmigen Blick zu. »Ausgerechnet du!«

»Hör auf, mich so gönnerhaft zu behandeln, verdammt noch mal.«

Die Autoschlange vor ihnen bremste ab und hielt vor einer roten Ampel.

Michael wandte sich zu ihr um. »Hat Howell dir was Interessantes erzählt?«

»Es sieht so aus, als ob die Anwälte dein Disziplinarproblem klären werden.«

Der Rover blieb, rücksichtslos abgewürgt, stotternd stehen. Michael ließ ihn neu an. »Was weißt denn du darüber?«

»Oliver hat es mir gestern erzählt. Weil er dachte, ich wüßte es schon. Von dir. Ich bin sehr froh, daß ich es von ihm erfahren habe, sonst hätte ich vorhin, als Howell davon anfing, nur Bahnhof verstanden.«

Die Ampel sprang auf Grün um. Sally überlegte, ob Michael ihr angehört hatte, wie verletzt sie war.

»Ich wollte es dir am Freitag abend erzählen«, sagte er, was für ihn schon fast eine Entschuldigung war.

»Es ist nicht wichtig.« Natürlich war es wichtig. Genauso wichtig wie die schlimmen Dinge, die er als Kind zusammen mit David Byfield erlebt hatte und jetzt so eifersüchtig hütete. In beiden Fällen war am wichtigsten die Tatsache, daß er es ihr nicht erzählt hatte.

Michael rausperte sich. »Woher weiß Howell es?«

»Er hat einen Informanten bei der Polizei, frag mich nicht, wen oder wo. Er hat mir auch eine Aufnahme des Grabsteins auf dem Friedhof von Kilburn gegeben, auf dem sie die Hand gefunden haben. Obendrauf ist eine Art Medaillon, Pseudobarock, ein Totenkopf mit Zubehör.«

»Schätzungsweise war der Ort ganz beliebig gewählt. Oder weil man die Stelle nicht einsehen konnte. Irgendwas in der Art.«

»Nicht unbedingt.« Je länger der Alptraum währte, desto

fester war Sally davon überzeugt, daß in allem eine mögliche Bedeutung lag.

Nach einer Weile sagte Michael: »Ich habe vorhin gleich noch David angerufen. Sie erwarten uns.«

»Ich habe dich angeschwindelt«, platzte Sally heraus. »Ich habe das Handy mit. Es ist in meiner Tasche.«

»Und warum? Ich verstehe nicht ...«

»Weil ich mir gedacht habe, du würdest Maxham doch nur anbrüllen.«

»Wahrscheinlich war es ganz richtig so.«

Sie schüttelte den Kopf. »Es war falsch«, sagte sie entschieden.

Dann schloß sie die Augen und versuchte zu beten. In der Dunkelheit ihrer Seele betete sie das Vaterunser. Die Worte fielen wie Steine in die kühle grüne Stille. Die Stille war noch da, aber Gott war fern, war anderweitig beschäftigt. *O mein Gott, warum verläßt du mich, wenn ich dich am meisten brauche?*

Die Zeit wurde langsamer und blieb stehen. Es war sehr still. Miss Oliphant war tot, tot, tot. Bei den Engeln. Sally griff mit den Händen in die Dunkelheit und suchte nach Lucy. Ihre Finger schlossen sich um Leere, und sie sank tiefer und tiefer in die Finsternis. Ist das die Hölle, überlegte sie, dieses langsame Ertrinken in den schwarzen Gewässern der eigenen Seele? Aber ein Ertrinkender greift nach allem, was ihm helfen kann, sich über Wasser zu halten, Luft zu bekommen. Und deshalb zwang sich Sally von neuem, jene Worte zu wiederholen, die nichts mehr bedeuteten.

»Dein Wille geschehe«, sagte sie oder meinte sie zu sagen. »Nicht der meine.«

2

»Es ist die nächste links, glaube ich«, sagte Michael. »Oder die danach.«

Sally schlug die Augen auf. Sie waren auf dem nördlichen Teil der Ladbroke Grove und fuhren in südlicher Richtung auf den Hochstraßenabschnitt des Westway zu. Michael hatte seinen Taufpaten gestern abend hierhergefahren; Sally war ein Stein vom Herzen gefallen, als der alte Herr das Angebot, bei Oliver unterzukommen, abgelehnt hatte.

»Bei wem wohnt David?« fragte Sally.

»Bei einem gewissen Peter Hudson, Bischof im Ruhestand. Ein alter Freund.«

»Es gab mal einen Hudson, der in den siebziger Jahren Bischof von Rosington war.« Als einstiger Diözesanbischof hatte er sich äußerst beredt gegen Frauen als Geistliche ausgesprochen. Ein passender Freund für David Byfield.

»Das könnte er sein. Da war David auch mal eine Weile, allerdings viel früher.«

Die Postkarte aus Rosington fiel Sally ein, die sie in einem von Miss Oliphants Büchern gefunden hatte. *Unser gemeinsamer Freund erinnerte sich noch. Die Welt ist klein.* Nicht so klein, daß man keine Geheimnisse haben könnte.

»David hatte also Familie?« fragte sie. »Frau und Kinder?«

»Eine Frau und ein Kind.«

»Wo sind sie abgeblieben?«

»Gestorben.« Michael fuhr an den Straßenrand. »Ich erzähl's dir später, Sal, okay?«

Weder Hudson noch sein Zuhause ließen sich völlig mit Sallys Vorstellungen in Einklang bringen. Der Bischof bewohnte eine kleine Wohnung im obersten Stockwerk eines etwas von der Straße zurückgesetzten, gesichtslosen modernen Wohnblocks. Nichts an Hudson war besonders bischöflich oder auch nur klerikal. Als er den Appleyards öffnete, hatte er eine Pfeife zwischen den Zähnen, von der er sich, bis sie wieder gingen, nie lange trennte. Er war klein, hatte rosafarbene Haut und eine füllige Figur und war damit äußerlich das ganze Gegenteil seines Logiergastes. In Onkel David hätte man viel eher einen Bischof vermutet.

Hudson führte sie ins Wohnzimmer. Wände und Decke waren weiß gestrichen, aus dem Fenster sah man einen kahlen kleinen Garten und dahinter das endlose Häusergewirr der Stadt. Im Zimmer waren kaum Möbel, kaum Bücher und keine Bilder. Der einzige Schmuck war ein großes hölzernes Kruzifix auf dem Sims über dem Gaskamin. Ein Stoß Decken und Kissen auf dem Boden deutete darauf hin, daß das kleine Sofa nachts Onkel David als Bett gedient hatte.

Sie waren kaum angekommen, als Hudson schon auf einem Tablett dünnen, bereits mit Milch versehenen Schnellkaffee und einen Teller mit süßen, etwas altbackenen Keksen hereinbrachte. Er verteilte die Becher und setzte sich dann neben Sally.

»Das ist wirklich eine schreckliche Geschichte«, sagte er im Gesprächston – ein Eröffnungszug, der sie völlig überrumpelte. »Wie werden Sie nur damit fertig?«

»Gar nicht«, murmelte Sally und fing leise an zu weinen.

Hudson zog ein großes, frisch gebügeltes weißes Taschentuch aus der Hosentasche. Sally gab ihm insgeheim die höchstmögliche Punktzahl für perfekte Vorbereitung. »Nur weiter«, sagte er. »Ich nehme an, daß Sie bisher nicht viel Zeit zum Weinen hatten. Und manchmal kann man es ja auch nicht.«

Michael und David standen am Fenster, hatten ihnen den Rücken gewandt und unterhielten sich. Beide schienen nicht gemerkt zu haben, daß Sally weinte. Die Tränen flossen über eine Minute lang fast lautlos. Hudson saß mit halbgeschlossenen Augen da, ohne sie zu berühren oder etwas zu sagen. Allmählich versiegte der Strom. Sally schnaubte sich die Nase und wischte sich die Augen.

Hudson nahm die Pfeife wieder zwischen die Zähne und griff nach einer Streichholzschachtel. »Falls Sie sich waschen wollen – es ist die Tür am Ende der Diele links.«

In dem karg eingerichteten kleinen Bad wusch sich Sally das Gesicht mit kaltem Wasser. Häßlich, verweint und vorwurfsvoll sah es ihr aus dem Spiegel entgegen. Als sie ins Wohnzimmer kam, war die Lage unverändert. Michael und David standen immer noch am Fenster, Hudson zog in seinem Sessel an der Pfeife.

»Haben Michael und David Ihnen erzählt, was sich hier abspielt?« fragte sie.

Hudson nickte. »Soweit sie konnten.«

»Ich denke, daß es meine Schuld ist. Alles. Das, was ich getan habe, das, was ich bin, hat Haß auf mich gezogen. Und dafür muß Lucy nun büßen.«

»Meine Frau hat mir einmal gesagt, ich hätte eine beängstigende Neigung, mir Vorwürfe zu machen.« Ein Streichholz schrappte, und Hudson hielt die zuckende Flamme über den Pfeifenkopf. »›Sei nicht so selbstbezogen‹«, hat sie immer gesagt. Und sie hatte ganz recht.«

»Aber je länger das geht, desto mehr scheint der Täter darauf erpicht zu sein, sich an mir zu rächen.«

»An Ihnen, an seinen Eltern, an sich selbst oder Gott – spielt das eine Rolle? Der springende Punkt ist doch, daß er für seine Taten allein verantwortlich ist. Mit Ihnen hat das nichts zu tun, Sie dürfen sich keine Vorwürfe machen. Ich weiß, es ist verlockend, aber Sie dürfen der Versuchung nicht nachgeben.«

»Verlockend?«

»Ein schlechtes Gewissen zu haben, wenn man ganz offenkundig keine Schuld trägt, ist eine bequeme Lösung. Einen Keks?«

Sally war so durcheinander, daß sie einen nahm. »Hoffentlich sind sie noch gut«, fuhr Hudson fort. »Ich kaufe sie nur für Besucher, und die Packung ist wohl schon ziemlich lange offen.«

Einen Augenblick drängte das kleine Problem das so viel größere beiseite. Sollte sie ungehobelt, aber ehrlich sein oder scheinheilig und höflich? Sollte sie dieses scheußliche Backwerk essen oder nicht? Wie um Himmels willen kam sie darum herum, ihren Gastgeber entweder zu kränken oder aber zu beschwindeln?

»Kannst du mal das Foto zeigen?« fragte Michael vom Fenster her. »David würde es gern sehen.«

Sally legte erleichtert den Keks aus der Hand und griff in ihre Handtasche. Sie ließen das Foto von Hand zu Hand gehen. Es war die Schwarzweißaufnahme einer schlichten, aufrecht stehenden kleinen Grabplatte, die sich im Lauf der Jahre ein wenig nach links geneigt hatte. Rechts und links von dem Grabstein standen zwei Personen, mit ziemlicher Sicherheit Männer. Die Kamera hatte sie in Taillenhöhe abgeschnitten, und die Beine waren nur partiell zu sehen – rechts etwas zu kurze Hosenbeine mit Nadelstreifenmuster, links etwas Undefinierbares. Nur die Beine, der Stein und das Gras unmittelbar davor waren scharf, alles andere war eine graue, verschwommene Masse.

»Eine sehr kurze Brennweite«, stellte Michael fest. »Wahrscheinlich mit einem Teleobjektiv aus einem der Häuser aufgenommen, deren Fenster auf den Friedhof hinausgehen.«

Was sofort den Blick auf sich zog, war das Basrelief-Medaillon am oberen Ende der Grabplatte. Es zeigte einen mit einer Kapuze verhüllten Totenkopf, über dem sich eine Sense krümmte. Die Inschrift war noch deutlich zu erkennen:

FREDERICK WILLIAM MESSENGER
geboren 19. April 1837
gestorben 4. März 1884

»Einigermaßen wortkarg, nicht?« Hudson legte, als wollte er

die Neigung der Grabplatte nachahmen, den Kopf schief. »Vielleicht wollte er nicht die herkömmlichen frommen Sprüche auf seinem Grabstein haben.«

»Bist du sicher, daß die Hand dort gefunden wurde?« fragte David plötzlich. »Ganz sicher?«

Michael schüttelte den Kopf. »Wir wissen nur, daß Howell es behauptet, ich –«

»Nicht nur das«, unterbrach ihn Sally. »Ich denke, die Hosenbeine links haben ein Pfeffer-und-Salz-Muster wie Maxhams Tweedanzug, und Sergeant Carlow trägt einen Nadelstreifenanzug.«

»Warum hat die Polizei das unter Verschluß gehalten?« fragte David.

»Aus dem gleichen Grund, der sie bewogen hat, den Fund von Lucys Strumpfhose nicht öffentlich zu machen«, erklärte Michael. »Sie wollten vermeiden, mit Falschmeldungen überschwemmt zu werden.« Er rieb sich die Stirn und betrachtete nachdenklich das Foto in Hudsons Hand. »Makaber, nicht?«

Hudson besah sich die Aufnahme. »Sollten wir uns vielleicht näher mit dem Namen des Mannes beschäftigen?« Er sah David Byfield an, der die Schultern zuckte und sich abwandte, um eine Zigarette anzuzünden.

»Da komme ich nicht mit«, sagte Sally.

»Messenger heißt Botschafter. Demnach könnte die Hand als eine Nachricht gedeutet werden, meinst du nicht, David?«

Byfield nickte, den Blick auf das rotglühende Ende seiner Zigarette gerichtet.

»Das griechische Wort für Bote ist bekanntlich ›angelos‹«, fuhr Hudson fort, »der Stamm des Wortes ›Engel‹. Der Todesengel? Spielt hier vielleicht jemand mit Worten?«

David straffte die Schultern und wandte sich um. »Das Entscheidende sind Totenkopf und Sense.« Sein Gesicht wirkte unverändert, aber am Ende des Satzes zitterte seine

Stimme; zum erstenmal, seit Sally ihn kannte, kam er ihr so alt vor, wie er war. Er deutete mit der Zigarette auf das Foto. »Hier ist das Muster, das diese Sache mit St. Michael von gestern und Paradise Gardens von heute verbindet.« Er inhalierte tief. »Wer immer hinter dieser Tat steckt, dürfte katholisch oder zumindest oberflächlich mit katholischer Theologie vertraut sein.«

»Aber St. Michael ist eine anglikanische Kirche«, wandte Michael ein.

David schwenkte ungeduldig die Zigarette, und ein Aschenkegel fiel auf den Teppich. »Katholisch im weiteren Sinne, nicht unbedingt römisch-katholisch.« Die Zigarettenspitze wanderte zwischen Sally und Michael hin und her, und in diesem Augenblick begriff sie, wie eindrucksvoll David Byfield als Lehrer gewesen sein mochte. »Wißt ihr, was die vier letzten Dinge sind?«

Michael sah kurz zu Sally hin und schüttelte den Kopf.

»Tod und Gericht«, sagte Sally automatisch, während ihre Gedanken um Lucy kreisten. »Himmel und Hölle. Nach römisch-katholischem Verständnis sollte man ihrer immer eingedenk sein.«

»Ganz genau«, bestätigte Hudson halblaut. »Die *res novissimae*. Vortridentinisch, nicht?«

David nickte. »Die theologische Basis ist ein Abschnitt aus den Apokryphen, in *Ecclesiasticus*. Die Viererteilung ist nicht offiziell, sondern eher volkstümlich, aber schon lange schriftlich fixiert, im Katechismus des heiligen Peter Canisius zum Beispiel. Ich glaube allerdings, sie ist schon vor dem sechzehnten Jahrhundert zu finden und geht auf die gallikanische Kirche zurück.«

»Tut mir leid«, sagte Michael und sah so jung und hilflos aus, daß Sally ihn am liebsten in die Arme genommen hätte. »Aber mir ist schleierhaft, wovon hier die Rede ist.«

»Von einem großen Übel«, sagte David langsam. »Einer Perversion.«

»Das wissen wir«, fuhr Michael ihn an. »Aber was hat die Theologie damit zu schaffen?«

»Genaugenommen die Eschatologie.«

Hudson blies einen gelungenen Rauchring. »Ein Thema, mit dem ich von jeher meine Schwierigkeiten hatte.«

»Auf den ersten Blick ist die Eschatologie etwas völlig Unkompliziertes«, dozierte David, als stünde er vor unbotmäßigen Seminaristen. »Formell ist es jener Zweig der systematischen Theologie, der sich mit der letzten Bestimmung der einzelnen Seele und der ganzen Menschheit beschäftigt.«

Hudson beugte sich vor. »David?«

»Ja?«

»Würdest du bitte zur Sache kommen?«

Einen Augenblick fixierten die beiden alten Männer sich stumm. Sally hielt den Atem an. Sie begriff, daß sich hier ein Kampf abspielte, auch wenn sie nicht wußte, warum, und sie spürte die Kraft, die sowohl von Peter Hudson ausging als auch Davids halsstarrigen Zorn. Und noch eine weitere, weniger kalkulierbare Gefühlsregung war spürbar: David hatte Angst.

Schließlich nickte David leicht. Es war eine bedingungslose Kapitulation. »Der Name deutet, wie du sehr richtig sagst, darauf hin, daß die Hand nicht aufs Geratewohl gerade auf diesem Grabstein abgelegt wurde«, bestätigte er leise. Die Rolle des Dozenten hatte er abgelegt. »Sondern als Hinweis darauf, daß dies eine Botschaft an uns ist, daß wir in dem Symbol etwas Besonderes, eine Bedeutungsübertragung zu sehen haben. Und das Basrelief macht ganz deutlich, was gemeint ist: der Schnitter Tod.«

»Dieses Bild ...« Sally stockte, weil ihr die Kehle eng wurde. »Über dem Hochaltar in St. Michael. Hast du es gesehen?«

David wandte sich ihr zu, und sie sah überrascht, daß er Tränen in den Augen hatte. »Ja. Eine sehr unerfreuliche Version des Jüngsten Gerichts. Nach Giotto, nehme ich an.«

Sally nickte. »Aber sehr viel später.«

Über sein Gesicht ging ein flüchtiges Lächeln, gleich darauf war es wieder grimmig ernst. »St. Michael war also das Gericht.«

»Michael trägt den Namen des Heiligen, dem die Kirche geweiht ist«, sagte Sally. »Ob das auch etwas zu bedeuten hat?«

»Also hört mal!« Michael bedachte alle drei mit einem finsteren Blick. »Ist das nicht eine paranoide Logik? Sich die Fakten so zurechtzulegen, daß sie zur Theorie passen?«

»Vielleicht.« David drückte seine Zigarette aus und schüttelte die nächste aus der Packung. »Dagegen spricht allerdings, daß zu viele Fakten zu der Theorie passen. Es gibt eine weitere mögliche Verbindung zwischen St. Michael und dem Gericht. Ich habe zufällig gesehen, daß der erste Pfarrer ein Hochwürden Francis Youlgreave war.«

»Youlgreave?« wiederholte Michael.

»Ja.«

»Aber die wohnten doch in Roth, nicht?«

»Deshalb war mir der Name geläufig.« David sah Michael einen Augenblick an, dann wandte er sich wieder an Sally. »Ich war, ehe ich nach Amerika ging, ein paar Jahre Pfarrer in Roth. Ich weiß nicht, ob Michael den Ort mal erwähnt hat, es ist ein Dorf in Middlesex, eigentlich ein Vorort.«

Sally sah ihn an, ohne eine Miene zu verziehen. Miss Oliphant hatte in Roth gewohnt – oder war dort zumindest Gast gewesen. *Die Welt ist klein?*

»Francis Youlgreave ist in der Kirche von Roth begraben«, fuhr David fort. »In seiner Freizeit war er ein eher unbedeutender Dichter im Stil seines Namensvetters Francis Thompson. Eins seiner Gedichte findet man hin und wieder in Anthologien. Es heißt ›Das Recht des Fremdlings‹.«

Michael runzelte die Stirn. »Aber ist das nicht ein ganz erstaunlicher Zufall?«

Er und David Byfield wechselten einen stummen Blick.

Die alte Eifersucht regte sich in Sally; automatisch blieb sie aus der gemeinsamen Vergangenheit der beiden ausgeschlossen.

»Meiner Meinung nach ist Zufall eine sehr überschätzter Begriff«, sagte Hudson. »Er scheint häufig eher die Norm als die Ausnahme zu sein.«

Davids Feuerzeug flammte auf. »Sehr richtig. Mit Paradise Gardens hätten wir dann den Himmel, das dritte von den vier letzten Dingen. Was hältst du davon?« Er sah Hudson an.

»Plausibel. Aber wird die Polizei das auch so sehen? Werdet ihr es der Polizei sagen?«

»Wir können es versuchen«, meinte Michael. »Ob Maxham uns das alles abnimmt, kann ich allerdings nicht garantieren.«

»Er muß«, sagte David und wiederholte es noch einmal mit Nachdruck. »Er muß.«

In diesem Moment klingelte es. Einen Moment rührte sich niemand.

»Und was ist mit dem vierten der letzten Dinge?« Sally stand auf und verstreute Kekskrümel in der Gegend. »Wißt ihr denn auch, was eure großartige Theorie für Lucy bedeutet?«

3

»Ja.« Sallys Kehle war trocken, in ihrem Magen rumorte es. »Ich bin ganz sicher.«

Sergeant Carlow rieb sich die langen, sauberen Hände, als müßte er sie wärmen. »Es war das Kruzifix. Das hat Mr. Maxham zum Grübeln gebracht.«

»Ich glaube kaum, daß gläubige Menschen einem Kind gestatten würden, ein Kreuz auf diese Weise zu tragen.«

Sie standen in Bischof Hudsons Diele – Carlow, Yvonne Saunders, Sally und Michael. Die beiden alten Herren waren im Wohnzimmer geblieben, im Hintergrund hörte man, wie ihre Stimmen sich hoben und senkten. Michaels Gesicht war grünlichbleich. Carlow trug wieder den Nadelstreifenanzug. Die Hosenbeine waren so kurz, daß Sally auch diesmal, wenn er sich bewegte, die helle, haarlose Haut über den schwarzen Socken sah. Ein Schwindelgefühl erfaßte sie; einen Augenblick fürchtete sie, ohnmächtig zu werden.

»Und Sie können bestätigen, daß Lucys Ohren nicht durchstochen waren?«

»Ja, natürlich.« Dann kam ihr ein Gedanke, der den Schwindel vertrieb. »Könnte das Ohr erst kürzlich durchstochen worden sein?« Mit angehaltenem Atem wartete sie auf die Antwort.

»Das glauben wir nicht. Es ist nicht sehr gut gemacht, am Ohrläppchen ist ein sogenanntes Keloid, eine Wulstnarbe. Das Ohr ist vermutlich schon vor Monaten, wenn nicht Jahren durchstochen worden.«

Sally atmete hörbar aus. Ihr Herz hämmerte immer noch dumpf und schwer, die Nachricht von dem zeitweiligen Aufschub war dort noch nicht angekommen. Sie schluckte krampfhaft. Michael schluchzte trocken auf.

Yvonne zeigte besorgt lächelnd die makellosen Zähne und tätschelte Sallys Arm. »Wollen Sie sich nicht setzen, Schätzchen?«

Sally ließ sich zu einem Stuhl an der Wand führen. »Nicht Lucy. Nicht Lucy.«

»Nein, nicht Lucy«, versicherte Yvonne in dem gnadenlos aufrichtigen Ton einer Hausfrau, die in der Fernsehwerbung ein Waschmittel beurteilt. »Hundertprozentig nicht.«

»Es tut mir leid, wenn es ein Schock für Sie war«, sagte Carlow mechanisch. »Aber Mr. Maxham war der Meinung, daß wir sofort bei Ihnen nachfragen sollten.«

In dem Umschlag hatte die Polizei unter der Masse von

schwarzem Haar – Lucys Haar? – ein zweites, viel kleineres, in Frischhaltefolie eingewickeltes Päckchen gefunden. Es enthielt ein roh vom Kopf getrenntes kleines Ohr. Am Ohrläppchen hing ein Ring mit einem silbernen Kruzifix.

Michael berührte Sallys Schulter. Sally hob die Hand und hielt die seine fest.

»Könnte das Ohr von dem gleichen Körper kommen wie die Beine oder die Hand?« fragte Michael.

»Die Hand ist eine ganz andere Sache.« Carlow war sichtlich wohler, wenn er es mit einem Mann zu tun hatte. »Wie das mit den Beinen ist, weiß ich nicht, aber wenn ich wetten müßte, würde ich eher mit Nein antworten.«

»Warum?«

Carlow zuckte die Schultern. »Ja, also ... die Beine waren ziemlich groß und plump, das Ohr ist klein und zart. Natürlich ist es nur eine Vermutung, aber ich würde sagen, sie sind von verschiedenen Kindern.«

»War das Ohr auch gefroren?«

»Das wissen wir noch nicht. Durchaus möglich.«

Drei Opfer, dachte Sally: eins für den Tod, eins fürs Gericht, eins für den Himmel. Und für die Hölle ...

»Noch eins«, sagte Carlow. »Die Strumpfhose, die wir gestern gefunden haben ...«

»Ja?« Sie mußte es ihm wohl als Taktgefühl anrechnen, daß er nicht von Lucys Strumpfhose sprach oder von dem, was darin gesteckt hatte.

»Die Gerichtsmediziner haben ein Haar an der Wolle gefunden. Echtes Blond. Heute nachmittag wissen wir mehr.«

»Mann oder Frau?« Michaels Finger krampften sich in Sallys Schulter.

»Ein Frauenhaar, würde ich sagen. Dreißig Zentimeter lang und sehr fein.«

»Ich muß Maxham sprechen.«

Carlow sah ihn mit unbewegter Miene an. »So?«

»Herrgott noch mal.« Michael löste sich von Sally und tat

einen Schritt auf Carlow zu. »Wir sind gerade auf etwas gestoßen, was ein Muster sein könnte. Wenn wir recht haben, wird die Zeit knapp.«

»Okay, regen Sie sich nicht auf. Was für ein Muster?«

»Das, nach dem der Mörder arbeitet.«

»Nämlich?«

»Ich würde es vorziehen, mit Maxham darüber zu sprechen. Es bestätigt das, was wir schon vermutet hatten: daß hinter dem Fall ein religiöser Spinner steckt.«

Carlow preßte die Lippen zusammen, über seinem breiten Kiefer zuckte ein Muskel. »Wenn Sie darauf bestehen ...«

»Allerdings. Ich möchte jemanden mitbringen.«

Carlow zog die Augenbrauen hoch und sah zu Sally hinüber.

»Einen Pfarrer«, sagte Michael. »David Byfield, Sie haben ihn gestern kennengelernt. Er kann die technischen Einzelheiten besser erklären als ich.«

»Die technischen Einzelheiten?« wiederholte Carlow. »Tut mir leid, aber –«

»Wenn wir uns nicht beeilen, werden wir es alle zu bereuen haben.« Michael wandte sich an Sally. »Bleib du hier, wenn du willst. Du kannst aber auch mit dem Wagen in die Inkerman Street zurückfahren, das überlasse ich dir.«

»Mal sehen. Nimm das Handy mit, du erreichst mich entweder hier oder bei Oliver.« Daß er sie nicht dabeihaben wollte, machte Sally traurig, aber aufdrängen mochte sie sich nicht; sie hätte wohl auch außer emotionalen Verwicklungen nichts einbringen können. Außerdem sehnte sie sich nach einem Freiraum, in dem sie nach Herzenslust weinen konnte, ohne daß jemand sie störte oder mit gutgemeintem Mitleid belästigte.

Carlow setzte noch einmal an. »Davon verspreche ich mir nicht viel. Wenn Sie neue Informationen haben, kann ich die natürlich weitergeben, aber Mr. Maxham hat möglicherweise zuviel zu tun, um –«.

»Ich weiß, ich weiß.« Michaels Stimme war lauter geworden und bewegte sich gefährlich nah am Rand der Hysterie. »Er hat einen anspruchsvollen Job, da bleibt nicht viel Zeit, um neue Bekanntschaften zu schließen. Aber vielleicht kann er in diesem Fall doch mal eine Ausnahme machen.«

4

In der Inkerman Street fuhr Sally vorsichtig rückwärts in eine Parklücke. Leider hatte sie das Bremsen vergessen. Der Rover rammte mit seinem Heck die Motorhaube des dunkelblauen Citroën, und Sally würgte dabei den Motor ab.

Sie legte die Stirn ans Lenkrad. *Dein Wille geschehe.* Konnte Gott wirklich wollen, daß etwas so Dummes passierte? Die rote Ölkontrollampe am Armaturenbrett zwinkerte ihr zu. Rote Tropfen auf schwarzem Grund, Blut auf dem Boden. Sie schloß die Augen, aber das Blut ging nicht weg. Sie wünschte sich sehnlichst, für ihre Tochter beten zu können. Als sie es versuchte, ging Lucy in ihre Seele ein – nicht ihr Name oder ihr Gesicht, sondern ihr ganzes Wesen – und dehnte sich dort derart aus, daß für nichts anderes mehr Platz war. Nicht einmal für Gott.

Nach und nach zog Lucys Bild sich wieder zusammen, wurde, wie ein Flugzeug, das sich allmählich entfernt, kleiner und kleiner, bis es nicht mehr zu sehen, aber noch vorhanden war. *Ich bin nicht würdig, Seelsorgerin zu sein. Ich habe keinen Platz für Gott.*

Ein Klopfen drängte sich in ihr Bewußtsein. Ungehalten über die Störung, öffnete Sally die Augen. Oliver stand auf der Fahrbahn und hatte sich vorgebeugt, so daß sein Gesicht – wie vorhin das von Frank Howell – auf gleicher Höhe mit dem ihren war. Sie kurbelte das Fenster herunter.

»Alles in Ordnung?«

Stumm schüttelte sie den Kopf.

»Komm rein.« Er steckte die Hand durch den Fensterschlitz und entriegelte die Tür von innen. »Gibt es etwas Neues? Haben sie ...?«

»Nein. Sie haben Lucy nicht gefunden.«

»Dann lebt sie vielleicht noch, dann kann noch alles gut werden. Jetzt komm.«

Mühsam wie eine alte Frau quälte sie sich aus dem Wagen und klammerte sich an Olivers Arm. Mit der freien Hand schaltete er die Zündung aus, zog den Schlüssel ab, kurbelte das Fenster hoch, machte die Tür zu und schloß ab.

Sally besah sich den Citroën. Es war das neueste Modell, der Lack spiegelte. Jetzt hatte die Motorhaube eine Beule und einer der Scheinwerfer kein Glas mehr. Erstaunlich, wieviel Schaden so ein kleiner Stoß anrichten konnte. Sie hatte nicht gewußt, daß Autos so verletzlich waren.

»Jetzt schau nur, was ich angestellt habe.«

»Unwichtig.«

»Aber der Besitzer –«

»Der Wagen gehört mir, den kannst du rammen, soviel du willst. Was liegt schon an einem Auto?«

Oliver führte sie ins Haus, brachte sie in die Küche und setzte den Kessel auf. Sally stellte ihre Handtasche auf den Tisch, griff nach einem Geschirrtuch und rieb an dem Becher auf dem Abtropfbrett herum.

»Nicht nötig«, sagte Oliver nach einer Weile.

»Was meinst du?«

»Den Becher brauchst du nicht abzutrocken. Er steht seit gestern abend da, und selbst wenn ich ihn gerade erst abgewaschen hätte, wäre er inzwischen viermal trocken.«

Sally sah mit leerem Blick auf Becher und Handtuch. »Ich weiß nicht, was ich tue.«

»Kein Wunder. Willst du dich nicht setzen?«

Sally sah zu, wie Oliver Tee brühte. Er schenkte zwei Becher voll und gab in ihren drei Löffel Zucker. Er deutete auf den Küchentisch.

»Wir trinken ihn da drüben.«

Dankbar, daß er ihr die Entscheidung abgenommen hatte, ließ sie sich auf einen Stuhl sinken. »Was machen wir mit deinem Wagen? Ich müßte wohl die Versicherung anrufen. Oder die Polizei ...«

»Vergiß den Wagen. Magst du mir erzählen, was passiert ist?«

Trotz ihrer aufgewühlten Verfassung nahm sie seine Taktik zur Kenntnis, die mehr mit Fragen arbeitete als mit Vermutungen oder Feststellungen. In dieser Hinsicht waren Polizeibeamte wie Priester und Psychologen. Sie erzählte ihm, was Maxham ihnen in Paradise Gardens gezeigt hatte. Nach und nach holte er mit seinen Fragen auch den Rest heraus: das Gespräch mit Howell, David Byfields Theorie und die Ankunft von Sergeant Carlow.

»Und worauf läuft das alles hinaus?« fragte Oliver schließlich. »An Maxhams Stelle würde ich denken, daß das blonde Haar vermutlich von einem der Opfer kam. Alles andere ist mehr oder weniger Spekulation, nicht? Aber es bestätigt wohl die These, daß ein religiöser Spinner dahintersteckt.«

Sally umfaßte mit den kalten Händen den heißen Becher. »Nicht nur das. Wir haben jetzt zwei Muster. Das eine, die geographische Konzentration auf Nordwest-London, liegt auf der Hand. Das andere ist religiöser Art, nicht nur vage gegen jede Art von Religion, sondern ganz gezielt auf die vier letzten Dinge gerichtet.«

Wo die Hölle ist, da ist Lucy.

Oliver verließ die Küche und kam mit einem Londoner Straßenatlas zurück. Er schlug den Index auf.

»Michael hat schon nachgesehen«, sagte Sally. »Es gibt eine Hellings Street, aber die ist in Wapping.«

»Ist völlig außerhalb eures geographischen Rahmens.« Oliver fuhr mit dem Finger an der Spalte herunter. »Aber

Straßennamen, die einen Bezug zur Hölle haben, gibt es sonst nicht.«

»So einfach dürfte es auch nicht sein. Vermutlich ist es ein ebenso versteckter Hinweis wie die Kirche am Beauclerk Place für das Gericht.« Sally sah über den Tisch hinweg Oliver an. »Michael ist zu Maxham gefahren. Er will ihn dazu bringen, daß er es ernst nimmt.«

»Viel habt ihr nicht in der Hand, das mußt du zugeben.«

»Aber was sollen wir denn machen?« Mit einer heftigen Bewegung schob sie den Becher beiseite. Unbeachtet schwappte Tee auf den Tisch. »Die Zeit wird knapp. Man erkennt doch genau, wie der Plan aussieht. Am Freitag wird Lucy entführt, am Samstag wird auf dem Friedhof von Kilburn die Hand gefunden, am Sonntag war St. Michael an der Reihe, heute Paradise Gardens. Und morgen –«

»Weshalb?« fiel Oliver ihr ins Wort. »Worum geht es bei der ganzen Sache, habt ihr euch das schon mal überlegt?«

Es gab eine Pause. Dann sagte Sally: »Um Rache natürlich. An der Kirche, an den Behörden, an den Eltern – was weiß ich. Allerdings glaube ich, daß das nicht alles ist.« Sie schüttelte den Kopf, versuchte, ihre Gedanken zu verdeutlichen. »Die vier letzten Dinge stellen theologisch gesehen das dar, was uns alle erwartet: den Tod und das, was danach kommt. Und wenn es vier Opfer gibt, von denen jedes für eine dieser Stadien steht, eines der möglichen Endziele der menschlichen Seele ...« Sie sah Oliver erwartungsvoll an.

»Jemand, der Priester werden wollte, aber abgelehnt wurde?« vermutete er.

»Nein, das meine ich nicht, obgleich das natürlich auch eine Möglichkeit wäre.« Sally richtete sich auf. »Es ist, als suchte der Mörder den Tod mit Hilfe eines Stellvertreters. Seine Opfer sterben für ihn.«

»Aber wozu?«

»Um den Tod zu betrügen und wiedergeboren zu werden? Um eine zweite Chance zu bekommen? Um aus einer privaten Hölle zu entkommen?«

Sein Gesicht war jetzt verschlossen wie ein Haus mit zugezogenen Vorhängen. »Du magst recht haben.«

»Ich bin meiner Sache nicht sicher, natürlich nicht.« Sally sah ihn rasch an. »Im Grunde weiß ich überhaupt nichts.«

Nur eines: Wo die Hölle ist, da ist Lucy.

Oliver trank schweigend seinen Tee.

In der Stille war das Geräusch von Flügeln über ihr nicht so sehr zu hören als zu spüren. Sie wußte, daß sie das Gespräch mit Oliver nicht abbrechen durfte, aber die Versuchung zu kapitulieren, sich den Flügeln auszuliefern, war sehr groß.

»Schmerz ist etwas sehr Unfruchtbares«, sagte sie hastig. »Das weiß ich erst jetzt. Er ist wie eine Wüste, in der kein Halm wächst.« Sie zögerte. »Du gehst nicht zur Kirche?«

»Nicht mehr. Meine Eltern gehörten zur Freikirche. Mit Sechzehn hab ich mir gesagt: Das ist nichts für mich. Nicht nur die Freikirche. Der ganze Kram.«

»Da kannst du von Glück sagen.«

»Wie bitte?«

»Es klingt so einfach. So bequem.« Er zog ein ungläubiges Gesicht. »Viele Leute denken, daß die Religion eine Stütze ist, aber das stimmt nicht. Wenn du an Gott glaubst, bist du ständig gefordert. Andauernd verlangt er etwas von dir. Du kannst nie loslassen und einfach dein eigenes Leben führen.«

»Und du glaubst immer noch an ihn? Auch jetzt?«

»Ja, mehr oder weniger. Aber es nützt mir überhaupt nichts.«

Oliver hob fragend die Teekanne. Sally schüttelte den Kopf.

»Ich habe auch Träume«, hörte sie sich sagen. »Manchmal Wachträume. Leider.«

»Eine häufige Nebenwirkung von Streß«, erläuterte Oliver sachlich und schenkte sich nach. »Wir wissen – spätestens seit Pawlow – um den Zusammenhang zwischen Streß und seelischer Beeinflußbarkeit. Und auch einen Zusammenhang zwischen Streß und Visionen gibt es. Wenn du den entsprechenden Gehirnteilen die entsprechenden Reize vermittelst, kommt es zu Halluzinationen.«

»Und Wachträumen?«

»Meinetwegen auch Wachträumen.« Er zuckte die Schultern. Für ihn persönlich, sollte das heißen, gab es keinen Unterschied zwischen einer Halluzination und einem Wachtraum. »Streß ist ein Stimulus wie jeder andere. Er kann in dem entsprechenden Gehirnlappen, dem Lobus temporalis, elektrische Aktivitäten auslösen, die dir alles mögliche vorgaukeln. Eine ganz simple Sache, überhaupt nichts Geheimnisvolles.«

»Nein?«

»Das ist so eine Art Steckenpferd von mir«, sagte er entschuldigend. »Hör einfach nicht hin. Es ist wohl eine Abwehrreaktion gegen die vielen Predigten, die ich mir als Kind hab anhören müssen.«

»Das ist ein Wendepunkt«, sagte Sally. »Ganz gleich, was geschieht und wie es ausgeht, es ist ein Wendepunkt. In Paradise Gardens hat Michael gesagt, daß nichts wieder so werden würde, wie es war, und er hat recht gehabt. Es wird immer diese Lücke zwischen dem Davor und Danach geben, diesen Bruch im Muster.«

Oliver nickte verständnisvoll, obgleich er sie natürlich nicht verstehen konnte. Aber daß er so tat als ob, war lieb von ihm. Sie überlegte, warum sie sich so wohl bei ihm fühlte, so gut mit ihm reden konnte. Wenn sie solche Dinge mit Michael besprach, hörte er entweder gar nicht zu oder debattierte leidenschaftlich über das Pro oder Kontra des jeweiligen Themas.

Oliver sah zum Fenster hoch. »Was hältst du davon, nach Hampstead Heath zu fahren, ein Stück spazierenzugehen und in einem Pub eine Kleinigkeit zu essen?«

»Jetzt? Unmöglich.«

»Warum? Es ist allemal besser, als wenn du hier herumsitzt und halb wahnsinnig wirst vor Unruhe.«

»Aber was ist, wenn –?«

»Ich sage Maxham Bescheid und nehme mein Handy mit.«

»Ich weiß nicht, ich –«

»Komm schon. Bewegung tut dir gut. Es ist ein herrlicher Tag.«

Sie hob den Kopf und sah aus dem Fenster. »Stimmt gar nicht.«

»Besser als gestern jedenfalls. Es regnet nicht, und der Wind ist abgeflaut.«

»Von wegen herrlich ...«

Er lächelte, und einen kurzen Moment wirkten seine Züge geradezu attraktiv.

»Schon gut. Wir sollten aber trotzdem an die frische Luft gehen.«

Unvermittelt hatte sie das Hinundherreden satt. Sie zuckte die Schultern. Es war einfacher nachzugeben und ungefährlicher, mit Oliver zusammenzusein, als allein zu bleiben. Sie brauchte viel länger als sonst, um sich fertigzumachen, ließ sich immer wieder ablenken – nicht von der Tatsache, daß sie Lucy verloren hatte, sondern von unwesentlichen Kleinigkeiten. Zweimal zählte sie das Geld in ihrer Börse und wußte danach immer noch nicht, wieviel es war. Sie schwankte, welchen von zwei Pullis sie anziehen sollte, und begriff erst nach einer Weile, daß es im Grunde keine Rolle spielte, weil sie den Mantel drüberziehen würde und im übrigen auch niemanden beeindrucken wollte.

Endlich erklärte sie sich für ausgehbereit – nicht, weil sie fertig war, sondern weil sie Oliver nicht noch länger warten lassen wollte. Er trennte die beiden Fahrzeuge voneinander, und sie fuhren mit dem Citroën zur Heath, parkten in der

Hillfield Lane und gingen von Highgate Ponds in südlicher Richtung zum Parliament Hill.

Ein paar Spaziergänger hasteten über die Wege; zum Schlendern war es nicht warm genug. Im Vorübergehen musterte Sally sie argwöhnisch, gefaßt auf Feindseligkeiten und bereit, davon auszugehen, daß sie einer anderen Gattung Mensch angehörten. In einer Welt, wo man Kinder stahl, war alles möglich.

Sie hielt sich dicht an Oliver, einmal, weil sie sich in dieser grünen Wildnis fürchtete, und zum anderen, weil sie große Angst hatte, sie könnten sein Handy nicht hören. Zuerst gingen sie schweigend nebeneinanderher. Dann sagte Oliver etwas, was sie ihn zu wiederholen bat.

»Ich habe heute früh einen Brief von Sharon bekommen. Sie hat jemanden kennengelernt.«

»Bist du jetzt traurig?« hörte Sally sich fragen.

»Eher erleichtert. Ich glaube, wir hatten, als wir uns trennten, beide ein schlechtes Gewissen, weil das mit unserer Ehe nicht funktioniert hat. Wenn sie einen anderen findet, war die Ehe demnach keiner dieser Fehler, die sich nie wiedergutmachen lassen.«

Wie der Tod eines Kindes.

»Wenn du dann auch jemand anders findest, ist also alles wieder im Lot?«

»Theoretisch ja. Die Möglichkeit, noch einmal anzufangen, eine zweite Chance wahrzunehmen, hat viel für sich. Aber du würdest das wohl nicht verzeihen.«

»Warum nicht?«

»Ist nicht die Ehe für die Ewigkeit gedacht?«

»Ja. Aber du weißt genau, daß sogar gläubige Christen sich scheiden lassen.«

»Auch Geistliche?«

Die Frage traf sie unvorbereitet. Sekundenlang durchdrang der Sinn von Olivers Worten – oder vielmehr eine mögliche Folgerung dessen, was er gesagt hatte – den Nebel aus Trauer und Furcht, der sich auf sie gesenkt hatte. »Heutzutage lassen sich sogar anglikanische Geistliche scheiden. Nicht gerade zur Freude ihres Bischofs, aber es kommt vor.«

Sie sah zu ihm hoch; alles in allem gefiel ihr, was sie sah. Er lächelte ihr zu. Es kam ihr grotesk und ungehörig vor, in dieser Situation so ein Gespräch zu führen, solche Gedanken zu haben. *Dein Wille geschehe.* Nur zu leicht konnte man in einem Leben, das man selbst verpfuscht hatte, untergehen. Man mußte sich an Verpflichtungen klammern wie an Balken, von denen man hoffte, daß sie einen über Wasser halten würden.

»Sally«, sagte Oliver. »Hast du jemals –«

»Könnten wir jetzt in die Inkerman Street zurückfahren?« unterbrach sie ihn.

»Was ist?«

Die Angst war wieder da. Olivers Gesicht schien ihr plötzlich wie aus grobem Holz geschnitzt, fast zu einem Horrorbild verzerrt. Sie mußte an das scheußliche kleine Gotteshaus am Beauclerk Place und an ihre Vorstellung von David Byfield als Wasserspeier denken. In jüngeren Jahren war er vermutlich sehr attraktiv gewesen. Sie begriff, daß alle Schutzmauern gefallen waren: Sie war angreifbar.

Sie erschauerte. »Wir müssen zurück. Ich glaube, es ist etwas passiert.«

ZWÖLF

»Ich glaube, das viele selig geworden, welche in den Augen der Menschen verdamt sind … Es werden am jüngsten Tage wunderbare und unvermutete Exempel sowol seiner Gerechtigkeit, als auch seiner Erbarmung offenbar werden. Diese und jene also bestimmen wollen, ist sowohl bey Menschen eine Torheit, als auch bey den Teufeln eine Verwegenheit.«

Religio Medici I, 57

I

Keine Zeit. Keine Zeit zu verlieren. Keine Zeit, die Folgen zu bedenken.

Eddie rannte die Treppe hoch in sein Zimmer und riß die Schranktür auf. Auf dem Schrankboden stand eine braune, mit Kunstleder verstärkte Reisetasche mit messingfarbenem Reißverschluß und Schloß. Sie hatte Eddies Vater gehört. Mit dieser Tasche war Stanley immer ins Paladin-Zeltlager gefahren.

Eddie zerrte die unter mehreren Paar Schuhen fast flachgedrückte Tasche hervor, öffnete den Reißverschluß und sah sich planlos um. Er zog ein Hemd aus dem Schrank und stopfte es in die Tasche; Socken und Unterhosen folgten. Dann ging er an die Schublade, in der er seine Papiere aufbewahrte, und kramte darin herum. Weil er sein Scheckbuch nicht gleich fand, zog er die Schublade ganz heraus und kippte den Inhalt aufs Bett. Scheckbuch und Brieftasche kamen zu den anderen Sachen in die Tasche. Zum Schluß legte er noch seine Geburtsurkunde und sein Bausparkassenbuch dazu. Er kehrte zum Schrank zurück und griff sich den dicksten Pullover, den er besaß. Dabei horchte er ständig, ob unten der Van vorfuhr.

Spontan nahm er das Bild des dunkelhaarigen kleinen Mädchens von der Wand, das sein Vater seiner Mutter geschenkt hatte. Zu gern hätte er es mitgenommen, aber das ließ sich leider nicht machen. Er warf es aufs Kopfkissen, hatte aber schlecht gezielt, so daß es herunterrutschte und zu Boden fiel. Mit einem trockenen Knacks zerbrach das Glas im Rahmen.

Eddie ging mit der Tasche ins Badezimmer, um Zahnpaste, Zahnbürste und Rasierzeug einzupacken. Dabei zitterten ihm die Knie so stark, daß er sich auf den Badewannenrand setzen mußte. Daß jetzt alles zusammenkam, daß er sich auch noch mit solchen Sachen herumschlagen mußte, wo er doch krank war, fand er ausgesprochen ungerecht. Ein Handtuch würde er brauchen. Weil seins naß war, griff er nach dem von Angel, das schwach nach ihrem Parfüm roch. Von dem Geruch wurde ihm übel, so daß er sich schließlich ein sauberes Handtuch aus dem Wäscheschrank holte.

Langsam ging er wieder nach unten. In der Küche machte er aufs Geratewohl Schränke auf. Er würde Verpflegung brauchen und etwas zu trinken. Er packte Kekse, zwei Dosen Cola und eine Dose Bohnen mit Tomatensoße in die Reisetasche. Als er Brieftasche und Geldbörse überprüfte, stellte er bestürzt fest, daß er nur noch ein paar Pence hatte. Er leerte das Glas mit dem Haushaltsgeld in seine Handfläche. Es waren weniger als fünf Pfund, alles in kleinen Münzen, die er in die Jeanstasche steckte. Weit kam er damit nicht, das war ihm klar. Er konnte sich nicht darauf verlassen, daß er Gelegenheit haben würde, in eine Bank oder Sparkasse zu gehen.

Carlas grüne Börse fiel ihm ein. Sie war im Keller, ebenso wie die Woolworth-Tüte mit dem Zauberkasten, den er am

Samstag für Lucy gekauft und ihr immer noch nicht gegeben hatte.

Eddie ging in die Diele und zog den Mantel an. Zögernd blieb er vor der geöffneten Tür zum Keller stehen. Eigentlich hatte er nicht nach unten gehen wollen. Er sah in den Kellerraum hinunter. Lucy schlief noch. Zauberkasten und Börse lagen außerhalb ihrer Reichweite auf dem obersten Fach von Angels Bücherregal. Eddie schlich die Treppe hinunter, kam glücklich, noch immer mit der Reisetasche in der Hand, unten an und ging zu dem Regal hinüber. Er mußte sich auf die Zehen stellen, um an das oberste Fach zu kommen.

»Eddie.«

Vor Schreck ließ er Börse und Zauberkasten fallen. »Was?«

»Ist schon Aufstehzeit?«

»Wenn ich das wüßte«, sagte Eddie. Die Antwort hätte auch auf seine eigenen Fragen gepaßt. Er hob die Börse auf und sah hinein. Im Fach für die Scheine steckten mindestens drei Zehnpfundnoten.

Lucy krabbelte aus dem Bett und besah sich die Börse. »Das ist die von Carla.«

»Ja.« Eddie schob den Zauberkasten und die Börse in die braune Tasche.

»Was machst du da?«

Eddie sah sie nachdenklich an. Sie sah bezaubernd aus in dem Pyjama mit den roten Sternen auf dunkelgelbem Grund, aber dann erinnerten ihn die roten Sterne an Blutflecken, und alles war verdorben.

»Ich muß mal kurz weg.«

»Bleib bei mir«, bettelte sie.

Eddie lächelte. »Das geht leider nicht.«

»Ich mag Angel nicht. Ich mag dich.«

»Angel ist nicht da«, sagte Eddie und begriff, daß er vielleicht einen Fehler gemacht hatte. »Sie kommt aber gleich wieder«, setzte er schnell hinzu.

»Laß mich nicht allein.« In ihrem Gesicht zuckte es. »Ich will zu Mummy. Bring mich zu Mummy und Daddy.«

Eddies Knie gaben nach, und er sackte aufs Bett. Lucy legte eine Hand auf sein Bein. Durch den Jeansstoff hindurch spürte er ihre Wärme. Keins der anderen kleinen Mädchen war so zutraulich gewesen.

»Eddie ist lieb«, sagte sie schmeichelnd.

Er ertappte sich dabei, daß er die Tür zu dem Vorratsraum mit der Gefriertruhe und der Mikrowelle anstarrte. Wenn er Lucy hier zurückließ, würde sie nicht mehr lange warm, sondern sehr bald kalt sein. Kalt wie Eis. Er konnte Lucy nicht Angel überlassen. Aber in die Wohnung ihrer Eltern in der Hercules Road oder zum nächsten Polizeirevier konnte er sie auch nicht bringen. »Hallo, mein Name ist Eddie Grace, und die Kleine hier heißt Lucy, ich hab sie vor vier Tagen entführt.« Es mußte eine Lösung geben, aber weil ihm der Kopf so weh tat, fiel ihm zunächst nichts Vernünftiges ein. Sie brauchten Zeit, er und Lucy, und einen Unterschlupf, in dem sie sicher vor Angel waren, sicher vor der Polizei, sicher vor Lucys Eltern, sicher vor der ganzen Welt.

»Ich mag Angel nicht«, wiederholte Lucy. »Ich mag dich.«

Mechanisch tätschelte er ihre Hand. »Und ich mag dich.«

Jeden Augenblick konnte Angel zurückkommen. Sie hatten keine Zeit zu verlieren. Lucy sah unter den langen Wimpern zu ihm auf, kokett wie Alison vor vielen Jahren auf dem Carver-Gelände.

Alison auf dem Carver-Gelände – ja, das war die Lösung, zumindest kurzfristig.

»Wenn wir weggehen wollen, müssen wir dich ganz rasch anziehen.« Eddie öffnete die Kommode und zog aufs Geratewohl Kleidungsstücke heraus: Jeans, Socken, Hemdchen, Höschen, Pullis. Alle Sachen waren neu, Angel und er hatten sie in den letzten Monaten gekauft. »Schnell, schnell. Draußen ist es kalt, laß deinen Pyjama an.«

Lucy staunte nur kurz über diese ungewohnte Art des

Anziehens, dann fand sie Gefallen an dem spannenden neuen Spiel. Schwierig wurde es, als sich herausstellte, daß keine Schuhe da waren. Die roten Lederstiefel, die Lucy bei ihrer Ankunft getragen hatte und die Eddie so gefallen hatten, konnte er nicht finden. Dann fiel ihm ein, daß in dem Schrank im Keller ein Paar Schnürschuhe stand, das Suki gehört hatte. Er holte sie heraus und probierte sie Lucy an. Sie quietschte vor Begeisterung über die schönen blauen Schuhe, auf denen grüne Krokodile prangten. Daß sie zwei oder drei Nummern zu groß waren, schien sie nicht zu stören. Damit sie besser paßten, zog Eddie ihr noch ein zweites Paar Söckchen an, dann blieben auch ihre Füße schön warm.

»Gehen wir ganz weg?« fragte Lucy, während er ihr half, den zweiten Pulli überzuziehen. »Kommen wir nie mehr zurück?«

»Nein.«

»Und sehen Angel nie wieder?«

»Nein«, sagte Eddie und konnte nur hoffen, daß sie das wirklich schafften. Er fuhr ihr durchs Haar.

»Ich hab Hunger. Was gibt's zum Frühstück?«

»Ich habe uns was eingepackt. Wir frühstücken, wenn wir aus dem Haus sind.«

Lucys Augen wurden groß vor Aufregung. Es dauerte einen Moment, bis sie diese Mitteilung verdaut hatte. »Jimmy?« fragte sie. »Mrs. Wump?«

»Willst du sie mitnehmen? Steck sie in die Tasche.«

Sie hockte sich hin und machte die Reisetasche auf. Als sie den Zauberkasten sah, holte sie tief Luft. »Guck mal, Eddie! Für mich?«

»Ja.« Eddie stopfte noch ein paar Kleidungsstücke für Lucy hinein. Jetzt platzte die Tasche aus allen Nähten. »Wir müssen los.«

»Vom Weihnachtsmann?«

»Ja. Jetzt komm.«

In der Diele überlegte er, ob er die Haustür verriegeln sollte. Abgeschlossen war sie, aber Angel hatte ja einen Schlüssel. Er versuchte, den Gedanken zu Ende zu denken. Sein Kopf dröhnte. Wenn vorn verriegelt war, würde Angel es an der Hintertür versuchen. Sie würde erraten, daß etwas nicht stimmte, würde aber nicht wissen, was. Und wenn er auch die Hintertür verriegelte und mit Lucy im Haus blieb? Würde Angel eine Fensterscheibe einschlagen? Oder Mr. Reynolds um Hilfe bitten?

Es würde ihm nichts nützen, die Zugänge zu verrammeln. Entweder würde Angel aus eigener Kraft ins Haus kommen und vor Wut schäumen, oder der Tumult würde dazu führen, daß ein Nachbar, vielleicht sogar die Polizei ins Haus kam und Eddie mit Lucy fand.

Nein, da war es schon besser, jetzt gleich aufzubrechen, das Haus leer und die Haustür unverschlossen zu lassen. Unwillkürlich mußte er kichern, wenn er sich vorstellte, wie Angel das geisterhaft leere Haus betrat.

»Worüber lachst du?« fragte Lucy.

Eddie nahm sie bei der Hand und zog sie in Richtung Küche. »Über nichts.«

»Wo gehen wir hin?«

Er machte die Hintertür auf, und kalte Luft schlug ihnen entgegen. »In mein geheimes Versteck. Wir verstecken uns vor Angel.«

Lucy antwortete nicht, aber ihre Augen schienen noch größer zu werden. Aufgeregt hüpfte sie auf und ab. Daß sie so munter war, lag wohl daran, daß sie heute früh keine Medikamente bekommen hatte. Eddie hatte sie noch nie so quirlig erlebt, auch nicht an dem Abend, als er sie in Carlas Garten entdeckt hatte.

»Mein Mantel«, sagte Lucy. »Ich brauch meinen Mantel.«

»Wo ist er?«

Lucy deutete auf den Fußboden. »Unten.«

»Warte hier.« Eddie ließ die Tasche auf den Küchenboden

fallen und rannte noch einmal die Kellertreppe hinunter. Der grüne Steppmantel lag ganz unten in der Kommode. Er hatte eine Kapuze, die sie unter Umständen gut gebrauchen konnte, und als er ihn nach oben trug, entdeckte er Handschuhe in einer Tasche.

Die Küche war leer. Eine Wahnsinnsangst packte ihn; er zitterte am ganzen Körper. Lucy war weggelaufen. Lucy hatte ihn ausgetrickst. Auch sie hatte ihn verraten. Im Geist sah er furchtbar deutlich, wie sie mit strampelnden Beinchen die Rosington Road hinunterrannte, einem Streifenpolizisten entgegen.

Lucy erschien unter der Tür zum Garten. »Ich hab einen Vogel gesehen. Ein Rotkehlchen?«

Mit einem Satz war er bei ihr und packte sie an den Schultern. »Mach das nicht noch mal! Ich hab nicht gewußt, wo du bist.«

Sie sah zu ihm auf, sagte aber nichts. Eddie überlegte, wie oft sie das wohl so oder ähnlich von ihren Eltern gehört hatte. Er war nicht Lucys Vater, er war ihr Freund. Er half ihr in den Mantel, zog den Reißverschluß hoch und schloß die Knöpfe. Hand in Hand traten sie hinaus in den Garten. Eddie sah zu dem Balkon der Reynolds hoch. Er war leer. Dann standen sie vor dem Baumgürtel am Ende des Gartens. In der Ferne fuhr ein Zug vorbei. Es war sehr still.

Seit dem Sommer war Eddie nicht mehr hier draußen gewesen. Eine schmale, vielleicht von einem Fuchs getretene Spur schlängelte sich zwischen den jungen Bäumen und Büschen durchs Gelände. Am Zaun zog Eddie den Deckel einer Holzkiste beiseite, mit dem er das Loch notdürftig abgedeckt hatte. Auf der anderen Seite des Zauns hatte er ein Stück Holz so hingelegt, daß man vom Carver-Gelände aus die Lücke nicht erkennen konnte. Er schob einen Fuß durch das Loch und stieß mit einem Tritt das Holz beiseite.

»Ulkiger Wald«, sagte Lucy mit ernstem Gesicht.

Seit er vor sechs Jahren zum letztenmal hiergewesen war,

hatte Eddie zugenommen, die Lücke war für ihn zu klein geworden. Lucy sah gespannt zu, wie er sie vergrößerte. Die Latten rechts und links waren durch die aufsteigende Nässe noch mehr vermodert. Durch Ziehen und Zerren und Treten konnte er die Lücke nach beiden Seiten so weit vergrößern, daß er sich durchzwängen konnte.

»Ist Angel böse?« fragte Lucy.

Eddie brummte etwas Unverbindliches, weil er sie nicht unnötig erschrecken wollte. Meinte sie, daß Angel wohl böse wäre, wenn sie das Loch im Zaun entdeckte, oder daß Angel schon jetzt und aus anderen Gründen böse war? Er griff sich die Reisetasche und warf sie auf das Carver-Gelände hinüber.

»Ich gehe vor.«

Als er durch das Loch kroch, wurden die Knie seiner Jeans dreckig. Auf der anderen Seite drehte er sich um, hockte sich hin und streckte durch die Zaunlücke Lucy eine Hand entgegen. Ohne zu zögern, legte sie ihre Hand in die seine und kam durch den Zaun. Eddie versuchte, die Lücke wieder mit dem Holzdeckel zu tarnen. Wenn er Glück hatte, würde Angel denken, daß er mit Lucy das Haus durch die vordere Tür verlassen hatte.

»Da hinten ist eine nette Hütte.« Eddie deutete ins Unterholz. »Man kann eine Ecke von hier aus sehen. Sieht aus wie ein kleines Haus, nicht? Das gucken wir uns jetzt mal an.«

In der frischen Luft wurde ihm etwas besser. Lucy an der einen, die Tasche in der anderen Hand, kämpfte er sich durch Astgewirr und Dorngestrüpp. Der Boden war feucht, und bald hing eine dicke Schlammschicht an Eddies Turnschuhen. Einmal mußte er Lucy über einen umgestürzten Baumstamm heben. Leicht wie eine Feder lag sie in seinen Armen und lächelte ihm zu. In diesem Moment war Eddie so glücklich wie noch nie. Der Schuppen tauchte vor ihnen auf.

»Das ist ein Haus?« fragte Lucy zweifelnd.

»Es kann unser Haus sein.«

Unter der Tür blieb Eddie stehen. Vergangenheit und Gegenwart prallten aufeinander. In seiner Erinnerung war es immer Sommer, und der Schuppen war relativ gut erhalten. Sein Gedächtnis hatte ihn nicht so bewahrt, wie er ihn zuletzt gesehen, sondern so, wie er ihn zusammen mit Alison erlebt hatte. Jetzt war Winter, und man sah dem Schuppen nur zu deutlich an, daß er seit über fünfzig Jahren den Unbilden der Witterung ausgesetzt war. Von dem Dach war nur noch ein Drittel übrig. Die beiden jungen Eschen überragten die Mauern wie zwei schlaksige Teenager. Auf dem Boden lag eine dicke Schicht Laub, die Fensteröffnung hatte keinen Rahmen mehr, von Fensterscheiben ganz zu schweigen. In den letzten sechs Jahren hatte sich auch deutlich mehr Müll angesammelt, demnach fanden immer wieder alle möglichen Leute den Weg auf das Carver-Gelände. Finster betrachtete Eddie die leeren Dosen und Flaschen, die Chipstüten und Zigarettenstummel, die sein Refugium verschandelten.

Lucy steckte den Kopf durch die Türöffnung und sah sich wortlos um.

»Wenn wir ein bißchen aufräumen«, sagte Eddie, »wird es gleich gemütlicher.« Weiter hinten entdeckte er zwei hohe Büchsen, in denen Zement gewesen war. »Die nehmen wir als Hocker, wir stellen sie unters Dach.«

Energisch machte er sich ans Werk, schob Blätter und Abfall zu einem Haufen an der Wand unter der Fensteröffnung zusammen, stellte eine umgedrehte hölzerne Schublade als Tisch hin und entfernte die ärgsten Spinnweben unter dem Dach.

Zuerst stand Lucy nur da und nuckelte an den Fingern. Dann aber fand sie Spaß daran, Hausfrau zu spielen, und nun arbeiteten sie als Team. Umständlich rückte sie die Hocker und den Tisch zurecht, trat einen Schritt zurück, um die Wirkung zu begutachten, und stellte sie wieder um. Dabei summte sie eine selbst erfundene Melodie aus drei endlos wiederholten Tönen vor sich hin. Eddie beobachtete sie unauffällig und bestaunte ihre Versunkenheit.

Aus dem Müllberg suchte Lucy ein Marmeladenglas hervor, schüttete das braune Wasser aus und stellte das Glas mit Schwung auf den Tisch.

»Eine Vase«, verkündete sie. »Für Blumen.«

Sie flitzte ins Freie. An der Schuppenwand wuchs ein dürftiger Eibisch; er hatte noch ein paar Blätter und sogar einige wenige eingeschrumpelte Blüten, die nicht mehr rosafarben, sondern zu einem Friedhofslila nachgedunkelt waren. Sie brach einen Zweig ab und stellte ihn in das Glas.

»Super«, lobte Eddie. »Wirklich hübsch.«

Lucy setzte sich auf einen der Hocker, sah das Marmeladenglas an, sah Eddie an und fragte: »Ist jetzt Frühstückszeit?«

Er setzte sich auf den anderen Hocker, nahm die Reisetasche auf den Schoß und öffnete den Reißverschluß. Die Aufregung hatte sein Fieber wieder aufflammen lassen. Ihm war furchtbar schwindlig, und die Augäpfel schienen zu groß für die Augenhöhlen zu sein. Er stellte die Kekse und eine Dose Coca-Cola auf den Tisch.

Lucy machte große Augen. »Zum Frühstück?«

Eddie machte die Kekspackung auf, öffnete die Coladose mit dem Ringverschluß und deutete mit großer Geste auf beides. »Bedien dich.«

Lucy zog ein bedenkliches Gesicht. »Bei Mummy darf ich keine Cola trinken. Es ist schlecht für die Zähne.«

»Heute ist ein besonderer Tag.«

»Wie Ferien?«

Eddie nickte. Während sie aß, legte er die Arme um den Körper und versuchte, sich warm zu halten. Er wußte ganz genau, daß er diese Zeit hätte nutzen müssen, um zu überlegen, wie er es anstellen sollte, sich den gegensätzlichen Bedrohungen durch Angel und die Polizei zu entziehen. Lucy komplizierte den Fall erheblich, denn er konnte sie weder hierlassen noch mitnehmen. Er sah sie an, und sie hob, mit weißen Milchzähnchen an einem Keks knabbernd, den Kopf und lächelte ihm zu. Dann griff sie nach der Cola.

Er beschloß, noch einmal die Reisetasche zu erkunden. Wäre er allein und würde die Polizei nicht nach ihm suchen, brauchte er nichts zu befürchten. Er hatte ein paar tausend Pfund auf der Bank und auf einem Konto bei der Bausparkasse. Er hatte seinen Führerschein. Er konnte reisen, wohin er wollte, konnte sogar einen Paß beantragen und ins Ausland gehen. Dann würde Angel ihn nie finden. Er konnte einen Anwalt beauftragen, Angel vor die Tür zu setzen. Was würde sie mit dem Inhalt der Gefriertruhe machen? Alles mitnehmen vermutlich. Besser nicht dran denken ... Notfalls konnte er auch auf das Haus verzichten und irgendwo ein neues Leben anfangen. Es war eine überraschend verlockende Vorstellung: ein neuer Eddie, fern der Rosington Road, fern von Angel, fern von allen Erinnerungen. Alles war möglich!

Aber nicht mit Lucy. Sie wurde von der Polizei gesucht. Heutzutage waren überall Videokameras – in den Banken, den Sparkassen und Einkaufszentren. Wenn er sie mitnahm, bestand immer die Gefahr, daß sie gesehen wurde.

Während ihm diese Gedanken durch den Kopf gingen, kramte er nervös in der Reisetasche herum und stieß auf Carlas Geldbörse. Er machte sie auf und zählte das Bargeld. Auch Kreditkarten steckten drin, aber die nützten ihm nichts. Mißbilligend stellte er fest, daß Carla offenbar sehr unordentlich war. In der Börse trieben sich jede Menge Sachen herum, die dort nichts zu suchen hatten: alte Quittungen und viele Monate alte Kreditkartenabschnitte. Leere Briefmarkenheftchen. Bibliotheksausweise und Fotos von kleinen Kindern. Zettel mit gekritzelten Namen und Telefonnummern. Konnte die Frau sich denn kein Adreßbuch zulegen? Zerstreut glättete er die Zettel. Plötzlich sprang ihm der Name *Sally Appleyard* ins Auge. Darunter stand die Adresse in der Hercules Road und die Telefonnummer. Dazu hatte Carla noch drei Nummern geschrieben, Michaels Dienstnummer mit Durchwahl, eine, die – wenn man nach der dreistelligen Vorwahl gehen konnte – ein Anschluß in Kensal Vale war, und eine Handynummer.

»Ist schon Weihnachten, Eddie?« fragte Lucy.

»Nein, erst in drei Wochen. Warum?«

»Muß ich so lange warten? Auf den Zauberkasten?«

»Nicht unbedingt. Hättest du ihn gern jetzt?«

»Geht das? Ist er dann nicht böse?«

»Wer?«

»Der Weihnachtsmann.«

»Nein, bestimmt nicht. Du bekommst ihn jetzt gleich.«

Er überreichte ihr den länglichen Pappkarton. Auf dem Deckel prangte das Farbfoto eines kleinen blonden Jungen in langem schwarzem Cape, der breit lächelnd mit einem Zauberstab an einen umgekehrten Zylinder tippte; aus dem Zylinder sah neckisch ein rosa Kaninchen hervor. Vergeblich zog und zerrte Lucy an der Verpackung herum.

»Komm, ich helfe dir.«

Widerstrebend händigte sie ihm den Zauberkasten wieder aus. Der Deckel war mit Tesafilm verklebt, den er mit dem Daumennagel durchtrennte. Er lockerte den Deckel und gab den Kasten Lucy zurück. Daß sie sich mit keinem Wort bedankte, störte ihn nicht. Er wußte, daß jetzt der Zauberkasten für sie das einzig Wichtige war.

Sie schüttete den Inhalt des Kartons auf den Tisch. Er sah lange nicht so eindrucksvoll aus wie auf dem Bild. Das langhaarige rosa Spielzeugkaninchen war etwa so groß wie eine wohlgenährte Maus. Der Zauberstab war aus Pappe und hatte in der Mitte einen Knick. In einem Plastikbeutel steckte noch allerlei Zeug aus Pappe und Plastik, unter anderem ein lila Fingerhut und drei winzige Spielkarten. Schließlich war da die Gebrauchsanweisung, ein billig gedrucktes Heftchen mit schlechtem Papier. Lucy sah Eddie an, sah den Zauberkasten an – und er merkte, daß sie verzweifelt versuchte, sich trotz ihrer Enttäuschung weiter zu freuen. Wie erklärte man einer Vierjährigen, daß eine Reise in freudiger Erwartung schöner ist als das Ankommen?

»Kein Zylinder«, stellte sie fest. Ihre Lippen zitterten.

»Vielleicht können wir uns einen leihen.«

Eddie versuchte, konstruktiv über seine nächsten Schritte nachzudenken. Er konnte sich nicht konzentrieren. Statt dessen sah er auf Lucys Hände, die sich durch den Inhalt des Zauberkastens arbeiteten. Ihr Kopf war gesenkt. Die seltsam starre Haltung sagte alles. »Soll ich dir helfen, Lucy?«

Sie sah auf. Ihr Gesicht war blaß, in den Augen glänzten Tränen. Wortlos schob sie ihm die Gebrauchsanleitung hin. Er schlug aufs Geratewohl eine Seite auf. Die Wörter sahen aus wie kleine Insekten, Fliegen vielleicht. Ein paar erhoben sich von der Seite wie zur Attacke auf sein Hirn. Andere fügten sich zu Sätzen zusammen. *Überrasche deine Freunde.* Wozu eigentlich? *Halte die Karte mit dem Daumen so, daß die Zuschauer nichts sehen.* Eddie schlug die Seite um und sah einen ganzen Schwarm von Insekten vor sich, die herumwimmelten, als fräßen sie an einer offenen Wunde. *Ein einfaches, aber wirkungsvolles Kunststück* ... Sein Blick glitt schräg über die Seite. *Es ist die Pik-Dame.*

»Ich will das Kartenkunststück machen. Warum ist es so schwer?«

»Ich weiß nicht«, antwortete Eddie und sagte sich, daß es schwer war, weil alles immer schwerer war, als man dachte. »Ich schau mal, ob ich dahinterkomme.«

Zur Ausstattung des Zauberkastens gehörten drei Karten, die etwa ein Drittel so groß waren wie normale Spielkarten. Eine war doppelseitig bedruckt. Eddie mühte sich, mit der Beschreibung und der beigegebenen Zeichnung klarzukommen. Der Verfasser des Büchleins ging bei seinen Anweisungen offenbar von fünf statt von drei Karten aus. Außerdem war Englisch nicht seine Muttersprache. Während Eddie sich mit dem Kartenkunststück quälte, lief in seinem Kopf die Überlegung mit, wie es jetzt weitergehen sollte. Seine Hände wurden kälter. Jetzt, im Winter, konnten sie hier nicht unbegrenzt bleiben.

»Mach schon!« drängte Lucy.

Sie hatte sich offenbar schon als Zauberkünstlerin gesehen, ähnlich dem Jungen auf dem Zauberkastendeckel, wie sie mühelos ihre Freunde und Bekannten zum Staunen brachte. Erwartung und Wirklichkeit waren eben zwei verschiedene Paar Schuhe. Vielleicht wäre es klüger gewesen, ihr noch eine Weile die Vorfreude zu lassen.

»Ich glaube, es geht so.« Eddie nahm die drei Karten fächerförmig in die Hand und wandte die Vorderseite Lucy zu. »Die Pik-Dame ist die in der Mitte.«

Sie sah ihn verständnislos an. Zu spät wurde ihm klar, daß ihr der Begriff nichts sagte. Er legte die Karten auf den Tisch und nannte ihr die einzelnen Namen. Sie nickte mit angestrengt gerunzelter Stirn. Dann erfand er eine eigene Fassung des Kunststücks. Man zeigte dem Publikum die drei Karten und versteckte sie unter dem Kasten. Dann schwenkte man den Zauberstab und sagte *Abrakadabra*. Jetzt fragte man die Zuschauer, welche der versteckten Karten die Pik-Dame war – die rechte, die linke oder die in der Mitte. Nichts einfacher als das, dachten die Zuschauer, aber man hatte sie reingelegt, denn die Pik-Dame war zweiseitig bedruckt, und man hatte sie, als man sie unter dem Kasten versteckte, schnell umgedreht. Auf der anderen Seite war die Herz-Zwei, und die zeigte man jetzt den Zuschauern, die natürlich dachten, man hätte die Pik-Dame weggezaubert.

»Ist das alles?« fragte Lucy, als Eddie mit seiner Erklärung fertig war.

»Ja.«

Lucy schwieg.

»Gefällt dir das nicht?«

Sie rutschte auf ihrem Sitz herum. »Doch, doch. Wo ist das Klo?«

»Haben wir hier nicht.«

Das Herumrutschen wurde hektischer. »Aber ich muß mal.«

»Da mußt du schon rausgehen.«

Lucy sah ihn erschrocken an, erhob aber keinen Einspruch. Er führte sie nach draußen, und mit seiner Hilfe erleichterte sie sich in dem Winkel zwischen Eibisch und Schuppen. Eddie schwebte die ganze Zeit in tausend Ängsten. Er fürchtete, sie könnte sich naß machen, sie könnte sich erkälten, könnte gesehen werden. Jetzt im Winter waren sie hier nicht so gut vor Blicken geschützt, wie er gedacht hatte.

Als Lucy fertig war, führte er sie rasch wieder in den Schuppen und half ihr beim Anziehen. Weniger das Pipimachen im Freien als Eddies nervöse Eile hatte sie verunsichert. Sie fing an zu weinen. Eddie gab ihr Mrs. Wump und Jimmy, nahm sie auf den Schoß und legte die Arme um sie. Allmählich beruhigte sie sich. Jetzt hörte man nur noch das leise Schmatzen, mit dem sie an den Fingern lutschte. Er stützte sein Kinn leicht auf Lucys Kopf.

»Was hättest du gern, Lucy?«

Es gab eine Pause. Sie war so lang, daß er zunächst dachte, Lucy hätte seine Frage nicht gehört. Dann sagte sie sehr deutlich: »Mummy.«

»Ja. Ist gut.«

»Ich darf heim?« Ihr Gesicht strahlte; er konnte den Anblick kaum ertragen. »Jetzt? Zu Mummy und Daddy?« Sie rutschte von seinen Knien herunter. Die Spielkarten flatterten auf den geborstenen Betonboden. »Nehmen wir einen Bus?«

Er nahm ihre Hände und schüttelte sie sanft. »Ganz so einfach ist es nicht.« Er sah jetzt, wie es vielleicht gehen würde. Es war kein perfekter Plan, beileibe nicht, aber immer noch das kleinste Übel. »Ich muß sie erst anrufen. Ich hole sie her.« Auch Lucys Hände waren kalt, noch kälter als seine. »Kommst du zurecht, wenn ich telefonieren gehe?«

»Ich will mit.«

»Das geht nicht. Du mußt hierbleiben.«

Er konnte es nicht riskieren, mit ihr auf der Straße gesehen zu werden. Sie blickte mit zitternden Lippen zu ihm hoch, sagte aber nichts, fragte nicht nach Gründen. Sie hatte die Entschiedenheit in seiner Stimme erkannt und sie akzeptiert. Er stand auf und zog den Mantel aus.

»Du mußt hier drinbleiben, solange ich weg bin.« Er wartete, bis sie sich hingesetzt hatte, und wickelte sie in den Mantel.

»Die auch.« Lucy streckte ihm Jimmy und Mrs. Wump hin.

Eddie wickelte einen Mantelärmel um die beiden. Lucy legte sie sich ans Gesicht, schob zwei Finger in den Mund und machte die Augen zu. Er nahm sich Carlas Börse mit den Telefonnummern. Es war genügend Kleingeld drin und sogar eine Telefonkarte. »Ich bleib nicht lange. Ehrenwort.« Er beugte sich vor und küßte ihren Scheitel.

Klein und hilflos ließ er sie im Schuppen zurück. Die Probleme begannen sofort. Wenn er wieder durch die Lücke im Zaun kroch, bestand die Gefahr, daß Angel inzwischen zurückgekommen war und er ihr in die Falle ging. Im Haus konnte er sowieso nicht telefonieren, wahrscheinlich würde die Polizei das Gespräch zurückverfolgen. Am vernünftigsten war es wohl, auf einem anderen Weg das Carver-Gelände zu verlassen und sich eine Telefonzelle zu suchen.

Langsam bewegte er sich in westlicher Richtung, wobei er die Zäune der Rosington Road links liegenließ. Selbst unter besten Bedingungen war es schwierig, hier voranzukommen. Je weiter man sich in das Gelände hineinbegab, desto wilder war alles überwachsen. Die Natur hatte die gefährlichen Stolpersteine aus Backstein, Beton und rostigem

Eisen listig getarnt. Dornenzweige hakten sich an seiner Hose fest und zerschrammten ihm die Hände. Der Mantel fehlte ihm. Ein feiner pudriger Nieselregen fiel aus der dichten grauen Wolkendecke. Vergeblich suchte er im Zaun zu seiner Linken nach einer Lücke.

Es kam ihm vor, als wären Stunden vergangen, als er mehr durch Zufall auf das Haupttor an der südwestlichen Ecke des Geländes stieß. Es war erstaunlich schmal und bestand aus zwei auf gußeiserne Rahmen montierten, von vielen Reihen Stacheldraht gekrönten Eisenblechen. Rechts und links waren spitzenbewehrte Backsteinpfosten. In den linken Torflügel war eine mit Riegeln und einem großen Vorhängeschloß gesicherte kleine Pforte eingelassen.

Eddie war zunächst ratlos. Einen anderen Zugang zum Carver-Gelände gab es nicht mehr. Auf dem Fabrikgelände hatten sie die Gleise abgebaut, die Schienenstränge nach Norden waren durch Zäune gesichert. Das Ganze kam ihm vor wie eine Festung oder ein Gefängnis. Er sah zu der westlichen Begrenzung hin, die aus einer hohen Backsteinmauer bestand, ähnlich der, die nach Osten hin das Gelände von der Sozialsiedlung trennte. Über die Mauer würde er notfalls kommen, aber auf der anderen Seite war die Bishop's Road mit einer Reihe von Läden, die vermutlich kleine Hinterhöfe hatten. Wenn er die Mauer bewältigte, blieb das Problem, wie er von einem der Hinterhöfe auf die Straße gelangen sollte.

Während er noch prüfend zur Mauer hochsah, stolperte er über einen losen Backstein und wäre um ein Haar lang hingeschlagen. Er bückte sich, wobei ihm wieder schwindlig wurde, und grub den Backstein aus dem Schlamm, in den er sich gedrückt hatte. Auf der Unterseite saß eine Kolonie von Asseln. Eine Gänsehaut überlief ihn. Er ließ den Backstein los, und die meisten Asseln fielen ab. Die übrigen kratzte er mit einem Stöckchen herunter. Brutale Gewalt – vielleicht war das die Lösung.

Behutsam bahnte sich Eddie, den Backstein in der Hand, einen Weg zum Tor. Der Stein fühlte sich kalt, hart und schwer an, und die rauhen Kanten schnitten ihm in die Haut.

An der Pforte blieb er stehen. Wenn sich nicht gerade jemand auf der anderen Seite herumdrückte, konnte eigentlich nichts passieren. Klopfgeräusche am Tag waren an sich harmlos. Er nahm den Backstein in beide Hände und schlug mit aller Kraft auf das Vorhängeschloß. Es gab einen metallischen Laut. Der Backstein fiel ihm aus der Hand und zu Boden. Hätte er nicht geistesgegenwärtig einen Satz nach hinten gemacht, wäre das schwere Ding auf seinem Fuß gelandet. Aus einer Schramme am linken Daumen quoll Blut. Das Vorhängeschloß hatte kaum einen Kratzer.

Eddie biß die Zähne zusammen, hob den Backstein auf und machte einen neuen, umsichtigeren Versuch. Diesmal fiel der Stein nicht hin, das Vorhängeschloß war noch immer unbeschädigt, aber die rostige Krampe, an der es befestigt war, hatte eine kleine Delle. Immer wieder, in immer schneller werdendem Rhythmus, schlug er auf das Schloß ein, mit keuchendem Atem und schmerzenden Händen.

Endlich gab die Krampe nach, das Schloß fiel zu Boden. Bis auf ein paar Kratzer sah man ihm die rohe Behandlung nicht an. Eddie öffnete die Haspe und ruckelte an den Riegeln, bis er sie zurückschieben konnte. Er drückte die Klinke herunter, und die Pforte öffnete sich.

Vorsichtig trat er in den kleinen Durchgang hinaus, halb und halb darauf gefaßt, daß dort ein Trupp Polizisten auf der Lauer lag. Er machte die Pforte hinter sich zu und ging los. Weil er jetzt an beiden Händen blutete, steckte er sie in die Taschen. Rechts und links von ihm erhoben sich Backsteinmauern. Dahinter war rechts der Hof, der zu dem letzten Geschäft der Ladenzeile in der Bishop's Road gehörte, links der Spielplatz der Vorschule an der Ecke Rosington Road und Bishop's Road.

Der Durchgang mündete auf die Bishop's Road. Zaudernd blieb Eddie an der Ecke stehen. Er kam sich sehr auffällig vor. Der Gehsteig war voller Passanten, auf der Straße fuhren Autos, Vans und Laster vorbei. Er hatte das scheußliche Gefühl, daß alle ihn anstarrten.

Er holte tief Luft und setzte sich rasch wieder in Bewegung. Vor ihm war die Steigung, die zur Eisenbahnbrücke führte. An der Brücke standen zwei Telefonzellen. Beim Laufen wandte Eddie den Kopf von der Fahrbahn weg den Schaufenstern zu für den Fall, daß Angel mit dem Van vorbeikam. Die Kälte trieb ihm Tränen in die Augen.

Endlich stand er vor den Telefonzellen. In der einen wurde gesprochen, aber die andere war frei. Aufatmend flüchtete er sich vor dem Wind und den neugierigen Augen auf der Straße. Der Apparat nahm auch Telefonkarten. Er schob Carlas Karte in den Schlitz, nachdem er die Nummer in der Hercules Road gewählt hatte.

Beim zweiten Läuten wurde abgenommen. »Hallo.«

Eddie schwieg. Er hatte irgendwie das Gefühl, daß es nicht Sally Appleyards Stimme war; sie klang höher.

»Hallo! Wer ist denn da?«

Nein, eindeutig nicht Sally. Klang nach Waliserin. Rasch legte er auf. Eine Bekannte? Eine Polizistin? Er wählte die Nummer in Kensal Vale.

»Pfarrhaus St. George. Hier Derek Cutter.«

Wieder unterbrach Eddie die Verbindung. Er kam sich blöd vor. Es war doch klar, daß Lucys Mutter in so einer Situation nicht zum Dienst ging. Er hätte heulen mögen. Warum machten sie es ihm so schwer, Lucy zu helfen? Warum war es so schwer, Gutes zu tun? Gäbe es einen Gott, sollte man doch denken, daß er es einem leichtmachte, gut zu sein.

Langsam tippte er die Handynummer ein. Erst jetzt ließ er die Überlegung an sich heran, wie es weitergehen sollte, wenn er Sally Appleyard nicht erreichte. Probleme über Probleme.

»Appleyard.«

Michael Appleyard, nicht seine Frau. »Ist Sally da?« fragte Eddie. In seiner Angst klang seine Stimme noch piepsiger als sonst. »Ich muß sie sprechen.«

»Ich kann ihr etwas ausrichten. Wer ist denn da?«

Plötzlich schien die Zukunft unausweichlich; wie eine Flutwelle rollte sie auf Eddie zu. »Ich weiß, wo Lucy ist.«

»Wo?«

»Es ist alles ein Irrtum«, hörte Eddie sich sagen. »Lucy darf nichts passieren.«

»Warum sollte ich Ihnen glauben? Woher will ich wissen, daß es nicht nur ein übler Scherz ist?«

Das war so ungerecht, daß Eddie die Luft wegblieb. Er wollte doch nur helfen. »Sie trägt den dunkelgrünen Steppmantel, den sie bei Carla angehabt hat. Ich hab die Nummer in Carlas Geldbörse gefunden«, sagte er gereizt. »Glauben Sie mir jetzt?«

»Ich glaube Ihnen. Ist sie gesund?«

»Gesund und munter. Ehrenwort.«

»Wann haben Sie Lucy zum letztenmal gesehen?«

»Vor zehn, fünfzehn Minuten. Sie spielt mit einem Zauberkasten.«

Am anderen Ende der Leitung war ein Geräusch zu hören, das Eddie im ersten Moment nicht identifizieren konnte; dann fragte er sich, ob es womöglich ein Schluchzen gewesen war.

»Sie können Lucy holen«, sagte Eddie. »Aber sagen Sie's nicht der Polizei. Bringen Sie die Polizei nicht mit. Versprochen?«

»Versprochen.«

»Sonst werden Sie es bereuen«, sagte Eddie so drohend, wie es ihm möglich war. »Und Lucy wird es büßen. Keine Polizei, wenn Sie Lucy lebend wiedersehen wollen.«

»In Ordnung. Wo ist sie?«

»Kennen Sie die Bishop's Road in Kentish Town?«

»Ich finde schon hin.«

»Südlich der Bahn ist eine Schule. Neben der Schule führt ein Durchgang zu einer früheren Fabrik, dem Carver-Gelände. Da ist sie.«

Von neuer Hoffnung beseelt, legte Eddie auf. *Ich hab's geschafft. Alles kommt wieder in Ordnung.* Der Apparat schob die Telefonkarte wie eine Zunge aus dem Schlitz. Während er sie ganz herauszog, sah er, daß sie rot von seinem Blut war. *Wessen Blut war auf der Moussaka-Packung gewesen?* Er würde zur Bushaltestelle gehen, in den nächstbesten Bus steigen und es anderen Leuten überlassen, mit dem Schlamassel klarzukommen, an dem Angel schuld war. Daß er Lucy nie wiedersehen würde, war traurig, aber so war es für alle Beteiligten am besten.

Er stieß die Tür der Telefonzelle auf. Zeitgleich mit dem kalten Luftzug traf ihn die Erkenntnis, daß er sich verrechnet hatte.

2

Den Rückweg zum Carver-Gelände legte Eddie im Laufschritt zurück. Als er geduckt in den Durchgang einbog, fuhr der Van von Mr. Reynolds an ihm vorbei, der nach links blinkte und hinter der Schule in die Rosington Road einbog.

Er hat mich nicht gesehen. Lieber Gott, mach, daß er mich nicht gesehen hat.

Da war das Tor. Erleichtert atmete er auf, als er die Pforte hinter sich schloß. Carver – das war ein Stück Sicherheit. Er machte ein paar Schritte auf den Schuppen zu, dann blieb er stehen. Er lehnte sich an den Zaun, beugte sich vor und würgte, ohne daß viel herauskam. Die Seitenstiche waren fast unerträglich. Sein Atem ging so mühsam, daß er sekundenlang fürchtete, sein Herz könnte plötzlich versagen wie das seiner Mutter. Die Übelkeit kam in Wellen. Der Kopf tat ihm weh. Zu der körperlichen Pein kam die panische Angst, die ihn vorantrieb. Er legte eine Hand an die Stirn. So heiß, daß man darauf Spiegeleier braten könnte, dachte er.

Vorsichtig bahnte er sich durch die Wildnis einen Weg zurück zum Schuppen. Er hatte einen Denkfehler gemacht. Er konnte Lucy nicht wenige Meter von dem Zaun entfernt, der zur Rosington Road 29 führte, allein lassen; er konnte nicht ohne seine Reisetasche auf und davon gehen, nicht ohne sein Geld.

Wenn er Glück hatte, war noch genug Zeit für das, was er tun mußte, ehe Michael Appleyard kam. Eddie wollte Lucy und seine Reisetasche holen und die Kleine auf verschlungenen Wegen zum Tor führen. Dort würde er sie mit Jimmy und ihren übrigen Sachen stehenlassen. Passieren konnte dort nichts, ihr Vater mußte in Kürze eintreffen. Natürlich bestand die Gefahr, daß Lucy die Polizei in den Garten des Hauses in der Rosington Road brachte, aber das mußte er riskieren. Je weniger sie sich die Lage des Carver-Geländes einprägen konnte, desto sicherer durfte er sich fühlen. Und wenn es zum Schlimmsten kam und die Polizei in der Rosington Road 29 eine Durchsuchung machte, würden sie dort Angel vorfinden. Angel und die Gefriertruhe samt Inhalt. Er war dann längst über alle Berge. Wenn es ihm wieder besserging, wenn das Fieber gesunken und er wieder zu Kräften gekommen war, konnte er in Ruhe seine Zukunft planen.

Der Rückweg kam ihm kürzer vor als der Weg nach draußen. Eddie konnte schon die Umrisse des Schuppens erkennen. Er sah nach oben, und sekundenlang meinte er Bewegung auf dem Balkon der Reynolds zu sehen. *Pure Einbildung.* Das machte das Fieber, da funktionierte die Abgrenzung zwischen der Welt im eigenen Kopf und der Außenwelt nicht so gut wie sonst. Die Grenzen waren noch da, aber sie waren durchlässig geworden. Etwas, was in einem drin geschah, konnte zu etwas werden, was draußen passierte – und umgekehrt. Eddie stolperte über eine Wurzel und fiel auf die Nase. *Reiß dich zusammen. Reiß dich zusammen.*

Er rappelte sich auf und hastete weiter. Vage registrierte er, daß seine Sachen naß und schmutzig waren. Er hätte jemanden gebraucht, der sich um ihn kümmerte. Plötzlich stand ihm das Bild eines großen, liebevollen, gesichtslosen Wesens vor Augen, das ihm zuredete, in ein warmes Bad zu steigen, das ihm etwas zu trinken machte, ihm eine Wärmflasche ins Bett und Mrs. Wump aufs Kissen legte.

Der Schuppen war jetzt ganz nah. Eddie hörte einen hohen Jammerton. Sekundenlang hielt er ihn für Einbildung – einen Klagelaut der Enttäuschung, weil Bad, Wärmflasche und Bett in Wirklichkeit nicht da waren.

Aber was da weinte, war Lucy. Eddie setzte zum Endspurt an. Er stolperte über Wurzeln, rutschte auf dem Matsch, rannte auf den Schuppen zu. Das Weinen hielt an. Kinderkummer war bedingungslos, er nährte sich aus der festen Überzeugung, daß es nie besser werden konnte. Bei Kindern war Kummer etwas für die Ewigkeit.

In der Tür blieb er stehen. Lucy saß noch an der gleichen Stelle, die Arme um den Oberkörper geschlungen, über den Behelfstisch gebeugt. Ihre Tränen tropften auf den Zauberkasten, die Vase lag am Boden. Lucy war grünlichblaß, das Gesicht wirkte voller, die Züge waren weniger ausgeprägt, die Augen kleiner. Auch das machte der Kummer bei Kindern: Sie sahen ein bißchen weniger wie kleine Menschen aus.

»Lucy, mein Kleines.«

Er setzte sich auf den anderen Hocker und nahm sie auf den Schoß. Sie legte ihm die Arme um den Hals und stieß mit ihrem Gesicht so fest gegen seine Brust, daß es weh tat. Sie schluchzte weiter, die Wellen des Jammers erschütterten ihren ganzen Körper. Er tätschelte ihr den Rücken und murmelte Koseworte.

Nach und nach wurde sie ruhiger. Die Schluchzer wandelten sich zu mauzenden Kätzchenlauten und schließlich zu verständlichen Worten.

»Ich will zu meiner Mummy. Mummy. Daddy.«

»Ich habe gerade mit deinem Daddy telefoniert«, sagte Eddie. »Er ...«

»Du hast mich allein gelassen«, jammerte Lucy. »Ich hab gedacht, du würdest nicht wiederkommen.«

»Natürlich wollte ich wiederkommen.«

»Laß mich nicht allein. Laß mich nicht allein.«

»Nein, das verspreche ich dir.« Was redete er da? Natürlich würde er sie allein lassen müssen. »Dein Daddy kommt dich abholen, er bringt dich nach Hause zu Mummy.«

»Laß mich nicht allein.« Lucy hatte offenbar nicht verstanden, was er gesagt hatte, oder es automatisch als bedeutungslos abgetan. »Mir ist kalt.«

Eddie beugte sich vor, ohne sie loszulassen, und griff nach seinem Mantel, der auf den Boden gefallen war. Mit der freien Hand wickelte er ihn ungeschickt um Lucys Schultern und wiegte sie mechanisch hin und her. Er spürte ihren warmen Atem an seiner Wange.

»Ich muß gehen.« Eddie spürte, wie Lucys Arme ihn fester faßten. »Wir müssen gehen.«

Lucy schüttelte heftig den Kopf. »Ich hab Durst.«

Eddie hob die Coladose auf und wog sie in der Hand. Sie schien noch mehr als halbvoll zu sein. Er gab ihr die Dose. Sie rückte ein Stück von ihm weg, hatte aber noch immer einen Arm um seinen Hals gelegt. Sie trank gierig und sah alle paar Sekunden zu ihm hin, als habe sie Angst, er könne ihr die Dose wegnehmen. Er streichelte ihren Rücken.

Die Zeit verrann. Eddies Kopf schmerzte. Mit einem Teil seiner Gedanken erhob er sich über Angst und Schmerz und betrachtete seine Lage aus luftiger Höhe. Mit jeder Sekunde, die verstrich, wurde die Gefahr für ihn größer. Aber wie konnte er Lucy allein lassen, wenn sie noch nicht soweit war? Sie brauchte ihn. Wie würde es sein, wenn es zum Schlimmsten kam, die Polizei ihn verhaftete und er früher oder später im Gefängnis landete? Er wußte, daß die Haftanstalten überfüllt waren, daß in den Gefängnissen entsetzliche Zustände herrschten, daß von jeher Sexualverbrecher von ihren Mithäftlingen schikaniert wurden, daß diejenigen, die sich an Kindern vergangen hatten, besonders verhaßt waren und unvorstellbare Grausamkeiten zu erdulden hatten.

»Eddie?« Lucy hielt ihm die Dose hin. »Der Rest ist für dich.«

Er trank ungern Cola, aber jetzt nickte er und nahm ihr die Dose ab. Sie belohnte ihn mit einem Lächeln. In diesem Moment waren die Rollen vertauscht: Sie umsorgte ihn. Das Brausegetränk rann ihm durch die Kehle. Es war unerwartet erfrischend. Er nahm die Dose von den Lippen.

»Trink«, befahl Lucy. »Für dich.«

Er gehorchte. Als die Dose leer war, legte er sie an die Wange. Die Kühle des Metalls tat ihm wohl. Lucy rutschte von seinem Knie und nahm den Zauberstab in die Hand.

»Zaubern wir noch ein bißchen?«

Eddie erhob sich sehr plötzlich. Ihm wurde wieder schwindlig. Er stützte sich an der Wand ab. »Jetzt nicht. Wir müssen gehen.«

»Zu Daddy?«

Eddie nickte. Er bückte sich und stopfte ihre Sachen in die Tasche.

»Und Mummy?«

»Ja.« Taumelnd, die Tasche in der Hand, richtete er sich auf. »Komm jetzt.«

Lucy weigerte sich, Jimmy, Mrs. Wump und den Zauberkasten herauszugeben. Sie drückte die Sachen an sich und ließ sich behutsam in Richtung Tür schieben, aber dort fing sie an zu wimmern und wich rasch zurück. Eddie hörte Schritte im welken Laub. Ein Zweig knackte. Dann sah er, was sie gesehen hatte.

»Nein«, flüsterte Lucy und zog sich in den hintersten Winkel des Schuppens zurück. »Nein, nein, nein.«

»Wir gehen gleich los«, sagte Eddie. »Schau, ob du den Zauberstab findest, dann kannst du dir noch ein Kunststück beibringen.«

Er stellte sich unter die Tür. Angel war vor dem Schuppen stehengeblieben. Sie trug den langen weißen Regenmantel mit der Kapuze. Ihre Lippen waren verzerrt, das Gesicht war alt und voller Falten.

»Und darf man fragen, wohin es gehen soll?« fragte sie leise.

»Ich – ich bringe Lucy heim«, gab er in bebendem Flüsterton zurück. »Sie geht nach Hause.«

»Das hast du dir so gedacht!«

Eddie sah Angel an; sosehr er an ihr hing – diesmal konnte er ihr nicht den Willen tun. »Sie geht nach Hause. Keiner braucht was zu erfahren.«

»Wovon?«

Eddie deutete zum Haus hin. »Von all dem.«

»Du bist ein Trottel. Mr. Reynolds hat dich in der Bishop's Road gesehen. Du bist aus einer Telefonzelle gekommen, hat er gesagt. Wen hast du angerufen?«

Eddie spürte, wie ihm der kalte Schweiß ausbrach. »Niemanden.«

»Red keinen Unsinn. Da du nicht vom Haus aus telefoniert hast, wolltest du nicht, daß der Anruf zurückverfolgt wird. Du hast die Polizei angerufen.«

»Nein.«

»Du lügst.«

Angel wandte sich ein wenig zur Seite. Der weite Mantel hatte ihre rechte Hand verborgen. Jetzt sah Eddie nicht nur die Hand, sondern das, was sie hielt. Das Beil, mit dem seine Mutter Stanleys letztes Puppenhaus bearbeitet hatte. Das Blatt war noch immer stumpf und voller Rostflecken, die Schneide aber blinkte silbrig. Er dachte an das Fleisch in der Gefriertruhe, an die drei zerstückelten Leben, irreparabel wie das Puppenhaus.

Hinter sich hörte er Lucy murmeln: »Abrakadabra. Jetzt bist du ein Prinz.«

»Was hast du ihnen erzählt?« Angel schwang das Beil lässig hin und her.

»Nichts. Ich hab nicht die Polizei angerufen, Ehrenwort. Ich möchte nur, daß Lucy nach Hause kommt, ich hab versucht, ihre Mutter anzurufen, aber sie war nicht da.«

Angel schlug ihm mit dem Beil aufs Schlüsselbein. Er hörte den Knochen brechen. Und er hörte sich schreien. Dann schlug sie wieder zu, diesmal traf sie ihn an der Schläfe. Der Schlag schleuderte ihn an den Türpfosten, wo er langsam zu Boden glitt.

Er wollte sich zu Lucy umdrehen und sagen: »Alles in Ordnung, dein Daddy kommt gleich.«

Noch einmal hob Angel das Beil. Über Eddies linke Wange rieselte es warm. Der Schmerz war groß und ließ das Kopfweh vergessen. Er meinte laute Männerstimmen zu hören. Jubelten sie ihm zu oder verdammten sie ihn? Er hörte das Knistern und Knacken von Feuer, das Holz verzehrt. Er brannte. Angel war nicht mehr schön, sondern eine häßliche alte Vettel, eine Hexe, eine rächende Furie. Das Beil sauste herab. Auf der silbrigen Schneide war jetzt Blut.

Zwei Männer liefen auf Angel zu. Es war nur ein Traum. Im Fieber hatte man schreckliche Träume. Ein Mann schrie und schrie. Warum hörte er nicht auf? Lucy würde sich fürchten. Sie hatte schon genug Angst ausgestanden.

Ein Donnerschlag trieb ihn mit aller Wucht in den Boden hinein, in einen See aus Feuer, dessen Flammen über die

Oberfläche züngelten. Er hörte ein gurgelndes Geräusch. Er bekam keine Luft mehr. Jemand hängte ihm ein Stück roter Gaze vors Gesicht.

Schließlich erstarben die Flammen, die Sonne sank, und die Erwachsenen machten das Licht aus.

DREIZEHN

»Dis ist der Tag, dessen Andenken allein die Kraft hat, uns im Finstern ehrbar, und auch ohne Zeugen tugendhaft zu machen.«

Religio Medici I, 47

»Was meinst du, ob Michael schon da ist?« fragte Sally. »Lieber Gott, hoffentlich hat er es geschafft.«

Oliver bog in die Bishop's Road ein. Er fuhr viel zu schnell, und der Citroën neigte sich gefährlich zur Fahrerseite hin. »Möglich. Kommt auf den Verkehr an.«

Michael hatte über sein Handy in der Inkerman Street angerufen, als Sally und Oliver gerade von Hampstead Heath zurückgekommen waren; Oliver hatte den Anruf entgegengenommen. Michael war, als der Entführer anrief, schon wieder bei David und Bischof Hudson in der Ladbroke Grove, denn Maxham hatte ihn kurzerhand abgewimmelt und weggeschickt.

»Aber Michael hat keinen Wagen«, jammerte Sally.

»Hudson hat ihm seinen geliehen.« Oliver sah rasch nach rechts und links. »Hier muß es sein.«

Er riß das Lenkrad herum und schoß am Gegenverkehr vorbei über die Fahrbahn. Jemand hupte. Der Wagen bog mit Vollgas in den kleinen Durchgang ein. Sally sah das erschrockene Gesicht einer Frau, die sie fast über den Haufen gefahren hätten. Aus der Einkaufstasche, die auf dem Gehsteig lag, quollen Dosen und Pakete.

Der Wagen rüttelte und schaukelte durch Spurrinnen und

Schlaglöcher. Sally sah eine Schule an der Ecke, der Spielplatz war leer. Jetzt waren sie rechts und links von hohen Backsteinmauern umgeben. Die Straße machte eine Biegung. Oliver bremste scharf.

Unmittelbar vor ihnen stand quer über der Fahrbahn ein kleiner weißer Wagen mit geöffneter Fahrertür. Hinter dem Wagen sah man ein Tor zwischen hohen Backsteinpfosten.

Oliver hielt neben dem anderen Fahrzeug. Sally sprang heraus und stieß die Tür so heftig auf, daß sie gegen die offene Tür des weißen Autos prallte. Flüchtig registrierte sie, daß die Schlüssel des Wagens steckten und auf dem Rücksitz ein schwarzer Regenschirm und ein Exemplar der *Church Times* lagen. Sie setzte sich in Trab.

»Wo steckt Maxham?« fragte Oliver hinter ihr. »Eigentlich müßten seine Leute schon hier sein.«

An einem der Torpfosten hing ein Schild:

JW & TB CARVER & CO LTD
EISENBAHNBAU
BESUCHER BITTE IM BÜRO MELDEN

Sally drückte die Klinke der kleinen Pforte hinunter. Sie öffnete sich nach außen.

»Laß mich vorgehen, Sally.«

Ohne von ihm Notiz zu nehmen, betrat sie eine Wildnis, in der sogar jetzt, im Winter, die Farbe Grün vorherrschte. Die Gebäudereste waren kaum noch zu sehen. Im Moment hatte die Natur die Oberhand.

»Das Gelände ist riesig«, sagte Oliver, der dicht hinter ihr war. »Am besten versuchen wir es mit Rufen.«

»Nein.« Sally deutete auf den Boden. Im feuchten Erdreich zeichneten sich Fußspuren ab, die mehr oder weniger parallel zu dem rechts verlaufenden Zaun vom Tor wegführten. »Sie sind frisch.«

»Das Vorhängeschloß ist aufgebrochen. Von innen.«

Sally sah auf den Boden. »Sie gehen so durcheinander.«

Ihre Stimme wurde lauter. »Ich kann nicht erkennen, ob Spuren von Kinderfüßen dabei sind.«

Oliver stand jetzt neben ihr. »Sieht nach drei Leuten aus. Einer hatte Turnschuhe an.« Er deutete hin. Dann wanderte sein Finger weiter. »Die Turnschuhe sind zum Tor gegangen und wieder zurück. Noch ein Paar Schuhe. Glatte Sohlen, Größe acht oder neun.«

»Vielleicht die von David? Das hier ist Michael, glaube ich.« Sie zeigte auf die Spur einer Profilsohle, die klar und makellos war wie ein Gipsabdruck. »Dann gehören die Turnschuhe wohl zu dem Mann, der Michael angerufen hat.«

»Er sagt, es könnte eine Frau gewesen sein.« Oliver richtete sich auf. »Oder ein Mann, der mit absichtlich hoher Stimme sprach. Sie sind klein genug für eine Frau.«

Sie gingen weiter, sahen sich nach weiteren Fußspuren um und sprachen leise, fast im Flüsterton.

»Hier.« Oliver setzte sich in Trab.

Sally folgte ihm. Sie stolperte ein paarmal, und einmal fiel sie hin und prellte sich die Schulter an einem herumliegenden Ölfaß. Und sie betete – wenn man das unablässig wiederholte »Bitte!« ein Gebet nennen konnte.

Sie überquerten eine Art Lichtung, so daß Sally einen Augenblick klare Sicht nach vorn hatte. Sie sah eine hohe Mauer und dahinter graue Wohnblocks mit verwitterten Betonfassaden. Auf einem der Balkons stand eine Frau, und Sally erkannte deutlich, daß sie einen Feldstecher in der Hand hielt. Ein Ghul, dachte sie, der Ausschau nach Leichen hält. Die Frau beobachtete etwas, was sich auf dem Boden abspielte, etwa auf halbem Weg zwischen ihr und Sally. Dann stürzte sich Sally, Oliver folgend, in ein Dickicht aus Dorngestrüpp und jungen Bäumen und verlor Mauer, Wohnblocks und die Frau aus den Augen. Die Dornen zerfetzten ihre Kleidung, schrammten ihr Hände und Gesicht blutig. Oliver stolperte über einen Zweig und fiel mit dem

Gesicht voran in einen Brennesselbusch. Er fluchte. Sally überholte ihn und kämpfte sich aus der Umklammerung des Dickichts heraus.

Da, wo sie jetzt stand, war früher vielleicht ein Weg gewesen. Zwischen Schlamm und Pfützen sah man bröckelnden Beton und weitere Spuren, auch die der Turnschuhe. In einiger Entfernung stand ein kleiner Backsteinschuppen, dem fast das ganze Dach fehlte. Sally lief auf das Gebäude zu. Sie war beinah da, als sie Michael sagen hörte: »Bitte lassen Sie es fallen. Werfen Sie es hin.«

In einem atemlosen Endspurt kam sie um die Ecke. Ihr erster Eindruck war grell leuchtende Röte.

Michael und David waren fünf Meter von ihr entfernt. Sie sahen nicht zu Sally hin. Sie sahen die Frau an, die in der Tür stand.

Einen Moment dachte Sally, es sei Miss Oliphant, die Frau, die sie verflucht und sich umgebracht, die Sally zuletzt auf ihrem Totenbett gesehen hatte.

Aber nur einen Moment. Dann setzte wieder so etwas wie Wirklichkeit ein, und das war noch schlimmer, weil diese Frau so deutlich Teil einer erkennbaren Welt war. Wie Miss Oliphant trug sie einen langen Regenmantel und eine schwarze Baskenmütze, sonst aber gab es kaum Ähnlichkeiten. Sally hatte sie noch nie gesehen. Sie war groß und schlank und hatte langes, helles Haar. Das Gesicht war verkniffen, die Haut rotfleckig, die Augen waren riesengroß, und die Zähne standen unnatürlich vor. In der Hand hielt sie ein Beil mit großem schwerem Blatt, das am Ende eine hakenförmige Rundung hatte.

Um die Frau herum war eine Lache von Blut. Eine große Lache, viele, viele Liter. Es war an die Schuppenwand gespritzt, an den Türpfosten, an den langen Regenmantel und seine Ärmel. Die roten Flecken im Gesicht der Frau waren Blutspritzer.

Sally hätte nie gedacht, daß es so viel Blut auf der Welt,

geschweige denn in einem einzigen Menschen geben könnte. Schreckensstarr sah sie auf das Bild, das sich ihr bot. Es dauerte einen Moment, bis sie merkte, daß in der Blutlache ein Mann auf dem Rücken lag.

Er lag zu Füßen der Frau, mit einem Arm ganz nah an ihrem linken Schuh, die Beine lagen über der Schwelle des Schuppens, der Körper direkt an der Mauer. Sallys Blick wanderte an dem Körper entlang nach oben. Der Kopf des Mannes paßte nicht mehr auf seine Schultern.

Das Blut war aus einer Halswunde gekommen, floß aber nur noch träge. Halsschlagader, dachte Sally automatisch. Viel zu spät, um noch etwas zu machen. Im Grunde aber war ihr weder der Mann auf dem Boden noch die Frau auf der Schwelle, waren ihr nicht einmal Michael und David wichtig.

»Wo ist Lucy?«

Die Frau, die wie gebannt Michael und David angesehen hatte, warf ihr einen flüchtigen Blick zu.

»Psst«, flüsterte sie. »Das darf sie nicht sehen.« Sie deutete mit dem Beil auf den Toten. »Es würde schwere seelische Schäden hinterlassen. Bei einem Kind in diesem Alter bleibt eine Narbe fürs Leben, das wissen Sie doch wohl.«

Michaels Stimme klang unerhört ruhig und gelassen. »Wenn Sie das Beil hinlegen, könnten wir meinen Mantel drüberdecken.«

Oliver kam um die Ecke des Schuppens gestolpert. Sally legte ihm eine Hand auf den Arm.

»Ich mußte ihn töten«, sagte die Frau. »Er wollte sie umbringen, es war die einzige Möglichkeit, ihn aufzuhalten. Er hat kleinen Mädchen Schreckliches angetan. Es war schrecklich«, wiederholte sie. Ihre Stimme wurde immer getragener, immer tiefer, wie eine Schallplatte, die zu langsam abgespielt wird. »Schrecklich … schrecklich …«

»Woher wissen Sie das?« fragte Michael.

»Ich wohne zur Untermiete in seinem Haus.« Die wohlklingende Stimme ließ auf eine Herkunft aus dem Mittelstand schließen. »Er heißt Edward Grace. Ich wohne seit fünf oder sechs Jahren dort, aber bis heute hatte ich nicht die leiseste Ahnung von dem, was er trieb.«

Sally wußte, daß die Frau log, daß sie nicht redete, um sie zu überzeugen, sondern um Zeit zu gewinnen. »Darf ich jetzt Lucy sehen?«

Das Beil schwenkte zu Sally hinüber. »Gleich.« Ihr Blick glitt über das, was zu ihren Füßen lag. »Der Sittenstrolch ... glauben Sie, daß er tot ist?«

Das Blut war zum Stillstand gekommen.

»Anzunehmen«, antwortete Michael. »Zumindest kann es nicht mehr lange dauern. Wenn Sie jetzt das Beil hinlegen ...«

»Sie!« Die Frau deutete mit dem Beil auf David Byfield. »Sie dürfen Lucy sehen, wenn Sie wollen. Kommen Sie her.«

Erst jetzt sah Sally zu David hinüber. Er war ungewöhnlich blaß.

»Ja«, bekräftigte die Frau tonlos. »Ich möchte, daß *Sie* Lucy sehen.«

Er blickte sie unverwandt an, rührte sich aber nicht. Sally mußte an Ringer denken, die sich in den letzten Sekunden vor dem Fight taxierten. Wenn das Glockenzeichen erklang, würde die trügerische Reglosigkeit mit einem Schlag vorüber sein, und alles würde sich wandeln.

Gott wandelt sich nicht. Aber wir wandeln uns.

Die Worte kamen aus dem Nichts. Wieder stand die Zeit still. Das Schweigen war absolut. Da die Zeit nicht von der Stelle kam, war alle Zeit gegenwärtig. Damit hat es angefangen, dachte Sally. Mit Miss Oliphant in St. George, und in dem Anfang lag schon dieses Ende beschlossen.

Sie sah Davids Gesicht und den Schmerz und das Schuldbewußtsein dahinter. Warum diese Schuldgefühle? Womit hatte er sie verdient? Die Züge der Frau waren nahezu ein Spiegelbild von David Byfields Gesicht, nur daß es keine Schuldgefühle verriet; da war nur mit Wut gepaarter Schmerz und dahinter noch mehr Schmerz, dunkel, dicht, zusammengepreßt wie ein Kohleflöz.

»Dein Wille geschehe«, sagte Sally oder meinte es zu sagen. »Nicht der meine.«

Als wären die Worte ein Signal, setzte die Zeit sich wieder in Bewegung.

»Mummy!«

Das Bild brach in Stücke. An der hinteren Ecke des Schuppens, zur Rechten der Frau, stand Lucy. Sie hielt drei winzige Spielkarten in der Hand.

»Lucy«, fuhr die Frau sie an. »Bist du durchs Fenster geklettert?«

Mit offenem Mund sah Lucy in das strenge Gesicht.

»Hab ich dir nicht gesagt, du solltest drinbleiben? Unartige Mädchen verdienen Hiebe.«

Lucy darf den Mann da nicht sehen, dachte Sally verzweifelt. Dieser Gedanke war so wichtig, daß alles andere dahinter zurückstand. Das viele Blut, der grausig zugerichtete Körper – einem Kind durfte man das nicht zumuten.

Während sie auf Lucy zustürzte, hatte sie noch Zeit zu hoffen, daß die Frau selbst mit ihrem Körper Lucy vor dem Grauenvollen dort auf der Erde abschirmen würde.

Sie spürte auch, daß hinter ihr Bewegung entstanden war. Oliver, Michael und David näherten sich der Frau, die in der Türöffnung stand.

Die Frau hob das Beil und schwang es in Sallys Richtung. Sally hatte reichlich Zeit, den gemächlichen Bogen zu verfolgen, den die blitzende Schneide beschrieb. Der kürzeste Weg zu Lucy führte bis auf einen Meter an die Frau heran, so daß Sally bequem in ihrer Reichweite war. Der Drang, bei Lucy zu sein, war stärker als der Drang, dem Hieb auszuweichen.

Das Beil traf Sallys Arm auf halber Höhe zwischen Schulter und Ellbogen. Sie rang nach Luft, aber weil sie ein bewegliches Ziel war, hatte der Hieb sie nicht mit voller Wucht getroffen. Sally riß ihre Tochter an sich. Lucy blieb die Luft weg, und sie stieß einen erstickten Schrei aus.

Sally schleuderte Lucy vom Schuppen weg nach hinten. Sie landete auf dem Rücken, Arme und Beine gespreizt, in einer Stellung, die der des Toten ähnelte. Sally deckte die Tochter mit ihrem Leib.

»Es ist gut, es ist alles gut. Ich bin ja jetzt hier.« Sally brach in Tränen aus. Zwischen den Schluchzern kamen die Worte stoßweise, wie von selbst. »Es ist ja gut, mein Liebling, es ist gut, Mummy ist hier. Es ist ja gut . . .«

Lucy blieb stumm und regungslos liegen. Eine der Spielkarten, eine Herz-Zwei, lag neben ihrem Kopf. Um sie herum war Schreien und Rufen, aber das war unwichtig. Lucy roch anders als vorher, war durchdrungen von dem Duft fremder Menschen, fremder Orte. Einen Augenblick drohte die Verzweiflung Sally zu überwältigen. Vielleicht war alles umsonst gewesen, vielleicht hatte sie nicht Lucy gerettet, sondern ein anderes Kind.

Nach einer Weile verstummten die Rufe und Schreie. Sekundenlang war die Welt ganz still. Tränen liefen über Sallys Gesicht und tropften auf das kurzgeschorene dunkle Haar.

Endlich rührte sich Lucy. Sie sah zu ihrer Mutter hoch. »Mummy«, sagte sie, »ich kann zaubern.«

EPILOG

»Es giebt Wunder in einer warhaftigen Liebe. Sie ist voller Rätsel, Geheimnisse und Tiefen ...«

Religio Medici II, 6

Die Kapelle war wenig mehr als ein Raum mit Sitzgelegenheiten und einem Kruzifix an der hinteren Wand. Hochwürden David Byfield ließ sich langsam auf einem der roten Plastikstühle nieder. Die Gefängnisseelsorgerin setzte sich neben ihn und stellte ihren Stuhl so, daß er rechtwinklig zu seinem stand.

»Keine Veränderung.« Sie legte die Hand an ihr Brustkreuz. »Ihre freie Zeit verbringt sie hauptsächlich mit Beten oder mit der Bibel.«

»Wie verhält sie sich den anderen gegenüber?«

»Sie meidet nach Möglichkeit den Kontakt. Nicht, daß sie rüde oder schwierig wäre. Sie läßt einfach alle links liegen. Manche nennen sie Gräfin Rotz – aber das sagen sie ihr nicht ins Gesicht.«

»Die Frage ist vermutlich, ob die Reue echt ist.«

»Schwer zu sagen, Vater«, sagte die Pfarrerin, peinlich genau auf die korrekte Anrede bedacht. »Der Psychiater ist nicht davon überzeugt. Bekanntlich spielt in der Vorgeschichte Manipulation eine Rolle, und er meint, daß sich das auch hier manifestiert.«

»Vermutlich hat er recht.« David sah auf seine im Schoß verschränkten Hände herunter; die Finger waren wie wirres

Wurzelgeflecht. »Andererseits müssen wir auch die Möglichkeit in Betracht ziehen, daß es ihr ernst ist.«

»Natürlich.«

»Zu denken gibt ihm auch die Tatsache, daß sie sich nach wie vor weigert, ihren wahren Namen zu benutzen. Sie besteht darauf, Angel genannt zu werden. Von allen.«

Das Schweigen dehnte sich. Es war friedlich und nicht belastend. David vermutete, daß die Frau betete. Sie mochte um die Fünfzig sein, war klein und füllig und trug ein weites, formloses Kleid. Vor der Ordination hatte sie eine größere Kinderhilfsorganisation geleitet.

Schließlich rührte er sich wieder und stellte die Frage, die er schon bei früheren Besuchen hatte stellen wollen: »Hat sie jemals von mir gesprochen?«

»Nicht daß ich wüßte. Sie spricht nie von ihrer Vergangenheit. Es ist, als habe ihr Leben erst hier begonnen.« Sie beugte sich vor. »Sollen wir beten?«

»Nein.« David sah auf. »Halten Sie mich bitte nicht für unhöflich. Vielleicht nach meinem Besuch bei ihr.«

Die Seelsorgerin nickte.

Nach einer kleinen Pause sagte David: »Sally hat mir erzählt, daß Sie sich zusammen in Westcott House auf die Ordination vorbereitet haben.«

»Ja. Ich kannte sie allerdings nicht näher. Wie geht es ihr? Und der Familie?«

»Da hat sich alles etwas beruhigt.«

»Und Lucy?«

»Das wird noch dauern. Sie hat sich verändert.«

»Wir können um Heilung beten, nicht aber darum, daß die Uhr zurückgedreht wird.«

»Eben.« David hob die Schultern. »Wenn Lucy abends betet, schließt sie mit Mummy und Daddy auch diesen Grace in ihr Gebet ein.« Er stockte. »Und den Weihnachtsmann.«

»Warum ihn?«

»Weil sie ihn mag. Er hat ihr einen Zauberkasten geschenkt und eine Kuschelpuppe. An beidem hängt sie sehr.«

»Für Sally und Michael ist es sicher schwer, damit umzugehen.«

»Ja, und auch mit der Ungewißheit. Niemand weiß, was sich in jenem Haus wirklich abgespielt hat. Niemand weiß, wie es enden wird. Michael verläßt die Polizei, wußten Sie das?«

Sie nickte.

»Es ist seine eigene Entscheidung.« Vermutlich klang das abwehrend, aber er merkte erstaunt, daß es ihn nicht berührte. »Niemand hat ihn zum Rücktritt gezwungen.«

»Was wird er machen?«

»Er weiß es nicht genau. Sally ist noch beurlaubt. Aber ewig kann das nicht so weitergehen. Es ist eine schwierige Übergangssituation.«

»Wenigstens haben sie Lucy.«

David war versucht weiterzugeben, was er gestern abend erfahren hatte: daß Sally schwanger war. Aber das stand ihm nicht zu, und im übrigen war es ein langer Schritt von der Empfängnis bis zur Geburt. Eine Weile schwiegen sie beide.

»Es ist soweit«, sagte die Pfarrerin schließlich.

David folgte ihr über einen Gang, der ihm viele Meilen lang vorkam. Es roch wie in einer Schule. Die Sommersonne fiel durch hohe Fenster. Die Sicherheitsvorkehrungen waren allgegenwärtig, aber unauffällig. Die Seelsorgerin brachte ihn in das Besucherzimmer, das er bereits kannte, und wechselte ein paar Worte mit der diensthabenden Aufseherin, die David Byfield musterte, ohne eine Miene zu verziehen.

»Sie können jetzt mit ihr sprechen.«

Angel saß am Tisch und betrachtete ihre Hände, die mit den Handflächen nach unten auf der metallenen Tischplatte lagen. Sie sah auf, als David eintrat. Er hatte den Eindruck, daß sie zugenommen hatte. Sie war ungeschminkt, das Gesicht war rosig und faltenlos.

Mit plötzlicher Klarheit sah er das Kind, das sie einst gewesen war. Sah sie im Geiste über den Weg vom Gartentor zum Haus laufen, sah, wie sie zu ihm aufblickte, während er wartend unter der Tür stand.

»Hallo, Vater«, sagte sie und lächelte.

Nachbemerkung des Verfassers

Die vier letzten Dinge ist der erste Roman der Roth-Trilogie, die Schicht auf Schicht die miteinander verwobenen Lebensläufe der Appleyards und der Byfields behandelt. Jedes Buch läßt sich gesondert als selbständige Geschichte lesen. Die drei Bände sind außerdem so angelegt, daß sie ineinandergreifen, können aber in jeder beliebigen Reihenfolge gelesen werden.

Der zweite Roman, *Das Recht des Fremdlings*, befaßt sich mit Ereignissen, die sich im Sommer 1970 im Dorf Roth, Middlesex, und Umgebung zutrugen.

Der dritte Roman, *Das Uffizium der Toten*, spielt über ein Jahrzehnt früher in der Domstadt Rosington.

Henning Mankell
im Paul Zsolnay Verlag

Die fünfte Frau. Roman
Aus dem Schwedischen von Wolfgang Butt
1998. 544 Seiten

Faszinierend und unglaublich spannend. Eine Entdeckung!
Brigitte

Die falsche Fährte. Roman
Aus dem Schwedischen von Wolfgang Butt
1999. 496 Seiten

Raffiniert und behutsam, dabei ungemein spannend, entwickelt der schwedischer Autor eine unverwechselbare, beklemmende Atmosphäre, die weit über das hinausgeht, was ein durchschnittlicher Krimi zu bieten hat.
Der Spiegel

Mittsommermord. Roman
Aus dem Schwedischen von Wolfgang Butt
2000. 608 Seiten

Denn Henning Mankell ist ein ungewöhnlich sicherer, ruhiger Erzähler und ein präzise arbeitender Konstrukteur des bildhaften Grauens. Es kann passieren, daß man während des *Mittsommermords* Frau, Mann, Kind, Büro, Hund, Katze, Vogel und sogar das Telefon vergißt.
Verena Auffermann, *Süddeutsche Zeitung*